韓中小說의 관계망과 國文小說의 창작

韓中小說의 관계망과 國文小說의 창작

# 韓中小說의 관계망과 國文小說의 창작

閔 泳 大

역락

# 序

"민 선생님은 제가 본 교수님들 중에서 가장 쿨(cool)한 분이세요."

정년(停年)의 마지막 강의를 마치고 연구실 열쇠를 학과사무실에 반납한 후 교정을 떠나시던 날 그 모습을 지켜본 어느 조교가 한 말이다.

오랜 중국생활을 접고 불혹의 늦깎이로 문하(門下) 박사과정에서 고소설을 연구하고 싶다며 문을 두드리니 편지로 이런 말씀을 적어 보내셨다.

'학문의 길을 걷겠다면 전보다 더 지독한 결심을 해야겠지. … 어떤 결정을 하든 열심히 그리고 건강하게 살아가길 비네!'

선생은 사람들에게 자상하고 관대했으나 학생을 문하로 허여하기를 즐겨 아니하셨으니 이는 대개 학문의 길이 어렵고 곤궁함을 알아, 불우할까 염려했기 때문이고 스승으로서의 책임이 무거움을 알았기 때문이다.

선생은 80년대 초 대만에 유학하여 박사과정에서 수학한 것을 계기로 '竹의 장막'으로 불리던 대륙을 한중(韓中) 수교가 이뤄지기 훨씬 이전부터 왕래하셨다. 베이징(北京)의 대외경제무역대학, 허페이(合肥)의 합비연합대학에서 각각 1년간 학생들을 가르치기도 했고, 각종 학술대회로 혹은 학술답사로 중국 각지를 두루 돌아보셨다. 학자로서, 학과장, 문과대학장, 대학원장으로서 한중학술교류회를 개최하고 중국 대학과 자매결연을 추진하는 등 그동안 보여주신 개척정신과 리더십은 훌륭한 귀감이 되었다.

또한 선생은 겉으로 드러나는 연구실적에 연연하지 않고 자신의 평생 연구주제를 품고서 착실한 일차자료 수집과 현장 연구를 바탕으로 차근차

근 다듬어내어 알찬 논저로 내놓으셨다. 30여 년간 걸으신 학문과 교육의 길은 마치 가로막힌 장강(長江)의 물줄기를 외뿔로 열어 삼협(三峽)을 만들었다는 전설의 동물 기(夔)를 떠올리게 한다. 선생의 이러한 치학(治學)과 경세(經世)의 태도는 인간애(人間愛)를 바탕으로 하고 있기에 더욱 친근하고 감화력을 발휘한다. 후학 된 우리가 연구하고 학생을 대하는 데 있어 거울삼을 소중한 가르침이라 여긴다.

스승의 정년을 맞이하여, 문하생으로서 그동안 배우고 절차탁마한 성과물들을 정성껏 엮어 헌정함으로써 작은 위안거리로나마 삼게 함이 마땅하나 불민한 탓으로 준비하지 못해 송구스럽기 짝이 없다. 대신 이렇게 선생의 연구업적 중 한 지류를 정리하여 '韓中小說의 관계망과 國文小說의 창작'이라는 제목으로 엮어 펴낸다. 여기에는 장강의 물결이 굽이쳐 흐르듯 선생께서 열어주신 물길[先河]을 따라 더 넓고 더 멀리 흐르는 물줄기를 만들어 이어나가겠다는 다짐의 뜻을 담았다.

이 책 『韓中小說의 관계망과 國文小說의 창작』은 조선 후기와 개화기의 국문소설 및 신소설의 산생 환경과 창작의 경위를 심도 있게 천착한 연구 성과들이다. 이 연구는 흔히 중국소설의 영향 혹은 번안 등으로 폄하당하고 있는 우리 고소설의 가치를 밝히는 과정에서 중국소설 사이의 수수관계 및 한중소설 사이의 같음과 다름을 조목조목 세밀하게 짚어나감으로써 우리 소설이 담지하고 있는 민족적, 문학적 특성을 섬세하게 드러내었다는 점이 주목할 만하다. 우리 소설의 산생 환경과 창작 경위를 조명함으로써 민족어문학이 동아시아 한문학의 공동 유산을 어떻게 수용하면서 리좀(rhizome)적으로 발전했는지, 거시적인 윤곽을 그려내는 데에도 계발적, 선도적인 공헌을 한 의의가 있다.

문사철(文史哲) 일체의 동아시아 인문학은 연륜이 쌓일수록 깊이가 더하는 법이다. 정년은 학자에게 강의와 성과라는 짐을 떼어버리고 날개를 다는 새로운 출발이기도 하다. 더구나 선생 부처 두 분은 곧 중국으로 들어가 봉사의 삶을 이어가실 계획을 세우셨다. 자유롭게 학문을 펼치고 또 천하를 주유하다가 파도치는 동정호(洞庭湖)에 배를 띄우고 잔을 들어 달을 감상하기도 하고, 범중엄(范仲淹)을 따라 악양루(岳陽樓)에 올라 광활한 오초(吳楚)를 굽어보며, 만주벌판을 가로지르고 압록강 두만강을 거슬러 백두산을 오르내리며 통일된 민족과 태평성대를 염원하며, 후세대를 위해 우국애민(憂國愛民)의 뜻을 더욱 실효적으로 실현해 나가실 수 있을 것이다. 조만간 선생을 모시고 함께 문학의 현장도 답사하며 여행할 수 있는 기회가 주어지길 고대한다.

할 일 많은 이 땅, 이 사회, 우리 한남대학교 그리고 후학들이 아직도 선생의 경륜과 가르침을 절실히 필요로 하는데 벌써 정년이시다. 새로이 열어가시는 길에서도 어디서든 사랑과 성실로 영광의 열매를 거두실 것을 확신한다. 선생께서 항상 건강하고 행복하시길 기원하며 이로서 서문을 대신한다.

2013년 2월 18일
제자들을 대표하여 신태수 삼가 씀

# 차례

# 국문소설 〈쥬봉젼〉

## 1. 머리말

　과문한 탓인지는 모르겠으나 아직까지 본고에서 살피고자 하는 〈쥬봉젼〉[1]에 대한 본격적인 연구업적을 본 적이 없다. 문학사에서나 소설사에서도 본 작품에 관한 구체적인 언급은 찾아볼 수 없다.

　본 작품은 주여득으로부터 아들 주봉, 주봉의 아들 주해선에 이르기까지 3대에 걸쳐 진행되는 이야기이다. 주여득이 과거에 급제하여 황제의 총애를 입는다. 그는 간신들의 모함으로 해평도사로 부임하라는 명을 받고 부인과 어린 아들을 남겨둔 채 임지에 가지도 않고 자결함으로써 남아

---

1) 필사본 〈쥬봉젼〉의 표제는 '朱鳳傳'이라 되어 있다. 또 본문을 시작하면서 '쥬봉젼'으로 표기하였고, 내용을 필사하며 "玉周양풍젼단권이라쥬봉젼단권이라 李分男"이라 하여, 〈楊豊傳〉과 〈朱鳳傳〉을 필사하면서 전사자가 자신의 이름을 밝혀놓았다. 두 작품 모두 필체나 필사한 시기가 같다. 책의 크기는 18.5×28cm, 본문 총 68쪽, 매 쪽 10줄, 매 줄 평균 20~24자 정도로 필사되어 있다. 〈양풍젼〉을 끝내고, '디호쳔보팔년갑주연츈삼월을축일의하동쏘밍팔션은셔ᄒ노라'라는 이전 전사자의 기록을 그대로 적고 이어 '님신원월넘치일맛치다'라고 하였다. 이로 보아, 본래의 사본은 하동의 맹팔선이 大韓 天寶 8년 甲子年(1924) 3월 乙丑日에 필사했으며, 이를 대본으로 하여 이분남이 壬申年(1932) 1월 필사했던 것이 본 사본임을 알 수 있다. 그렇다면 〈朱鳳傳〉은 1924년 이전에 이미 항간에 유전했으며 널리 읽혔다는 증거가 된다.

있는 가족들에게 커다란 시련을 안겨준다. 뒷날 그의 아들 주봉이 장원급제하여 한림학사가 되고 황제와 같이 산상에 올랐다가 선관이 희롱하던 옥저와 거문고를 얻는다. 주봉에 대한 황제의 총애가 깊어지자 다시 간신들의 참소 때문에 해평도사로 부임하던 중 도적을 만나 가족들과 헤어져 죽을 고비를 넘기고 뒷날 이 옥저와 거문고 소리로 유복자였던 주해선을 만난다. 이어 마지막 부분에서는 해선이 부모의 원수를 갚고, 헤어졌던 모든 가족들이 반갑게 만나는 것으로 이야기를 끝맺는다. 즉 본 작품은 주여득에 이어 주봉, 그리고 주해선에 이르기까지 주인공들이 정적들의 모함으로 죽거나 사경을 넘나드는 고난을 겪은 후 주해선이 입신양명하여 선대의 원수를 깨끗이 갚고 산지사방으로 흩어졌던 가족들이 반갑게 해후하는 이야기 구조를 가지고 있다.

작품의 명칭에 있어서도 <듀여득전>과 <쥬봉전>, <쥬희션전>이 전하는데, 앞에서 언급한 것처럼 주여득의 아들이 주봉이고 주봉의 아들이 주해선으로 이들 삼대에 걸친 이야기이다. 모두 한글필사본으로 전하는데 전사자의 기호에 따라 달리 작품이름이 붙여진 것으로 본다.

필자가 소장하고 있는 사본 <쥬봉전>이 필사되었던 때는 필사본의 마지막에 '님신원월넘칠다셔노라'에서 보듯이 1932년 정월 27일이며, 따라서 본 사본은 원본과는 거리가 먼 후대에 이분남이라는 사람에 의해서 필사된 사본임을 알 수 있다.

철종 2년(1851)에 필사된 사본으로 전한다는 본 필사본과 다른 이름의 <朱海仙傳>이라는 본 작품과 유사한 작품이 있다.[2] 앞의 주에서도 이미

---

2) 申基亨은 『韓國小說發達史』(彰文社, 1960)에서, '이것은 筆者의 鄙藏本으로 哲宗 二年(1851 A.D)에 謄寫된 것에 依據한 것이므로 그 著作年代는 그 以前이 될 것이다.'(433쪽, 中大學報 八十九年 十月 一日附 拙稿「古典小說의 民間流傳本」參考)라고 밝힌 데에서 근거한 것이다. 그러나 필자가 아직 이를 확인하지는 못하였다. 또한 <朱海仙傳>과 본고의 텍스트인 필사본과는 내용이 대동소이하다. 그러나 <朱海仙傳>은 마지막 부분에서 해선이 해평

말한 것처럼 두 작품을 구체적으로 대비해 보아야 확인되겠지만 지금까지
의 언급이나 내용을 살펴보았을 때 〈쥬봉젼〉과는 같은 작품으로 다만
작품이름이 달리 명명된 이본이 아닐까 생각한다.


## 2. 지금까지의 研究


 가장 먼저 본 작품과 거의 같은 〈朱海仙傳〉에 관한 언급은 신기형에
서부터 비롯되었는데, 작품내용에 대한 소개 정도의 언급이었다.[3] 이보다
앞서, 이와 유사한 작품으로 알려진 〈蘇雲傳〉이나 〈玉簫傳〉에 관해서는
김태준이 그의 소설사에서 중국의 〈崔尉子傳〉과 〈蘇知縣羅衫復合〉·
〈白羅衫〉의 아류 작품으로 만들어진 것이라고 간략히 언급하였고,[4] 이명

―――――――――

 고을을 잘 수습하고 선치한 후 무사히 황성으로 돌아와 薛尙書의 딸을 아내로 맞이하고
 三男二女를 두고 부귀영화를 누린다는 결구로 되어 있음에 비해 〈쥬봉젼〉에서는 해선이
 귀환한 후 '십디 독신으로 구남 팔여의 영화 부귀 디디로 너리더라'라 하여 약간 차이
 남을 볼 수 있다. 그렇기는 하지만 〈쥬봉젼〉과 〈朱海仙傳〉은 같은 작품으로 보인다. 주
 봉의 아들이 해선인데, 〈쥬봉젼〉에서는 주봉을 제명으로 삼았으며 〈朱海仙傳〉에서는
 주봉의 아들 해선을 제명으로 삼았음이 다르다.
 W.E.Skillend, 『古代小說』, University of London, 1968.
3) 申基亨은 위의 책(432~433쪽), 第八章「古代小說의 沈滯期」에서 '朱海仙傳과 奇逢類'라고 節
 을 나누어 본 작품을 기봉류 작품이라 분류한 후, 자신이 소장하고 있는 한글필사본을
 텍스트로 하여 작품에 대한 간단한 줄거리를 소개하였다. 이어 文學史的 價値에서 볼 때
 '이 作品의 文學的 價値란 것은 古代小說에서 中國을 背景으로 한 許多類의 作品과 共通的인
 價値밖에 아무 것도 없는 奇逢類의 小說이다. 그러므로 蘇雲傳이나 玉簫傳과 함께 古代小說
 의 隆盛期에 있어「玉樓夢과 奇逢小說」의 項目에서 論及한 小說類의 殘影이라 볼 수 있다.'
 라 하여 특기할 만한 특징이 없는 작품이라고 언급하였다.
4) 金台俊은(『朝鮮小說史』, 學藝社, 1932, 224~229쪽)『太平廣記』에 있는 〈崔尉子傳〉이 발전
 하여 明代의 소설 〈蘇知縣羅衫複合〉이 되었으며 淸代에는 〈白羅衫〉이라는 작품으로 개작
 되었는데 이런 소설들이 우리나라에 유입되어 많은 아류작을 낳았다고 보았다. 대개 이
 소설들은 悲劇的 要素를 많이 가진 復讐類로써 독자들의 기호에 영합하였다는 견해이며,

구는 明末 馮夢龍의 작품집 『警世通言』 제11화인 <蘇知縣羅衫再合>5)과 <月峰山記>를 상세히 비교한 후 <月峰山記>나 <蘇學士傳>의 원천이 <蘇知縣羅衫再合>이고, <月峰山記>나 <蘇學士傳>이 많은 독자층을 형성하자 <鳳凰琴>·<江陵秋月>과 같은 번안작품으로 나타났다고 주장하였다.6) 박성의는 또 위의 작품들과 유사한 내용의 <月峰記>를 소개하면서 당시 이런 작품들이 유행하게 된 이유를 밝혔다.7)

서대석은 번안소설에 관한 연구의 일환으로 중국소설 <蘇知縣羅衫再合>에서 비롯된 고소설을 비교적 상세히 대비하면서 연구, 우리나라에서 유행했던 <月峰山記>·<蘇學士傳>(<蘇雲傳>, 또는 <텬도화>)·<江陵秋月>·<鳳凰琴> 등의 작품이 중국소설 <蘇知縣羅衫再合>의 번안작품임을 밝혔다.8)

---

이는 즉시 번역되어 여러 가지 명칭—<蘇雲傳>(<蘇知縣羅衫再合>의 주인공인 蘇知縣의 이름이 蘇雲임)·<蘇學士傳>·<月峰山記>·<月峰記>·<玉簫傳>·<玉簫奇緣>·<江陵秋月>·<鳳凰琴> 등—의 작품으로 남게 되었음을 살폈다. 아울러 <蘇雲傳>의 경개를 소개하였고, 작품의 시대배경이 崇禎年代로 나타남을 보아 英·正屍臺나 그 후에 나타난 작품으로 보았다. 이어 <玉簫傳>과 <蘇學士傳>의 異同 관계를 살폈으며, <鳳凰琴>에 대하여 내용이 <蘇雲傳>과 같다는 견해도 밝혔다.

5) 김태준이나 박성의가 인용했던 <蘇知縣羅衫複合>은 <蘇知縣羅衫再合>을 잘못 인용했던 결과임이 뒤의 이명구와 서대석의 논문에서 밝혀졌다.

6) 李明九, 「李朝小說의 比較文學的研究」, 『大東文化研究』 제5집, 성균관대학교 대동문화연구소, 1968, 30쪽.

7) 박성의는 '趣味와 形式이 單調롭던 당시 우리나라 小說界에 이 小說(『太平廣記』에 실려 있는 <崔尉子傳>이 明·淸代에 <蘇知縣羅衫複合>과 <白羅衫>이란 이름으로 개작된 작품을 이름)이 들어오자 즉시로 飜案되었는데, <蘇雲傳>이 많이 歡迎되는 것을 본 작가들은 敏感하게도 <月峰記>의 固有名詞를 고치고 다시 潤色을 더하여 <玉簫傳>이라는 表題下에 내놓게 되었으니, <玉簫傳>은 다시 <玉簫奇逢>이니, <江陵秋月>이니, <鳳凰琴>이니 하여 여러 가지의 취향에 맞게끔 조금씩 다른 이야기—중국소설인 <蘇知縣羅衫複合>과 <白羅衫>이 우리나라에 유입되어 <蘇雲傳>·<月峰記>·<玉簫傳>·<玉簫奇逢>·<江陵秋月>·<鳳凰琴> 등으로—로 개작했던 사정을 설명하였다(『韓國古代小說論과 史』, 日新社, 1973, 383~385쪽).

8) 徐大錫, 「蘇知縣羅衫再合系 翻案小說 研究」, 『東西文化』 제5집, 啓明大學校 東西文化研究所, 1973, 202~221쪽.

논자는 위 논문에서, 〈蘇知縣羅衫再合〉이 우리나라에 들어와서 등장인물의 명칭과 벌어지는 사건이 아주 흡사한 〈月峰山記〉로 번역되었으며, 〈月峰山記〉의 전반부를 개작하여 明의 인정소설에 군담을 삽입하고 주인공을 영웅화함으로써 군담소설의 유형으로 번안된 작품이 〈蘇學士傳〉 유형이고, 〈江陵秋月〉은 군담소설의 유형으로 가장 번안에 성공한 작품으로, 번안소설이기는 하나 전혀 새로운 작품적 가치를 창조한 것이라고 밝혔다. 〈蘇學士傳〉은 〈蘇知縣羅衫再合〉의 인정적 흥미에 군담소설적 흥미가 추가되었다고 한다면 〈江陵秋月〉은 군담소설의 구조 속으로 〈蘇知縣羅衫再合〉의 줄거리가 용해된 것으로 보았다. 〈鳳凰琴〉은 개화기 이후에 번안된, 이 계통의 소설로는 가장 뒤늦게 나타난 작품으로 스토리의 핵심은 〈蘇知縣羅衫再合〉과 동일하나 〈月峰山記〉나 〈蘇學士傳〉의 개작을 토대로 신소설의 수법에 의하여 신소설 유형으로 번안된 작품임을 밝혔다.

필자는 오래 전 충북의 영동지방을 답사하던 중, 본 작품의 필사본을 구하였지만 그동안 관심을 기울이지 못하다가 근래에 작품을 세밀히 본석해 본 결과 여러 면에서 연구해볼 만하다는 생각이 들어 본고를 집필하게 된 것이다. 본 작품과 내용이 유사한 여러 작품들이 현재 전하고 있는데, 특히 중국소설로 알려진 〈蘇知縣羅衫再合〉이나 〈蔡小姐忍辱報仇〉의 영향을 받은 작품들 가운데 하나라고 생각한다.

김태준이나 신기형, 박성의, 이명구, 서대석의 〈蘇雲傳〉과 관련한 작품들에 대한 앞선 언급이 있었으나 본 작풍의 제명이 거론되지 않았던 점은 이들이 소설사를 정리하던 당시나 이명구, 서대석의 연구가 발표되었던 때에 아직 본 작품의 필사본은 보지 못했던 때문이라 본다. 필자가 소장한 사본의 필사연대가 1932년인데 그렇다면 이의 대본이 되었을 또 다른 〈쥬봉전〉은 이미 그보다 앞서 있었을 것이 분명하다. 아니면 다른 이름

의 작품을 전사자가 임의로 <쥬봉젼>이라 고쳤을 가능성도 배제할 수 없다.9)

<朱海仙傳>이 19세기 중기의 필사본이고, 본 작품이 1932년에 필사되어 전하며,10) 1900년대에 들어서 수십 종의 한글필사본은 물론 활자본 <玉簫傳>과 <江陵秋月>, <玉簫奇緣>, <蘇雲傳>, <蘇學士傳>, <月峰山記>, <鳳凰琴> 등의 이름으로 각 출판사에서 간행되었다는 현상만 보더라도 상기 작품들이 당시에 얼마나 독자들의 기호를 만족시키면서 유행했던가를 짐작할 수 있다. 『太平廣記』에서 비롯된 이야기의 원천(<崔尉子傳>)이 후대의 <蘇知縣羅衫再合>(『警世通言』), <蔡小姐忍辱報仇>(『今古奇觀』) 등으로 개작되면서 이런 작품들이 우리나라에 유입된 후 <蘇學士傳>, <蘇雲傳>, <玉簫傳>, <玉簫奇緣>, <玉簫奇逢>, <江陵秋月>, <月峰山記>, <月峰記>, <鳳凰琴>, <쥬여득젼>, <쥬봉젼>, <쥬희션젼> 등과 같은 이름으로 번안되기도 하고 전사자의 창의가 어느 정도 보태어졌을 것으로 본다.11)

---

9) 이 점은 <朱海仙傳>이 이미 필사되어 세상에 전하고 있었음이 틀림없었다고 볼 때(신기형 소장본이 1851년에 필사되었음), 후대에 이를 대본으로 필사한 전사자가 주인공의 활약상을 살펴 <쥬봉젼>이라 개명할 가능성이 얼마든지 있기 때문이다. 주해선은 작품의 후반부에서 중심인물로 활약하는 인물임에는 틀림없으나 주봉은 처음부터 마지막까지 이야기의 전편에 걸쳐 중요한 역할을 하기 때문이다. 작품 전편을 통해 볼 때 <朱海仙傳>보다는 <朱鳳傳>이란 題名이 더 어울린다.

10) 韓國精神文化硏究院에 소장되어 있는 또 다른 한글필사본 <쥬봉젼>(소장 일련번호 1181)에는 작품의 마지막에 '디즁 십연 음정월 십일 견셔 필지애라'라 하여 大正 10년(1921)에 필사된 것임을 밝히 보여주고 있다. 또 다른 이름의 작품으로는 한글필사본 <쥬여득젼>(필사연대 미상, 소장번호 1183)이라는 이본도 있음을 알 수 있다. 위와 같은 여러 이름의 작품이 있는 것을 보아서 전사자가 자신의 기호에 따라 제명을 붙였던 것이 아닌가 본다. 이들 작품의 제명은 달리 되어 있어도 주여득에 이어 그의 아들 주봉, 주봉의 아들 해선 三代의 이야기를 하고 있음은 공통적이다.

11) 위의 작품들 가운데 한글필사본 <강능추월전>에 대한 작품의 형성과정, 작품분석, 작품말미 부연에 대한 의미, 이본상황, 여성 독자층과 독자 수용의 태도 등 전반적인 고찰은 이미 박광수와 장정룡, 김재웅이 소상히 밝힌 바 있다.

본고에서는 본 작품이 조선후기 또는 일제시대에 무엇 때문에 많은 독자를 확보할 수 있었는가를 중심으로 살피기 위하여 작자의 저작의도는 어떤 것이었으며, 등장인물의 활약을 통하여 작품의 주제는 무엇인가를 밝히는 것을 목적으로 한다. 이에 앞서 아직까지 소상히 밝혀지지 않았던 작품의 서사단락을 정리한다.


## 3. 敍事段落


이미 신기형이 앞의 책에서 이본이라고 할 수 있는 〈朱海仙傳〉을 텍스트로 간단한 경개를 소개하기는 했지만 너무 간략한 탓으로 이야기의 맥이 이어지지 않는 곳이 있기 때문에 본격전인 작품 고찰에 앞서 먼저 본 작품의 상세한 줄거리를 알아야 할 필요가 있기에 정리해 본다.

(1) 당 태종 즉위 초, 황성의 남천문 밖에 사는 주여득이라는 재상이 등장한다.
(2) 일찍이 주여득은 9대 독신으로 세살 때 아버지를, 이어 어머니마저 잃고 사방으로 구걸하다가 다행스럽게 왕 상서의 구함을 입어 그의 사위가 되고, 뒷날 장원급제하여 벼슬이 일품에 오른다.
(3) 주여득의 출세를 시기하던 조정의 백관과 최 상서가 주여득을 모해하

---

박광수의 「江陵秋月傳 一考察」(『韓國言語文學』 제42집, 한국언어문학회, 1999), 「강능추월전의 結末部 敷衍과 그 意味」(『어문학』 70, 한국어문학회, 2000)와 장정룡의 「江陵秋月傳異本研究」(『平沙 閔濟先生華甲紀念論文集』, 화갑기념논문편찬위원회, 1990), 「강릉추월전 연구」(『人文學報』 제23집, 江陵大學校 人文科學研究所, 1997), 김재웅의 「강능추월전 연구」(『韓國學論集』 26집, 啓明大學校 韓國學研究院, 2000), 「강능추월전의 여성 독자층과 독자 수용의 태도」(『어문학』 75, 한국어문학회, 2002)가 있다.

고자 변방인 해평지방의 도사로 보낼 것을 상소하고 황제는 마지못하여 그를 해평 도사로 임명한다. 그러나 주여득은 부인과 아들 주봉을 남겨둔 채 황명을 거역할 수 없어 임지로 가지 않고 자결한다.

(4) 왕씨 부인이 주봉을 데리고 삼년상을 치른다. 이때 주봉이 일곱 살을 당하여 글공부를 시작한다. 주봉이 열세 살 때, 집안은 더욱 가난하게 되어 왕씨 부인이 밥을 빌어 근근히 살아간다. 주봉이 열다섯 살 때 과거가 시행되는데, 주봉이 과거를 보고자 하나 지필이 없어 갈 수 없자 이 딱한 사연을 알게 된 남천문 안에 살던 거부 이도원이 도와주어 과거에 응시, 장원급제한다. 주봉은 이어 한림학사가 되며, 황명으로 이 승상의 딸을 아내로 맞이한다.

(5) 하루는 황제와 만조백관이 함께 산상에 올라 다연을 배설하고 즐기는데, 산상에 놀러왔던 선관이 당 황제의 거둥을 보고 놀라 선궁으로 돌아가면서 옥저와 거문고를 놓고 간다. 주봉이 이를 주워 황제께 바치면서 "옥져난 쟝즈방이 계명산의 올나가 팔쳔 초병 흣쯧 옥져요 거문고는 션관 양쇼유 팔션예와 희롱ᄒ던 거문고이로소이다"(16쪽)[12]라고 아뢴다. 황제가 대신들에게 옥저와 거문고를 불어보라고 명하지만 주봉을 제외하고는 아무도 불지 못하자 봉에게 준다.

(6) 이 승상의 맏사위였던 최 한림이 해평도사로 부임한 지 7년이 지나도 소식이 없자 좌우승상 유경안과 조정의 대신들이 주봉을 시기하여 해평도사로 임명할 것을 상소한다. 주봉이 어머니인 왕씨 부인에게 옥저와 거문고를 맡기고, 출산이 얼마 남지 않은 아내 이씨와 시비 옥염을 데리고 임지로 향한다.

(7) 주봉 일행이 임지로 가는 길에, 해적 장취경의 습격을 받는다. 장취경이 주봉을 강물에 던지고 부인 이씨와 옥염을 데리고 적굴로 돌아간다. 적굴로 잡혀온 이씨 부인과 옥염은 이전에 잡혀왔던 열두 부인들을 만난다.

(8) 주봉이 바다에 빠지자 용왕의 이목을 보내어 구출한다. 주봉은 일광대사의 도움으로 해평 땅에 안주한다. 대사는 "이 쌍의셔 십칠셰을

---

12) 필자 소장, 한글필사본 <쥬봉전>(아래의 인용에서는 쪽수만 표시함).

비러먹으면 자연 원슈도 갑고 영화도 볼 쪄신이 죠히 쩌나라"(28쪽)
고 말하여 주봉이 여러 해 동안 고생할 것을 일러준다.

(9) 이씨 부인과 옥염이 남복―軍服―으로 변장하고 도적의 소굴에서
도망한다. 옥염이 이씨 부인의 탈출을 돕고자 스스로 자결하여 용왕
의 구함을 입고, 이씨 부인은 첩첩 산중을 헤매다 마침내 팔관대사를
만나 그의 도움으로 칠보암에 의탁, 머리를 깎고 중이 된다. 얼마 지
나지 않아 아들을 출산한다. 아이를 절에서 양육할 수 없어 아기의 왼
발 새끼발가락을 잘라 옷깃 속에 넣고 저고리 네 귀에 '유복자 해선'
이라고 쓴 후 10여 리 밖 동네 우물가에 버린다.

(10) 장취경이 아이를 주어다가 소굴로 돌아와 이름을 장해선이라 하고 적
굴에 잡혀와 있던 이씨 부인에게 맡겨 기르도록 한다. 이씨 부인은 해
선이 입은 옷과 새끼발가락을 고이 간직한다. 해선이 다섯 살 되매 글
배우기를 청하자 장취경이 도둑질이나 배우도록 하는데, 이씨 부인이
해선에게 몰래 글을 가르친다.

(11) 해선이 열세 살에 이르러 황성을 구경하고자 하니 장취경이 허락한다.
해선이 황성에 올라와 주봉의 모친인 왕씨 부인의 집에 숙소를 정하
고 자신은 해평에서 과거를 보기 위하여 올라온 장해선임을 이른다.
왕씨 부인이 해선을 보고 14년 전 해평도사로 부임한 주봉에 관한 이
야기를 들려주고 이어 해선에게 옥저와 거문고를 준다.

(12) 해선이 해평으로 돌아와 옥저와 거문고를 희롱하다가 그 소리를 듣고
찾아온 주봉을 만난다. 주봉이 옥저와 거문고에 얽힌 사연을 밝히고
자신의 내력을 이야기한다. 이어 이들은 여러 곳으로 다니면서 주봉
은 옥저를 불고 해선은 거문고를 연주한다. 마침 칠보암에 이르렀을
때, 여러 중들이 구경하다가 이씨 부인에게도 이를 알린다. 이것이 연
유가 되어 해선이 어머니, 아버지와 상봉한다. 해선은 다시 적굴로 가
서 이씨 부인으로부터 어렸을 때 장취경이 자신을 데려왔던 일과 그
때 입고 있던 옷과 새끼발가락을 보며, 자신의 과거사를 소상히 듣고
황성으로 간다. 해선이 3년만에 다시 왕씨 부인을 찾아가 지금까지
있었던 일을 자세히 알린다.

(13) 해선이 과거에 장원급제한다. 해평도사를 자원하여 부임하다가 장취
경의 습격을 당하나 장취경이 해선을 알아보고 기뻐한다. 해선이 해
평에 부임하여 선정을 베푼다. 칠보암에 머물던 이씨 부인과 주봉이
원정을 올리기 위하여 해평에 갔다가 아들 해선을 만난다. 해선이 잔
치를 배설하고 장취경을 초대하여 원수를 갚는다.

(14) 주봉이 천자에게 상소, 장해선을 주해선으로 성을 바꾸고 시비 옥엽
을 찾는 제사를 황제의 명으로 지낸다. 천자가 주봉에게는 이전의 벼
슬을 봉하고, 해선은 충절효자로 천하방어사에 봉하고, 왕씨 부인을
정렬부인으로, 이씨 부인을 숙열부인으로 봉한다.

(15) 옥엽이 투신한 곳에 이르러 3일 동안 정성껏 제를 올리자 옥황상제가
"주봉의 부즈와 니부닌의 정샹니 간절ᄒ고 ᄯ 옥엽은 만고의 츙비라
옥엽 곳 아니면 주봉 부쳐 엇지 살며 ᄯ 희션니 복중으셔 사라나셔
셰상을 엇지 귀경ᄒ리요 그려무로 옥엽도 환강ᄒ게 ᄒ라"(59쪽)고 용
왕에게 분부하여 옥엽이 용궁에서 환생, 반갑게 해후한다. 이어 정렬
부인으로 봉함을 입는다.

(16) 주봉과 이씨 부인, 옥엽, 해선이 황성으로 올라와 왕씨 부인을 만나
그동안의 회포를 풀고 궁중으로 들어가 천자를 알현한다. 이어 주봉
이 과거에 급제할 수 있도록 도움을 주었던 이도원에게도 벼슬을 내
리고, 주봉의 집안과 이도원의 집안이 世誼로써 지낸다.

위의 이야기는 네 단락으로 나누어진다.

첫째 발단은 (1)에서 '당 태종 즉위 초'라는 시대배경 설정과 주여득의
등장에서부터 (3)의 주여득이 간신들의 모함을 입고 해평도사로 부임하라
는 명을 받고는 아내와 어린 아들을 남겨두고 자결하는 기술까지이다. 주
여득과 왕씨 부인이 이야기의 중심인물이다. 다음, 전개는 (4) 왕씨 부인
이 어린 주봉을 데리고 삼년상을 치르며 가난한 삶을 영위하는 데에서부
터 이도원의 도움으로 주봉이 과거에 급제하고 황제의 명으로 이 승상의

딸과 결혼하여 해평도사로 부임하던 중 장취경을 만나 가족들과 뿔뿔이 흩어져 죽을 고비를 넘기고, (12) 주봉의 아들 해선이 옥저와 거문고로 인연하여 친부모를 만나고 이를 황성의 왕씨 부인(해선에게는 할머니)에게 알리는 기술까지이다. 주봉과 이씨 부인, 그들의 아들 장해선(뒷날 주해선으로 성을 고침)이 이야기의 중심인물이다. (13)은 절정이다. 해선이 과거에 급제한 후 해평도사를 자원·부임하여 선정을 베풀면서 자신의 출생에 대한 비밀을 알고는 어느 날 잔치를 열고 장취경을 초청하여 복수한다. 해선이 도둑의 아들로 장성하여 과거에 급제한 후 선정을 베풀면서 부모의 원수를 갚고 흩어졌던 가족들이 만난다는 활약상이 이야기의 중심이다. (14)에서부터 (16)까지는 대단원이다. 장해선이 본래의 이름인 주해선을 찾고, 일가가 황성으로 온다. 이들은 주봉이 부임하던 길에 장취경을 피해 투신하였다가 재생한 시비 옥염을 반갑게 만나며, 모두 황성으로 올라와 왕씨 부인과도 해후한다. 이어서 주봉이 과거에 급제할 수 있도록 도와주었던 이도원과는 세의를 나누면서 주해선이 여러 아들과 딸을 두고 부귀영화를 누리는 것으로 이야기는 끝난다. 지금까지 등장했던 대부분의 인물이 다시 모두 중심인물로 등장한다.

이같은 유형의 이야기는 이미 〈崔尉子〉(『太平廣記』 所傳), 〈蘇知縣羅衫再合〉(『警世通言』 所傳), 〈蔡小姐忍辱報仇〉(『今古奇觀』 所傳)을 비롯하여 〈蘇學士傳〉·〈蘇雲傳〉·〈月峰山記〉·〈月峰記〉·〈玉簫傳〉·〈江陵秋月〉·〈玉簫奇逢〉·〈玉簫奇緣〉·〈鳳凰琴〉으로 불리는 유사한 작품들도 있다.13) 옥소 때문에 기이한 만남을 이룰 수 있었다는 이야기이다.14)

---

13) 金起東은 〈玉簫傳〉(〈江陵秋月〉이라는 이명도 있음)과 〈玉簫奇緣〉 같은 작품들이 모두 중국소설 〈蘇學士傳〉을 모방하면서 부분적으로 작자의 창의성을 볼 수 있는 작품이라고 밝혔다. 특히 〈玉簫奇緣〉을 설명하면서 '中國소설인 〈蘇學士傳〉을 모방한 〈玉簫傳〉

이야기의 기본골격을 다음과 같이 정리할 수 있다.

(a) 시대·지리적 배경설정과 함께 처음의 주인공이 등장한다.
(b) 주인공의 아들(두 번째 주인공임)이 과거에 급제하고 벼슬길에 오른다.
(c) 두 번째 주인공이 결혼한 후 어머니를 고향에 남겨두고 부부가 함께 임지로 향하던 중 도적을 만나 죽을 위기를 모면하고 각각 헤어진다.
(d) 부인이 낳은 유복자(세 번째 주인공)가 버려져 도적의 손에 양육된다.
(e) 이 유복자가 장성하여 과거를 보기 위하여 서울로 향한다.
(f) 서울로 올라온 유복자는 우연하게도 자신의 할머니의 집에 머물게 된다.
(g) 유복자가 떠날 때, 할머니가 신표를 전한다.
(h) 이 신표로 인하여 유복자는 부모를 만나게 되고 부모의 원수를 갚는다.
(i) 온 가족이 해후한다.

위와 같은 이야기 기본구조는 유사작품으로 알려진 여타의 작품 <蘇學士傳>·<江陵秋月>·<鳳凰琴> 등과 또 중국작품으로 전하는 <崔尉子傳>을 비롯하여 <蘇知縣羅衫再合>·<蔡小姐忍辱報仇>와 같은 작품의 기본구조와도 어느 정도 공통점을 가진다.

---

을, 다시 모방하면서 創作한 작품'이라며 <蘇學士傳> → <王簫傳> → <王簫奇緣>으로 발전한 중국소설의 영향으로 만들어진 작품이라 하였다(『韓國古典小說研究』, 教學社, 1981, 331쪽). 위에서 <蘇學士傳>을 중국소설이라 했는데 어디에서 기인하여 그렇게 주장했는지는 모르겠다.

14) 이미 17세기 소설인 <崔陟傳>에서도 피리소리가 계기가 되어 주인공들의 기이한 만남이 이루어진 경우를 볼 수 있다. 옥영과 최척이 정유재란 때 각기 일본과 중국으로 헤어졌다가 安南에서 우연히 최척이 부는 귀에 익은 피리소리를 들은 옥영이 자신의 남편임을 알고 극적으로 해후한다(閔泳大, 『趙緯韓의 삶과 문학』, 국학자료원, 2000. 참조).

## 4. 登場人物設定을 통해 살펴본 作者의 著作意圖

개작자 또는 작자는 한편의 이야기를 만들면서 알게 모르게 자신의 어떤 의도를 보여주고자 한다. 본 작품의 작자가 누구인지, 또 정확하게 저작연대가 언제인지 아직까지 밝힐 단서는 없다. 그러나 작자가 누구이든 관계없이 이야기를 만들었거나 개작했던 사람의 의도는 이야기 속에 내재되어 있기 마련이다.

또 본 작품의 저작시기는 여러 정황을 살펴볼 때, 어는 정도는 추정은 가능하다. 본 작품의 저작시기는 내용이 거의 같은 신기형 소장본 <朱海仙傳>이 이미 1851년에 필사된 것임으로 보아 19세기 초반에는 지어졌음이 확실하다. 또한 작품의 기술 가운데에 "옥져난 쟝ᄌ방이 계명산의 올나가 팔천 초병 훗듯 옥져오 거문고는 션관 양쇼유 팔션예와 희롱ᄒ던 거문고이로소이다"(16쪽)에서 <九雲夢>의 주인공 양소유와 여덟 선녀가 인용된 것으로 보아 이보다는 후대에 나타났음이 확실하다. <九雲夢>을 김만중이 남해 적소에서 숙종 15년(1689)에서 18년(1692) 사이에 지었다는 설을 근거로 한다면 본 작품은 18세기 이후에 나타났음이 분명하다. 즉, 본 작품의 저작시기는 18세기 후반에서 19세기 초반 사이로 추정이 가능하다.

앞의 주에서 이미 언급한 것처럼 『太平廣記』의 <崔尉子傳>에서부터 후대의 <蘇知縣羅衫再合>·<蔡小姐忍辱報仇>로 이어지는 중국 소설의 아류작품 —飜譯·飜案·改作— 으로 우리나라에서도 전사자의 창의성이 보태어지면서 <蘇學士傳>, <蘇雲傳>, <玉簫傳>, <玉簫奇緣>, <玉簫奇逢>, <鳳凰琴>, <月峰記>, <月峰山記>, <江陵秋月>, <朱海仙傳>, <쥬봉젼>, <쥬여득젼> 등과 같은 다양한 이름의 유사작품이 나타났는지도 모를 일이다. 그러나 본고에서는 이들의 상관관계나 선후관계, 이야기 내용·구조에서의 유사성을 살피는 것이 목적이 아니기 때문에 자세한 이본의 대비는 추후로 미룬다.

본 작품은 주여득과 왕씨 부인의 이야기에서 시작하여 그들의 아들인 주봉과 그의 아내 이씨의 이야기로 전개되다가 이들의 아들인 주해선이 이야기의 중심인물로 바뀌면서 진행된다. 그리고 작자는 작품을 끝낸 후,

> 각셜니라 쥬할님과 희션은 쳔하 영웅쥰결니라 뉘 안니 층찬ᄒ리요 ᄉ 젹의 긔졀ᄒ기로 만고의 유젼코져ᄒ여 니 칙을 지여너여 만세유젼ᄒ난니 사롬마도 본바다 ᄒ기 어렵견니와 <u>디강 부모의 효셩ᄒ고 볘살을 ᄒ겨든 임군의게 츙셩을 다ᄒ야 어진 리홈을 만셰예 유젼ᄒ면 쳔츄의 빗난 리홈 을 뉘 안니 층찬ᄒ리요</u> 그만 긋치노라(67쪽)

하여 자신의 생각을 분명하게 밝히고 있다. 주봉과 주해선이 천하의 영웅으로 세상 사람들이 칭찬하지 않는 자가 없으며, 이들의 사적이 기이하기로 후대에 길이 전하고 싶은 생각으로 이야기를 지었다는 뜻이다. 사람마다 이들의 행적을 본받기는 어려울지라도 '대강 부모에게는 효성으로, 벼슬을 할 때에는 임금에게 충성을 다 할 것', 그렇게 한다면 아름다운 이름을 만세에 남길 수 있음을 강조, 자신의 저작의도를 은연중 밝히고 있다. 그렇기는 하지만 본 작품이 작자가 후기에서 밝힌 것처럼 주봉이나 주해선의 영웅적인 활약상을 중점적으로 보여주고자 한 것은 아니다. 이와 같은 활약은 미미하며 또한 시종여일하게 '孝誠'이나 '忠誠'을 강조한 작품만도 아니다. 단지, 전사자가 고소설에서 흔히 이용하고 있는 상투적인 후기를 따른 것이다. 작자가 위처럼 저작의도를 밝히고 있는데, 이런 의도를 보다 효과적으로 구현하기 위하여 작자는 자신이 만든 여러 종류

의 인물을 등장시켜 그들로 하여금 이야기를 전개해 나가도록 작품을 이끌어간다.

이제 주여득·주봉·주해선과 같은 중심인물과 이들과 관련한 주변인물, 최 상서·유경안·장취경과 같은 적대관계를 형성하는 인물, 옥염이나 이도원과 같은 조력자들의 활약상을 통하여 작자가 독자들에게 무엇을 주지하고자 했는가 살펴보자.


## 4.1. 主人公 朱如得의 三代

### 4.1.1. 朱如得과 王氏 婦人

본 작품의 이야기는 주여득으로부터 시작한다. 주여득의 가계에 대해서는 언급하지 않고 다만 주여득이 어릴 때 부모들이 세상을 떠난 것으로 기술하여 아무 의지할 곳이 없는 고아임을 보여주고 있다. 주여득은 혈혈단신, 사방으로 구걸하다가 다행히 왕 상서를 만나 그의 도움으로 어려움에서 벗어난다. 그리고 뒷날 그의 딸과 혼인하며 주봉이란 아들도 얻는다. 이어 과거에 장원급제하여 벼슬이 일품에 올라 황제의 총애를 독차지한다.

결국 주여득은 어진 인물인 왕 상서의 도움을 받음으로 첫 번째 주인공으로 등장한다. 이로 말미암아 간신들의 그를 시기하게 되고, 간신들이 황제를 움직여 그는 변방인 해평도사로 부임하게 된다. 주여득은 변방인 사지와 다름없는 해평지방의 도사로 부임해서는 안 된다는 생각을 갖지만 황제의 명령을 거역할 수 없어 그대로 집으로 돌아와 어린 아들 주봉과 왕씨 부인을 남겨두고 자결한다.15) 주여득은 남은 가족들을 위한 아무런 대책도 없이 죽음으로써 어린 아들 주봉과 왕씨 부인에게 말할 수 없는 고난을 안겨준다. 주여득이 출세할 수 있었던 것은 왕 상서의 보살핌이 있었기 때문이고 주여득이 자결하여 비참한 최후를 맞이한 것은 최 상서를 비롯한 간신배들의 모함과 현명하지 못한 군주 때문이다.

주여득이 자결함으로써 남아 있는 가족에게 커다란 시련이 닥친다. 주여득의 죽음은 앞으로 주인공 주봉에게 엄청난 고난이 따를 것임을 예견하게 해준다. 주여득은 작품의 서두에 잠시 등장하여 이 이야기가 앞으로 순탄치 않게 전개될 것임을 암시해준다. 또한 간신들의 모함이 횡행하는, 지혜롭지 못한 군주가 재위하여 바른 인물들이 정사를 도울 수 없는, 정치기강이 바로 서지 못한 때라는 시대분위기 설정도 이 이야기가 평탄하게 진행되지 않을 것임을 시사한다.

주여득은 작품의 서두에서 잠시 등장할 뿐이다. 그의 활약상을 보여주고자 한 것은 아니다. 다만 본 작품의 첫 번째 주인공으로, 간신들의 讒訴로 비극적인 최후를 맞이하면서 남아 있는 가족들에게 엄청남 고통을 안겨주고 사라질 뿐이다. 그리고 이런 시련은 왕씨 부인이 모두 짊어진다. 안타까움을 배가하고자 한 작품의 시작에서 보여준 성공적인 인물설정이다.

### 4.1.2. 朱鳳과 李氏 婦人

주여득이 죽은 후, 왕씨 부인은 주봉을 데리고 삼년상을 마친 후 가난

---

15) 주여득의 자결은 물론 간신들의 참소를 듣고 충신들의 바른 말을 가납하지 못했던 우매한 황제 때문이기는 하지만 한편으로는, 신하로서 바르지 못한 태도를 보인 결과이기도 하다. 비록 사지일지라도 皇命에 따라 임지로 가야했는데, 임지가 변방이고 위험한 곳임을 알고는 죽음으로써 가기를 거부한다. 천자의 명을 따르지 않은 것은 분명한 불충이다. 조정의 알력이 결국 주여득으로 하여금 불행한 최후를 맞게 함으로써 이후 주여득 일가의 불행이 이어진다.

하게 살아간다. 왕씨 부인이 밥을 빌어다 먹어야 할 정도로 이들의 가난은 극에 달한다. 두 번째 주인공인 주봉이 과거를 준비하면서 열심히 공부하지만 가난 때문에 과거를 포기하기에 이르는데, 이때 마침 거부 이도원의 도움으로 과거에 장원급제하며 이어 황제의 명령으로 이 승상의 딸을 아내로 맞이한다.

주봉이 고난의 세월을 보내다가 입신양명하게 된 것은 어머니의 헌신적인 보살핌과 한편으로는 부자이면서도 재물을 아끼지 않았던 이도원의 적극적인 도움이 있었기 때문에 가능했다. 작자는 이도원이라는 인물을 등장시켜 주인공을 돕게 함으로써 그의 지인지감을 보여줌과 동시에 이야기를 본격적으로 펼치고자 하였다.

어느 날 주봉은 황제를 모시고 여러 신하들과 산상에 올라갔다가 선관이 놓고 간 옥저와 거문고를 얻는다. 이것이 연유가 되어 주봉이 황제의 총애를 독차지하자 또 다시 간신들이 합세하여 주봉을 해평도사로 보내야 함을 강력히 추천한다. 황제는 완강하게 반대하지만 간신들의 계속되는 상소에 어쩌지 못하고 주봉을 해평도사로 명한다. 간신들의 횡포 때문에 대를 이어 주봉의 집안에 고난이 시작된다. 그리고 이에 적절하게 대처하지 못하는 우유부단한 군주 때문에 주봉 일가의 고난이 중첩된다.

주봉은 황제의 명에 따라 어머니 왕씨를 황성에 남겨둔 채, 임신한 부인 이씨와 시비 옥염을 데리고 임지로 향한다. 임지로 향하던 중 수적 장취경을 만나 주봉은 물에 빠져 죽을 위기를 당하고 이씨와 옥염은 도적의 소굴로 잡혀간다. 옥염의 지혜로 이씨와 함께 도적의 소굴을 도망하나 장취경의 추적을 당하자 옥염은 이씨 부인을 살리기 위하여 투신하고 이씨는 사방으로 유리하다가 팔관대사를 만나 칠보암에 의탁하면서 머리를 깎고 중이 된다. 모든 가족들이 뿔뿔이 흩어진다. 이 과정에서, 옥염의 충의로운 행동은 주목을 끌기에 충분하다. 주인을 위하여 목숨을 아끼지 않고 돌보는 행동을 몸소 실천한다. 노주 사이의 관계가 어떤 것인가를 나타내 주고 있다.

이씨는 칠보암에서 아들을 출산, 이름을 해선이라 짓는다. 암자에서 중이 아들을 낳아 기를 수 없다 하여 어쩌지 못하고 해선을 마을의 우물가에 버리고, 양육자가 나타나기를 기다리는데 마침 수적 장취경이 데리고 간다. 이씨 부인이 적굴을 도망, 사경을 헤매다 승려에게 구함을 입고 절에서 아이를 해산함으로써 그녀의 가련한 신세가 더욱 처절해질 수밖에 없어 독자들을 안타깝게 해준다. 장취경은 주해선의 이름을 장해선이라 고치고 이전에 잡혀왔던 이씨16)에게 양육을 부탁한다. 해선은 장취경을 아버지로, 이씨를 어머니로 알고 자란다. 부부와 모자 사이의 생이별, 그리고 이들이 언제 다시 인연을 회복할 수 있을지 궁금할 수밖에 없다.

주봉은 홀어머니와 어렵게 살면서도 열심히 공부하다가 이도원의 도움을 입어 과거에 응시, 급제하여 부귀영화를 누린다. 천자의 총해가 한 몸에 이르면서 조정대신들의 시기함을 입고 결국은 사지와 다름없는 해평도사로 부임하다가 해적을 만나 사경은 벗어났으나 가족들과 헤어지는 슬픔을 당한다. 주봉, 어머니 왕씨 부인, 아내 이씨 부인과 시비였던 옥명, 이들 모두가 산지사방으로 흩어지며 또 이씨 부인의 유복자이며 세 번째 주인공인 주해선이 태어나자마자 어머니와 헤어져야만 하는 기구한 운명을 맞는다. 간신들의 횡포와 이에 강력하게 대처하지 못하는 군주, 수적의 만행 때문에 주봉 일가의 고난이 극대화된다.

---

16) 여기 등장하는 이씨 부인은, 주봉보다 먼저 7년 전 해평도사로 부임했다가 소식이 끊긴 장인 이 승상의 맏사위 최한림의 부인을 가리킨다. 즉 주봉의 처형이며, 아내 이씨 부인의 언니이다.

### 4.1.3. 朱海仙과  周邊人物

주해선은 도적의 소굴에서 자신의 출생에 관한 아무것도 모르고 자라
난다. 다행히 해선의 출생에 대한 비밀을 알고 있던 이씨 부인이 장취경
의 반대에도 불구하고 해선에게 글을 가르친다.

해선이 열세 살에 이르러 황성을 구경하기 위하여 고향을 떠나 황성에
이르렀다가 날이 저물매 우연하게 할머니인 줄도 모르고, 왕씨 부인의 집
에 숙소를 정한 후 자신은 해평에서 온 장해선이라고 소개한다. 왕씨는
주봉을 닮은 해선을 보는 순간 14년 전 해평도사로 떠난 아들 주봉과 며
느리를 생각하고 그들에 관한 이야기를 하면서 해선에게 옥저와 거문고를
준다. 해선은 해평으로 돌아와 옥저와 거문고를 희롱하며 다닌다. 이때,
거문고와 옥저 소리를 들은 주봉이 찾아와 이에 얽힌 사연을 말하고 함께
옥저와 거문고를 연주한다. 마침 이씨 부인이 머물고 있던 칠보암에 들렀
을 때 여러 중들이 이들의 연주를 구경하다가 이씨에게 알린다. 이로 인
하여 이씨 부인과 주봉의 만남, 이들 부부와 아들의 만남이 이루어진다.
해선이 적굴로 돌아와 이씨 부인으로부터 자신의 과거사를 듣고 장취경의
아들이 아님을 확인하고 황성으로 올라가 왕씨 부인을 만나 지금까지 있
었던 일들을 자세히 들려준다.

해선이 과거에 장원급제, 해평도사를 자원하여 임지로 오던 중 수적 장
취경을 만나지만 장취경이 아들의 일행인 것을 알고 반긴다. 해선은 무사
히 해평에 이르러 선정을 베푼다. 칠보암에 머물던 이씨 부인과 주봉이
자신들의 억울함을 풀기 위하여 원정을 올리러 해평으로 왔다가 아들을
만난다. 해평도사가 하루는 크게 잔치를 배설하고 장취경을 비롯한 도적
의 무리들을 초대하고 복수한다.[17]

해선이 장성하여 황성에 이르렀다가 우연히 왕씨 부인의 집에 머물게

된다. 이때 그는 할머니로부터 옥저와 거문고를 얻고 해평으로 돌아와 이를 불고 다녔는데, 이것이 인연이 되어 아버지 주봉과 어머니 이씨 부인과 상봉한다. 그리고 자신의 과거사를 소상히 알고는 다시 황성으로 올라가 왕씨 부인에게 이를 알리고 과거에 급제한 후 해평도사를 자원, 부임하여 선정을 베풀면서 부모의 원수를 갚는다.

주여득은 사지와 같은 해평지방의 도사로 명을 받은 후 이를 거절하지 못하고 스스로 목숨을 끊음으로써 남아 있는 가족들을 보호하고자 한다. 왕씨 부인과 주봉은 가난한 삶을 영위하며 목숨을 부지한다. 뒷날 주봉은 장원급제한 후 황제의 명에 따라 해평도사로 부임하다가 수적 장취경을 만나 가족들의 생사를 넘나드는 어려운 고비를 맞이한다. 주여득에 비하여 황제의 명령에 순종하는 데 있어서는 적극적임을 알 수 있다. 해선은 해평도사를 자원하여 부임한다. 그리고 선정을 베풀면서 할아버지 대에서부터 비롯된 집안의 비극을 씻고자 하며 동시에 장취경에 대한 복수도 감행한다. 매우 적극적으로 위기에 대처하여 승리한다.

할아버지 대에서부터 비롯되었던 가정의 비극을 손자 대에 이르러 말끔히 씻어내고 마침내는 온 가족이 부귀영화를 누린다는 이야기이다.

---

17) 작품의 마지막 작자의 후기에서 '사룸마도 본바다 흑기 어렵건니와 더강 부모의 효성흑고 볘살을 흑거든 임군의게 츙셩을 다 흑야'라고 했음에도 불구하고 주해선이 자신을 길러준 양부 장취경에게 처절하게 복수를 감행한다고 하는 것은 본래 저작의도와는 거리가 먼 사건 처리임을 알 수 있다.

## 4.2. 主人公들과 敵對關係의 人物

### 4.2.1. 崔 尙書

주여득이 황제의 총애를 독차지하자 이에 불만을 가진 조정대신들은 어떻게 해서든 주여득을 사지에 몰아넣을 궁리를 한다. 최 상서는 이때 앞장서서 주여득을 모해하는 인물이다. 최 상서는 아래와 같은 내용을 황제에게 아뢴다.

> 육노로는 ᄉ만 ᄉ철이요 슈로ᄂ는 오만 오철이요이 페ᄒ의 덕틱이 밋지 못ᄒ와 오륜과 삼강을 모로오니 인심이 무지ᄒ와 희평도사을 보너오되 ᄒ번 가오면 소식이 업ᄉ오니 국가의 근심이 젹지 아이ᄒ오니 빅콴 즁의 쟝락잇난 ᄉ롬을 갈히여 그 셤즁의 보너고 빅셩을 진무ᄒ압고 오륜을 ᄀ르쳐 몬져 보닌 도사의 소식을 알고오면 조흘가 ᄒᄂ이ᄃ(4~5쪽)

결국 주여득은 간신들이 올린 상소에 따라 해평도사로 임명된다. 이들의 주장은 먼 변방이기 때문에 백성들이 삼강오륜을 알지 못하고 또 한번 도사로 간 사람마다 소식을 알 수 없는 곳이기에 장수로서의 지략을 갖춘 인물을 가려 도사로 보내 이런 일을 잘 처리하도록 해야 한다는 것이다. 그리고 이에 합당한 인물이 주여득임을 아뢴다. 자신과 적대관계에 있는 인물을 위와 같은 방법으로 제거하고자 한다. 주여득은 간신들의 모함 때문에 젊은 나이에 아들과 아내를 남겨둔 채 '츠라리 쥭고 안이 갈만 갓지 못ᄒ다' 하고 자결한다. 주여득은 가족들의 안위가 어떻게 될지 모르는 위험한 땅에 가서 벼슬을 하느니 차라리 죽음으로써 남은 가족들만이라도 무사히 지내기를 바라는 마음으로 스스로 목숨을 끊는다. 간신들의 참소 때문에 위기를 맞이하지만 결국 신하로서 황명을 거역하는 불충을 자행한다. 최 상서를 비롯한 간신들의 모함 때문에 주여득이 죽음으로 주봉과 왕씨 부인에게 말할 수 없는 시련을 안겨준다.

작품의 서두에 주여득을 모함하는 적대관계의 인물을 설정함으로써 주여득을 비롯한 남아 있는 가족들에게 고난이 중첩되도록 이야기를 전개한다. 다라서 독자들은 주여득이 죽은 후 남은 가족들의 안위가 어떻게 될까 안타까움과 궁금증을 가지고 이야기에 빠져들 수밖에 없게 된다. 성공적인 인물설정에 따른 이야기의 발단이다.

### 4.2.2. 左右丞相 유경안

갑작스럽게 가장을 잃은 왕씨 부인은 어린 아들을 데리고 삼년상을 마친 후 가난한 삶을 영위하면서도 주봉이 학문에 힘쓸 수 있도록 집안 분위기를 이끌어간다. 가난한 생활의 모습을 작품에서는 아래처럼 기술한다.

> 칠세여 공부홀 졔 나지면 솔방울을 어더다가 밤의 불을 쎠고 글을 일근이 …(9쪽)

> 십삼세의 당흐미 글은 천흐문쟝이요 인물은 남중일식이로되 세간은 츳목흐여 왕부인이 밥을 비러다가 쥬봉을 먹이던이 …(10쪽)

주봉은 이처럼 어려운 여건 속에서 면학하면서 과거를 준비하지만 가난한 형편 때문에 과거에 응시할 수 없는 딱한 사정에 이른다. 이때 이웃에 이도원이라는 거부가 있어 주봉을 도와 과거를 보도록 해준다. 결과, 주봉이 장원급제하고 높은 벼슬에 오르며 황제는 주여득의 아들임을 확인하고는 그를 총애한다.

이때 조정대신들이 '우리는 무슴 벼슬을 ᄒᆞ여 처ᄌᆞᆯ 먹겨 살이랴'(18
쪽) 하면서 주봉에 대한 모해를 본격적으로 논의한다. 좌우승상이던 유경
안이 일선에 나서 황제를 설득하여 주봉을 다시 해평도사로 보낸다. 주봉
의 가족에 대한 대를 이은 모함이다. 주봉은 어머니를 남겨둔 채, 부인 이
씨와 시비 옥염을 데리고 황제의 명령에 따라 해평으로 부인하다가 수적
장취경을 만나 각기 헤어져 오래도록 사경을 넘나들면서 고생을 한다. 아
버지 주여득은 황제의 명을 거역하고 자결하여 가족을 편안히 살 수 있도
록 했으나 신하로서 불충을 범한 인물이다. 그러나 주봉은 황제의 명령에
따라 가족을 이끌고 임지로 향한다. 비록 위험한 일이 닥칠지라도 신하로
서 마땅히 해야 할 도리를 다 해야 한다는 충성심의 발로이다. 그 결과
일시이기는 하나 극심한 고난을 겪는다.

아버지를 이은 주봉의 고난도 간신들의 시기 때문에 비롯된다. 가족들
이 뿔뿔이 흩어지며 생사조차도 알 수 없는 지경에 이른다. 독자들은 어
려운 여건 속에서 주봉이 장원급제하고 황제의 총애를 얻는 것으로 비로
소 안도의 숨을 쉬는데, 다시 간신들의 모함으로 온 가족이 헤어지는 비
극에 이르는 데에서 심한 좌절과 함께 분노를 느끼지 않을 수 없게 된다.
이들의 앞날이 어떻게 펼쳐질지 궁금할 수밖에 없다. 독자들의 조바심을
더욱 크게 불러일으키는 이야기의 절절한 발전단계라 하겠다.


### 4.2.3. 장취경


수적 장취경은 주봉이 해평도사로 부임하는 길에 나타나 이들 가족들
에게 커다란 시련을 안겨준다. 이미 그 이전부터 해평도사로 부임하던 많
은 사람들을 살육하고 그 가족들을 납치하여 데리고 있었으며 주봉을 물
에 던져 죽게 하였고, 이씨 부인과 옥염을 데려다 소실로 삼고자 하였으

며, 이씨 부인이 옥염과 함께 남장하여 도망가자 이를 잡기 위하여 뒤쫓 았던 인물이다. 해평도사로 부임했던 사람들에게, 주봉의 가족에게 엄청 난 시련을 안겨준다. 작품의 후반부에서는 이씨 부인이 칠보암에서 해선 을 출산하자 많은 중들이 절에서 아이를 키울 수 없다 하여 동네 우물가 에 버리자 이를 데려다가 양육한다. 뒷날 해선이 장성하여 자신의 출생에 관한 비밀을 알고 잡혀와 있던 부인들, 어머니인 이시 부인과 함께 장취 경을 관아로 초대하여 복수한다. 무고하게 숱한 사람을 살육하고 재물을 빼앗은 도적에 대한 응징이다. 주해선은 적극적으로 적대관계의 인물이었 던 장취경과 대응한다. 비록 자신을 길러준 양아버지이기는 하지만 인륜 을 모르는 의롭지 못한 도적에 대해 철저히 응징함으로써 '事必歸正'의 이치를 보여주며, 곤경에 처해있던 이들 가족들에게 행복한 삶을 가져다 준다.

주봉의 가족뿐만 아니고 이전에 해평으로 부임하려던 도사들의 가족에 게 커다란 슬픔을 안겨주었던 장취경의 등장은 본 작품에서 최대의 위기 를 조장한다. 이런 위기를 주해선이나 주변인물들이 지혜로 헤쳐나가지만 잠시이기는 하나 독자들을 절망에 빠뜨리는 위기를 조장하고 있다. 극적 전환을 위한, 절정을 맞기 위한 인물설정이며 사건조직이다.


## 4.3. 助力者들－侍婢 옥염과 巨商 이도원


### 4.3.1. 옥염


옥염은 주봉이 해평도사로 부임할 때 이씨 부인을 수행하여 따라가는 여종이다. 중요할 것 같지 않은 인물이지만 옥염의 행동을 통하여 작자의 저작의도를 엿볼 수 있다. 이 점에서, 어쩌면 작자가 가장 중시했던 인물인지도 모른다.

옥염이 처음 등장하는 것은 주봉이 해평도사로 부임할 때이다. 주봉이 해평도사로 부임하라는 명을 받고 집으로 돌아와 이 사실을 어머니인 왕씨 부인에게 아뢴다. 이미 오래 전, 남편이었던 주여득이 해평도사의 명을 받고 떠나지 못하고 자결했던 일을 기억하고 있던 왕씨 부인으로서는 자식이 다시 해평도사로 부임한다는 소식을 접하고는 기절한다. 이때 옥염은 '인명은 재천'이라고 왕씨 부인과 주봉의 아내인 이씨 부인을 위로한 후 하늘을 향해 빈다.

> 왕부인이 이 말 듯고 가삼을 두드리며 주봉의 숀과 목을 안고 질식ᄒᆞ겨날 시비 옥염 니부인을 붓들고 위로 왈 "너며 셜뭐 마옵쇼셔 <u>스롬 명니 ᄒᆞ날의계 잇사온이 간디로 죽사오리잇가</u> 수말이 장노을 못보겨던 직시 도라와 부인젼의 영화을 바리쇼셔 ᄒᆞ고 ᄒᆞ날임계 비려 왈 우리 셔방님 수로 오만 오쳘니와 육노로난 스만 사쳘이을 슈히 단여오시계 ᄒᆞ옵쇼셔 (22~23쪽)

이어 왕씨 부인이 며느리의 복중에 아이가 있음을 염려하여 옥염을 함께 가도록 한다.

> 부인이 졔우 닌스을 진정ᄒᆞ야 주봉의 숀을 잡고 또 ᄒᆞᆫ 숀으로 며느리 숀을 잡고 옥염을 도라보며 탄식ᄒᆞ며 "옥염아 ᄋᆞ기씨 잉틱ᄒᆞ연 지 삼식이라 네가 부디ᄯᅡ 잘 모시라"(23쪽)

이들 일행이 해평으로 가다가 수적 장취경을 만나 죽을 위기를 맞는다. 이때 옥염의 행동은 매우 적극적이다. 주봉이 죽을 위기에 처해 있을 때 주봉을 살리기도 하고, 이씨 부인이 죽으려 하자 복중의 아이를 생각해서라도 살아야 함을 강조하면서 장취경에게 나아가 애걸한다.

천만의외예 쟝취경이 비션 쳔여 칙을 모라 히즁 스방으로 에워 싼고 호통을 벽역갓치 지르며 달여들어 흉인 숨숩여 명을 죽여 물에 던지고 쏘 주봉을 "쇠스슬노 목을 볘히라" ᄒᆞᄂᆞᆫ 쇼리 만경챵파의 진동ᄒᆞ난지라 굴노ᄉᆞ령이 칼을 들고ᄂᆞᆫ 나셔ː 칼노 치러ᄒᆞ니 칼든 파리 공즁의 부러져 히즁의 쩌러지고 쏘 사령을 지촉ᄒᆞ야 칼든 팔리 부러져 히즁의 쌔지난지라 잇쩌예 부인과 옥염이 그 겨동을 보고 <u>차라리 물의 쌔져 죽고져 ᄒᆞ되 틱상즁 잇기로 못 죽ᄂᆞᆫ지라 옥염이 챵졀의 싱각ᄒᆞ되 부인이 잉틱ᄒᆞ연 지 구삭이라</u> … "부인은 늬 말슴을 드르쇼셔 부인이 죽의시면 복즁의 의기도 죽글거시요 쇼비도 죽글거시요 셔방님도 죽ᄉᆞ오면 뉘라셔 원슈을 갑플리요 쏘 부인은 엇지 하슬잇가" ᄒᆞ며 장취경 압피 나가 복지 이결ᄒᆞ되 "장군임아 장군임아 <u>구틱여 우리 셰방임을 목 버히려 ᄒᆞ시ᄂᆞᆫ잇가 동인 거슬 풀려 신쳬나 온젼케 죽이시면 우리 부인은 장군임의 부슬이 되옵고 쇼비난 잔군임의 몸이나 되야 빅연동낙ᄒᆞᆯ 졔 싱남싱여ᄒᆞ오면 이란 졍분이오니</u> 비ᄂᆞᆫ이다 이비ᄂᆞᆫ니다 장군임계 져발 덕분의 비ᄂᆞᆫ이다 하날임계 비나이다 살여쥬소 살여쥬소 우리 셔방임 살여주소셔 비ᄂᆞᆫ이다 비ᄂᆞᆫ이다" 쳔지도 감동ᄒᆞ고 귀신도 감동ᄒᆞᄂᆞᆫ지라 장취경도 인비목셕 안니어던 옥염의 비ᄂᆞᆫ 소리을 감동ᄒᆞᆯ 분더러 분인을 부실 삼을 싱각이 잇기로 쥴의 동인 걸 쓸너 만경챵포의 던지ᄂᆞᆫ지라(25~27쪽)

옥염의 애원을 들은 장취경이 주봉을 물에 던져 죽이고, 이씨 부인과 옥염을 부실로 삼을 생각으로 데리고 소굴로 돌아온다. 옥염이 적굴로 왔을 때, 이미 이전에 해평으로 부임하다가 화를 입고 사로잡혀왔던 열두 부인을 만난다. 이날 밤, 장취경이 이씨 부인이 머무는 방에 들어오려 하자 옥염이 이를 만류하면서 한 꾀를 생각해낸다. 이씨 부인이 위기를 벗어나도록 돕는다.

> "장군임은 드르쇼셔 우리 부인은 션 보롬은 경위 잇삽고 훗 보롬은 경
> 위 업수온이 훗날인들 곳 못즈올잇가"(29쪽)

장취경을 안심시키고 이어 옥염은 주도면밀하게 도망할 계획을 세운다. 만반의 준비를 갖춘 후, 옥염과 이씨 부인은 남자 행색을 한 후 적굴을 빠져 도망치다가 다음날 장취경의 추격을 받는다. 이들이 다시 위기를 만나자 옥염은 자신이 뒷일을 처리할 테니 빨리 도망하도록 이씨 부인에게 재촉하여 이씨 부인을 도망시킨다. 옥염은 장취경을 기다렸다가 질타한 후 스스로 물에 빠져 죽음을 택한다.

> "이졔는 스셰 급박ㅎ여스오니 부인은 입부신 군복과 신을 버셔 강까의
> 두고 급피 도망ㅎ소셔 나는 죽어도 셥지 아니ㅎ여도 부인은 천금갓탄 몸
> 을 익겨 복즁의 든 이기ㄴ 귀히 질너 쟝셩ㅎ겨든 원슈을 갑고 영화로 지
> 니쇼셔 … ㄴ난 여긔 잇짜가 도젹놈 쟝취경이 오겨든 부인은 몬져 물에
> 쌔져 죽음을 이르고 진욕이나 무슈이 ㅎ고 쥬글 겨신이 부인은 급피 환
> 을 면ㅎ쇼셔" ㅎ며 … "이놈아 ᄾᄾ 쟝취경아 드러라 너는 하눌도 두렵지
> 안이ㅎ야 빙셜갓튼 우리 부인이 엇지 너갓튼 도젹놈을 상디ㅎ여 말을 드
> 르시며 닌들 엇지 너 집 물종이 되리요 우리 부인이 너의 얼골 다시 안이
> 보야 ㅎ고 발셔 물의 바져 죽고 ㄴ는 너 오긔을 지달려 닉 그언 말노 욕
> 이나 ㅎ고 죽글리라" ㅎ며 인ㅎ야 비단 침아을 물음씨고 만경창파의 쒸
> 여든이(31~33쪽)

주인을 살리기 위하여 여러 가지 계교로 장취경을 따돌린 후 옥염은 자신이 모시던 주인을 위하여 기꺼이 죽음의 길을 택한다. 옥염의 희생으로 주봉과 이씨 부인은 무사히 살아난다. 뒷날 주봉과 이씨 부인이 아들인

해선을 만나 귀경하는데 옥염이 투신했던 강가에 이르러 주봉이 옥염과 함께 돌아가지 못함을 안타까워하면서 옥염을 위한 제사를 지낸다.

옥황상제는 용왕에게 "주봉의 부즈와 니부닌의 정샹니 간정하고 쏘 옥염은 만고의 츙비라 옥염 곳 안니면 주봉 부처 엇지 살며 쏘 희션니 복즁의셔 사라나셔 세상을 엇지 귀경ㅎ리요 그려무로 옥염도 환강ㅎ게 ㅎ라"(59쪽)고 명하여 옥염을 살려낸다. 동시에 이씨 부인과 주봉, 주해선은 옥염을 위하여 간절히 水陸祭를 지낸다. 황제도 이 소식을 듣고 옥염을 위한 제사를 명하고 자신도 제문을 지어 옥염을 살려줄 것을 빈다.

> "만고 츙비 옥엄의 죽엄은 옥황상졔계옵셔도 의심니 겨시견니와 져의 츙졀을 위ㅎ야 슈륙지을 지니온니 이졔 다시 닌도 환싱ㅎ여 져의 슈회을 풀고 졔 상젼 양위을 다시 보졔 ㅎ옵시면 져의 츙졀문을 지여 천만 연니나 유젼코져 ㅎ오니 비난이다 상졔계옵셔 다시 살여쥬쇼셔"(62쪽)

결국 이와 같은 정성으로 옥염은 80세의 수를 더 얻어 환생, 이씨 부인과 주봉, 주해선과 반갑게 해후한다. 억울하게 죽었으니 보상의 차원에서라도 살려야 할 필요가 있었으며, 忠烈門을 세워 만세를 유전시키고자 한 작자의 의도는 독자들에게 강한 교훈을 주고자 함이라 보겠다.

> 옥염니 눈물을 긋치고 희션을 도라보며 왈 "져 선비님은 뉘시관더 져리 슬혀ㅎ시난잇가" 부닌 왈 "니 복즁으 드럿든 이기로다" ㅎ시니 옥염니 그 말 듯고 뭇니 반계 왈 "옛닐을 싱각ㅎ니 꿈도 갓고 져승도 갓도다" ㅎ니 희션니 옥염을 붓들고 울며 왈 "모친님의 말삼을 듯즈온니 부인은 니의 모친과 다르지 안니한지라 부닌 안니면 부친도 엇지 살며 모친닌들 엇지 살라시며 니 몸니 엇지 나셔 부모의 원슈을 갑퓨리요 니런고로 부닌은 곳 니 모친니라 ㅎ노라" … 왕부닌으로 왕디비을 봉ㅎ시고 옥염으로 졍열부닌을 봉ㅎ시고 열두 도스의 부닌도 각〻 작첩을 봉ㅎ시다 희선

부즈 천은을 축슈ᄒ고 황셩으로 갈시 위의 겨동은 천즈의 비기러라
(63~64쪽)
 천즈 젼교ᄒ시되 "옥염의 츙졀을 위ᄒ야 츙열문을 지여 션판의 시기되
천츄만셰라도 츈츄졔양하ᄒ계 ᄒ고 젼후ᄉ연을 시겨 후셰예 젼ᄒ리
라"(67쪽)


위에서 살펴본 것처럼 작자는 주인공 3대를 중심으로 이야기를 전개하
면서 이들과 적대관계에 있는 인물과 조력자를 등장시켜 갈등을 고조하여
이야기의 흥미를 배가하기도 하며, 또한 그런 과정을 통하여 사람이 어떻
게 살아야 하는 것인가 보여준다. 그러나 중심인물이었던 주여득·주봉·
주해선보다도 가장 본 작품에서 중요한, 의미있는 활약을 하는 인물로 옥
염을 등장시키고 있다. 옥염을 통하여 사람이 살아가는 길, 특히 노주 사
이에 있어서의 삶의 모습을 제시하였으며 이런 옥염의 희생정신을 기리기
위하여 마지막에서는 옥염을 환생하도록, 그리고 신분도 시비에서 정렬
부인으로 상승하는 것으로 이야기를 마무리하였는데 그 어떤 인물보다도
역할이 두드러짐을 보여준다.
 작품의 마지막, 작자의 후기에서 보듯이 본 작품은 부모에게 효성을 다
하고 임금에게는 충성을 다 하라는 의도로 만들어진 작품이다. 그럼에도
불구하고, 작품에서 적대관계에 있던 인물에 대한 처리가 미흡하다. 다만


 옥시을 젼슈ᄒ시니 쥬승상니 마지 못ᄒ야 후궁의셔 국스을 보살피며
젼의 시기ᄒ던 빅셩을 불너 이로디 젼닐을 죠곰도 혐위을 두지 말고 죠
켜 닛시라 ᄒ니 빅관니 그 말삼을 듯고 티닌군즈라 일캇더라(66쪽)


고 하여 주봉이 황제를 대신하여 국사를 보살피면서 이전에 자신을 시기
하던 신하들을 용서하자 이들이 모두 주봉을 가리켜 '대인군자'라 이야기

함으로써 이들에 대한 治罪를 대신한다.

주봉이나 이씨 부인을 위하여 목숨을 아끼지 않았던 시비 옥염에 대하여는 죽음으로써 이야기를 끝내지 않고 환생시킴으로써 작자의 의도가 무엇이었던지를 시사한다. 종으로서 주인을 충성으로 섬긴 것에 대한 보상의 차원이라 할 수 있는 옥염의 환생과 사후처리는 특이한 경우라 할 수 있다.18) 옥염을 살리기 위한 수륙재가 주봉의 가족은 물론, 황제의 명으로 연이어 행해지며 결과, 옥황상제가 용왕에게 명하여 옥염을 살릴 뿐만 아니라 그의 명수도 80을 더해준다. 환생 후 그녀의 위상도 한층 상승된다. 옥염을 정렬부인으로 봉하고, 그녀를 위한 충렬문을 세워 만세를 유전하도록 황제의 명령이 내려진다.19)

## 4.3.2. 이도원

이도원은 주봉의 이웃에 살던 거상이다. 그러나 그는 돈만 아는 인물이 아닌 知人之感을 가진 훌륭한 인물로 설정되어 있다. 어린 나이의 주봉이 아버지와 사별하고 가난하게 살면서도 열심히 학문에 정진하지만 집안 형편이 어려워 과거시험을 볼 엄두를 내지 못할 때, 선뜻 나서서 과거에 응시할 수 있도록 보살펴준다.

---

18) 시대의 선후를 떠나 많은 작품에서 이와 같은 재생의 경우는 자주 접할 수 있다. 한 예로 가장 후대에 나타난 고소설이라고 할 수 있는 <三生獄樵花傳>에서는 주인공 방상연이 위기를 다하여 세 번이나 스스로 죽었다가 다시 살아나는 경우를 본다(金龜容, 「三生獄樵花傳 研究」, 韓南大學校 大學院 博士學位論文, 2001).

19) 옥염의 죽음을 두려워하지 않는, 주인을 향한 충성스러운 행동은 시대의 고금을 떠나 귀감이 되기에 충분하다. 따라서 작자는 그녀의 행동에 따른 보상 차원에서 다시 살릴 수밖에 없었으며, 또한 신분상승과 아울러 충렬문을 세워 그의 이름이 만세에 유전되도록 이야기를 전개하였음이 분명하다.

① 쥬봉의 나이 십삼세의 댱흐미 글은 쳔흐문쟝이요 인물은 남즁일식
이로되 세간은 츠목흐여 왕부인이 밥을 비러다가 쥬봉을 멱이던이 ② 잇
쩌예 황졔 쳔흐문쟝지사을 어더 국수을 으논코져 흐여 티평과을 보일수
쥬봉이 과거 긔별을 듯고 부인젼의 엿즈오되 과거을 준다 흐오니 소즈도
귀경코져 흐느니다 흐거늘 부인니 이 말을 듯고 왈 네가 아물이 보고져
흔들 지필먹이 업고 쪼흔 명디 술 슈 업스니 엇지 과거을 보려 흐느야 흐
며 봇들고 우더니 ③ 쳔만의외예 놉쳔문 안의 스는 이도원이라 흐는 니가
본터 거부로셔 그 거동을 보고 쥬동을 불너 문 왈 도련님은 무슨 일노 져
디지 우느이잇가 쥬동이 답 왈 다름이 아니라 과거을 보인다 흐되 필먹
과 명지 술 거시 업셔 글노 우노라 흐거늘 이도원이 엿즈온터 이번 과거
을 보읍소셔 지물은 누만금이라도 소인니 당흐올거시니 조곰도 염여마으
시고 소인의 집으로 가스이다 흐고 한가지로 가셔 조흔 슐 너어 극지니
더접흐고 양식과 과양을 쥬되 빅미 빅셕과 황금 일쳔 양을 쥬며 왈 양식
이느 흐소셔 흐며 스환을 그 쥬도령 딕으로 수운흐니 잇쩌에 왕부인니
과젼을 염예흐더니 쳔만의외예 이두원이 스환으로 젼곡을 만이 수운흐거
늘 부인니 놀느여(9~11쪽)


위 인용문 가운데, ①은 주봉의 인물됨이 보통이 아니었음을, 그러나
집안이 얼마나 가난했던지 어머니 왕씨가 밥을 빌어다가 겨우 연명할 정
도로 참혹했음을 보여준다. ②는 주봉이 과거에 응시하고자 하나 집안이
워낙 가난했기 때문에 아무 것도 준비할 수 없던 안타까운 상황임을 나
타낸 기술이다. 이때 ③에서처럼 이도원이 나타나 이들의 조력자가 되어
준다.

이도원은 비록 장사로 많은 돈을 번 사람이지만, 돈만 아는 그런 졸부
가 아니고 어려운 이웃을 도울 줄 아는 인정 많은 의로운 인물이다. 이도
원의 도움이 있었기 때문에 주봉이 과거에 급제하고 벼슬길에 나갈 수 있
게 된다. 이와 같은 그의 의로운 행동이 주봉 일가가 흥성하게 되는 데

결정적 계기가 되었음은 이를 필요조차 없다. 이 때문에 뒷날 주봉은 이도원의 집과 世誼를 맺고 그를 벼슬에 천거함으로써 그 은혜에 보답한다. 처음 이도원의 행동은 어떤 보상을 생각하고 행했던 것은 아니었겠으나, 주봉의 입장에서는 은혜를 입었으니 어떤 식으로든 갚아야만 했다.

> 쥬승상이 남쳔문 안의 숑닌ㅅ도원 벼살을 쳔겨ㅎ야 디ㅅ로 세의을 두고 지날식 … 닛쪄예 니승상 베살을 도ㅅ와 각도방어ㅅ을 제슈ㅎ시고 니도원 베살을 쥬시다(67~68쪽)

위의 인용문 가운데, '숑닌ㅅ도원 벼살을 쳔겨ㅎ야'에서처럼 주 승상이 황제에게 이도원의 전에 행했던 일을 자세히 알리며 벼슬을 천거하자 이를 허락했음을 알 수 있다. 또 대대로 세의를 맺었다고 하여 주봉의 후예가 이도원의 일가에게 끊임없이 후의를 베풀었던 것임을 짐작하게 한다.

작자는 위와 같은 여러 유형의 인물들을 설정하여 자신이 뜻한 바를 나타내고 있다. 장취경에 대해서는 이전에 해평도사로 부임하다가 피해를 입었던 도사의 가족들과 주해선의 가족들에 의해 복수를 감행하게 함으로써 그의 죄를 응징하지만, 이전의 최 상서나 유경안과 조정의 간신들에 대한 치죄는 없다. 이들은 잠시 주여득과 주봉에 대한 시기와 질투로 주봉 부자에게 사지와 다름없는 해평으로 도사의 임무를 맡아 가도록 갈등을 불러일으킬 뿐 지속적인 갈등관계를 설정하지는 않았다. 따라서 여타 소설에서 볼 수 있는 간신에 대한 懲惡의 요소는 볼 수 없다. 다만 헤어졌던 온 가족들이 마지막에 무사히 만날 수 있었고 부귀영화를 누린다는 행복한 결구로 되어 있을 뿐이다.

## 5. 맺음말

　지금까지의 고찰을 요약하면서 본 작품의 주제를 밝히는 것으로 본고의 마무리를 삼고자 한다. 이 이야기가 중국소설의 번안이든 아니든 또는 개작이든 아니든 그것은 중요한 문제가 아니다. 작자는 왜 이런 종류의 이야기를 만들었을까 흥미롭다. 본고에서는 등장인물의 삶의 모습을 통하여 작자의 의도가 어떤 것이었나를 살펴보았다.

　본 작품은 이미 앞의 등장인물의 역할을 통해 작자의 저작의도를 살피면서 간단히 이야기한 것처럼 가족들의 이산과 이들의 극적인 만남을 통하여 忠孝를 강조하여 독자들이 이를 본받도록 유도하고 있음으로 보아, 악행을 자행했던 수적을 응징하고 주인을 위하여 목숨을 아끼지 않았던 옥염이 환생하여 福祿을 누리도록 이야기를 이끌고 있음을 보아서 勸善懲惡을 표방한 작품이라 할 수 있다. 신하가 임금에게 바치는 충성이 있으며 아랫사람이 윗사람을 향한 충성심도 있다. 또한 자식으로서 부모에게 해야 할 도리를 충실히 이행하도록 이야기가 전개된다.

　먼저 신하의 도리로 충을 실천하는 경우를 보자. 주여득의 행동을 통하여 이미 충을 실천하고 있음을 본다.

> 　승상이 할 길이 업셔 탑젼의 하직하고 집의 도라와 부닌의 손을 잡고
> 쏘 한 손의로 주식 쥬봉의 손을 잡고 더셩통곡 왈 쳔주젼교하사 눌노 히
> 평도사을 졔슈하옵더이 히평 질노을 싱각하이 육노로난 사만 사쳘이요
> 슈로ᄂ난 오만 오쳘이오이 한 변 가오면 다시 오들 못하고 죽는듸 하이
> 니난 듸 죠졍빅관이 다 시긔하는 비라 쥬글지언졍 황명을 엇지 거역하리
> 요 하이 부인과 쥬봉의 겨동을 보이 츠라리 죽고 안이 갈만 갓지 못하다
> 하고(7~8쪽)

위에서 주여득이 황제의 명을 받고, 해평이 죽을 곳인 줄 알기 때문에 가고싶지 않지만 신자의 도리로 어쩔 수 없어 차라리 죽음으로써 위기를 벗어나고자 한다. 황제의 명령을 거역할 수 없었기 때문에 명을 받은 후 집으로 돌아와 스스로 목숨을 끊는다. 임금에게 충성을 다하는 도리로써의 한 방편으로 소극적인 충성심을 발휘하고 있음을 본다. 그러나 가족들만이라도 편안히 살 수 있도록 배려한 위와 같은 주여득의 행동은 나라와 천자를 먼저 생각하는 '충'이라고 하기보다는 가족들의 안위를 우선했던 행동으로 매우 소극적인 '충'에 가까운 것이다.

주봉의 태도는 아버지인 주여득보다도 더욱 실천적인 충을 행하고 있음을 본다. 정치적인 갈등관계로 황제가 마지못하여 주봉을 해평도사로 명한다. 주봉은 해평이 어떤 고을이라는 것을 잘 알고 있었지만 '셩교 간측ᄒᆞᆸ시니 수화등이온들 엇지 ᄉᆞ양ᄒᆞ릿가'(22쪽)라면서 임지로 향한다. 그러나 주봉은 도중에 장취경을 만나 물에 빠져 죽을 위기에서 간신히 벗어나고 가족들과 헤어진다. 사지인 것을 알지만 이를 피하지 않고 황제의 명을 따르다가 온 가족이 큰 화를 입는다.

주해선의 경우, 아버지 주봉이나 할아버지 주여득보다도 적극적으로 충을 실천한다. 해선이 도적의 아들로 자라났지만 도둑질보다는 학문에 힘썼으며, 뒷날 자신의 출생에 대한 비밀을 알고는 계획적으로 복수를 하기 위하여 과거에 급제하고, 자원하여 해평도사로 부임한다. 황제는 보내기 싫었지만 해선이 적극 자원하기 때문에 어쩔 수 없이 보낸다. 해선이 해평도사로 부임하는 것은 개인적인 복수심 때문이기도 하지만 한편으로는 변방의 민심을 바로잡고 성총을 널리 선양하고자 하는 충성심도 내재되어 있음을 간과할 수 없다. 적극적인 충성심의 발로라고 할 수 있다.

대개 '忠' 하면 신하가 임금을 향한 것으로 인식한다. 그러나 본 작품에서의 이런 경우가 아닌 충성스러운 행동은 시비인 옥염을 통하여 잘 나타난다. 옥염은 주봉 집안의 시비이다. 주봉이 해평도사로 부임할 때 이씨 부인을 따라 임지로 향한다. 이에 앞서 왕씨 부인은 아들이 해평도사로 부임한다는 소리를 듣고 실신한다. 이때 옥염이 '너머 셜러마옵쇼셔 스룸 명니 ㅎ날의계 잇사온이 간디로 죽사오리잇가'라며 사리를 분명히 밝히면서 왕씨 부인을 위로한다. 해로에서 장취경의 무리들이 달려들어 주봉을 칼로 베려하자 이씨 부인이 스스로 죽으려 하였는데, 옥염의 간절한 청원으로 주봉을 물에 빠뜨리고 이씨 부인을 적굴로 데리고 간다.[20] 주봉과 이씨 부인을 살리는 데 결정적인 역할을 담당한다. 이씨 부인과 함께 도적의 소굴에서 얼마를 지내다가 남장하고 탈출한다. 겨우 도망하여 밤새도록 달렸지만 장취경에 쫓기는 바가 되어 사세가 어렵게 되자 이씨 부인을 도망하게 한 후 자신은 장취경의 불의를 크게 꾸짖고 난 다음 스스로 투신하여 자결한다. 이상에서 볼 수 있는 옥염의 행동은 시비로서 주인을 향한 奴主關係에서 형성된 충성심의 발로라고 할 수 있다. 주봉과 이씨 부인을 위하여 자신의 목숨을 초개같이 버리는 옥염의 행동은 당시 사람들에게는 물론, 오늘날을 살아가는 독자들에게도 귀감이 되기에 부족함이 없다. 따라서 이런 옥염의 죽음을 그대로 방치할 수 없었기 때문에 작자는 마지막 부분에서 옥염의 재생을 시도한다.

> 그 쳘쳔지 원수은 갑파시나 츙비 옥염니 만경창파의 죽어시니 엇지 다시 보리요 그 연유을 쳔즈계 쥬달ㅎ고 주야로 통곡ㅎ더라(57~58쪽)
> "쳔면슈륙져을 지닉여 츙비 옥염을 츠즈보라" ㅎ시고 ㅎ교ㅎ야겨날 (58쪽)
> 옥황상계 용왕계 분ː ㅎ시되 "주봉의 부자와 니부닌의 정상니 간절ㅎ

---

20) '장군임아 장군임아 구티여 우리 셰방임을 목벼히려 ㅎ시눈잇가 동인 거슬 풀려 신체나 온젼케 죽이시면 우리 부인은 장군임의 부슬이 되옵고 소비난 장군임의 몸이나 되야 빅연동낙홀 졔 싱남싱여 ㅎ오면 이란 졍분이오니 비눈이다'(26~27쪽)

고 또 옥염은 만고의 츙비라 옥염 곳 안니면 주봉 부쳐 엿지 술며 또 ㅎ
션니 복즁의셔 사라나셔 세상을 엇지 귀경ㅎ리요 그려무로 옥염도 환쌍
ㅎ게 ㅎ라"(59쪽)

잇씨예 쳔변 슈륙죤츄을 옥염 쌔진 강가의 비셜홀시 쳔ㅎ 디스와 문목
지와 만죠빅관이며 츙열잇는 스람으로 ㅎ눌님계 츅슈ㅎ고 일만 군스로
빙니 밧그 여긔 군졸을 삼고 부인과 쥬봉의 부즈는 젼됴단발하고 신영
빅모ㅎ고 삼층단을 뭇고 졍셩으로 비려 왈(59~60쪽)

닛씨 옥황상져겨옵셔 "옥염을 세샹의 너여보니되 몬져 나흔 셰지 말고
쏘 다시 팔십 셰을 주라" 분ㅈㅎ신니라(62쪽)

쳔ㅈ 젼교ㅎ시되 "옥염의 츙졀을 위ㅎ야 츙열문을 지여 션판의 시긔
되 쳔츄만세라도 츈츄졔양하ㅎ계 ㅎ고 젼후스연을 시겨 후세예 젼ㅎ리
라(67쪽)

자신의 몸을 돌보지 않고 주인을 위하여 희생한 때문으로 옥염은 환생
한다. 주봉의 장계와 황제의 명령에 이어 옥염을 위한 수륙재를 지내고,
옥황상제와 용왕의 도움으로 옥염이 다시 살아난다. 환생한 후 황제는 옥
염을 정렬부인으로 봉한다. 이어 황제는 옥염의 사적을 기록하여 충렬문
을 세우고 후세 사람들로 하여금 춘추로 제사를 지내도록 명한다. 본 작
품에서 가장 강조하고 있는 것은 신하로서의 충성심보다도 옥염과 같은
시비의 주인을 향한 충성스러운 행동이다. 위와 같은 의로운 행동 때문에
옥염은 다시 살아나며 하층민이었던 옥염은 주봉의 당당한 부인으로, 황
제로부터는 정렬부인으로 봉함을 받는 영광을 누린다. 주인을 향해 충성
심을 다 했던 선행에 대한 보상이다.

해선이 작품의 마지막에서 자신이 주봉과 이씨 부인의 아들인 것을 확
인하고 자신의 집안이 장취경 때문에 멸족 당할 뻔했던 것을 알고 지금까
지 자신을 양육해주었던 그에게 복수를 감행한다. 물론 양육해주었던 은

혜를 저버린 배은망덕한 짓 같기도 하지만 천륜을 중시했던 시대였음을 감안할 때, 집안의 원수이기도 하고 가깝게는 친부모의 원수였던 장취경을 懲治하는 것은 부모에 대한 효행이라 하기에 손색이 없는 행동이다.

또한 거상 이도원의 행동을 통하여 훌륭한 지인지감을 가졌던 인물임을 본다. 그는 주봉이 어려움에 처해 있을 때 거금을 아끼지 않고 쾌척, 곤경에 빠진 주봉의 가족들을 도와준다. 뒷날 어떤 보상을 염두에 둔 계획적인 행동은 아니었을 것이다. 다만, 사람 됨됨이를 살펴보고 훌륭한 인물임을 한눈에 알아차리고 무조건 도와주었던 의기에 찬 인물이다. 결과적으로는 주봉의 집안이 흥성하게 되자, 은혜를 저버릴 수 없는 감사의 뜻을 담은 보상이 이루어진다. 선행에 대한 당연한 결과이다. 아울러 장취경의 비참한 말로를 보여줌으로써 인간이 어떻게 살아야 하는가를 가르쳐 주고 있다.

본 작품이 〈崔尉子傳〉, 〈蘇知縣羅衫再合〉, 〈蔡小姐忍辱報仇〉로 발전해온 중국작품의 번안이건 아니건 그것은 중요하지 않다. 그리고 이 문제는 추후의 고찰로 미룰 수밖에 없다. 중요한 것은 무엇이 이 작품을 조선후기 또는 신소설 시대에 이르기까지 폭넓은 독자층을 형성하게 했는가 하는 점이다. 작자가 이야기를 만들면서 서사 흥미를 중시하는 것은 당연한 일이다. 그러나 한편으로는 고금을 떠나 인간이 인간답게 살기를 바라면서 강한 교훈을 주고자함도 사실이다. 특히 조선후기에 나타난 것으로 보이는 본 작품은 그 당시 독자들에게 주인공들과 같은 인간다운 삶을 살도록, 그리하여 마침내는 행복한 삶을 보장받을 수 있기를 기원하면서 〈崔尉子傳〉류와 같은 본래의 이야기 구조와는 완전히 다른 새로운 이야기로 만들었을지도 모른다. 본 작품은 이런 면에서 가장 인간답게 살았던 3대에 걸친 주인공들과 그들의 주변인물 옥염과 이도원, 또한 잠시이기는 하나 갈등을 야기했던 적대관계의 인물들이 벌이는 이야기를 통하여, 당시 독자들에게 어떻게 살아가야 하는가 그 방법을 제시하고자 한 의도로 만들어진, 勸善懲惡을 대변한 작품이라고 본다.

작자는 주인공들이 충과 효를 이룰 수 있게끔 최 상서와 유경안과 장취경을, 또한 주봉의 인물됨을 완성하기 위하여 이도원이라는 지인지감을 가진 인물을 등장시켰고, 수적 장취경이 만행을 저지르도록 하여 옥염의 주인을 향한 장한 행동이 빛날 수 있게 인물들을 적절하게 설정하였음을 본다.

# 〈쥬봉젼〉과 『太平廣記』 소재 〈崔尉子〉의 대비

## 1. 머리말

　〈쥬봉젼〉은 필자가 오래 전, 충청북도 영동 지역을 답사하면서 구했던 한글필사본 고소설이다.[1] 지금까지 본 작품에 대한 문학사나 소설사에서의 언급은 찾아볼 수 없으며, 학계에 널리 알려지지도 않은 생소한 작품이다.[2] 아직까지 안타깝게도, 언제 누구에 의해 만들어진 작품인지 밝히기가 어려운 실정이다. 그렇기는 하나 〈朱海仙傳〉, 〈朱如得傳〉과 본 작

---

1) 필자가 소장하고 있는 한글필사본 외에도 〈쥬희션젼〉(申基亨 소장본), 〈쥬봉젼〉, 〈朱奉傳〉, 〈듀희션젼〉(이상 韓國精神文化硏究院 소장본), 〈쥬여득젼〉(김동욱 소장본), 〈쥬봉젼〉(조동일 소장본), 〈주봉젼권지단이라〉, 〈주봉젼권지단니라〉(김광순 소장본), 〈주봉젼〉(12종, 박순호 소장본), 〈듀봉젼〉(2종, 연세대학교 소장본)이 있는 것으로 보아 본 작품의 사본들이 조선후기 이래로 널리 필사되어 전했던 것을 알 수 있다(전상욱, 「월봉기군 소설의 작품세계」, 연세대학교 대학원 석사학위논문, 1996. 참조). 특히 19세기 중기에 이미 필사된 사본이 확인되었고, 유사한 내용의 작품인 〈月峰記〉나 〈江陵秋月〉 같은 경우도 방각본으로 또는 19세기 말 필사된 사본이 전하고 있는 점으로 보아 고소설이 틀림없다.
2) 근래, 전상욱은 앞의 논문에서(61~69쪽) 〈月峰記〉 유형 가운데 하나로 〈쥬봉젼〉 계열을 살피면서 본 작품에 대해 언급하였으며, 필자의 작품에 등장하는 인물설정을 통해 작자의 저작의도가 어떻게 나타나고 있느지를 살펴본 논문이 있다(拙稿, 「쥬봉젼 硏究」, 『韓南語文學』 제27집, 韓南大學校 國語國文學會, 2003).

품을 비록하여 <月峰記>, <蘇雲傳>, <蘇學士傳>, <玉簫奇緣>, <江陵秋月>, <鳳凰琴>, <天桃花>, <金剛聚遊>와 같은 유사한 내용을 가진 많은 다른 이름의 작품이 한물과 한글필사본으로 또는 방각본으로, 활자본으로 전하는 것으로 보아 조선시대뿐만이 아니고 일제시대에 이르기까지 상당한 인기를 끌었던 작품이다.3)

본 작품은 주여득으로부터 아들 봉, 봉의 아들 해선에 이르기까지 3대에 걸쳐 진행되는 이야기이다. 여득이 과거에 급제하여 황제의 총애를 입자, 간신들이 모함하여 그를 변방인 해평의 도사로 보내고자 한다. 그는 황제로부터 해평으로 부임하라는 명을 받았는데, 부인과 어린 아들을 남겨둔 채 임지에 가지도 않고 자결함으로써 남아 있는 가족들에게는 커다란 시련이 닥친다. 아들 봉이 장원급제, 한림학사가 되고 황제와 같이 산상에 올랐다가 마침 선관들이 놓고 간 옥저와 거문고를 얻는다. 이어 주봉에 대한 황제의 총애가 깊어지자 다시 간신들의 시기 때문에 봉이 아버지 대를 이어 해평도사로 부임하던 중 수적 장취경을 만나 가족들과 헤어져 죽을 고비를 넘긴다. 그의 아내 이씨는 시비 옥염과 함께 도적에게 사로잡혔다가 도망, 암자에 의탁하면서 유복자를 낳는다. 절에서 아이를 키

---

3) 한 예로 <月峰記>와 <江陵秋月>의 다양한 이본을 들 수 있다. 육재용은 3종의 방각본과 5종의 한글필사본, 3종의 한문필사본, 7종의 활자본, 그 외에도 <玉簫傳>, <玉簫奇緣>, <金剛聚遊> 등의 활자본을 대상으로 이본을 고찰하면서 17세기 후반에서 일제시대에까지 널리 유행했던 작품이라고 밝혔다(「月峰記의 異本研究」, 西江大學校大學院 박사학위논문, 1994). 또 <江陵秋月>을 연구했던 결과에 따르면, 19세기 말에서 20세기 초에 활발한 유통양상을 보여주었던 34종의 한글필사본과 2종의 활자본(덕흥서림, 향민사) 등 수십 종의 사본이 전하고 있음이 밝혀져 얼마나 이런 유형의 작품들이 유행했던 것인가를 짐작케 한다(박광수, 『江陵秋月傳研究』, 충남대학교 출판부, 2002, 17쪽).
전상욱의 앞의 논문, 박광수의 「江陵秋月傳 一考察」(『韓國言語文學』 제42집, 한국언어문학회, 1999)과, 김재웅의 「江陵秋月傳의 이본에 대한 연구」(『韓國學論集』 제27집, 啓明大學校 韓國學研究院, 2000), 沈載淑의 「蘇雲傳－月峰記系 作品群의 類型變異와 擔當層에 대한 研究」(高麗大學校大學院 碩士學位論文, 1990), 이필우의 「蘇知縣羅衫再合系 번안소설의 실상과 상호관계」(경남대학교 교육대학원 석사학위논문, 1991)를 참조할 수 있다.

울 수 없게 되어 길가에 버렸는데 장취경이 발견하고 데려가 키운다. 유복자 해선이 장성하여 과거를 보러 황성에 왔다가 왕씨(주봉의 어머니) 집에 숙소를 정하고 과거에 급제한 후 돌아갈 때 왕씨가 아들을 행각하며 옥저와 거문고를 해선에게 선물로 전한다. 뒷날 옥저와 거문고가 인연이 되어 해선이 부모를 차례로 만난다. 이어 마지막 부분에서는 해선이 부모의 원수를 갚고, 헤어졌던 모든 가족들이 반갑게 해후한다.

작품의 명칭에 있어서도 〈듀여득전〉과 〈쥬봉전〉, 〈쥬희션전〉이 전한다. 이미 언급했던 것처럼 주여득의 아들이 봉이고 봉의 아들이 해선으로 이들 삼대에 걸친 이야기이기 때문에 이처럼 여러 이름의 사본이 전하게 된 것이라 본다. 많은 한글필사본과 활자본도 전하는데, 전반적인 내용은 대동소이하며 전사자의 기호에 따라 달리 작품 이름이 붙여진 것이다.


## 2. 현전하는 사본과 연구현황


필자가 소장하고 있는 〈쥬봉전〉의 마지막에 '님신 원월 넘칠 다 셔노라'[4]라는 기록을 보아, 1932년 정월 27일 필사했음을 알 수 있다. 본 사본은 원본과는 거리가 먼 후대에 호사가가 전사한 사본이다.

신기형은 일찍이 철종 2년(1851)에 한글로 필사된 본 필사본과 내용은 유사하지만 작품 이름이 다른 〈朱海仙傳〉이라는 사본을 소개하였고, 스킬렌드는 고소설 목록을 정리, 작품을 소개하면서 〈朱海仙傳〉 사본에 관해 간략하게 언급하였다.[5] 신기형은 위의 사본을 소개함면서 1851년 필

---

4) 필자 소장, 한글필사본 〈쥬봉전〉 말미.
5) W. E. Skillend, 『古代小說』, University of London, 1968, 255쪽.

사된 작품이며 또한 작품의 성립시기는 이보다 훨씬 이전이 될 것이라고 주장하였다.6) 아직 필자가 이를 확인하지는 못하였으나, 이미 밝혀진 줄거리를 보아서 <朱海仙傳>과 본고의 텍스트인 <쥬봉전>의 내용이 크게 다르지 않음이 분명하다. 다만 <朱海仙傳>은 해선이 해평 지방을 잘 수습한 후 무사히 황성으로 돌아와 설 상서의 딸을 아내로 맞이하며 3남 2녀를 두고 부귀영화를 누린다는 결구로 되어 있음에 비해서 본 작품은 해선이 귀환한 후 '십디 독신으로 구남 팔여의 영화부귀 디디로 니리더라'라 하여 약간의 차이가 있다. 그렇기는 해도 <쥬봉전>과 <朱海仙傳>은 같은 계열의 작품이다. 주봉의 아들이 해선인데, <쥬봉전>에서는 봉을 제명으로 삼았으며 <朱海仙傳>에서는 봉의 아들 해선을 제명으로 삼았음이 다르다.7)

신기형은 작품을 소개하며 간단히 자신의 소견을 언급하였다. 그는 앞의 책 가운데 第八章 '古代小說의 沈滯期'에서 「朱海仙傳과 奇逢類」라고 節을 나누어 본 작품을 기봉류 작품이라 분류한 후, 자신이 소장하고 있는 한글필사본을 텍스트로 하여 작품에 대한 간단한 줄거리를 소개하고, 이어 문학사적 가치에서 볼 때 여타의 고소설에서 흔히 볼 수 있는 중국을 배경으로 하여 기이한 만남을 기술한 별다른 특징이 없는 작품이라고 밝혔다.8)

이보다 앞서, <쥬봉전>이나 <朱海仙傳>과 유사한 이야기 구조를 가진 <蘇雲傳>이나 <玉簫傳>에 관해서는 김태준이 그의 소설사에서 중국

---

6) 申基亨, 『韓國小說發達史』, 彰文社, 1960, 433쪽.

7) 이 계열의 이본으로는 <朱如得傳>, <쥬봉전>, <朱海仙傳> 세 작품이 있다. 제명이 다르지만 내용은 거의 같다. 주여득은 주봉의 아버지이며 주해선은 주봉의 아들이다. 작품 안에서 처음부터 마지막까지 활약하는 인물은 주봉이고, 주여득은 작품의 서두에 잠시 등장했다가 사라지는 인물이며 주해선은 작품의 중반에서부터 마지막까지 활약하는 인물이다. 따라서 작품의 이름으로는 <쥬봉전>이 가장 합당하리라 본다.

8) 申基亨, 위의 책, 432~433쪽.

의 〈崔尉子傳〉과 〈蘇知縣羅衫再合〉·〈白羅衫〉의 아류작품으로 만들어진 것이라고 언급하였고,9) 이명구는 明末 馮夢龍의 작품집 『警世通言』 제11화인 〈蘇知縣羅衫再合〉과 〈月峰山記〉를 상세히 비교한 후 〈月峰山記〉나 〈蘇學士傳〉의 원천이 〈蘇知縣羅衫再合〉이고, 〈月峰山記〉나 〈蘇學士傳〉이 많은 독자층을 형성하자 〈鳳凰琴〉·〈江陵秋月〉과 같은 번안작품으로 계속하여 나타났다고 주장하였다가 그 후 한국적 특색을 담은 개작이나 창작이라고 해도 충분할 정도의 소설로 보기도 했다.10) 박성의는 〈蘇知縣羅衫再合〉이 우리나라에 들어와 즉시 번안되었는데 〈蘇雲傳〉이 독자들에게 환영을 받자 이어 〈月峰記〉→〈玉簫傳〉→〈玉簫奇緣〉→〈江陵秋月〉→〈鳳凰琴〉 등으로 개작되었으며 이런 작품들이 유행하게 된 이유를 간략히 밝혔다.11)

서대석은 번안소설에 관한 연구의 일환으로 중국소설 〈蘇知縣羅衫再合〉에서 비롯된 고소설을 비교적 상세히 대비하면서 연구, 우리나라에서 유행했던 〈月峰山記〉·〈蘇學士傳〉(〈蘇雲傳〉, 또는 〈텬도화〉)·〈江陵秋月〉·〈鳳凰琴〉 등의 작품이 중국소설 〈蘇知縣羅衫再合〉의 번안작품임을 밝혔다.12)

육재용은 경판본 〈月峰記〉를 가장 선본이라고 밝히면서 〈蘇知縣羅衫再合〉은 번안·창작소설이며, 이 뒤를 이어 여러 가지 작품으로 변이, 개작되어 〈月峰山記〉, 〈소운뎐〉, 〈소흑ᄉ젼〉, 〈蘇學士傳〉, 〈鳳凰琴〉과 같은 작품들이 양산되었고, 〈月峰記〉 소재의 일부가 창작동인이 되어

---

9) 金台俊, 『朝鮮小說史』, 學藝社, 1932, 224~229쪽.
10) 李明九, 「李朝小說의 比較文學的 研究」, 『大東文化研究』 제5집, 성균관대학교 대동문화연구원, 1968, 29~30쪽.
　　李明九, 「月峰山記 研究」, 『成代論文集』 제29집, 성균관대학교, 1981, 30쪽.
11) 朴晟義, 『韓國古代小說論과 史』, 日新社, 1973, 383~385쪽.
12) 徐大錫, 「蘇知縣羅衫再合系 翻案小說 研究」, 『東西文化』 제5집, 啓明大學校 東西文化研究所, 1973, 202~221쪽.

<玉簫傳>, <玉簫奇緣>, <金剛聚遊>와 같은 본격 창작소설이 나타났다고 밝혔다.13) 한편으로는, 중국소설이 이 땅에 들어와 번안·창작으로만 끝난 것이 아니고 지속적인 변이를 거듭하면서 자국화가 이루어져 여러 종류의 작품이 양산되었다고 주장하기도 했다.14)

근래에 박광수, 김재웅 등에 의하여 <江陵秋月>의 새로운 이본에 대한 고찰과 아울러 작품의 문학사적 의의를 밝히는 작업이 이어져 왔다.15) 특히 박광수는 <강릉추월전>을 단형과 장형으로 나누었다. 단형에서 전반부는 이춘백의 충효를, 후반부는 이운학의 충효를 중심으로 되어 있음을 살폈고, 장형은 여기에 어 소저의 활약상을 중심으로 한 효열을 첨가하여 충효열을 중심 사상으로 하는 '忠孝烈錄'의 성격을 지닌 작품이라고 주장하였다.16)

본고는 위와 같은 다양한 우리나라 소설의 선후관계나 중국작품과의 관계를 구명하기 위한 작업은 아니다. 다만 <쥬봉전>이 중국작품, 특히 본 작품과 유사한 유형의 이야기 원류로 알려진 <崔尉子傳>과 얼마나 비슷한 이야기 구조인지, 인물설정에서 어떤 공통점을 보여주는지, 또 작자의 저작의도는 어떻게 차이 나는지를 살펴보고자 한다.

---

13) 육재용, 앞의 논문, 192쪽.
14) 육재용, 「<月峯記>類의 자국화 양상 연구」, 『語文學』 81, 韓國語文學會, 2003, 271쪽.
15) 申貞淑, 「江陵秋月傳 研究」, 『論文集』 15집, 京畿工業專門大學, 1981.
　　김재웅, 「강능추월전 연구」, 『韓國學論集』 제26집, 계명대학교 한국학연구소, 1999.
　　김재웅, 「江陵秋月傳의 이본에 대한 연구」, 『韓國學論集』 제27집, 계명대학교 한국학연구소, 2000.
　　김재웅, 「강능추월전의 여성독자층과 독자수용의 태도」, 『語文學』 75, 韓國語文學會, 2002.
　　박광수, 앞의 『江陵秋月傳研究』.
16) 박광수, 위와 같은 책, 54쪽.

## 3. 한글필사본 〈쥬봉젼〉

먼저 본고에서 텍스트로 이용하는 〈쥬봉젼〉에 대해서 살펴보자. 한글
필사본 표제에는 '朱鳳傳'이란 한문의 제명이 적혀있다.[17]

다른 제명의 한글필사본 〈주봉젼권지단이라〉, 〈쥬여득젼〉, 〈쥬희션
젼〉, 활자본 〈쥬희션젼〉이 있는 것으로 보아 〈月峰記〉, 〈蘇雲傳〉,
〈蘇學士傳〉, 〈玉簫奇緣〉, 〈鳳凰琴〉 등과 함께 〈쥬봉젼〉 계통의 작품
들도 널리 읽혔던 것이 확실하다.

본 작품은 이야기 구조나 인물을 설정하는데 있엇 위에 열거했던 작품
들과 많은 유사점을 가지고 있다. 또 이런 유형의 이야기 원천이 되었던
중국작품들과도 유사한 점이 있다. 먼저 본 작품의 서사단락을 정리해보
면 아래와 같다.

(a) 당 태종 즉위 초, 황성의 남천문 밖에 사는 주여득은 9대 독신으로
세살 때 아버지를, 이어 어머니마저 잃고 사방으로 구걸하다가 다행
스럽게 왕 상서의 보살핌을 입어 그의 사위가 되고, 뒷날 장원급제하
여 벼슬이 일품에 오른다. 조정의 백관과 최 상서가 여득을 모해하여
해평도사로 보낼 것을 상소하고 황제는 마지못해 그를 해평의 도사로
임명한다. 여득은 부인과 아들 봉을 남겨둔 채 임지로 떠나지 않고

---

17) 작품을 필사하기에 앞서 "玉周 양풍젼 단권이라 쥬봉젼 단권이라 李分男"이라는 글이 있
는데, 〈楊豊傳〉과 〈쥬봉젼〉을 필사하면서 전사자가 자신의 이름을 밝혀 놓은 듯하다.
책의 크기는 18.5×28cm이며 본문은 총 68쪽, 매 쪽 열 줄, 매 줄 평균 20~24글자 정도
로 필사되어 있다. 〈양풍젼〉의 마지막에 '디훈 쳔보 팔년 갑즈연 츈삼월 을츅일의 하
동ᄼᅳ 밍팔션은 셔ᅙᅩ노라'라는 이전 필사자의 기록을 그대로 옮긴 다음 '님신 원월 넘치
일 맛치다'라고 한 것으로 보아 본래의 사본은 하동 사람 맹팔선이 大韓 天寶 8년 甲子年
(1924) 3월 乙丑日에 필사했으며, 본 사본의 전사자가 이를 대본으로 다시 필사한 것이
다. 이로 보아서, 본 작품은 1924년 이전에 이미 항간에 유전했으며 널리 읽혔음을 알
수 있다.

자결한다.

(b) 왕씨는 주봉을 데리고 삼년상을 치른다. 봉이 열다섯 살이 되어 과거를 보고자 하나 가난한 집안사정 때문에 지필묵조차 없어 갈 수 없게 되자 이웃에 살던 거부 이도원이 이를 알고 도와주어 열다섯 살 때 과거에 응시, 장원급제한다.

(c) 봉이 한림학사가 되며, 이 승상의 딸을 아내로 맞이한다. 하루는 황제와 만조백관이 함께 산상에 올랐다가 선관이 희롱하던 옥저와 거문고를 얻는다. 황제가 대신들에게 옥저와 거문고를 불어보라고 명하지만 봉을 제외하고는 아무도 불지 못하자 봉에게 준다. 이를 계기로 봉이 황제의 총애를 얻는다. 이때, 좌우 승상 유경안과 조정대신들이 주봉을 시기하여 해평도사로 임명할 것을 상소한다. 봉이 어머니인 왕씨에게 옥저와 거문고를 맡기고, 임신 3개월인 아내 이씨와 시비 옥염을 데리고 임지로 향한다. 임지로 가는 길에 해적 장취경의 습격을 받는다. 장취경이 봉을 강물에 던지고 부인 이씨와 옥염을 데리고 적굴로 돌아온다. 봉은 용왕의 도움으로 사경에서 벗어나고 일광대사의 도움을 입고 해평 땅에 안주한다. 간신들로 인해 대를 이은 주인공들의 불행이 계속된다.

(d) 이씨는 옥염과 남복으로 변장하고 도적의 소굴에서 도망한다. 옥염은 이씨가 안전하게 도피할 수 있게끔 장취경을 만나 이씨가 이미 투신했음을 이르고 그를 질타한 후 스스로 투신한다. 이씨는 사방으로 유리하다가 팔관대사를 만나 칠보암에 의탁, 중이 된다. 얼마 지나지 않아 아들을 출산하는데, 아이를 절에서 양육할 수 없게 되어 왼쪽 새끼발가락을 잘라 옷깃에 싸고 저고리에 '유복자 해선'이라 적어 동네 우물가에 버린다. 이때 장취경이 아이를 주어다가 소굴로 돌아와 이름을 장해선이라 짓고 전에 잡혀와 있던 이씨에게 맡겨 기르도록 한다. 이씨는 아이가 입은 옷을 자세히 살피고 비단과 바느질 솜씨가 낯이 익음으로 옷을 바꾸어 입힌 후 자기 자식처럼 양육한다.

(e) 해선이 어려서 글을 배우려 했지만 장취경이 허락하지 않자 이씨 부인이 글을 가르친다. 열세 살에 이르러 황성을 구경하고자 하니 장취

경이 허락한다.

(f)  해선이 황성에 올라와 주봉의 모친인 왕씨의 집에 숙소를 정하고 자신은 해평에서 과거를 보기 위하여 올라온 장해선임을 이른다. 왕씨가 해선을 보고 14년 전 해평도사로 부임한 봉과 매우 닮았다고 생각하며 눈물을 흘리면서 아들에 관한 이야기를 들려준다.

(g)  해선이 돌아갈 때, 왕씨가 그에게 옥저와 거문고를 준다.

(h)  해평으로 돌아온 해선이 옥저와 거문고를 희롱하다가 그 소리를 듣고 찾아온 주봉을 만난다. 이어 칠보암으로 구경 갔다가 어머니와 만난다. 이때 이씨가 주봉과 해선에게 버선을 선물하면서 그 자리에서 신어보라고 권한다. 이때 해선의 새끼발가락이 없음을 보고 모자임을 확인하면서 그간의 사정을 이야기한다. 해선이 집으로 돌아와 양육해 준 이씨로부터 자신의 근본을 듣고 유품을 본 후 주봉의 아들임을 확신한다. 해선이 3년만에 다시 왕씨를 찾아가 지금까지 있었던 일을 자세히 알리고, 과거에 장원급제한다. 해평도사를 자원하여 부임, 선정을 베푼다. 하루는 해선이 잔치를 배설하고 장취경 일당을 초대하여 부모의 원수를 갚는다.

(i)  봉이 천자에게 상소, 아들의 이름을 장해선에서 주해선으로 개명한다. 천자가 봉에게 전의 벼슬을 봉하고, 해선을 충절효자로 천하방어사를 봉하고, 왕씨를 정렬부인으로, 이씨 부인을 숙열부인으로 봉한다. 옥염이 투신한 곳에 이르러 3일 동안 정성껏 제를 올리자 옥염이 환생, 반갑게 해후한다. 이어 정렬부인으로 봉한다. 주봉과 이씨, 옥염, 해선이 황성으로 올라와 왕씨를 만나 그동안의 회포를 풀고 궁중으로 들어가 천자를 알현한다. 주봉은 어린 시절 많은 도움을 받았던 이도원에게 벼슬을 내리고, 그의 집안과 대대로 세의를 맺고 지낸다.


위의 이야기는 네 단락으로 나누어진다.

첫째 발단은 (a) 당 태종 즉위 초에 황성에 사는 주여득의 등장에서부터 여득이 간신들의 모함을 입고 해평도사로 부임하라는 명을 받고는 아내와 어린 아들을 남겨두고 자결하는 기술까지이다. 여득과 왕씨가 이야기의 중심인물이다. 조선시대에 언제나 볼 수 있었던 당쟁으로 인한 정치적 대립양상을 그대로 보여준다. 그러나 여득이 자결한다는 이런 상황설정은 남은 가족들에게 엄청난 시련이 이어질 것임을 미리 보여주고자 한 작자의 의도이며 훌륭한 문학적 장치라고 할 수도 있다. 다음 (b)~(g), 왕씨가 주봉을 데리고 삼년상을 치른 후 가난한 삶을 영위하는 데에서부터 이도원의 도움으로 봉이 과거에 급제하고 이 승상의 딸과 결혼하여 해평도사로 부임하던 중 장취경의 습격을 당해 가족들과 뿔뿔이 흩어져 죽을 고비를 넘긴다는 전개부분이다. 아버지의 대를 이어 정치적으로 희생당하는 상황을 제시하여 이들 가족의 불행이 극대화됨을 보여준다. 이 사이 이씨는 유복자를 낳았으나 길에 버리고, 이를 장취경이 데려다가 장해선이라 이르고 아들처럼 양육한다. 해선이 장성하여 황성으로 올라갔다가 왕씨의 집에 머물고, 떠나면서 왕씨로부터 옥저와 거문고를 신물로 받는다. (h) 주봉의 아들 해선이 옥저와 거문고로 인연하여 친부모를 만나고 이를 황성의 왕씨에게 알린다. 주봉과 이씨, 그들의 아들 해선이 이야기의 중심인물이다. 해선이 과거에 급제한 후 해평도사를 자원하여 부임, 선정을 베풀고, 잔치를 열고 장취경 일당을 초청하여 복수, 부모의 원수를 갚는다. 본 작품의 절정이다. (i) 흩어졌던 가족들이 모두 만나는 대단원이다.

　본 작품에서 핵심적인 사건은 주봉이 간신들의 모함을 입고 가족을 거느리고 해평으로 가다가 장취경의 습격을 받아 가족들이 뿔뿔이 이산했다가 뒷날 모든 가족들이 다시 해후한다는 것이다. 이 과정에서, 봉은 사경을 넘나들고 그의 아내 이씨와 시비 옥염이 장취경에게 잡혀갔다가 적굴을 탈출, 옥염은 자결하고 이씨는 산사에 의지하면서 유복자를 출산한다. 이 유복자가 장취경에게 양육되다가 뒷날 친아버지가 아님을 확인하고 부모를 대신하여 원수를 갚고 온 가족들이 반갑게 해후한다.

다음, 등장하는 인물을 살펴보자.

여득은 봉의 아버지이며, 주해선의 할아버지이다. 일찍이 혈혈단신으로 고생스러운 삶을 살아가다가 왕 상서의 도움으로 벼슬에 오른다. 황제의 총애를 얻자, 최 상서가 모함하여 황제로부터 해평 지방의 도사로 부임하라는 명을 받지만 임지로 가지 않고 자결한다. 왕 상서는 의지할 곳 없는 여득을 도와 벼슬에 나가게 한다. 최 상서는 황제의 총애를 독차지하던 여득을 모해, 황제에게 그를 해평도사로 보내도록 강권한다. 왕씨는 여득의 아내이며 왕 상서의 딸이다. 주봉은 본 작품의 가장 중심인물로 여득과 왕씨 사이에서 태어난다. 이도원은 가난한 주봉이 과거에 응시하도록 적극 도와준다. 이씨는 주봉의 아내로 이 승상의 딸이다. 황제에게 주어진 구체적인 역할은 없다. 다만 여득과 봉을 총애하는데, 간신들의 사주로 이들을 해평도사로 명한다. 우유부단한 인물이다. 유경안은 좌우 승상으로 있으면서 주봉을 모해하여 해평도사로 보내도록 상소한다. 옥염은 주봉 부자 못지않게 중요한 역할을 수행하는 인물이다. 이씨의 시비이면서 자신이 섬기던 주인을 위하여 목숨도 아끼지 않는 충복을 등장한다. 장취경은 해적이다. 주봉의 가족들에게 숱한 고난을 안겨주며, 이씨의 유복자를 데려다 양자를 삼아 기르다가 뒷날 양자에게 복수를 당한다. 팔관대사는 이씨를 도와 그녀를 칠보암에 살도록 주선, 보살펴준다. 주해선(장해선)은 주봉과 함께 본 작품에서 중요한 역할을 하는 인물이다. 이씨의 유복자로 태어나 장취경에 양육되고, 뒷날 장취경이 친아버지가 아닌 것을 알고 그에게 부모의 원수를 갚는다. 이외에도, 왕씨의 노복들이 등장한다.

등장인물이 꽤 많고, 이들 각자에게 분명한 역할이 주어진다. 또 이야기의 흥미를 배가하기 위하여 주인공들과 갈등을 야기하는 부정적 인물들과 어려운 고비 때마다 주인공을 도와주는 조력자들이 심심찮게 등장하고 있음도 특이하다.


## 4. 『太平廣記』에 실려 있는 〈崔尉子傳〉


앞에서 〈쥬봉전〉의 내용을 소상히 정리하였다. 과연 이 작품이 중국의 작품들과 어떤 공통점이 있는가를 찾아보기 위해 먼저 이와 같은 종류의 이야기 원천이라고 알려진 〈崔尉子傳〉을 살펴보자. 〈崔尉子傳〉은 『太平廣記』에 실려 전한다. 이 책은 송 태종 2년(977) 3월 칙명에 의해 이방의 감수 하에 만들어진 중국소설의 보고로 알려진 거작이다.

〈崔尉子傳〉이 실려 있는 『太平廣記』가 언제 이 땅에 유입되어 읽혔는지는 확실하지 않다. 그러나 『太平廣記』가 고려말부터 조선시대에 이르기까지 이미 많은 문인들 사이에서 널리 읽혔던 것은 분명하다.[18] 그렇다면 〈崔尉子傳〉도 일찍부터 우리나라 독자들 사이에 애독되었을 것임은 부인할 수 없다. 고려시대에는 '高宗朝諸儒所作'으로 알려진 〈翰林別曲〉의 2장 '太平廣記 四百餘卷 太平廣記 四百餘卷'이라는 가사에서 이를 확인할 수 있으며, 조선중기에 이르러 成任이 50권의 축약본 『太平廣記詳節』을 편찬한 것만 보아도 일찍이 이 땅에 유입되어 널리 읽혔던 것임을 알 수 있다. 특히, 조선중기 이후에는 언해본이 제작되었을 정도로 『太平廣記』는 많은 독자를 확보하고 있었다. 이런 언해본은 원본의 충실한 번역이라기 보다는 줄거리를 그대로 옮기거나, 언해자가 임의로 내용의 일부분을 삭제하기도 심지어는 원문의 이야기를 새로운 이야기로 개작한 경우도 있었

---

18) 尹河炳, 「太平廣記로부터 諺解本 太平廣記 成立에 관하여」, 『譯註 古典小說 太平廣記 作品選』, 國學資料院, 1996, 464~472쪽.

던 점으로 보아 우리나라에 들어와서 새롭게 변했음도 알 수 있다.[19]

〈崔尉子傳〉의 내용을 정리해보자.

먼저, 시대배경은 唐나라 '天寶年間'이다. 淸河의 崔씨가 홀로 된 어머니 노씨를 모시고 榮陽에 산다. 노씨가 치산을 잘 했기 때문에 집안이 매우 유복하다. 최씨가 과거에 급제한 후 吉州의 大和縣尉를 제수 받는다. 이어 太原의 왕씨 딸을 아내로 맞아들인다. 최씨가 많은 재물을 가지고 노복과 함께 길주로 부임하기 위하여 배를 구한다. 이때 마침 길주로 회항하는 손씨의 빈 배를 빌린다. 손씨는 이들 일행의 재물이 풍성함을 보고 최씨를 물에 빠뜨려 죽이고 재물을 빼앗은 후 왕씨를 납치한다. 왕씨는 남편을 죽인 손씨와 함께 江夏에 살면서 유복자를 낳는다. 손씨가 유복자를 자신의 자식처럼 양육한다. 왕씨가 몰래 아들에게 글을 가르치는데, 연유는 알려주지 않는다.

최시의 어머니 노씨는 鄭州에 살았는데, 오래도록 아들의 소식을 접하지 못한 채 나라 안에 난리가 일어나 20여 년 동안이나 헤어져 산다.

손씨는 최씨의 재산을 빼앗아 부를 누리며 최씨의 유복자를 자식처럼 양육한다. 이 아들이 18·9세에 이르러 과거를 보기 위해 상경하다가 鄭州를 지난다. 때마침 날이 어두워지자 어느 집에 유숙하게 되었는데, 그곳이 노씨 집이다. 집안의 종들이 왕씨 아들의 모습을 보고 이전의 주인과 매우 흡사하다고 느끼고, 노씨도 마치 아들을 만난 듯 반기며 눈물을 흘린다. 노씨는 왕씨의 아들에게 내일 하루만 더 묵었다가 갈 것을 간청하자 이를 허락한다. 노씨는 자신의 아들이 이미 20여 년 전에 임지로 떠난 후 소식이 끊어졌음을 말해주고, 고향으로 돌아가는 길에도 꼭 다시 들려줄 것을 부탁하고 작별한다. 왕씨 아들이 과거에 급제하고 다시 정주

---

19) 尹河炳, 위의 책, 서문.

에 들려 며칠 머물다 가는데, 노시가 아들을 그리워하면서 옛날 아들이 입던 옷 한 벌을 선물로 준다. 왕씨의 아들은 집으로 돌아와 지금까지 있었던 일에 대해서 누구에게도 말하지 않는다. 어느 날, 왕씨가 아들이 가진 옷을 보고 놀라며 힐문하자 아들이 사실을 알린다. 왕씨는 아들에게 그 옷의 내력을 말해준다. 이에 아들이 과거사를 자세히 알고, 양아버지 손씨를 관에 고발, 손씨를 죄에 따라 처형한다. 또한 관에서 왕씨에게도 지금까지의 일에 대해 사실을 밝히지 않은 죄를 물으려 했으나 아들이 간절히 청원하여 사면한다.[20]

이를 앞에서 예시했던 <쥬봉전>의 서사단락 순서에 따라 정리하면 아래와 같다.

(a) 천보 연간 청하의 최씨가 어머니를 모시고 형양에 산다

(b) 최씨가 과거에 급제, 길주의 대화현위가 된다.

(c) 최씨가 태원의 왕씨를 아내로 맞아 손씨의 배를 타고 길주로 향하다가 손씨에게 재룜을 다 빼앗긴 후 물에 빠져 죽고, 아내 왕씨는 손씨에게 억류된다.

(d) 왕씨가 손씨와 같이 강하에 거주하면서 유복자를 낳고, 손씨는 이 유복자를 자신의 아들로 삼아 키운다.

(e) 손씨에게 양육되던 유복자가 과거를 보기 위해 상경한다.

(f) 유복자인 왕씨의 아들이 상경하는 길에 정주의 노씨 댁에 머문다.

(g) 노씨가 떠나는 왕씨의 아들에게 전에 아들이 입었던 옷을 신물로 전한다.

(h) 뒷날 왕씨는 아들이 가지고 있던 옷을 보고 놀라며 전후 사실을 알려준다. 이로 인하여 유복자는 양아버지인 손씨를 관에 고발하여 죄 값

---

20) 李昉, 『太平廣記』, 臺灣 古新書局, 1981, 卷第一百二十一, 報應二十.
　　작품의 마지막에 '出原化記'라 하여 『原化記』에서 인용한 것임을 밝혔는데, 『原化記』는 당 會昌(841~846)·咸通(860~873) 年間의 인물로 알려진 황보 씨(이름은 밝혀지지 않았음)가 찬술한 唐代의 전기소설집이다. 그 가운데 55편의 작품이 『太平廣記』에 실려 전한다.

을 치르게 한다.

(i) 온 가족이 해후하는 부분은 생략되어 있다.


위와 같이 〈崔尉子傳〉의 내용을 정리해 보았을 때, 주인공이 임지로 가다가 수적을 만나 재물을 빼앗기고 죽거나 죽을 위기를 맞으며 그의 아내가 도적에게 사로 잡혔고, 그가 낳은 유복자가 도적에게 양육되었다가 뒷날 친부가 아님을 알고 복수한다는 이야기의 기본골격은 본 작품과 유사하다.

그러나 이야기의 전개뿐만이 아니고 등장인물 면에서는 〈쥬봉전〉보다는 매우 간략하게 되어 있다. 등장하는 인물이나 사건전개에서 현저한 차이가 있다. 주인공 최씨, 그의 어머니 노씨, 그이 아내인 왕씨, 주인공 부부를 위기에 빠트리는 선주 손씨, 왕씨가 출산한 최씨의 유복자, 노씨 집안이 노복들이 등장인물의 전부이다. 갈등을 불러일으키는 인물로 선주 손씨가 등장하여 이야기의 흥미를 제고하고는 있으나, 사건과 인물설정이 매우 간단하다.

사건도 〈쥬봉전〉보다 간단하다. 최씨가 어머니를 모시고 유복하게 살다가 과거에 급제하고, 왕씨를 부인으로 맞아 함게 대화현위로 부임하다가 선주 손씨에게 피습 당하여 물에 빠져 죽고 그의 아내는 손씨에게 억류되어 함께 강하에서 살아간다. 이어 왕씨는 유복자를 낳고 손씨는 그를 아들로 삼아 양육한다. 왕씨는 아들에게 몰래 글을 가르친다. 이 아이가 장성하여 과거를 치르기 위하여 상경하다가 우연히 노씨 댁(아버지의 집)에 머문다. 노씨로부터 옷을 선물로 받아 집으로 돌아왔는데, 왕씨가 이 옷을 보고 지난날의 일들을 소상히 밝힌다. 마지막으로 이 아들은 자신이 손씨의 자식이 아님을 알고 양부를 관에 고발, 부모의 원수를 갚는다.

위의 이야기에서 작자가 독자들에게 주지하고자 했던 것은 무엇이었을까? 한마디로 요약한다면 왕씨에게서 태어난 최씨의 유복자가 뒷날 손씨가 자신의 아버지가 아님은 물론 친부모의 원수임을 알고 관에 고발, 복수한다는 것이다. 이 원수관계를 확인하기까지, 최씨의 아들이 과거를 보기 위해 상경하였다가 우연히 노씨의 집에 머물게 되고, 이때 노씨로부터 옷을 선물 받는데 이 옷이 연유가 되어 지난 일들을 소상히 알게 된다는 사건을 조직하였음을 본다. 결국 이 이야기의 주지는 최씨의 가족들에게 불의를 자행했던 손씨를 징계하는 것이다. 사필귀정, 불의 에 대한 징계를 보여준다. 그 후 이들 가족들의 단락한 삶의 모습에 대해서는 관심조차 보이지 않았다. 관에서는 손씨를 처형한 후 이런 사실을 지금까지 숨겨왔던 유복자의 어머니 왕씨까지 처형하고자 했으나 아들이 간곡히 용서해줄 것을 빌어 처형을 면한다. 결국 유복자가 부모를 대신하여 자신을 키워주었던 양아버지에게 복수를 감행한다는 것이 이야기의 핵심이다.

## 5. 두 작품의 대비

앞에서 두 작품의 서사단락을 정리하면서 등장인물이나 이들에 의해 펼쳐지는 사건에 대해서 간략하게 살펴보았다. <쥬봉전>의 작자나 또는 전사자가 직접 <崔尉子傳>을 보고 이에 영향을 입고 작품을 지었다고 보지는 않는다. 그러나 이야기의 골격이 유사하다는 점에서 전혀 무관하다고 보기도 어렵다. 또한 앞선 시대에 나타났던 <崔尉子傳>이나 그 외의 중국소설, 또 우리나라에서 일찍이 널리 유행했던 <月峰記> 계열의 작품들보다 후대에 만들어진 <쥬봉전>이 다양한 인물을 설정하고 사건도 복잡다단하게 조직되어 있다는 것은 당연한 결과이기도 하다. 이를 좀더 구체적으로 대비해 보자.


## 5.1. 시대배경과 지리적 배경설정


<쥬봉전>은 7세기 초인 '당 태종 즉위 초'(태종의 연호인 정관 1년이 627년임)라는 시대배경과 '황성의 남천문 밖'이라는 막연한 지리적 배경이 설정되어 있는데, <崔尉子傳>에서는 8세기 중반 현종의 연호인 '천보 연간'[21]이라는 구체적인 시대와 주인공이 사는 곳으로 '형양'이라는 실제 지명을 배경으로 하였다. <崔尉子傳>에서 보듯이 실제 연호와 지명을 배경으로 했던 것은 중국의 작품이기에 가능했던 것이라 본다. 사실성을 가진 배경설정이다. 그런데, 본 작품에서 막연히 '당 태종 즉위 초'라고 시대를 설정하고 지리적 배경으로 '황성의 남천문 밖'이라 했던 것은 작자 또는 전사자가 중국의 시대나 지리에 소상하지 못했기 때문에 나타난 결과이다. <崔尉子傳>보다는 사실성이 떨어진다. <崔尉子傳>에는 이외에도 태원, 정주, 길주의 대화현 등을 배경으로 설정하였는데 이는 모두 실제의 곳이다.[22] 그러나 본 작품에서 중요한 지명으로 설정한 해평이라는 곳은 오늘날 안남(호남의 화룡현)의 북쪽 경계에 있던 작은 현인데, 작품의 기술에서 보듯이 그렇게 변방도 아니며, 더구나 장원급제한 후 황제의 총애를 한 몸에 받았던 여득과 봉의 임지로 이처럼 작은 마을을 설정했다는 것이나 또 있지도 않은 '해평도사'라는 벼슬을 설정한 것도 작자의 오류이다.

---

21) 당 현종(712년 즉위) 2년부터 '개원'이라는 연호, 30년(742년)부터는 '천보'를 사용했다. 작품에서 '천보 연간'이라 했던 것은 현종 30년 이후를 가리킨다.

22) 榮陽은 지금의 河南으로 당나라 때 鄭州로 이름을 바꾸었고, 吉州는 오늘날 江西의 吉安縣을 이른다(臺灣商務印書館, 『中國古今地名大辭典』, 1980. 參照).

두 작품의 시대·지리적 배경설정 비교

|  | 〈崔尉子傳〉 | 〈쥬봉젼〉 |
|---|---|---|
| 時代的인 背景 | 天寶(唐 玄宗 代)年間 | 唐 太宗 卽位 初 |
| 地理的인 背景 | 滎陽(鄭州)·太原 등 | 皇城의 남천문 밖 |
| 主人公의 任地 | 吉州의 大和縣 | 海平 |

## 5.2. 등장인물 설정

<쥬봉젼>에는 꽤 많은 인물이 등장한다. 작품의 서두에 주여득이 등장한다. 봉의 아버지이며, 해선의 할아버지이다. 혈혈단신으로 고생스러운 삶을 살아가다가 왕 상서의 도움으로 그의 딸을 아내로 맞으며 뒷날 벼슬에 오른다. 황제의 총애를 얻자, 최 상서가 모함하여 해평도사로 부임하라는 명을 받고 임지로 가지 않고 자결한다. 왕 상서는 여득의 인물됨을 보고 그를 도와주는 인물이다. 최 상서는 여득을 모해하여 해평도사로 보내도록 황제에게 강권하여 갈등을 불러일으키는 인물로 여득의 가정에 잇단 고난을 안겨준다.

왕씨는 여득의 아내로 왕 상서의 딸이다. 봉은 여득과 왕씨 사이에서 태어난 아들이며 본 작품의 핵심인물이다. 이도원은 주봉이 과거에 응시할 때 도와준다. 이씨는 봉의 아내로 이 승상의 딸이다. 특별한 역할은 없지만 여득과 봉의 가정에 수난을 안겨주기도 하며 뒷날 이들 가정에 부귀영화를 보장해주는 황제가 있다. 유경안은 좌우 승상으로 있으면서 봉을 모해하여 해평도사로 보내도록 상소한다. 아버지 대에 있었던 최 상서와 같은 역할을 한다.

옥염은 이씨의 시비이면서 본 작품에서 매우 중요한 역할을 수행하는 인물이다. 장취경은 해적으로 주봉의 가정에 커다란 시련을 가져다주는

인물이다. 한편으로는 유복자로 태어나 길에 버려진 해선을 데려다 양육
한다. 그리고 양자로부터 복수를 당한다. 팔관대사는 이씨가 의지할 곳 없
이 떠돌 때, 그를 도와 칠보암에 살도록 주선해준다. 이씨의 유복자로 태
어나는 주해선(장해선)은 작품의 후반부에서 중심인물로 활약한다. 다수의
노복들도 등장한다. 작품의 말미에 이르면 10대 독신으로 태어났던 해선
이 9남 8녀의 자식을 두고 부귀영화를 누린다. 물론 이들 자손의 작품에
서의 뚜렷한 역할은 기술되어 있지 않다.

두 작품의 등장인물 비교

| | 〈崔尉子傳〉 | 〈쥬봉전〉 |
|---|---|---|
| 主人公 | 崔씨와 유복자 | 주여득, 주봉, 주해선 三代 |
| 主人公 어머니 | 盧씨 부인 | 주여득의 아내 왕씨 |
| 主人公의 아내 | 王씨 부인 | 주봉의 아내 이씨 |
| 船主와 水賊 | 船主 孫씨 | 水賊 장취경 |
| 婢僕 | 盧씨의 종들 | 왕씨 집안의 종들 |
| 敵對者 | – | 주여득을 모함하는 최 상사와 조정대신 |
| | – | 주봉을 모해하는 유경안과 조정대신 |
| 구원자 | – | 주여득의 위기를 도와주는 왕 상서 |
| | – | 주인을 살리기 위해 죽는 옥염 |
| | – | 주봉의 출세를 도와주는 이도원 |
| 기타 | – | 이씨 부인의 언니와 형부, 아버지23) |
| | – | 팔관대사와 일광도사24) |
| | – | 황제(唐 太宗) |
| | – | 용왕과 이목 |
| | – | 옥황상제 |
| | – | 주해선의 아들과 딸들25) |

---

23) 이 승상은 주봉의 장인이다. 이씨의 언니는 일찍이 해평도사로 부임하는 남편 최 한림
  을 따라 해평으로 가다가 장취경에게 습격을 당하여 피해를 입는다. 홀로 살아남아, 장
  취경에게 사로잡혀와 살다가 이때 마침 장취경이 데려온 해선의 모양이나 차림새를 보
  고 의아해하면서 자식처럼 양육한다.

위에서 보아 알 수 있듯이, <崔尉子傳>에 등장하는 인물을 살펴보면 매우 간단하다. 작품의 서두에 잠시 등장하는 주인공의 아버지 최씨, 최씨의 어머니인 노씨, 최씨의 아내인 왕씨 일가족이 있다. 손씨는 선주로 임지로 부임하는 최씨를 해상에서 죽이고 왕씨 부인을 억류한다. 왕씨는 선주와 함께 살면서 최씨의 유복자를 낳는다. 이 유복자가 아버지를 죽였던 양부를 관가에 고발, 원수를 갚는다. 약간의 노씨 집안의 종들이 등장한다.

## 5.3. 사건전개

두 작품 사이에 등장인물에서 큰 차이가 있듯이, 이들 인물에 의해서 벌어지고 있는 사건에서도 커다란 차이가 있다. <崔尉子傳>이 간략한 반면 <쥬봉전>은 꽤 복잡하다. 특히 적대관계에 있어 인물을 적당히 등장시켜 주인공들에게 이어지는 시련을 안겨주면서 이야기를 안타깝게 극적으로 전개하고 있는가 하면 구원자들의 도움으로 주인공들이 위기에서 벗어나는 경우도 있다. 먼저 <崔尉子傳>에서는 볼 수 없는 새로운 사건들이 조직되어 있는 부분을 정리해보면 아래와 같다.

---

24) 주봉이 물에 빠져 사경을 헤맬 대 용왕의 구원함을 입는다. 이때 마침 이곳을 지나던 일광도사를 만나 그의 도움으로 해평 땅에 안주한다. 이씨 부인이 정처없이 유리할 때 만난 팔관대사는 이씨를 칠보암에 살 수 있도록 도와준다.
25) 작품에서 이들의 역할은 없다. 다만 작자는 이들의 선종을 기리기 위해 '희선은 십디 독신으로 구남 팔여의 영화부귀 디디로 니리더라'라 기술하였을 뿐이다.

## 5.3.1. 주인공을 비롯한 삼대 이야기

〈崔尉子傳〉에서는 최씨의 아내 왕씨와 유복자를 중심으로 이야기가 펼쳐지는데 비해 본 작품은 주인공 한 사람을 중심으로 한 이야기만은 아니다. 주봉의 아버지인 여득에서 이야기를 시작하여 봉의 아들 해선에 이르러 이야기를 마친다. 즉 주여득-주봉-주해선, 3대에 이어지는 이야기이다. 작품의 마지막에서는 후일담으로 해선이 많은 자녀를 두고 대대로 부귀형화를 누리는 것으로 이야기를 끝냈다.

작품의 서두에서 여득이 간신의 참소로 비극적인 최후를 맞이하게 함으로써 그의 아내 왕씨, 아들 봉의 앞날이 어렵게 전개될 것임을 예시한다. 독자들에게 안타까움을 더해주는 사전의 사건조직이다. 이어 봉에게도 아버지와 마찬가지로 간신에 의한 끝없는 고난이 이어진다. 봉의 일가가 산지사방으로 유리, 고통의 나날을 보내도록 이야기를 전개하다가 해선에 이르러 모든 집안의 난관을 해결하고 일가가 단란하게 된다.

## 5.3.2. 주인공을 돕는 보조적 인물의 역할

〈崔尉子傳〉에서는 주인공이 어려움에 처해 있을 대 그에게 적극적인 도움을 베푸는 인물이 등장하지 않는다. 그래서 최씨는 죽을 수밖에 없었고 그의 아내는 도적과 함께 살 수밖에 없게 된다. 그러나 본 작품에는 주인공들이 어려움에 처해 있을 때 이들을 돕는 인물이 다수 등장하여 이야기의 흥미를 유발한다.

9대 독신인 여득은 세 살 때, 부모를 잃고 사방으로 구걸한다. 여득이 곤경에 빠졌을 때 그를 도와주고 과거에 급제할 수 있게끔 해줄 뿐만 아니라 자신의 딸을 아내로 삼게 해주었던 왕 상서가 있다. 왕 상서는 사고

무친인 그의 인물됨을 살핀 후 사위로 삼았으며 그를 도와 과거에 급제하도록 했고, 이어 높은 관직에 나갈 수 있게끔 도와준다. 봉이 어려운 살림 때문에 과거에 응시할 엄두를 내지 못할 때 물심양면으로 적극 도와주는 이도원이라는 거부도 있다. 이와 같은 의로운 행동이 있었기 때문에 봉이 과거에 급제하고, 황제의 총애를 한 몸에 받게 된다. 돈과 권력을 가진 자들이 불우한 처지에 있는 사람들이 입신양명할 수 있도록 돕는다는 인간다운 삶의 모습을 보여준다.

옥염은 이씨의 시비이다. 주봉 일행이 수적 장취경을 만나 죽을 처지에 빠졌을 때 장취경에게 나아가 임기응변으로 이들이 위기에서 벗어날 수 있게 해준다. 함께 적굴을 빠져나와 도망할 때, 이씨의 생사가 목전에 닥치자 스스로 죽음을 택하면서까지 이씨가 무사할 수 있도록 도와준다. 주인을 위해서라면 기꺼이 죽음을 택할 수 있다는 주인과 종 사이의 관계가 어떠해야 하는지를 분명히 보여준다. 이씨가 사경에서 벗어나 만나는 인물이 팔관대사이며 그의 도움으로 칠보암에 의탁, 목숨을 보전한다. 주봉이 물에 빠져 죽음에 직면했을 때 용왕의 명을 받은 이목으로부터 구원함을 얻고 이어 일광도사의 도움으로 해평 땅에 안주한다. 이처럼 여러 유형의 인물이 등장하여 주인공들이 난관에 처했을 때 조력자로서의 역할을 충실히 수행한다.

또한 이씨의 언니 역할도 무시할 수 없다. 장취경이 해선을 데려다가 먼저 잡혀왔던 이씨 부인에게 맡겼을 때 이씨는 해선의 차림새가 보통 아이와 다름을 살피고 이상하게 여기면서 아들처럼 키우며 그에게 몰래 글을 가르친다. 이전에 잡혀온 이씨의 등장은 장취경의 악행이 우발적인 것이 아니고 이미 오래 전부터 끊이지 않고 있어왔음을 증명한다.[26]

---

26) 작자는 이씨 부인을 포함해 이미 이전에 잡혀왔던 열두 부인이 있었다고 작품에서 기술하고 있다. 그들이 얼마나 원통한 삶을 살았던가는 작품의 마지막 부분에, 주해선이 장

### 5.3.3. 주인공에게 위해를 가하는 부정적 인물의 역할

〈崔尉子傳〉에서는 선주 손씨가 주인공을 해치고 그의 아내를 납치하여 함께 살면서 왕씨가 낳은 유복자를 자신의 자식처럼 양육한다. 그런데 본 작품에서는 주인공들에게 끝없이 해를 가하는 인물들에 의해 이야기의 긴장감을 더해 준다.

먼저 여득을 모함했던 최 상서가 있다. 황제의 총애가 점차 여득에게로 향하자, 최 상서는 조정대신들을 규합하여 그를 사지에 빠뜨리고자 변방인 해평 지방의 도사로 보낼 것을 적극 간한다. 결국 황제는 간신의 말을 믿고 여득을 해평도사로 명한다. 최 상서의 행동은 결국 봉의 가정에 엄청난 고통을 안겨준다. 이어 봉이 황제의 총애를 독차지하자 유 승상의 모해가 시작된다. 이 때문에 봉이 어머니와 헤어져 해평 지방의 도사로 부임한다. 주봉이 임지로 향하다가 장취경을 만나 재물을 다 빼앗기고 종들과 함께 물에 빠져 죽을 위기를 맞는다.

장취경은 수적이다. 주봉이 해평으로 부임하는 길에 만나 재물을 빼앗기고 목숨마저 위태로운 지경에 이른다. 아내, 비복들과 헤어진다. 주봉의 가족뿐만이 아니고 이미 그 전에도 그의 처형이며 동서인 이 승상의 큰딸과 사위에게도 엄청난 시련을 안겨주었다. 개인은 물론 가족들에게도 엄청난 시련을 줄 수밖에 없었던 조선시대 정적을 제거하기 위한 당파싸움의 한 단면을 보는 듯한 묘사이다.

---

취경 일당을 체포한 후 이들을 처형하기에 앞서 열두 부인이 "니 놈 살을 싹가 우리 열두리 먹고 간을 너여 쥬할님 부쳐와 도스 먹고 쎄는 갈아 군스을 멱이라"(55~56쪽)라는 기술에서 확인이 가능하다. 위와 같은 기술에서 장취경의 악행이 얼마나 오랫동안 지속되었던가를 알 수 있다.

### 5.3.4. 여주인공의 처신과 유복자의 양육

두 작품에서 가장 큰 차이점이라면 여주인공의 처신과 그 유복자의 양육이다. <쥬봉젼>을 비롯한 모든 우리 작품에서, 납치되었던 여주인공이 도적의 무리와 함께 사는 경우를 찾아볼 수 없다. 대부분, 죽음을 두려워 않고 적굴을 도망하여 자신의 몸을 지킨다. 그런데 <崔尉子傳>에서는 왕씨가 도적에게 사로잡혀 와서 그와 함께 산다. <쥬봉젼>의 여주인공 행동에서 여성에게서 가장 중요한 것이 정절임을 보여주었던 단적인 예이며, 이런 점이 <崔尉子傳>과 우리 작품의 가장 큰 차이점이다.

아이가 유복자로 태어나 원수에게 양육된다는 점에서는 두 작품이 유사하지만, <쥬봉젼>은 이야기가 더 복잡하게 전개되고 있음이 다르다. <崔尉子傳>에서는 주인공 최씨의 아내가 손씨에게 억류되어 그와 함께 살면서 유복자를 낳아 기른다. 유복자는 어머니 품에서 자신의 출신에 대해 아무 것도 모른 채 자란다. 어머니가 끝까지 비밀을 지켰기 때문이다. 그러나 봉의 유복자인 해선은 태어나자마자 버려진다. 이씨는 수적 장취경에게 잡혀갔다가 가까스로 적굴을 도망, 사방으로 전전하다가 팔관대사의 도움으로 칠보암에 의탁하여 아이를 출산한다. 그러나 절에서 아이를 키울 수 없다는 중들의 말에 할 수 없이 아이를 길가에 버린다. 이 아이를 장취경이 거두어가고, 장취경은 먼저 잡혀와 있던 이씨[27]에게 아리를 맡겨 기른다.

---

27) 주봉의 처형이며, 앞서 해평도사로 부임하다가 장취경에게 살육당한 최 한림의 아내이다. 이씨는 아이를 기르면서 아이의 모습과 입은 옷매무새를 보고 동생의 아이가 아닐까 의심한다. 그래서 아이의 유품을 몰래 잘 간수하며 또 아이에게 장취경 몰래 글도 가르쳐 뒷날 해선이 과거에 급제할 수 있도록 준비시킨다.

### 5.3.5. 유복자가 받는 신물

유복자가 과거를 치르기 위해 상경했다가 우연히 할머니 집에 머물고 할머니로부터 신물을 받는다는 부분은 두 작품이 거의 같다. 그러나 〈쥬봉전〉에서는 이 신물—옥저와 거문고—로 인하여 유복자가 헤어졌던 부모를 극적으로 모두 만나고[28] 이어 복수를 감행하는데 비해, 〈崔尉子傳〉에서 신물, 옛날 아버지가 입었던 옷은 아버지와 어머니의 원수를 확인하는 것으로 이야기를 전개하고 있음이 다르다. 결과에 있어서, 본 작품의 이야기 전개가 훨씬 효과적이다.

### 5.3.6. 옥염의 재생과 이도원 집안과의 세의

이 부분은 〈崔尉子傳〉뿐만이 아니고 우리나라에서 유행했던 〈月峰記〉 계통의 어떤 작품에서도 볼 수 없는 본 작품이 독창적임을 보여주는 대표적인 예이다. 이도원은 주봉의 집 곁에 사는 거부이다. 많은 돈을 가진 유복한 인물로 봉이 가난한 가운데에도 열심히 공부하는 것을 보고 아무런 조건 없이 그를 도와준다. 그가 아니었다면 봉의 입신양명은 불가능하다. 어떻게 사는 것이 사람다운 삶인가를 깨닫고 실천했던 의리를 가진 인물이다.

---

28) 물론 이들 가족들이 만남에 있어 중요한 단서가 되었던 것은 옥저와 거문고이다. 그러나 그 물증만 가지고는 이들의 가족관계가 확연하게 드러나지 않는다. 주봉이나 이씨 부인은 해선을 보고도 아들이라는 확신을 가질 수 없다. 왜냐하면 주봉은 아들이 있다는 사실도 모르는 상태고, 이씨도 해산하자마자 버렸기 때문에 얼굴을 기억할 수 없기 때문이다. 이 점을 염두에 둔 작자는 앞부분에서 이씨가 유복자를 버릴 때 새끼발가락을 잘라 옷깃에 넣고 저고리에 '유복자 해선'이라 써서 버린다고 기술하였다. 뒷날 해선이 이씨가 지어준 버선을 신을 때 그의 왼쪽 새끼발가락이 없음을 보고 이씨가 유복자임을 확인한다.

옥염은 이씨의 시비이다. 이씨를 위해 기꺼이 죽음을 택하는 충직한 여종이다. 옥염은 처음 주봉 일행이 장취경에게 사로잡혀 죽을 위기에 처했을 때 장취경에게 나아가 스스로 소실이 될 것을 애원하며 주인공들을 살려낸다. 이씨와 함께 적굴에 사로잡혔다가 탈출, 사방으로 유리할 때 장취경이 추격해오는 것을 보고 사세가 급박해지자 이씨를 먼저 도망하도록 권유한다. 잠시 후, 장취경을 만나 이씨가 이미 자결했다고 알리고 도적을 꾸짖고 이어 자신의 목숨을 스스로 버린다. 장취경이 더 이상 이씨를 찾을 수 없도록 지혜롭게 행동한다. 섬기던 주인을 향한 충성심의 발로이다.

그렇기 때문에 작가는 이야기의 마지막에 이르러 이들에게 부귀영화를 누릴 수 있게끔 해준다. 죽었던 옥염을 살리기 위한 제사가 거국적으로 행해지며, 이에 따라 다시 살아나는 기적을 그리고 있다.[29] 의로운 사람이었던 이도원에게도 벼슬을 내리고 그는 주봉의 집안과 대대로 세의를 가지고 지낸다. 그동안 이들의 인간다운 행동에 대한 보상의 차원이며 한편으로는 강한 교훈성을 내포한다.


## 5.3.7. 온 가족의 해후


<崔尉子傳>은 유복자가 아버지의 원수를 갚는 것으로 이야기를 끝맺는다. 그러나 <쥬봉전>은 온 가족이 수많은 난관을 다 이겨내고 해후, 단란한 삶을 누리는 것으로 매듭짓는다. 심지어는 초월적인 옥황상제와 용왕을 등장시켜 죽었던 시비 옥염까지 살려낸다. 모든 가족들이 하나도

---

29) 주인에게 충성을 다했던 시비를 죽은 채로 이야기를 끝내지 않고 거국적인 제사를 거행하여 재생시켰던 일, 그리고 나라에서 정렬부인으로 표창했다는 작품의 서술은 조선후기 서민들의 소설 독자층, 그 중에서도 여성 독자층의 확산을 꾀하고자한 작자의 의도적인 기술이라고 볼 수도 있다.

해함을 입지 않고 만나 영화로운 삶을 영위한다. 그동안의 고난에 대한 보상으로, 당연한 결과이다. 특히 10여 대를 지나는 동안 독자로 이어지던 가문이었는데 해선의 대에 이르러 많은 자녀를 두며 대대로 부귀영화를 누린다 하여 선종으로 작품을 끝낸다.

우리 고소설의 전형이라고 할 수 있는 행복한 결구로 이야기를 매듭지어 독자들에게 바른 삶의 결과가 어떤 것인가를 분명히 제시하고 있다.


## 5.4. 작자의 저작의도


한편, 작자가 전하고자 하는 의미도 완연히 다르게 나타나 있다. 〈崔尉子傳〉이 주인공의 아버지가 당했던 비극적인 죽음에 대하여 그 유복자가 복수를 감행한다는 사필귀정 사상을 보여준다. 〈쥬봉젼〉은 작품의 서두에서부터 왕 상서, 이 상서, 이도원, 옥염과 같은 인물이 등장하여 주인공들이 어려움을 당할 때 적극 도와주도록, 반면 최 상서, 유경안, 장취경과 같은 인물로 하여금 주인공이 핍박을 받도록 이야기를 전개하기도 한다. 주인공의 안위를 위해서라면 목숨까지도 아끼지 않았던 옥염의 장렬한 행동을 찬양하였으며 이도원이라는 거부를 등장시켜 어렵게 살아가던 주인공 주봉이 입신양명할 수 있도록 도와주기도 하지만 결국은 수적 장취경의 습격을 받음으로써 위기에 빠지고 이때 유복자로 태어난 해선이 뒷날 아버지를 대신하여 복수를 펼친다는 구조를 가지고 있음이 판이하다. 따라서 이 두 작품의 영향관계는 거의 무관하며 후대에 나타난 〈蘇知縣羅衫再合〉과 같은 작품이 이 땅에 들어와 읽히면서 〈月峰記〉, 〈蘇學士傳〉, 〈玉簫奇緣〉, 〈鳳凰琴〉 등과 같은 유사한 이야기로 발전, 개작되어 전하다가 〈쥬봉젼〉의 작자에 의해 본래의 모습에서 완전히 일탈한 새로운 이야기로 창작된 것으로 보아야 할 것이다.

그러나 무엇보다도 큰 차이는 이야기를 만든 작자의 의도가 판이하다는 점이다. <쥬봉젼>에서 이시 부인이 어떻게 해서든 도적의 소굴에서 도암, 자신의 몸을 온전히 지키려 노력하였던 반면에 <崔尉子傳>에서는 그런 여인의 모습을 찾아볼 수 없다. 여성의 정조관념에서 두 이야기의 주지가 근본적으로 다르다. <崔尉子傳>은 아버지의 원수를 갚는 것으로 이야기를 끝낸다. 또한 작자는 이와 같은 엄청난 사실을 감추고 말하지 않았던 왕씨에게도 죄를 물으려 하였으나 아들의 간곡한 만류로 용서하는 것으로 이야기를 끝맺고 있다. 그러나 <쥬봉젼>은 부모의 원수를 갚은 후 온 가족들이 반갑게 해후하여 행복한 삶을 영위한다는 결구로 되어 있다. 이어서 작자의 의도를 확실히 알 수 있는 후기가 있다.

> 각셜니라 쥬할님과 희션은 천하 영웅쥰결니라 뉘 안니 층찬ᄒ리요 슈적의 긔절ᄒ기로 만고의 유젼코져ᄒ여 니 칙을 지여너여 만세유젼ᄒ난니 사롬마도 본바다 ᄒ기 어렵건니와 더강 부모의 효셩ᄒ고 볘살을 ᄒ겨든 임군의계 츙셩을 다ᄒ야 어진 리흠을 만셰예 유젼ᄒ면 쳔츄의 빗난 리흠을 뉘 안니 층찬ᄒ리요 그만 긋치노라[30]

본 작품은 위에서 작자가 밝히 것처럼 효성을 실천하는 이야기도, 더구나 임금에게 충성을 다하는 그런 이야기도 아니다. 그런데도 작자는 자신의 저작의도를 위와 같이 표명하였다. 작자는 부모에게는 효성을 다 하고, 임금에게는 충성을 다 하라는 강한 교훈을 독자들에게 전한다. 즉 인간다운, 바른 삶을 살아가기를 강조한다. 그렇게 함으로써 주인공과 같은 복된 삶을 향유할 수 있다는 것을 보여준다. 이야기를 다 끝내고, 그래도 자신

---

30) 필자 소장, 한글필사본 <쥬봉젼>, 67쪽.

의 의도가 잘못 전해지지는 않은 것인지를 확인하기 위하여 위와 같은 후
기를 첨가하여 다시 한번 자신의 저작의도를 환기하였다.


## 6. 맺음말


지금까지 고찰한 바를 정리해보자.

이야기의 구조나 인물설정에서, 〈쥬봉전〉과 〈崔尉子傳〉이 유사점을
가지고 있음은 사실이다. 또한 일찍이『太平廣記』가 이 땅에 유입되어 문
사들 사이에서 널리 읽혔던 점을 감안한다면 〈崔尉子傳〉도 많이 읽혔을
것은 자명한 일이고, 이에 따라 우리 소설에 어느 정도 영향을 미쳤으리
라는 것은 의심의 여지가 없다. 그렇다고 본 작품이 만들어지는 데에 직
접적인 영향을 주었다고 보기는 어렵다. 왜냐하면 어떤 유형의 이야기가
재미있게 전해지다 보면, 이에 영향을 입고 유사한 이야기가 만들어지는
것은 당연한 이치이기 때문이다. 이를 가리켜 번안소설, 개작소설 또는 번
안·창작소설의 경우라고도 말한다. 지금까지 연구에서, 대부분의 연구자
들은 우리나라 작품들이 중국작품의 영향을 받아 번안 또는 일부 개작,
번안·창작된 것으로 살폈다.

육재용은 〈月峰記〉 이본을 연구하면서 〈月峰記〉는 〈蘇知縣羅衫再
슴〉의 번안·창작소설이라 밝혀 일반적으로 이야기하는 번안소설이나 개
작소설과는 그 성격이 완전히 다른 작품이라는 견해를 밝혔고, 아울러
〈玉簫傳〉 계통의 작품들은 〈月峰記〉를 모델로 하여 새롭게 만들어진
창작소설임을 주장하였다.[31]

박광수는

> <강능추월전>은 <蘇學士傳>, <月峰山記>, <鳳凰琴> 등과 같이 번
> 안작품으로 취급되어 왔다. 그러나 源泉格인 <蘇知縣羅衫再合>과는 엄연
> 히 다른 모습을 보이고 있어 독창성이 인정되고 있다. <강능추월전>에
> 서는 인물 사건 배경이 크게 달라졌고, … 중국에까지 원정하여 명성을
> 떨친다는 발상은 기발하다.[32]

고 하여, 지금까지의 일반적인 견해와는 달리 어느 정도 <강능추월전>은
독창성을 부여할만한 작품임을 시사하였다.

그러나 가장 중요한 것은 이야기를 통하여 작자가 어떤 생각을 보여주
려 한 것인가이다. 이 점에서 중국의 작품과 본 작품은 상당한 차이가 있
다. 먼저 <崔尉子傳>은 사건 자체도 매우 간단하지만 등장인물도 많지
않다. 작자가 독자들에게 주지하고자 한 것도 주인공의 가정에 커다란 시
련을 안겨주었던, 불의를 자행했던 손씨를 처형함으로써 부모의 원수를
갚는다는 사필귀정 사상을 보여주려는 것이다. 뒷날 헤어졌던 이들 가족
들이 해후한다든지, 그리하여 일가가 행복한 삶을 영위한다든지 하는 문
제는 관심 밖이다. 이야기의 핵심은 유복자가 자신을 양육해준 아버지가
친부를 죽이고 재물과 어머니를 빼앗은 인면수심의 인물임을 알고, 이미
죽었던 아버지의 원수를 갚는 것이다. 개인적인 복수를 감행하고, 그리고
이야기는 끝난다.

이에 비해 <쥬봉전>의 경우, 사건이 복잡하게 전개됨을 물론 이에 따
른 등장인물의 수도 훨씬 많다. 주봉의 가정이 수적에 의해 불행을 겪는
다든지, 뒷날 유복자로 태어난 주인공이 복수하는 것은 <崔尉子傳>과 유
사하지만 이 과정에서 적대자들이 등장하여 정치적 갈등을 불러일으켜 주
인공 가족들이 끝없는 시련을 겪게 이야기를 전개, 독자들에게 안타까움

---

31) 육재용, 「月峰記의 異本研究」, 184~192쪽, 結論.
32) 박광수, 앞의 책, 119쪽.

을 불러일으키기도 하며 한편으로는 왕 상서, 이 상서, 이 상서의 큰딸, 이도원, 일광대사, 팔관대사, 옥염, 이목, 옥황상제, 용왕 등과 같은 인물과 초현실적인 존재까지 등장하여 주인공들이 위기를 만났을 때 적극 도와주게 함으로써 주인공들이 어느 정도 위기를 극복하고 이들의 행동을 통하여 인간의 도리를 다 하는 긍정적인 삶의 태도를 보여준다는 점에서 확실히 다르다. 또 이야기의 결구에서 복수를 하는 것은 공통적이지만 본 작품에서는 죽었던 것으로 믿었던 가족들과 실제로 죽었던 시비까지 재생하도록 하여 모두가 무사히 해후하는 것으로 행복하게 마무리한 점도 두 작품 사이의 큰 차이이다. 사필귀정뿐만 아니라 권선징악을 강조한 것이다.

한편으로는, 은혜를 입었으면 이에 대해 보답할 줄 알아야 한다는 강한 교훈도 포함하고 있다. 이도원이나 옥염은 주인공들이 시련을 당할 때, 그들에게 커다란 은혜를 베풀었던 인물들이다. 이들의 행동은 물론 어떤 보답을 바라고 했던 것이 아니다. 인간으로서 본연의 자세를 보여준 것뿐이다. 작자는 작품의 마지막에서 주봉으로 하여금 이들에게 은혜를 갚도록 이야기를 마무리하였다. 그리하여, 인간으로서의 도리를 다 했던 주인공의 삶의 태도를 보여 주었다.

본 작품을 비롯하여 우리나라의 여러 작품에서 여주인공이 도적의 무리와 함께 사는 경우는 없다. 대부분, 죽음을 두려워 않고 적굴을 도망하여 자신의 몸을 지키는 것으로 그려져 있다. 여성에게서 가장 중요한 것이 정절임을 보여주었던 단적인 예이며, 이 점이 중국 작품과 우리 작품의 가장 큰 차이점이다.

따라서 본 작품은 중국소설의 영향을 완전히 배제할 수 없는 작품임에는 틀림없지만, 그렇다고 중국작품의 번안이나 개작 수준의 작품도 아니다. 다만 〈崔尉子傳〉이 우리나라 독자들에게 읽히면서 호사가들이 새로운 이야기를 만드는 데 결정적인 계기를 부여했다는 점은 인정하지 않을 수 없다. 다시 말해, 어느 정도 이야기의 골력에서 영향은 입었겠지만 작자가 우리 민족의 정서에 맞게 완전히 다시 만든 창작물이다. 그리고 우리 고소설의 특성 가운데 하나로 알려진 강한 교훈성을 보여주었다. 이 점은 위에서 살펴보았듯이, 또 작자가 후기에서 보여준 저작의도를 통하여 확인이 가능하다. 중국작품들과는 달리 우리 민족의 정서에 맞게 고쳐졌다는 점은 이와 유사한 내용으로 전개된 <月峰記>, <蘇學士傳>, <江陵秋月>, <玉簫奇緣>, <鳳凰琴> 등과 같은 작품들이 조선후기에서부터 일제시대에 이르기까지 방각본으로 또는 활자본이나 국한문 필사본으로 양산되어 많은 독자를 형성하였던 점으로도 확인이 가능하다.

앞으로 중국작품인 <蘇知縣羅衫再合>이나 <白羅衫>, <謝小娥傳>, <蔡瑞虹忍辱報仇>(『今古奇觀』에 있는 <蔡小姐忍辱報仇>와 같은 작품) 등과의 세밀한 영향관계를 살핀다면, 아울러 본 작품과 유사한 내용인 <月峰記>, <蘇雲傳>, <蘇學士傳>, <江陵秋月>, <玉簫奇緣>, <鳳凰琴> 등과 같은 우리나라 작품들의 선후관계를 정리한다면 <崔尉子傳>이 시대를 거치면서 중국이나 우리나라에서 어떻게 변화하면서 새로운 이야기로 발전되었던가를 알 수 있을 것이며 아울러 본 작품 <쥬봉젼>의 고소설사상 위상도 정립되리라 본다.

〈崔尉子〉와『警世通言』소재 〈蘇知縣羅衫再合〉의 대비


## 1. 머리말


고소설 가운데, 조선후기에서부터 일제강점기에 이르기까지 널리 읽혔던 작품 가운데 하나로 〈朱鳳傳〉 계열의 〈듀희션젼〉과 〈쥬여득젼〉, 본 작품과 구조가 유사한 〈蘇雲傳〉,[1] 〈月峯記〉, 〈玉簫傳〉 계열의 작품들이 있다.[2] 지금까지 많은 사본들이 필사되거나 활자본으로 간행되어 현

---

1) 1794년 對馬島 譯官 小田幾五郎이 조선 사신에게서 들은 이야기를 수록했다는 天理大本 『象胥紀聞』에 〈蘇大成傳〉, 〈蘇雲傳〉, 〈崔忠傳〉 등을 한글로 된 작품이라고 열거한 것으로 보아 적어도 〈蘇雲傳〉이 18세기 이전에 우리나라에서 유행했던 소설임이 확실하다(大谷森繁, 「한글小說 發達史의 特色」, 『崇田語文學』 제6집, 현 韓南大學校 國語國文學會, 1977, 26쪽).

2) 상기의 작품들이 조선후기에서 일제강점기에 걸쳐 오래도록 많은 독자들이 애독했다고 단정한 것은 강헌규 소장 한글필사본 〈주봉전〉이 1835년에 필사되었고(김익환, 「주봉전 연구」, 한국고소설학회 춘계학술대회, 2005년 4월), 신기형 소장의 한글필사본 〈듀희션전〉이 1851년에 필사되어 전하면서(申基亨, 『韓國小說發達史』, 彰文社, 1960. 參照) 십여 종의 이본이 있다는 점과 이 시기에 방각본과 국·한문필사본 또는 활자본 등 수십여 종의 이본이 양산되었던 〈月峯記〉 계통의 작품이 있다는 점(陸宰用, 「月峯記의 異本研究」, 西江大學校 大學院 博士學位論文, 1994. 參照), 또 거의 같은 시기에 활발한 유통양상을 보여주었던 〈江陵秋月傳〉이 수십 종의 활자본과 한글필사본으로 전한다는 점(박광수, 『江陵秋月傳研究』, 忠南大學校 出版部, 2002. 參照)에 기인한 것이다.

재 전하고 있음에도 본 작품에 관한 연구는 그동안 거의 볼 수 없다가 최근에 와서 연구가 이루어지고 있는 형편이다.3)

본 작품과 이름은 다르지만 이야기 구조가 유사한 <蘇雲傳>, <月峯記>, <玉簫傳> 계열4)의 작품들은 지금까지 연구에서 <崔尉子傳>(太平廣記 卷121), <蘇知縣羅衫再合>(警世通言 11卷), 또는 <蔡小姐忍辱報仇>(今古奇觀 26卷) 등의 번역과정에서 번안, 개작한 작품으로, 또는 이 과정에서 전사자의 창의성이 보태어져 새로운 이야기로 나타난 번안·창작소설로 알려져 왔다.5)

---

3) 민영대, 「朱鳳傳 研究」, 『韓南語文學』 제27집, 韓南大學校 國語國文學會, 2003.
  민영대, 「朱鳳傳 研究－崔尉子傳과의 영향관계를 중심으로」, 『韓國言語文學』 제51집, 韓國言語文學會, 2003.
  민영대, 「月峯記 研究」, 『語文學』 87, 韓國語文學會, 2005.
  김익환, 앞의 발표요지.
  이외에 전상욱은 「<월봉기>군 소설의 작품세계」(연세대학교 대학원 석사학위논문, 1995, 61~69쪽)에서 <朱鳳傳> 계열 작품에 대해서 간략히 언급하면서 '가족 이합담의 계승과 변모', '권력 쟁총담'의 첨가라고 살핀 바 있다.
4) <朱鳳傳> 계열의 작품으로는 한글필사본 <朱鳳傳>(강헌규 소장 1835년 필사본, 필자 소장 1932년 필사본), <朱鳳傳>(1921년 필사) 등 5종(한국정신문화연구원 소장), <朱奉傳>(조동일 소장)을 비롯하여 <쥬여득젼>(김동욱 소장), <쥬희션젼>(1851년 필사, 신기형 소장), <주봉젼권지단니라>·<주봉젼권지단이라>(이상 김광순 소장), <朱鳳傳> 등 12종(박순호 소장), 활자본 <주해선전>이 있다. <月峰記>와 <蘇雲傳>, <玉簫傳> 계열의 작품으로는 <蘇學士傳>, <月峰山記>, <玉簫奇緣>, <江陵秋月>, <鳳凰琴>, <텬도화> 등의 방각본과 활자본, 한문·한글필사본 수십 종이 있다. 이야기의 세부적인 내용은 작품에 따라 큰 차이가 있으나 이야기의 기본골격은 거의 유사한 편이다.
5) 金台俊이 처음 언급한 후(『朝鮮小說史』, 學藝社, 1932) 申基亨(『韓國小說發達史』, 彰文社, 1960), 李明九(「李朝小說의 比較文學的 研究」, 『大東文化研究』 제5집, 成均館大學校 大東文化研究所, 1968 / 「月峰山記 研究」, 『成大論文集』 第29輯, 成均館大學校, 1981), 徐大錫(「蘇知縣羅衫再合系 翻案小說研究」, 『東西文化』 제5집, 啓明大學校 東西文化研究所, 1973), 朴晟義(『韓國古代小說論과 史』, 日新社, 1973), 金起東(『韓國古典小說研究』, 敎學社, 1981), 신정숙, 「江陵秋月傳 研究」, 『論文集』 제15집, 京畿工業專門大學, 1981), 沈載淑(「蘇雲傳－月峯記系 作品群의 類型變移와 擔當層에 대한 研究」, 高麗大學校 大學院 碩士學位論文, 1990), 이필우(「蘇知縣羅衫再合系 번안소설의 실상과 상호 관계」, 경남대학교 교육대학원 석사학위논문, 1991), 陸宰用(「月峯記의 構造와 意味」, 『嶺南語文學』 24집, 嶺南語文學會, 1993 / 앞의 논문, 1994 / 「月峯

필자는 위에 열거했던 작품들에 대해서, 전반적인 중국소설과 우리 소설과의 관계를 살피기에 앞서 아직 학계에 정식으로 소개된 적이 없는 〈朱鳳傳〉에 대해서 자세히 살펴보았으며, 이어 〈朱鳳傳〉이 이와 같은 계열의 작품 가운데 원류로 알려진 중국작품 〈崔尉子傳〉의 영향을 얼마나, 어떻게 입고 있는지에 대해 살펴본 바 있다.6)

본고에서는 중국에서 위와 같은 작품의 유형으로는 처음 나타난 작품으로 밝혀진 〈崔尉子傳〉과 馮夢龍의 〈蘇知縣羅衫再合〉이 어느 정도의 영향관계가 있을까 먼저 살피고자 한다. 이는 지금까지의 연구에서, 상기에 열거한 우리 작품들이 대부분 〈蘇知縣羅衫再合〉을 번안·개작, 또는 번안·창작했다는 견해가 지배적이기에 먼저 〈蘇知縣羅衫再合〉이 앞서 나타났던 〈崔尉子傳〉에서 어느 정도나 영향을 받았는지를 확인하고자 함이다.

〈蘇知縣羅衫再合〉과 본 작품의 영향관계가 어느 정도인지는 다음 논고에서 계속할 예정이다.


## 2. 『太平廣記』(121卷)의 〈崔尉子傳〉


〈朱鳳傳〉 계열이나 이와 유사한 이야기 내용과 구조를 가진 〈蘇雲傳〉, 〈蘇學士傳〉, 〈月峯記〉, 〈月峰山記〉, 〈玉簫傳〉, 〈鳳凰琴〉 등의

---

記類의 자국화 양상 연구」, 『語文學』 81, 韓國語文學會, 2003), 전상욱(앞의 論文, 1995), 김재웅(「강릉추월전 연구」, 『韓國學論集』 제26집, 啓明大學校 韓國學硏究所, 1999), 朴光洙(앞의 저서, 2002) 등의 논문과 저서가 이어져 왔다.

6) 拙稿, 앞의 「朱鳳傳 硏究－崔尉子傳과의 영향 관계를 중심으로」, 2003.

원류로 알려진 작품이 馮夢龍의 <蘇知縣羅衫再合>이다. 그런데 이보다 훨씬 앞서 나타났으며 이야기구조가 거의 같은 <崔尉子傳>이 있다. 내용을 간략히 정리하면 아래와 같다.

당나라 '천보' 연간, 청하의 최위가 어머니 노씨를 모시고 형양에 거주한다. 노씨가 치산을 잘 했기 때문에 집안이 매우 유복하다. 최위가 과거에 급제한 후 길주의 대화 현위를 제수 받고, 임지로 떠나기에 앞서 태원의 왕씨 딸을 아내로 맞는다. 어머니가 재물을 좋아했기 때문에 고향에 홀로 남겨둔 채, 최위는 많은 재물을 가지고 아내와 비복들을 데리고 길주로 향한다. 마침 길주 사람 손씨가 빈 배로 돌아가게 되어 싼값으로 그의 배를 빌려 타고 떠나는데 손씨는 이들의 재물이 풍성함을 보고 최위를 몰래 물에 빠뜨려 죽이고 그의 재물을 빼앗은 후 최위의 아내인 왕씨를 억류한다. 왕씨는 손씨와 함께 강하에 살면서 최위의 유복자를 낳고, 손씨는 유복자를 자신의 자식처럼 양육한다. 왕씨가 몰래 아들에게 글을 가르친다.

최위의 어머니는 정주에 머물며 오래도록 아들의 소식을 접하지 못하여 의아하게 생각한다. 그사이 나라 안에 난리가 나서 아들과 헤어진 채 20여 년 동안이나 쓸쓸히 지낸다.

손씨는 최위의 재물로 큰 부자가 되어 유복자를 18·9세에 이르기까지 잘 기른다. 유복자인 최위의 아들이 과거를 보기 위해 상경하다가 정주를 지난다. 길을 잃고 때마침 날이 어두워지자 불빛을 찾아 어느 집에 유숙하게 되는데, 노씨의 집이다. 집안의 종들이 유복자 모습을 보고 이전의 최랑과 매우 흡사하다고 느끼고 노씨도 마치 아들을 만난듯하여 반가움에 눈물을 흘린다. 노씨가 왕씨의 유복자에게 내일 하루만 더 묵다가 갈 것을 간청하자 이를 허락한다. 다음날, 이후 고향으로 돌아갈 때에도 꼭 다시 들려줄 것을 부탁하고 서로 이별한다. 다음 해 왕씨의 아들이 과거에 급제하고 다시 정주에 들린다. 노씨가 왕씨의 유복자에게 옛날 아들이 입던 옷 한 벌을 선물로 준다. 유복자는 집으로 돌아와 그 사이 있었던 일에 대해서는 아무에게도 말하지 않는다. 어느 날 왕씨는 아들이 지니고 있던 옷을 보고 놀라 어떻게 된 일인지를 묻고, 아들은 그 옷의 내력을 밝힌다. 왕씨는 아들에게 지난날에 있었던 일을 소상하게 이야기한다. 이에 아들이 과거사를 자세히 알고 養父 손씨를 관에 고발, 손씨를 죄에 따라 처형한다. 관에서는 왕씨에게도 일찍이 사실을 밝히지 않은 죄를 물어 처형하려 했지만 아들의 간곡한 청원 때문에 용서한다.[7]

이와 유사한 구조의 작품들을 중심으로 기본구조를 정리해보면 다음과 같다.

(a) 시대배경과 지리적 배경설정에 이어 주인공의 등장

(b) 주인공이 과거에 급제하고 벼슬길에 오름

(c) 주인공이 어머니를 고향에 남겨두고 부부가 함께 임지로 향하던 중 도적을 만나 죽을 위기를 모면하고 각각 헤어짐

(d) 부인이 낳은 유복자가 도적의 손에서 양육됨

(e) 주인공의 아들이 장성하여 과거를 보기 위하여 집을 떠남

(f) 집을 떠난 주인공의 아들은 우연하게도 할머니의 집에 유숙하게 됨

(g) 떠날 때 할머니로부터 신물을 받음

(h) 이 신물이 연유되어 유복자는 부모를 만나고 부모의 원수를 갚음

(i) 온 가족이 해후함[8]

---

7) 李昉,『太平廣記』卷第一百二十一 報應二十, 臺灣古新書局, 1981. 원문의 마지막에 '出原化記' 하였는데,『原化記』는 通志・藝文略의 註에서 唐代 傳奇小說集으로 그 안에 실려 있는 단편의 내용을 미루어서 會昌・咸通 이후에 皇甫 씨(이름은 알려져 있지 않음)가 찬술한 것으로 밝혔다(李時人 編校, 何滿子 審定,『全唐五代小說』第四冊, 卷77, 西安陝西人民出版社, 1998, 2137쪽. / 全寅初,『唐代小說研究』, 延世大學校 出版部, 2000, 335쪽에서 재인용).

8) 이와 같은 기본골격은 <崔尉子傳>, <蘇知縣羅衫再合> 등 중국작품과 <蘇雲傳>, <蘇學士傳>, <玉簫傳>, <玉簫奇緣>, <月峰山記>, <月峰記>, <江陵秋月>, <鳳凰琴>, <朱鳳傳>, <朱如得傳>, <朱海仙傳>을 비롯한 우리 古小說을 중심으로 뽑아본 것이다.

위를 근거로 하여 <崔尉子傳>의 이야기 기본구조를 정리하면,

(a) 천보 연간 최위가 홀어머니를 모시고 형양에 산다.

(b) 최위가 과거에 급제, 길주의 대화 현위로 부임하게 된다.

(d) 최위는 왕씨와 같이 손씨의 배를 빌려 타고 길주의 임지로 향하다가 손씨에게 재물을 빼앗긴 후 물에 빠져 죽고, 그의 아내는 손씨에게 억류된다.

(d) 왕씨는 손씨와 함께 강하에 거주하면서 유복자를 낳고 이를 손씨가 친아들처럼 양육한다.

(e) 손씨에게 양육되던 유복자(왕씨의 아들)가 과거를 보기 위해 상경한다.

(f) 유복자가 상경하는 길에 우연히 정주의 노씨 부인 댁에 머물게 된다.

(g) 노씨가 떠나는 유복자에게 아들이 입었던 옷을 신물로 전한다.

(h) 왕씨는 아들이 가지고 있는 옷을 보고 놀라며 이것을 계기로 하여 지난날을 소상하게 밝힌다. 이로 인하여 양아버지인 손씨를 관에 고발하여 죄 값을 치르게 한다.

(i) 온 가족이 해후하는 부분은 생략되어 있다.

위와 같다. (i) 부분만을 제외한다면 기본구조와 거의 흡사하게 이야기가 조직되어 있음을 본다. 馮夢龍의 <蘇知縣羅衫再合>은 말할 것도 없고, 우리나라에서 유행했던 <蘇雲傳>, <月峯記>, <玉簫傳> 계열이나 <朱鳳傳>과 같은 작품의 원류로 보아도 손색이 없을 정도로 이야기구조가 유사하다.

## 3. 『警世通言』(11卷)의 〈蘇知縣羅衫再合〉

<西江月>[9]과 관련한 서두의 揷話

본 이야기

(a) 국초 영락연간에 소운·소우 형제가 북직예 탁주에서 아버지를 일찍 여의고 홀어머니 장씨를 모시고 살아간다.

(b) 소운이 24세에 과거에 급제하여 절강 금화부 난계현 대윤을 제수 받는다.

(c) 소운은 집으로 돌아와 가산을 수습, 노모와 동생을 위해 얼마간의 재산을 남겨두고 부인 정씨와 소승 부부를 데리고 임지로 향한다. 도중 장가만 지방에 이르러 황하를 건너기 위해 배를 탔다가 의진현 가까운 양주 광릉역에 이르러 서능이 부리는 배로 바꿔 탄다. 서능은 소운이 재물이 많고 또한 정씨가 미인임을 보고 황천탕에 이르자 습격한다. 서능이 소운을 죽이려 하였으나 아우 서용의 권유로 죽이지 않고 다만 물에 빠뜨리고 정씨를 사로 잡아간다.

(d) 정씨는 서용의 도움으로 전에 사로잡혀 왔던 주파와 함께 도망한다. 그러나 동행하던 주파가 더 이상 도망할 수 없게 되자 신발을 벗어놓고 우물에 투신한다. 홀로 된 정씨는 당도현 자호암에 의탁, 유복자를

---

9) 이야기를 시작하기에 앞서 본 이야기하고는 아무 관계도 없는 서두의 삽화가 있다. 杭州府에 사는 李宏은 嚴州에 사는 친구를 찾아가는 길에 작은 정자에 올랐다가 벽에 붙은 <西月江>을 보게 된다. 이것은 酒色財氣의 短處를 노래한 것인데, 이생은 인생에서 이것을 뺀다면 무슨 재미가 있겠는가 하고는 和答詩를 남긴다(술을 마시되 취하지 않는 것이 제일 좋고 색을 좋아하되 음란하지 않으면 영웅호걸이라 할 수 있으며, 의롭지 않은 재물에는 손대지 말 것이고 분을 견디며 사람들을 관대하게 대한다면 화는 저절로 사라지리라. 飮酒不醉最爲高 好色不亂乃英豪 無義之財君莫取 忍氣饒人禍自消). 이어 財色으로 인한 悲歡離合의 一場佳話를 說話한다는 작자의 警戒의 뜻이 담긴 말이 있다(馮夢龍, 『警世通言』, 中國 長春出版社, 1995). <西江月>은 詞牌의 이름으로 본래는 당나라 때 敎坊曲의 이름이다 (林尹·高明 主編, 『中文大辭典』 第30冊, 中國文化硏究所, 民國57年, 289쪽, '詞牌名, 本唐敎坊曲名, 取李白蘇臺覽古詩, 只今唯有西江月, 曾照吳王宮裏人. 句以名 歐陽烱詞有兩岸蘋番暗起白, 名曰 蘋香, 程珌詞名步虛詞, 王行詞名江月令, 或名壺天曉, 醉高歌').

낳다. 그러나 여승들만 있는 암자이기 때문에 아이를 기를 수 없자 아이를 자신의 나삼으로 싸고 금비녀 한 개를 아이의 품속에 넣어 대류촌에 버린다. 한편 서능은 정씨를 추격하다가 돌아가던 길에 버려진 아이를 발견하고 데려가 아들로 삼는다. 물에 떠내려가던 소운을 휘주의 도공이 구출해주며, 소운은 삼가촌에 이르러 아이들을 가르치며 지낸다. 소우는 임지로 떠난 형으로부터 소식이 없어 난계까지 찾아왔으나 형이 부임하지 못하고 화를 입은 것으로 생각하고 주야로 애통하다가 그만 객사한다. 이를 안타깝게 여긴 고 지현이 소우의 장례를 치러준다.

(e) 서계조는 15세가 되어 과거에 응시하고자 상경한다.

(f) 도중 탁주에 이르러 물을 마시기 위해 우물을 찾았다가 그 곳에서 장씨(소운의 어머니이며 계조에게는 할머니임)를 만난다. 장씨는 계조를 청하여 자신의 집에 유숙하도록 권유하고 계조의 용모가 소운과 같다고 하면서 집안내력을 이야기하며 슬퍼한다.

(g) 계조가 떠날 때, 장씨는 나삼을 선물로 주면서 본래 두 벌이었는데 하나는 며느리가 입고 갔고, 하나는 아들의 것이라 하며 두 개의 무늬가 같음을 일러준다.

(h) 계조는 과거에 급제하고 중서의 벼슬을 제수 받는다. 2년이 지난 후 감찰어사가 되어 南京刷卷次 내려온다. 한편 정씨는 절에서 19년을 지내다가 어사가 새로 부임했다는 말을 듣고 진정서를 올린다. 이를 본 어사는 정씨의 진정서와 탁주 노파의 이야기가 일치됨을 보고 자기를 길러준 요대로부터 자신이 서능의 친아들이 아니라는 사실을 눈치 챈다. 나삼과 금비녀로 인하여 자신이 소운의 아들인 것을 확신한다. 소운은 삼가촌을 떠나 상주 열제묘에서 꿈을 꾸었는데, 골육이 다시 만나 단란하게 될 것임을 암시 받는다. 남경에 이르러 같은 해에 급제했던 조강 어사에게 진정서를 올린다. 조강 어사는 이를 감찰어사 서계조에게 전한다. 감찰어사는 요대에게서 받은 나삼과 탁주의 노파에게서 받은 나삼을 비교하여 문양이 꼭 같음을 확인하고 자신이 서능의 아들이 아님을 고, 이어 서능 일당을 취하게 한 다음 이들을

일제히 포박한다. 조원 공차를 시켜 진정서를 바친 사람을 불러오게
하여 아버지와, 또한 자호암에도 연락하여 정씨를 오게 하여 어머니
와도 상봉한다.

(i)  소운은 황제에게 상소하여 아들 서계조의 이름을 소태라 고치고 서
  능 일당을 모두 처형하고 자신과 아내의 목숨을 보전하게 해주었던
  서능의 동생 서용은 방면한다. 소우의 영구를 찾아 가지고 탁주로 오
  다가 산동의 임청에 이르러 왕 상서의 딸과 혼인한다. 일가가 단란하
  게 되고 장씨 부인이 90여 살까지 장수하며, 소태는 좌당도라는 벼
  슬에까지 오른다. 왕씨는 두 아들을 낳아 둘째 아들로 소우의 뒤를
  잇게 한다.[10]

앞에 제시했던 기본구조와 비교하면,

(a)  영락연간이라는 시대배경과 지리적 배경으로 탁주가 설정되고, 소
  운·소우 형제가 홀어머니 장씨를 모시고 산다.
(b)  소운이 과거에 급제하고 절강 금화부 난계현 대윤으로 부임한다.
(c)  소운이 부인 정씨를 데리고 임지로 향한다. 황천탕에 이르러 수적 서능
  의 습격을 받아 재물을 빼앗기고 물에 던져진다. 아내 정씨는 잡혀간다.
(d)  정씨는 서용의 도움으로 적굴을 도망하여 암자에 의탁한다. 그곳에서
  아들을 출산하였는데 절에서 기를 수 없다 하여 대류촌에 버린다. 뒷
  날, 정씨를 찾아 나섰던 서능이 길가에 버려진 아이를 데려다 아들로
  삼는다. 이름을 계조라 한다.
(e)  서계조가 15세에 이르러 과거를 보기 위하여 서울로 향한다.
(f)  계조가 탁주에 이르러 우연하게도 장씨 부인의 집에 유숙하게 된다.
(g)  계조가 떠날 때, 장씨 부인이 아들이 입던 나삼을 신물로 전한다.
(h)  나삼으로 인하여 계조가 부모를 만나고 부모의 원수를 갚는다.
(i)  온 가족이 해후한다.

---

10) 내용 요약은 馮夢龍의 위의 책 『警世通言』을 근거로 하였다.

위와 같다. 상기의 작품은 기본구조보다는 훨씬 더 복잡하다. 본래 간단하던 이야기구조가 작자가 살던 당시의 정치상황이나 시대분위기 반영, 작자의 저작의도를 포함, 인간들의 삶이 점차 다양해지면서 더 복잡하게 발전한 형태라 보겠다. 가장 특이한 점은 <崔尉子傳>에서는 볼 수 없던 서두에 본 이야기와는 아무 관계도 없는 <西江月>에 얽힌 삽화가 있다는 것과 작자의 대변이 있다는 점이다. 그리고 등장인물이나 그들이 펼치는 사건, 이에 따른 지리적 배경설정도 다양하고 폭넓게 전개되고 있음을 알 수 있다. 또한 작자의 저작의도—주제처리—도 비교적 명확하게 나타나고 있다.


## 4. 〈崔尉子傳〉과 〈蘇知縣羅衫再合〉의 대비


### 4.1. 시대·지리적 배경설정

작품서두에 설정된 시대배경과 지리적 배경을 살펴보자.

<崔尉子傳>에서는 시대를 '당 천보'(현종 대, 742~756)로, 지리적 배경에서도 처음 주인공이 살던 곳을 형양, 이어 길주(도적인 손씨가 길주 사람이며, 최위가 길주의 대화 현위로 부임하러 가던 곳)와 강하(왕씨가 손씨에게 납치되어 살던 곳), 그리고 정주(최위의 노모가 거처하던 곳) 등으로 설정되어 있다. 한번 설정된 시간은 오랜 세월이 지나지만 변화가 없고, 지리적 배경설정은 이야기의 전개에 따라 형양(이야기의 시작) → 길주·강하(이야기의 중간) → 정주(형양의 다른 이름, 이야기의 끝)로 이동하는 약간의 변화가 있음을 알 수 있다.

이에 비해서 〈蘇知縣羅衫再合〉에 설정된 배경은 복잡하다. 시대배경은 명나라의 성조(1403~1424) 때인 '영락연간'으로, 작품 안에서 이야기 시간은 상당히 길게 전개되는 데도 고소설들이 대부분 그러하듯이 시대의 변화는 볼 수 없다. 그러나 작품의 지리적 배경은 인물들의 활약과 함께 복잡하게 설정되어 있다. 먼저 소운, 소우 형제와 그들의 어머니 장씨 등 주인공들이 살던 곳으로, 또한 중요한 사건의 전환점이 되는 곳으로 설정된 것이 북직예의 탁주이다. 탁주는 이야기의 시작과 마지막에 설정된 중요한 곳이다. 소운이 과거에 급제하여 부임하는 곳으로 절강의 금화부 난계, 임지로 가는 도중 장가만을 지나 황하를 건너면서 거치는 곳으로 양주 광릉역, 의진, 도적을 만나 피습 당하는 곳으로 황천탕, 사경을 헤매다가 구사일생으로 살아나 십 수 년 동안 머무는 곳으로 휘주의 삼가촌, 이어 상주를 거쳐 남경에 이르러 자신의 처지를 호소하는 진정서를 올린다. 부인 정씨가 도망가는 도중의 의정, 피신하여 의탁하던 곳으로 당도현 자호암이, 부인이 유복자를 낳아 버리는 곳으로 대류촌이 설정되어 있다. 소우는 형을 찾아 난계에 이르렀다가 형이 부임하지 않았다는 소식을 듣고 주야 애통하다가 그곳에서 죽는다. 소태(서계조)는 강소성의 의진에서 도적의 아들로 자라나, 과거를 치르기 위해 상경하던 차 탁주에 들르며, 이어 경사에 이르러 과거에 급제한 후 몇 년의 관리생활을 하다가 남경의 감찰어사로 부임한다.

시대배경이 황보씨가 살던 당나라 '천보'에서 馮夢龍(1574~1646)이 살던 같은 명나라 때로 바뀌었으며, 지리적 배경도 다양한 인물들이 등장하면서 그들의 역할과 어울리게 형양(또는 정주)을 중심으로 했던 〈崔尉子傳〉보다 크게 확산되었으며 특히 작자가 살던 곳과 무관하지 않음이 특이하다.11)

두 작품의 시대배경과 지리적 배경설정 비교

| 구분 | 〈崔尉子傳〉 | 〈蘇知縣羅衫再合〉 |
|---|---|---|
| 時代背景 | 天寶 중(唐 顯宗, 742~756) | 永樂年間(明 成祖, 1403~1424) |
| 主人公의 居住地 | 滎陽 | 北直隷 涿州 |
| 主人公의 任地 | 吉州 大和縣 | 浙江 金華府 蘭溪縣 |
| 被襲 당하는 곳 | 吉州 大和縣 | 張家灣, 黃河, 揚州의 光陵驛, 儀眞, 黃天蕩, 邵伯湖, 五壩口 |
| 主人公 避身處 | ― | 徽州 三家村, 常州, 南京 |
| 老母의 居住地 | 鄭州 | 涿州 |
| 婦人의 避身處 | 江夏 | 當塗縣(慈湖尼庵), 儀眞, 南京 |
| 아이를 버리는 곳 | ― | 當塗縣(大柳村) |
| 遺腹子의 行路 | 江夏와 鄭州 | 儀眞, 涿州, 京師, 南京, 寧太道 |
| 遺腹子 結婚 | ― | 山東 臨清 |
| 主人公 同生의 行路 | ― | 涿州 / 蘭溪12) |

## 4.2. 등장인물과 이들의 역할

　등장인물의 유형이나 이들의 역할에 있어서는 두 작품 사이에 많은 차이가 있다. 〈崔尉子傳〉에는 주인공 최위와 그의 부인 왕씨, 최위의 유복

---

11) 馮夢龍은 江蘇省의 蘇州 사람이다. 이야기의 중요한 지리적 배경 중 黃天蕩, 南京, 揚州 光陵驛, 儀眞 등은 모두 강소성에 속한 곳이며, 이외에 徽州나 當塗縣, 金華府 蘭溪는 바로 소주에서 멀지 않은 安徽省과 浙江省에 속한 지역들이다.

12) 崔尉子傳에 나타난 滎陽은 지금 河南의 황하유역에 있는 지역이며, 당나라 때는 鄭州라는 이름으로 불렸다. 지금의 鄭州市이다. 吉州는 오늘날 江西의 吉安縣을 이른다. 강하는 湖北의 武昌縣이다. 蘇知縣羅衫再合의 배경인 涿州는 명나라 때 順天府에 속했던 곳으로 京兆(또는 北京)를 이르는 곳이고, 張家灣은 현 북경의 通縣(通州), 蘭溪는 浙江에 있는 지역이며, 揚州의 光陵驛, 南京, 黃天蕩(江寧縣), 邵伯湖(江都縣 동북, 運河의 서쪽), 儀眞(오늘날의 揚州市), 常州(武進縣) 등은 江蘇에 속한 실제의 곳이며, 徽州나 當塗縣은 남경의 서남쪽지방에 있으며 安徽에 속한 곳이고, 當塗는 오늘날의 當塗市, 臨清은 河北과 山東의 경계에 있으며 운하의 요지로 알려진 곳이다(臺灣 商務印書館 編, 『中國古今地名大辭典』, 1980. 참조).

자, 주인공의 어머니인 노씨, 이름 없는 노씨 집안의 노복, 선주인 손씨가 등장인물의 전부로 매우 간단하다. 최위는 과거에 급제하여 임지로 가다가 수적에게 살해당함으로써 그의 역할도 끝난다. 왕씨는 최위의 아내로, 남편을 살해한 원수 손씨에게 사로잡혀 어쩔 수없이 그와 함께 살면서 유복자를 낳아 기른다. 치욕적인 삶을 살아가면서도 그 아들에게 모든 것을 기대하며 뒷날을 도모하기 위하여 몰래 글을 가르친다. 재물과 색에 눈이 뒤집힌, 부정적인 인물인 손씨의 등장으로 주인공의 집안이 풍비박산되며 이야기는 점차 복잡하게 전개된다. 최위의 홀어머니인 노씨는 뒷날 왕씨의 유복자(손자임)가 과거를 보기 위해 상경할 때 우연히 그를 만나 그에게 옛날 아들이 입었던 옷을 선물로 전한다. 이것이 결정적인 단서로 작용, 유복자가 아버지의 원수를 갚는 것으로 이야기는 끝난다.

그러나 〈蘇知縣羅衫再合〉에는 등장인물이 훨씬 다양함을 볼 수 있다. 우선 〈崔尉子傳〉에서는 볼 수 없었던 인물들과 그들의 역할을 간단히 정리해보자.

먼저, 소운 형제의 등장이다. 소운은 〈崔尉子傳〉에서의 최위와 같은 역할을 수행하지만 그의 동생인 소우의 등장은 이야기를 복잡하게 전개하는데 일조를 한다. 소운이 가족을 거느리고 임지로 갔으나 몇 년이 지나도록 소식을 접하지 못한 본가에서는 이를 기이하게 여기고 동생인 소우로 하여금 소운의 행방을 확인하기 위해 다시 임지로 보낸다. 동생 소우가 난계에 찾아와서 수소문을 해보았지만 형이 임지에 오지도 않았다는 이야기를 듣고, 그는 형이 사고를 당한 것이 틀림없다고 생각하고 슬퍼하다가 객사한다. 매우 간단한 것 같은 소우의 역할이다. 그러나 동생이 형의 안위를 걱정하다가 객사한다는 서술은 독자들의 안타까움을 배가하기에 충분한 사건조직이다. 한편으로는 이들 형제의 우애를 엿볼 수 있는 장면이기도 하다. 강한 형제애뿐만이 아니고 가족 사이의 유대관계가 어떠해야 하는가를 보여준다.

한편, 소우가 난계에 찾아왔을 때, 그를 도와주는 고 지현의 역할도 특이하다. 소우가 형의 행방을 탐문하고 그의 생사를 알아보려고 노력하다가 뜻도 이루지 못하고 객지에서 비명횡사하자 이를 불쌍하게 여기고 장례를 거행한다. 소우의 종들도 마침 죽는데 이들의 장례도 치러준다. 백성들을 아낄 줄 아는 인간미가 넘치는 그런 인물로 설정되어 있다. 또 소우가 난계의 지현을 찾았을 때 관아에서 만나는 관노들이 있다. 형이 지현으로 있는 줄 알고 찾아왔음을 알렸을 때, 고 지현을 모시던 관노들이 말도 되지 않는 소리를 한다면서 내쫓으려 한다. 잠시이지만 이들 사이에 갈등을 불러일으킨다.

소승 부부가 등장한다. 소운의 집안사람으로 모든 가사를 전담하는 집사 역할을 하기 위해 소운 부부와 같이 임지로 향하던 중 수적에게 살해당한다.

주인공의 아내 정씨는 적굴로 잡혀갔다가 호시탐탐 탈출할 기회를 엿보다 도적의 동생 서용의 도움으로 이전에 잡혀와 있던 주파와 같이 무사히 도망한다. 서능이 처음 정씨를 잡아다가 주파에게 보살펴주도록 맡긴다. 처음에 주파는 정씨에게 서능과 결혼해서 행복하게 살기를 회유한다. 그러나 정씨의 뜻이 변절하지 않을 것을 알고 함께 도주한다. 주파가 왜 스스로 죽지 않고 살았는지 물었을 때, 정씨는 가계를 이어야 할 후사에 대한 걱정 때문에 죽음을 감행하지 못하고 탈출을 시도하고자 했음을 알 수 있다. 주파가 천식증세 때문에 더 이상 도망할 수 없게 되자 정씨만이라도 안전하게 도피할 수 있도록 의정이란 우물에 빠져 스스로 죽는다. 주파의 자결은 정씨를 안전하게 도피시키고자 하는 의미도 있지만 한편으로는 혈혈단신이 된, 의지할 곳 없는 정씨의 신세를 더욱 안타깝게 이끌기에 충분하다.

〈崔尉子傳〉에서는 볼 수 없었던 유복자의 부인으로 왕 상서의 딸이 등장한다. 왕씨의 역할은 유복자의 아내로서만이 아닌 두 아들을 낳아 작은아들을 시아버지 때문에 객사해야만 했던 시숙의 집에 양자로 보내 그의 가계를 잇게 해주는 역할까지 담당한다.

수적으로 서능 한 사람이 등장하는 것이 아니고 그의 부하까지 여러 명이 등장한다. 조직적인 도적떼이다. 이들은 〈崔尉子傳〉과 마찬가지로 주인공의 집안에 커다란 시련을 안겨준다. 그 가운데에서 특히 수적의 동생 서용은 긍정적인 인물로 주인공들이 위기에 처했을 때 이들을 적극 도와주는 역할을 담당하여 독자들에게 안도감을 주면서 이야기의 흥미를 제고하고 있다.

자호암의 여승이 있다. 처음 정씨가 적굴에서 도망, 혈혈단신 만삭의 몸으로 암자에 이르렀을 때 곧 해산할 기미가 있는 것을 알고는 여승들만이 있는 절에서는 아이를 낳을 수 없다고 말하며 다른 곳으로 갈 것을 권유한다. 그러다가 정씨의 딱한 사정을 헤아려 암자 뒤에 있는 별채에서 아이를 낳을 수 있도록 도와주며 또 얼마 지나지 않아서 당도현 자호암으로 정씨를 데리고 피신한다.

소운이 위기에 처했을 때 그를 도와 함께 사는 도공이 등장한다. 그는 죽어 가는 소운을 구해주었을 뿐만이 아니고 의지할 곳 없는 소운에게 새로운 삶을 살아갈 수 있도록 도와준다. 도둑의 무리 가운데 유복자를 길러주는 요대 부부도 있다. 그들은 유복자의 신물이나 다름없던 비단옷과 금비녀를 끝까지 보관하는 역할을 한다. 이 신물은 유복자가 뒷날 부모를 만나는 데 결정적인 단서로 작용한다. 소운의 진정서를 받아 감찰어사에게 전해주는 조강 어사(주인공과는 같이 급제했던 인물)도 등장한다. 정씨가 의진에 왔다가 시주를 부탁하던 중 만나는, 이름이 밝혀지지 않은 부부가 있다. 이들이 정씨의 기구한 사정을 자세히 듣고 신임 어사에게 원정을 바치도록 권유한다. 정씨가 글을 모르기 때문에 원정을 쓸 수 없다고 하자 그 남편이 정씨를 대신해서 소장을 써준다.

특히 정씨가 원정을 바칠 때 서계조와 함께 있던 주병비의 등장은 이채롭다. 주병비와 같이 있다가 소장을 본 계조가 어떻게 처리해야 좋을지 몰라 자문을 구하자 주병비는 서슴지 않고 '내일 소장을 바친 부인을 잡아다 심문한 후 때려 죽여 후환을 없이하면 그뿐이다'라고 대답해 계조가 갈등함은 물론 독자들에게도 일말의 불안감을 야기하는 매우 긴장감을 유발하는 구조임이 틀림없다. 아마 이는 작자가 살던 당시의 시대분위기를 십분 발휘한 것이 아닐까 본다.

위와 같이 <蘇知縣羅衫再合>에서는 <崔尉子傳>에서 볼 수 없었던 여러 유형의 인물이 등장하여 이야기를 더욱 복잡하게, 한편으로는 독자들이 흥미를 가지고 이야기에 동참할 수 있도록, 이야기에 합리성을 제고하기 위해,13) 또한 유교윤리의식을 나타내기 위해14) 등장인물에게 다양한 역할을 부여했음을 확인할 수 있다. 그리고 간단한 이야기에서 복잡한 이야기로 발전했음도 볼 수 있다.

---

13) 한 예로 최위의 어머니 노씨는 부유하게 살면서 아들이 임지로 떠난 후 소식을 궁금해 하면서도 아무런 조치를 취하지 않았는데 비해 소운의 어머니 장씨는 작은 아들을 임지로 보내 큰아들의 안위를 확인한다는 점이다. 형의 안위를 걱정하면서 동생이 임지로 찾아간다는 이야기 조직 자체가 흥미를 유발하기도, 가족의 끈끈한 정과 우애를 보여주는 효과를 가져다준다.

14) 한 예로, 왕씨가 원수 손씨와 부부로 살아간다는 이야기구조에서 皇甫씨는 여성의 정절을 그리 대단하게 여기지 않는 태도로 기술하고 있음을 볼 수 있는 반면, 풍몽룡은 정씨가 도적의 소굴에서 탈출하여 자신의 몸을 온전히 지키고자 했다는 기술을 통하여 여성의 정절에 대해 어떻게 생각했는지 그의 윤리의식을 엿볼 수 있다.

두 작품의 등장인물 비교

| 구분 | 〈崔尉子傳〉 | 〈蘇知縣羅衫再合〉 | 인물의 역할 |
|---|---|---|---|
| 주인공 | 崔尉子 | 蘇雲 | |
| 주인공의 동생 | – | 蘇雨 | 형의 생사 확인을 위해 난주에 갔다가 객사함 |
| 주인공의 부인 | 王氏 | 鄭氏 | |
| 부인의 조력자 | – | 朱婆, 慈湖庵 女僧 | 정씨가 위기에 빠지자 대신 자결 정씨를 암자로 데려가 보살핌 |
| 주인공의 집사 | – | 蘇勝 夫婦 | |
| 주인공의 노모 | 盧氏 | 張氏 | |
| 주인공의 아들 | 遺腹子 | 徐繼祖 → 蘇泰 | |
| 유복자의 아내 | – | 王氏 | |
| 수적 | 孫氏 | 徐能 | 왕 상서의 배를 빌려 운행 |
| 수적의 부하 | – | 趙三, 翁鼻涕.등 | |
| 수적의 동생 | – | 徐用 | 위기에 빠진 주인공들을 구해줌 |
| 유복자 아들 | – | 두 아들 | 작은아들을 소우의 집으로 출계함 |
| 유복자 양육 | 어머니 王氏 | 姚大 夫婦 | |
| 기타 | – | 소운이 익사하기 전 구출해주는 陶公과 沙工, 소우가 객사하자 장례를 치러주는 高 知縣, 蘭溪縣의 官奴들, 소운이 올린 고장을 소태에게 전해주는 操江 御使, 서능에게 배를 임대해준 王 尙書, 소태에게 원정을 바친 정씨를 죽이도록 권유하는 周 兵備, 정씨를 대신해서 소장을 써준 동네 사람 | |

## 4.3. 사건전개

위에서 보았듯이 〈崔尉子傳〉보다는 〈蘇知縣羅衫再合〉에서 광대한 지리적 배경을 설정, 시대배경도 작자가 살던 명나라 때로 설정, 훨씬 다양한 유형의 많은 인물의 등장, 그리고 이들에게 각각의 역할이 주어졌다는 것은 그만큼 이야기가 현실성 있게 또한 복잡하게 조직되었음을 보여주는 좋은 예이다.

<崔尉子傳>에서의 중요한 사건은 주인공이 급제한 후 홀어머니를 고향에 남겨두고 아내와 함께 임지로 가던 중 수적 손씨를 만나 죽임을 당하고 그 아내는 손씨에게 납치되어 도적과 함께 살면서 유복자를 낳아 기른다는 것과 뒷날 이 유복자가 과거를 치르기 위해 상경하던 중 중로에서 우연하게 머물게 된 집에서 주인(할머니임)으로부터 나삼을 받은 것이 단서가 되어 손씨가 친아버지가 아닌 것을 알게 되고 복수를 감행한다는 것이다.

이에 비해서 <蘇知縣羅衫再合>에서 펼쳐지는 사건은 훨씬 복잡하다. 주인공이 과거에 급제한 후 동생과 홀어머니를 고향에 남겨두고 많은 재산을 가지고[15) 아내와 비복들을 데리고 임지로 향하다가 수적 서능을 만나 죽을 위기에 빠지고 부인은 납치된다. 이때 서능의 동생은 이들을 불쌍히 여기고 소운을 죽이지 말고 물에 던지게 하고, 부인이 적굴에 사로잡혀 탈출을 시도하려 할 때 이를 적극 도와준다. 도적의 동생이지만, 가장 인간다운 삶을 영위하고자 했던 인물로 사람이 어떻게 살아가야 하는가를 보여주는 의리에 찬 행동을 실천한다. 정씨가 탈출에는 성공했으나 서능의 추격을 당하자 함께 도망하던 주파가 늙고 병든 몸으로 더 이상 갈 수 없음을 알고 우물가에 신발을 벗어놓고 스스로 자결하여 정씨만이라도 무사하기를 도모한다. 그러나 함께 했던 주파의 자결은 고생길에 들

---

15) 崔尉나 蘇雲이 많은 재산을 가지고 임지로 향해 간다는 두 작품의 서두는 같지만 崔尉子傳에서는 '其母戀故産 不之官 爲子娶太原王氏女 與財數十萬 奴婢數人 赴任 乃謨賃舟而去'라고만 하여 왜 그렇게 많은 재산을 가지고 떠나는지에 대한 당위성이 결여되어 있음에 비해, 蘇知縣羅衫再合에서는 '蘇雲對夫人鄭氏說道 我早登科甲 初任牧民 立心愿爲好官 此去止飮蘭溪一杯水 所有家財 盡數收拾 將十分之三留爲母親供膳 其余帶去任所使用'(馮夢龍, 앞의 책, 100쪽)라 하여 구체적으로 '백성들에게 피해를 주지 않기 위해서'라는 이유가 분명히 제시되어 있음이 다르다. 지방 관리로서 마땅히 지녀야 할 백성들을 사랑하는 마음이 가득 들어 있다.

어선 정씨의 앞날을 더욱 안타깝고 불안하게 만든다. 정씨의 신세를 생각할 때 안타까움을 금할 수 없는 상황설정이다.

서능은 〈崔尉子傳〉의 손씨처럼 단순한 도적이 아니고, 권력을 의지하여 만행을 일삼는 도적떼의 우두머리이다. 왕 상서의 배를 임대하여 '山東王尙書府'라는 표지를 달고 왕래하면서 온갖 악행을 자행하지만, 감히 누구도 시비를 가리려 하지 않았기 때문이다. 당시 고관들의 위세가 어떠했는지, 또 이런 위세를 빌어 악행을 저지르는 작품묘사에서 당시 부패했던 사회상의 일면도 볼 수 있다.

정씨의 죽음을 무릅쓴 탈출도모는 〈崔尉子傳〉에서 왕씨가 도적과 함께 살면서 유복자를 낳아 기르는 것과는 매우 대조적이다. 어떻게 해서든 적굴을 빠져나가야 한다는 일념은 자신의 몸을 도적에게 더럽힐 수 없다는 굳은 정조관념의 발로이다. 작자는 이를 통해 여인이 지켜야 할 본분이 어떤 것인가를 보여준다.[16] 유교윤리에 부합하는 뚜렷한 목적이 있는 행동이다.

한편 물에 빠진 소운은 가까스로 도공을 만나서 구원함을 얻고 그의 배려로 삼가촌에서 아이들을 가르치면서 뒷날을 기약할 수 있게끔 이야기를 전개하고 있음도 본다. 주인공이 살아 있음으로써 후사를 도모할 수 있게끔 이야기를 전개하려 한 작자의 의도이다.

고향에서는 임지로 간 소운 일행의 소식을 접하지 못하자 동생인 소우가 형의 부임을 확인하기 위하여 난계에 왔지만 아무 단서도 찾지 못한 채 애통해 하다가 비극적인 최후를 맞이함으로써 독자들을 안타깝게 이끈

---

16) 풍몽룡은 『警世通言』의 서문(주 21 참조)에서 분명하게 밝히고 있다. 작자의 입장에서는 여성이라면 반드시 정절을 최고로 삼아야 한다는 생각을 가지고 있었기 때문에 도적의 소굴에서 함께 사는 왕씨와 같은 인물을 등장시킬 수는 없는 일이다. 따라서 정씨에게 죽음을 무릅쓴 탈출을 시도하게끔 이야기를 전개할 수밖에 없었으리라 본다.

다는 삽화도 부연되어 있음을 본다. 이런 점은 작자가 형제애를 고취하려
는 의도로 이야기를 전개하고자 한 때문이라고 본다.[17] 아울러 이런 소우
의 처지를 불쌍하게 생각한 난계의 고 지현의 등장도 아름다운 인간의 모
습을 보여주기에 충분하다. 고 지현은 소우뿐만 아니고 그의 종들에게까
지 장례를 정성껏 치러줌으로써 인간으로서 어떻게 살아가야 하는가를 밝
히 보여준다.

주인공 부부가 각기 흩어져 십여 년을 살다가 새로운 감찰어사가 부임
했다는 소식을 듣고는 각기 진정서를 올린다. 아들인 감찰어사가 진정서
를 본 후, 자신의 부모인 것을 알게 된다. 이때 요대 부부의 역할은 자못
결정적이다. 이들 부부는 유복자의 신물—나삼과 금비녀—을 끝까지 보
관해두었다가 단서로 제공함으로써 가족들의 재회에 커다란 공을 세운다.

잠시 등장하는 주병비의 역할은 당시 관리들의 횡포가 어떠했는지를
단적으로 보여주는 지나칠 수 없는 상황설정이다. 잠시이기는 하지만 독
자들에게 정씨의 앞날에 불길한 일이 일어나지 않을까 조바심을 가지게
하기에 충분하다. 계조가 영태도 주병비의 배 안에서 정씨의 소장을 받는
다. 자신의 출신에 대해 의아해하던 중, 자신의 아버지와 관련된 소장을
보고 주병비에게 어쩌면 좋을지를 묻는다. 저간의 사정을 전혀 모르는 주
병비는 '내일 소장을 바친 부인을 잡아다 심문한 후 때려 죽여 후환을 없
이하면 그뿐이다'라고 일러준다.[18] 억울한 사연을 해결해 달라고 올린 백

---

17) 崔尉子傳에서는 '崔之親老在鄭州 訝久不得消息 積望數年 天下離亂 人多飄流 崔母分與子永隔矣'
    라 기술하고 있다. 부유한 집안이라면 마땅히 사람을 부려서라도 어떤 조치를 취했어야
    만 할 텐데 아무런 대응도 하지 못한 것으로 나타나 있다. 이에 비한다면 보다 현실적
    인 사건기술임이 틀림없다. 흥미를 제고하고, 아울러 형제의 우애를 보여주고자 했던 작
    자의 의도였음이 분명하다.
18) 周兵備呵呵大笑道 '先生大人 正是青年不知幾變 此事亦有何難 可吩咐巡捕官 帶那婦人 明日察院
    中譏問 到那其間 一頓板子 將那婦人敲死 可不絶了後患' 徐御史起身相謝道(馮夢龍, 앞의 책,
    112쪽).

성들의 진정서를 보고는 문제를 해결해 주기는커녕 자신들의 비리가 폭로될까봐 아예 죽여서 화근을 없애야 한다는 주병비의 태도는 올바른 관리라고 볼 수는 없다. 당시 부패한 관리의 일면을 보기에 충분하다. 이 점은 주인공들에게 끝없는 시련이 이어지리라는 예상을 하게끔 작자가 문학적 장치로 삽입한 경우이다.

이야기를 조직하면서 작자는 꿈을 이용하여 이야기의 전개를 돕기도 한다. 소운이 진정서를 올리기 위해 의진으로 오던 중, 상주의 열제묘에 머물면서 꾼 꿈이 대표적인 예이다. 꿈속에서 '땅 위는 편안하고 물위는 흉한데 온 숲 가운데 가을철 나뭇잎은 미친바람을 만나는구나. 집안 가족들이 단란하게 모이는 날을 알려고 할진대 다만 금릉의 어사가 계신 관아에 있도다.'라는 참언을 듣는다.[19] 남경으로 어사를 찾아간다면 후일 가족들이 단란하게 만날 것임을 시사해주고 있다.

무엇보다도 특이한 것은 마지막에 자신을 양육해준 은혜는 있지만 인간으로서의 바른 삶을 살지 못 했던 양아버지를 처형함으로써 부모의 원수를 갚고, 온 가족들이 반갑게 재회한다는 결과를 선명하게 보여준다는 점이다. 사필귀정, 권선징악 사상을 강조하고 있다. 행복한 결구, 그리고 유복자였던 주인공의 아들이 금의환향하면서 왕 상서의 딸을 아내로 맞이한다는 점과 이들의 작은아들로 형 때문에 후사도 없이 일찍 죽은 소우의 대를 잇게 해준다는 점 또한 끈끈한 가족의 사랑을 엿볼 수 있게 한다.

위처럼 〈崔尉子傳〉의 간단하던 이야기가 후대의 〈蘇知縣羅衫再合〉에 이르러서는 흥미를 유발하고 합리성을 추구하면서 꽤 복잡한 이야기 구조로, 또한 작자의 저작의도도 비교적 선명하게 드러나는 이야기로 발전했음을 확인할 수 있다.

---

19) '陸地安然水面凶 一林秋葉遇狂風 要知骨肉團圓日 只在金陵多府中'(馮夢龍, 위의 책, 113쪽).

## 5. 맺음말

　작자는 이야기를 서술하면서 어떤 모양으로든 나름대로 자신의 생각을 나타내고자 한다. 이런 작자 자신의 생각은 등장인물들의 언행과 자신의 직접적인 서술을 통해서 나타내기 마련이다. <崔尉子傳>에서 작자가 주지하고자 한 것은 과연 무엇이었을까? 이야기 가운데 비교적 우연이라고 볼만한 사건전개나 또 옛날이야기이면서도 비현실적인 요소는 보이지 않는다. 매우 사실적이다.[20) 이야기의 결과에서 보여준 사건의 주지는 비참하게 죽어야만 했던 아버지의 원수를 갚는다는 것이다. 관에서는 악행을 자행했던 손씨뿐만이 아니고 그동안의 잘못을 숨겨왔던 왕씨에게도 그 죄를 추궁하려 했으나 주인공인 아들이 간곡히 용서를 빌어 왕씨는 화를 모면한다. 세상이치가 사필귀정이라는 것과 주인공의 효심을 주지하고자 한 것이 작자의 의도였음이 분명하다. 손씨가 왕씨를 억류하여 유복자를 낳게 하고 그 유복자를 마치 자신의 아들처럼 양육하였고, 왕씨 또한 유복자의 출생에 대한 비밀을 누설하지 않았지만 아들이 과거 길에 올랐다가 우연하게도 정주에 이르러 노씨(할머니임)를 만나 신물을 얻음으로써 이것이 단서가 되어 스스로 자신이 손씨의 아들이 아님을 알게 된 후 비명횡사했던 아버지에 대한 복수를 감행한다. 재물과 미색에 눈이 어두워 불의를 자행했던 손씨의 비극적인 마지막은 사필귀정이다. 어머니의 행동이

---

20) 이야기 자체의 사실성 여부를 확인할 수는 없다. 다만 사실성이 있다고 했던 것은 옛날 이야기이면서도 이들이 펼치는 사건 자체에 비현실적인 요소가 없다는 점이고 당나라 때의 天寶 年間(742~756)으로 설정된 시대배경이라든지, 滎陽, 鄭州(唐나라 때 滎陽이 鄭州로 바뀜), 江夏, 吉州의 大和縣 등 지리적 배경이 모두 실제의 지명으로 되었다는 점에서 사실성이 강한 작품으로 보았다. 또한 『太平廣記』에서 본 작품의 출처를 『原化記』라고 밝힌 점도 이야기 자체가 꾸며낸 또는 항간에 떠도는 것을 채록한 것이 아니고 이전 문헌에서 인용했다 하여 어느 정도 사실성을 시사해준다.

합당한 것은 아니었지만 당시의 상황으로서는 어쩔 수 없었던 것임을 이해하고 자신을 원수의 손에서 이처럼 훌륭하게 키워준 은혜에 보답하기 위해서라도 관대한 처분을 요구했던 것 자체가 강한 효심의 발로라고 하겠다. 다시 말해, 작자는 이야기 자체를 있었던 사실 그대로 전하는 것이 목적이었지 그 과정을 중시한 것이 아니기 때문에 위와 같이 간략하게 결과만을 기록하였던 것이다. 사실과 결과를 중시한 기록으로, 독자들에게 사필귀정이라는 사상을 보여주고자 한 것이다.

〈蘇知縣羅衫再合〉의 이야기의 주지는 그리 간단하지가 않다. 아버지의 원수를 갚는 것으로 이야기를 매듭지은 것이 아니고, 아무 죄도 없이 억울하게 고난을 당해야 했던 주인공 부부에게 좋은 결과를 보여주고자 한 것이 작자의 의도였다. 그렇기 때문에 주인공들이 생사의 기로에 처했을 때 이들을 도와주는 인물을 등장시켜 주인공들이 위기를 모면할 수 있도록 이야기를 이끌었으며, 마지막에는 일가가 단란한 삶을 살아갈 수 있게끔 이야기를 조직하였다. 불의를 자행했던 인물에 대해서는 죄 값을 치르도록 가차 없는 응징을, 무고하게 고난을 겪어야했던 인물에 대해서는 보상의 차원에서 행복한 삶을 보장하였다. 결국 작자가 강조하고자 했던 것은 〈崔尉子傳〉과 마찬가지로 사필귀정·권선징악 사상이며, 좀 더 구체적으로는 효행과 형제의 우애, 의기, 여인의 정절, 가계계승을 중요시하면서 딱딱한 유교덕목을 제시했던 도덕서보다 쉽게 독자들에게 깨우침을 주고자한 것이지만 한편으로는 이런 가르침을 재미있는 이야기로 꾸며서 전하고자 한 작품임이 틀림없다. 이는 작자의 서문에서도 잘 나타난다.[21]

---

21) 馮夢龍이 1624년에 쓴 『警世通言』의 서문에서, 經書의 내용이 결국은 사람들을 충신, 효자, 어진 관리, 좋은 친구, 의로운 남편, 절부, 덕을 세우는 선비, 적선지가를 이루게 하는데 그 뜻이 있을 뿐이라고 전제한 후 세상 사람들이 모두 학문을 열심히 하는 선비들이 아니기 때문에 '따라서 村夫나 어린아이, 마을 아낙네나 장사꾼들은 이것이 옳고 저것이 그르다는 것으로 서로 성내거나 기뻐하며, 인과응보의 법칙을 가지고 서로 권장하

이야기의 결과나 사실성보다는 사실을 근간으로 이야기를 만들면서 등장인물을 다양하게 설정하고 사건을 복잡하게 조직하면서 합리성을 추구하였으며, 흥미를 높이고자 한 의도를 볼 수 있다. 한편, 그 과정에서 인간관계가 어떠해야 하는가를 보여줌으로써 강한 교훈도 심어주고 있다.

<蘇知縣羅衫再合>은 풍몽룡의 순연한 창작물은 아니다. 이미 당나라 때 皇甫씨의 傳奇小說集인 『原化記』에 실려 오래 전부터 전해오던 崔尉子를 모델로 하여 明末 국운이 기울어져가는 작자 자신이 살던 시대분위기와 사회상을 반영하면서, 또 당대 인간들의 삶을 사실적으로 그리면서 독자들에게 강한 교훈을 주고자했던 목적의식이 뚜렷한 전혀 새로운 작품으로 나타나게 되었던 것이다. 걸출한 작자의 작품화 능력이 보태어져 완전히 새로운 이야기로 만들어졌으며, 이런 그의 저술태도와 이야기 구조가 우리 독자들의 정서와 기호에 영합하면서 뒷날 우리 고소설에도 지대한 영향을 미치게 된다.

---

고 징벌하는 도덕률로 삼으며, 길거리에서 얻어들은 이야기 등을 배울 것으로 삼으니, 통속연의 같은 종류가 드디어 경서와 역사서의 궁벽함을 도와줄 수 있게 되었던 것이다.'(『警世通言』序, … 於是乎村夫稚子, 里婦估兒, 以甲是乙非爲喜怒, 以前因後果爲勸懲, 以道聽途說爲學問, 而通俗演義一種, 遂足以佐經書史傳之窮 …)라 하여, 經書와 史書가 아무리 독자들을 교화하려 하여도 일반인들의 지적 수준으로는 그런 책들을 용이하게 대할 수 없기에 쉽게 접할 수 있는 소설이 이런 역할을 대신해 줄 수 있다는 견해를 보여주고 있다.

# 〈朱鳳傳〉과 〈蘇知縣羅衫再合〉의 관계

## 1. 머리말

〈朱鳳傳〉(다른 이름으로는 〈주여득전〉 또는 〈주해선전〉이라고도 함)은 조선 후기는 물론 일제강점기에도 많은 독자층을 형성했던 고소설 가운데 하나이다.1) 또 본 작품과 유사한 이야기구조를 가지고 있는 〈蘇雲傳〉, 〈月峯記〉, 〈玉簫傳〉 계열의 작품도 상당히 많다.

지금까지의 연구에서 〈蘇雲傳〉, 〈月峯記〉, 〈玉簫傳〉 계열의 작품들은 중국의 『太平廣記』에 실려 있는 〈崔尉子傳〉, 『警世通言』에 실려 있는 〈蘇知縣羅衫再合〉을 번역하는 과정에서 나타난 작품으로 알려져 왔다.

---

1) 申基亨은 본 작품의 이본인 〈쥬희션젼〉(한글필사본)을 소개하면서 1851년에 필사된 작품이라고 하였다(『韓國小說發達史』, 彰文社, 1960, 433쪽). 필자가 소장하고 있는 〈朱鳳傳〉(한글필사본)은 1932년에 필사된 것이다(본 사본을 필사했던 이분남이 대본으로 했던 〈朱鳳傳〉은 1924년에 필사된 것임을 밝히고 있음). 또 김익환은 강헌규 소장 한글필사본 〈朱鳳傳〉을 소개하면서 1835년에 필사된 것으로 밝힌 바 있다(「주봉전 연구」, 한국고소설학회 춘계학술대회, 2005, 발표요지, 4쪽). 이런 점으로 보아 본 작품을 조선후기에서 부터 일제강점기에 이르기까지 꾸준히 읽혔던 작품이라 보았다. 이외에 여러 한글필사본과 활자본 〈주해선전〉 등 모두 수십 종의 사본이 전하고 있다(참고로 김익환이 위 발표요지 16~18쪽에 제시한 이본만도 37종임). 강헌규 소장 필사본이 1835년에 필사된 것이 확실하다면 19세기 초보다도 훨씬 이전부터 유행했던 것이 틀림없다.

따라서 이런 작품들과 이야기구조가 유사한 <朱鳳傳>도 당연히 중국작품의 영향으로 만들어진 것이라 생각할 수 있기 때문에 필자는 과연 그런지에 대해서 몇 편의 논문을 발표한 바 있다. 먼저 본 작품이 어떤 작품인지를 소개하면서 등장인물의 역할을 구체적으로 살피고 이를 통해 작자의 저작 의도가 무엇이었는지, 이어 본 작품이 <月峯記> 계열의 작품들처럼 중국 소설의 영향을 입었는가에 대해 알아보기 위해 먼저 <月峯記>에 지대한 영향을 미쳤던 <蘇知縣羅衫再合>의 원류로 알려진 <崔尉子傳>에서 어느 정도나 영향을 받았을까 살폈고, 다음에 과연 <崔尉子傳>을 <蘇知縣羅衫再合>의 원류로 볼 수 있을지 두 작품의 상관관계를 살펴본 바 있다.[2]

위에서 비록 『太平廣記』가 고려시대부터 조선시대를 통해 우리나라 식자층들에게 읽혔고 또 언해본이 나올 정도로 유행하기는 했어도 <崔尉子傳>이 직접 우리 고소설에 영향을 미치진 않았던 것으로, 또 두 작품—<崔尉子傳>과 <蘇知縣羅衫再合>—을 서로 비교해 본 결과 <蘇知縣羅衫再合>은 풍몽룡의 순수한 창작이 아니고 <崔尉子傳>이 원류였음이 밝혀졌다.

본고는 당나라 때 지어졌던 <崔尉子傳>이라는 간단한 이야기에서 三言의 編者로 알려진 馮夢龍이라는 걸출한 작자에 의해 새롭게 만들어진 <蘇知縣羅衫再合>이 본 작품에 얼마나 영향을 미쳤는가를 살피는 것이 목적이다. 잘 알려진 대로 <蘇知縣羅衫再合>이 <月峯記> 계열과 같은 우리

---

2) 拙稿, 「朱鳳傳 研究」, 『韓南語文學』 제27집, 韓南大學校 國語國文學會, 2003.
　　拙稿, 「朱鳳傳 研究—崔尉子傳과의 영향관계를 중심으로」, 『韓國言語文學』 제51집, 韓國言語文學會, 2003.
　　拙稿, 「月峯記 研究」, 『語文學』 87, 韓國語文學會, 2005.
　　拙稿, 「朱鳳傳과 中國作品의 影響關係(1)—崔尉子傳과 蘇知縣羅衫再合을 중심으로」, 『韓南語文學』 제30집, 韓南大學校 國語國文學會, 2006.

의 많은 고소설에 직접적인 영향을 미쳤다고 했는데,3) 그렇다면 과연 본 작품도 이에서 얼마나 영향을 입었을지 구체적으로 살피고자 한다.


## 2. 〈朱鳳傳〉과 〈蘇知縣羅衫再合〉의 敍事段落


### 2.1. 〈朱鳳傳〉

① 당 태종 즉위 초, 황성의 남천문 밖에 사는 주여득은 어릴 때 부모를 잃고, 왕 상서의 도움으로 그의 사위가 되고, 장원급제하여 벼슬이 일품에 오른다. 조정백관과 최 상서가 여득을 모해, 해평도사로 보낼 것을 상소하자 황제는 그를 도사로 임명한다. 여득은 부인 왕씨와 아들 봉을 남겨둔 채 자결한다.

② 왕씨는 주봉을 데리고 삼년상을 치른다. 봉이 열다섯 살이 되어 과거를 보고자 하나 가난한 집안사정 때문에 포기한다. 이를 알게 된 이웃에 사는 거부 이도원이 도와주어 과거에 응시, 장원급제한다. 봉이 한림학사가 되며, 이 승상의 딸을 아내로 맞는다. 하루는 황제와 만조백관이 함께 산상에 올랐다가 선관이 희롱하던 옥저와 거문고를 얻는다.

---

3) 金台俊(『朝鮮小說史』, 學藝社, 1932)이 처음으로 영향관계를 주장한 이래, 申基亨의 앞의 저서에서, 李明九의 「李朝小說의 比較文學的 研究」(『大東文化研究』 제5집, 成均館大學校 大東文化研究所, 1968), 「月峰山記 研究」(『成大論文集』 第29輯, 成均館大學校, 1981), 徐大錫의 「蘇知縣羅衫再合系 飜案小說研究」(『東西文化』 제5집, 啓明大學校 東西文化研究所, 1973), 朴晟義의 『韓國古代小說論과 史』(日新社, 1973), 金起東의 『韓國古典小說研究』(敎學社, 1981), 沈載淑의 「蘇雲傳―月峯記系 作品群의 類型變移와 擔當層에 대한 研究」(高麗大學校 大學院 碩士學位論文, 1990), 이필우의 「蘇知縣羅衫再合系 번안소설의 실상과 상호관계」(경남대학교 교육대학원 석사학위논문, 1991), 陸宰用의 「月峯記의 構造와 意味」(『嶺南語文學』 24집, 嶺南語文學會, 1993), 「月峯記의 異本研究」(西江大學校 大學院 博士學位論文, 1994), 「月峯記類의 자국화 양상 연구」(『語文學』 81, 韓國語文學會, 2003), 전상욱의 「월봉기군 소설의 작품세계」(연세대학교 대학원 석사학위논문, 1996)와 같은 연구가 이어져왔다.

황제가 대신들에게 옥저와 거문고를 불어보라고 명하지만 봉을 제외하고는 아무도 불지 못하자 봉에게 준다. 이를 계기로 봉이 황제의 총애를 얻는다. 이때, 좌우승상 유경안과 대신들이 주봉을 해평도사로 임명할 것을 상소한다.

③ 주봉은 어머니에게 옥저와 거문고를 맡기고, 임신 3개월인 아내 이씨와 시비 옥엽을 데리고 임지로 향한다. 임지로 가는 길에 해적 장취경의 습격을 받는다. 장취경이 봉을 강물에 던지고 이씨와 옥엽을 데리고 적굴로 돌아온다. 봉은 옥황상제와 용왕의 지시를 받은 일광대사의 도움으로 사경에서 벗어나 해평 땅에 안주한다.

④ 이씨는 옥엽과 남장으로 도적의 소굴에서 도망한다. 옥엽은 이씨가 안전하게 도피할 수 있게끔 장취경을 만나 이씨가 이미 투신했음을 이르고 그를 질타한 후 스스로 투신한다. 이씨는 사방으로 유리하다가 팔관대사를 만나 칠보암에 의탁, 중이 된다. 얼마 후, 아들을 출산하는데 아이를 절에서 양육할 수 없게 되어 왼쪽 새끼발가락을 잘라 옷깃에 싸고 저고리에 '유복자 해선'이라 적어 동네 우물가에 버린다. 장취경이 아이를 주어다가 소굴로 돌아와 이름을 장해선이라 짓고 전에 잡혀와 있던 이씨에게 양육을 부탁한다. 이씨는 아이가 입은 옷을 자세히 살피고 비단과 바느질솜씨가 낯이 익음으로 옷을 바꾸어 입힌 후 자기 자식처럼 키운다.

⑤ 해선이 어려서 글을 배우려 했지만 장취경이 허락하지 않자 이씨 부인이 글을 가르친다. 열세 살에 이르러 황성을 구경하고자 하니 장취경이 허락한다.

⑥ 해선이 황성에 올라와 주봉의 모친인 왕씨의 집에 숙소를 정하고 자신은 해평에서 올라온 장해선임을 이른다. 왕씨가 해선을 보고 14년 전 해평 도사로 부임한 봉과 매우 닮았다고 생각하며 눈물을 흘리면서 아들에 관한 이야기를 들려준다.

⑦ 해선이 돌아갈 때, 왕씨가 그에게 옥저와 거문고를 준다.

⑧ 해평으로 돌아온 해선이 옥저와 거문고를 희롱하다가 그 소리를 듣고 찾아온 주봉을 만난다. 이어 칠보암에 구경 갔다가 어머니와도 만난

다. 이때 이씨가 주봉과 해선에게 버선을 선물하면서 그 자리에서 신어보라고 권한다. 이씨가 해선의 새끼발가락이 없음을 보고 모자임을 확인하면서 그간의 사정을 이야기한다. 해선이 집으로 돌아와 양육해준 이씨로부터 자신의 근본을 듣고 유품을 본 후 주봉의 아들임을 확신한다. 해선이 3년만에 다시 할머니 왕씨를 찾아가 지금까지 있었던 일을 자세히 알리고, 과거에 장원급제한다. 해평도사를 자원하여 부임, 선정을 베푼다. 하루는 해선이 잔치를 배설, 장취경 일당을 초대하여 부모의 원수를 갚는다.

⑨ 봉이 천자에게 상소, 아들의 이름을 주해선으로 고친다. 천자가 봉에게 전의 벼슬을 제수하고, 해선을 충절효자로 천하방어사를 봉한다. 왕씨에게는 정렬부인, 이씨에게는 숙열부인 직첩을 내린다. 옥염이 투신한 곳에 이르러 3일 동안 정성껏 제를 올리자 옥염이 환생, 반갑게 해후한다. 이어 정렬부인으로 봉한다. 주봉과 이씨, 옥염, 해선이 황성으로 올라와 왕 씨를 만나 그동안의 회포를 풀고 궁중으로 들어가 천자를 알현한다. 주봉은 어린 시절 많은 도움을 받았던 이도원에게 벼슬을 내리고, 그의 집안과 대대로 세의를 맺는다.[4]

이를 정리해보면 다음과 같다.

① 당 태종 즉위 초, 황성의 남천문 밖에 사는 주여득이 과거에 급제, 벼

---

4) 내용 요약은 필자가 소장한 한글필사본 〈朱鳳傳〉을 근거로 하였다. 김익환의 연구에서 텍스트로 했던 강헌규본과는 약간의 차이가 있다. 몇 예를 들면 다음과 같다. ① 왕씨(주봉 어머니)의 사촌 오라버니 왕 상서가 주여득의 묘에서 청룡과 황룡이 승천하는 꿈을 꾸고 주봉이 이번 과거에 급제할 것과 이어 시련이 계속될 것임을 알려준다는 묘사, ② 주봉을 시기하는 정적들이 그를 해평도사로 보내야 한다고 할 때 천자가 단안을 내리지 못하자 위 승상이 '주봉 부부가 본래 천상에서 죄를 입고 적강했으며 이제 떠나도 17년 후에는 다시 만나볼 수 있으리라'고 천자에게 상소하면서 주봉을 보내도 좋다는 묘사, ③ 왕씨가 절에서 아이를 낳을 때 선녀가 내려와 위 승상의 딸이 이 아이의 배필이 될 것임을 계시해주는 묘사, ④ 왕씨가 남편의 무덤에서 황룡과 청룡이 승천하고 바닷물이 마르는 꿈을 꾸고 이를 문복자가 풀어주는 묘사 등이다(김익환, 전게 발표요지, 5~6쪽 참조).

슬이 일품에 오르자 백관들이 시기하여 그를 해평도사로 보내고자 한
다. 주여득은 가족을 남겨둔 채 자결한다.

② 주봉이 과거에 급제, 황제의 총애를 입자 간신들의 참소가 이어져 해
평도사로 떠난다.

③ 아내와 시비 옥염을 데리고 임지로 향하다가 해적 장취경의 습격을 받
고 부부가 헤어진다. 주봉은 죽을 위기에서 벗어나 해평이란 곳에 안
주한다.

④ 이씨는 칠보암에 의탁, 중이 되고 해선은 장취경이 데려다 자식처럼
키운다.

⑤ 해선이 열다섯 살 때 황성을 구경하기 위해 집을 떠난다.

⑥ 황성에 왔다가 우연히 할머니 왕씨의 집에 유숙하게 된다.

⑦ 해선이 돌아갈 때 왕씨가 옥저와 거문고를 선물로 전한다.

⑧ 해평으로 돌아오는 길에 옥저와 거문고를 희롱하다가 아버지와 어머
니를 만나고 해적 장취경을 치죄한다.

⑨ 온 가족이 무사히 해후한다. 심지어 죽었던 옥염까지 환생한다.


## 2.2. 〈蘇知縣羅衫再合〉


〈西江月〉5)과 관련한 서두의 挿話

---

5) 이야기를 시작하기에 앞서 본 이야기하고는 아무 관계도 없는 서두의 삽화가 있다. 杭州
府에 사는 李宏은 嚴州에 사는 친구를 찾아가는 길에 작은 정자에 올랐다가 벽에 붙은
〈西江月〉을 보게 된다. 이것은 酒色財氣의 短處를 노래한 것인데, 이생은 인생에서 이것
을 뺀다면 무슨 재미가 있겠는가 하고는 和答詩를 남긴다(술을 마시되 취하지 않는 것이
제일 좋고 색을 좋아하되 음란하지 않으면 영웅호걸이라 할 수 있으며, 의롭지 않은 재
물에는 손대지 말 것이고 분을 견디며 사람들을 관대하게 대한다면 화는 저절로 사라지
리라. 飮酒不醉最爲高 好色不亂乃英豪 無義之財君莫取 忍氣饒人禍自消). 이어 財色으로 인한 悲
歡離合의 一場佳話를 說話한다는 작자의 警戒의 뜻이 담긴 말이 있다(馮夢龍, 『警世通言』, 中
國 長春出版社, 1995). '西江月'은 詞牌의 이름으로 본래는 당나라 때 敎坊曲의 이름이다(林
尹・高明 主編, 『中文大辭典』 第30冊, 中國文化研究所, 民國57年, 289쪽, '詞牌名, 本唐敎坊曲

## 본 이야기

① 국초 영락연간에 소운·소우 형제가 북직예 탁주에서 아버지를 일찍
여의고 홀어머니 장씨를 모시고 살아간다.

② 소운이 24세에 과거에 급제하여 절강 금화부 난계현 대윤을 제수 받
는다.

③ 소운은 집으로 돌아와 가산을 수습, 노모와 동생을 위해 얼마간의 재
산을 남겨두고 부인 정씨와 소승 부부를 데리고 임지로 향한다. 도중
장가만 지방에 이르러 황하를 건너기 위해 배를 탔다가 의진현 가까
운 양주 광릉역에 이르러 서능이 부리는 배로 바꿔 탄다. 서능은 소운
이 재물이 많고 또한 정씨가 미인임을 보고 황천탕에 이르자 습격한
다. 서능이 소운을 죽이려 하였으나 아우 서용의 권유로 죽이지 않고
다만 물에 빠뜨리고 정씨를 사로 잡아간다.

④ 정씨 부인은 서용의 도움으로 전에 사로잡혀 왔던 주파와 함께 도망한
다. 그러나 동행하던 주파가 더 이상 도망할 수 없게 되자 신발을 벗
어놓고 우물에 투신한다. 홀로 된 정씨는 당도현 자호암에 의탁, 유복
자를 낳는다. 그러나 여승들만 있는 암자이기 때문에 아이를 기를 수
없자 아이를 자신의 나삼으로 싸고 금비녀 한 개를 아이의 품속에 넣
어 대류촌에 버린다. 한편 서능은 정씨를 추격하다가 돌아가던 길에
버려진 아이를 발견하고 데려가 아들로 삼는다. 물에 떠내려가던 소운
을 휘주의 도공이 구출, 소운이 삼가촌에 이르러 아이들을 가르치며
지낸다. 소우는 임지로 떠난 형으로부터 소식이 없어 난계까지 찾아왔
으나 형이 부임하지 못하고 화를 입은 것으로 알고 주야로 애통하다
가 그만 객사한다. 이를 안타깝게 여기고 지현이 소우의 장례를 치러
준다.

⑤ 서계조는 15세가 되어 과거에 응시하고자 상경한다.

⑥ 도중 탁주에 이르러 물을 마시기 위해 머물다가 장씨(소운의 어머니이

---

名, 取李白蘇臺覽古詩, 只今唯有西江月, 曾照吳王宮裏人. 句以名 歐陽炯詞有兩岸蘋番暗起白, 名曰
蘋香, 程珌詞名步虛詞, 王行詞名江月令, 或名壺天曉, 醉高歌’).

며 계조에게는 할머니임)를 만난다. 장씨는 계조를 청하여 자신의 집
에 유숙하도록 권유하고 계조의 용모가 소운과 같다고 하면서 집안내
력을 이야기하며 슬퍼한다.

⑦ 계조가 떠날 때, 장씨는 나삼을 선물로 주면서 본래 두 벌이었는데 하
나는 며느리가 입고 갔고, 하나는 아들의 것이라 하며 두 개의 무늬가
같음을 일러준다.

⑧ 계조는 과거에 급제하고 중서의 벼슬을 제수 받는다. 2년이 지난 후
감찰어사가 되어 南京刷卷次 내려온다. 한편 정씨는 절에서 19년을 지
내다가 어사가 새로 부임했다는 말을 듣고 진정서를 올린다. 이를 본
어사는 정씨의 진정서와 탁주 노파의 이야기가 일치됨을 보고 자기를
길러준 요대로부터 자신이 서능의 친아들이 아니라는 사실을 눈치 챈
다. 나삼과 금비녀로 인하여 자신이 소운의 아들인 것을 확신한다. 소
운은 삼가촌을 떠나 상주 열제묘에서 꿈을 꾸었는데, 골육이 다시 만
나 단란하게 될 것임을 암시 받는다. 남경에 이르러 같은 해에 급제했
던 조강 어사에게 진정서를 올린다. 조강 어사는 이를 감찰어사 서계
조에게 전한다. 감찰어사는 요대에게서 받은 나삼과 탁주의 노파에게
서 받은 나삼을 비교하여 문양이 꼭 같음을 확인하고 자신이 서능의
아들이 아님을 믿고, 이어 서능 일당을 취하게 한 다음 이들을 일제히
포박한다. 조원 공차를 시켜 진정서를 바친 사람을 불러오게 하여 아
버지와, 또한 자호암에도 연락하여 정씨를 오게 하여 어머니와도 상봉
한다.

⑨ 소운은 황제에게 상소하여 아들 서계조의 이름을 소태라 고치고 서능
일당을 모두 처형하고 자신과 아내의 목숨을 보전하게 해주었던 서능
의 동생 서용은 방면한다. 소우의 영구를 찾아 가지고 탁주로 오다가
산동의 임청에서 왕 상서의 딸과 혼인한다. 일가가 단란하게 되고 장
씨 부인이 90여 세까지 장수하며, 소태는 좌당도어사라는 벼슬에까지
오른다. 왕씨는 두 아들을 낳아 둘째 아들로 소우의 뒤를 잇게 한다.6)

---

6) 내용 요약은 馮夢龍의 위의 책 『警世通言』을 근거로 하였다.

위를 간략히 정리해보면 아래와 같다.


① 영락연간이라는 시대배경과 지리적 배경으로 탁주가 설정되고, 소운·소우 형제가 홀어머니 장씨를 모시고 산다.

② 소운이 과거에 급제하고 절강 금화부 난계현 대윤으로 부임한다.

③ 소운이 부인 정씨를 데리고 임지로 향한다. 황천탕에 이르러 수적 서능의 습격을 받아 재물을 빼앗기고 물에 던져진다. 아내 정씨는 잡혀간다.

④ 정씨는 서용의 도움으로 적굴을 도망하여 암자에 의탁한다. 그곳에서 아들 을 출산하였는데 절에서 기를 수 없다 하여 대류촌의 길가에 버린다. 뒷날, 정씨를 찾아 나섰던 서능이 길가에 버려진 아이를 데려다 아들로 삼는다. 이름을 계조라 한다.

⑤ 서계조가 15세에 이르러 과거를 보기 위하여 서울로 향한다.

⑥ 계조가 탁주에 이르러 우연하게도 장씨 부인의 집에 유숙하게 된다.

⑦ 계조가 떠날 때, 장씨 부인이 아들이 입던 나삼을 신물로 전한다.

⑧ 나삼으로 인하여 계조가 부모를 만나고 부모의 원수를 갚는다.

⑨ 온 가족이 해후한다.


## 2.3. 類似作品들의 이야기 基本構造

유사작품이라 함은 이미 언급했던 중국작품 〈崔尉子傳〉, 〈蘇知縣羅衫 再合〉, 본고에서 살피지는 못하지만 『今古奇觀』에 실려 있는 〈蔡小姐忍辱 報仇〉와 고소설 〈蘇雲傳〉, 〈月峯記〉, 〈玉簫傳〉, 〈朱鳳傳〉 계열의 작 품을 이른다. 이들 작품의 기본구조는 거의 같다.


① 시대·지리적 배경설정에 이어 주인공이 등장함

② 주인공이 과거에 급제하고 벼슬길에 오름

③ 부부가 임지로 향하던 중 도적을 만나 각각 헤어짐

④ 부인이 낳은 아들을 도적이 양육함

⑤ 주인공의 아들이 과거를 보기 위해 집을 떠남

⑥ 주인공의 아들이 우연하게도 할머니의 집에 유숙함

⑦ 떠날 때 할머니로부터 신물을 받음

⑧ 이 신물이 연유되어 유복자가 부모를 만나고 부모의 원수를 갚음

⑨ 온 가족의 해후와 후일담[7]


앞에서 보았던 <朱鳳傳>이나 <蘇知縣羅衫再合>은 물론 여타의 작품들과도 기본골격에서는 커다란 차이가 없다. 그러나 이야기를 전개해 나가면서 설정된 인물이나 그들의 역할, 세부적인 사건을 조직하고 기술하는 데에서는 많은 차이점이 있다. 그리고 본 작품은 <崔尉子傳>보다는 <蘇知縣羅衫再合>과 유사성이 있다.


## 3. 〈蘇知縣羅衫再合〉에서의 影響關係


### 3.1. 背景設定

두 作品의 背景設定

| 구분 | 〈蘇知縣羅衫再合〉 | 〈朱鳳傳〉 |
| --- | --- | --- |
| 時代背景設定 | 永樂年間(明 成祖, 1403~1424) | 唐 太宗 즉위 초 |
| 主人公의 居住地 | 北直隸 涿州 | 황성의 남천문 밖 |
| 主人公의 任地 | 浙江 蘭溪縣 | 해평 |

---

7) 이와 같은 기본골격은 <崔尉子傳>, <蘇知縣羅衫再合>, 『今古奇觀』에 실려 있는 <蔡小姐忍辱報仇>(이 작품은 원래 풍몽룡의 <蔡瑞虹忍辱報仇>와 같은 작품임) 등 중국작품과 <蘇雲傳>, <蘇學士傳>, <玉簫傳>, <玉簫奇緣>, <月峰山記>, <月峰記>, <江陵秋月>, <鳳凰琴>, <朱鳳傳>, <朱如得傳>, <朱海仙傳>을 비롯한 우리 古小說을 중심으로 뽑아본 것이다.

| 구분 | 〈蘇知縣羅衫再合〉 | 〈朱鳳傳〉 |
|---|---|---|
| 任地로 가는 길 | 張家灣, 黃河, 揚州 光陵驛, 儀眞 | − |
| 時代背景設定 | 永樂年間(明 成祖, 1403~1424) | 唐 太宗 즉위 초 |
| 主人公의 居住地 | 北直隷 涿州 | 황성의 남천문 밖 |
| 主人公의 任地 | 浙江 蘭溪縣 | 해평 |
| 任地로 가는 길 | 張家灣, 黃河, 揚州 光陵驛, 儀眞 | − |
| 被襲 당하는 곳 | 黃天蕩, 邵伯湖, 五壩口 | 고소성 밖의 한산사 |
| 主人公 避身處 | 徽州의 三家村 | 해평 |
| 主人公의 行路 | 常州, 南京 | − |
| 老母의 居住地 | 涿州 | 황성 |
| 婦人의 避身處 | 當塗縣의 慈號庵 | 영보산 칠보암 |
| 婦人의 行路 | 儀眞, 南京 | − |
| 棄兒 場所 | 當塗縣의 大柳村 | 절 밖의 대촌 |
| 遺腹子 行路 | 儀眞, 涿州, 京師, 南京, 寧太道 | 해평, 황성 |
| 主人公 同生 行路 | 涿州, 蘭溪 | − |
| 遺腹子 結婚 | 山東지방, 臨淸 | − |

위에서 알 수 있는 것은 〈蘇知縣羅衫再合〉은 작자 자신이 살던 시대를 배경으로 설정하였으며 지리적 배경도 자신의 고향인 소주 주변으로 설정하면서 사건의 전개와 어울리게 매우 사실적인데 비해 〈朱鳳傳〉의 경우는 작자가 살던 시대와는 거리나 너무 먼, 막연한 당나라 태종 때로, 또한 주인공이 살던 곳으로 '황성의 남천문 밖', 주인공의 부임지로 '해평', 피습 당하는 곳 '한산사', 여주인공이 피신한 '영보산 칠보암', 아이를 버리는 곳도 '절 밖의 대촌'이라는 확인이 불가능한 지리적 배경 외에는 이야기 전편을 통해 정확한 지명은 아무 곳도 설정되어 있지 않다는 점이다. 특히 등장인물들의 이동이 빈번하게 이루어짐에도 불구하고 작품에는 실제의 지리적 배경이 설정되어 있지 않다.

적어도 〈蘇知縣羅衫再合〉과 직접 영향관계가 있었다면, 이처럼 완전히 중국의 실제 지명을 무시한 채 이야기를 펼쳐나갈 수는 없었으리라 본다.


## 3.2. 登場人物

두 作品의 登場人物

| 구분 | 〈蘇知縣羅衫再合〉 | 〈朱鳳傳〉 |
|---|---|---|
| 主人公 | 蘇雲 | 주봉 |
| 主人公 아버지 |  | 주여득(주봉의 아버지로 일찍 죽음) |
| 主人公 同生 | 蘇雨 |  |
| 主人公 婦人 | 鄭氏 | 이씨(이 승상의 딸) |
| 婦人을 돕는 人物 | 朱婆와 慈湖庵 女僧 | 옥염, 칠보암 팔관대사 |
| 主人公의 執事 | 蘇勝 夫婦 |  |
| 主人公 老母 | 張氏 | 왕씨(왕 상서의 딸) |
| 主人公 아들 | 蘇泰 / 徐繼祖 | 장해선 / 주해선 |
| 遺腹子 아내 | 王氏 |  |
| 遺腹子의 子女 | 두 아들 | 9남 8녀 |
| 水賊 | 徐能 | 장취경 |
| 水賊의 同生 | 徐用 |  |
| 水賊의 부하들 | 趙三과 翁鼻涕 등 |  |
| 婢僕 | 여러 명의 婢僕 | 왕씨 집안의 종들 |
| 主人公 救出者 | 陶公과 沙工 | 일광도사 |
| 遺腹子 養育 | 姚大 夫婦 | 이씨 부인(주봉의 처형) |
| 其他 | 高 知縣과 官奴들, 操江 御使, 王 尚書, 周兵備, 정씨의 소장을 써준 인물 | 황제, 이도원(주봉을 도움), 최 상서(주여득을 모해), 왕 상서(주여득의 장인), 이 승상(주봉의 장인), 최 한림(이 승상의 큰사위), 유경안(주봉을 모함), 옥황상제, 이목, 선관, 용왕, 장취경에게 잡혀있던 열두 부인, 유복자를 데려가려는 동네아낙들, 거북 |

위에서 보듯이, 배경설정에서 아무런 영향관계를 찾을 수 없었던 것처럼 등장인물에서도 전혀 유사한 점을 찾을 수 없음이 사실이다. 인물들의

이름은 물론 그들의 역할도 거의 다르게 나타나는데, 이 점은 주요사건을 다루면서 자세히 살핀다.


## 3.3. 人物들의 役割과 主要 事件記述에서의 差異

배경설정이나 등장인물의 비교를 보아 일단 두 작품 사이의 직접적인 영향관계는 거의 없음이 확인된 셈이다. 다만 사건에 있어서 몇 가지 공통점을 찾을 수 있는데, 이 또한 세부적인 기술방법에서는 같지 않음을 알 수 있다. 앞에서 나누었던 기본구조에 따라 정리해 보자.


### 3.3.1. 시대·지리적 배경설정에 이어 주인공이 등장함

[蘇] 영락연간에 탁주 땅에서 소운, 소우 형제와 어머니 장씨, 소운의 아내 정씨가 산다. 작품의 진행과 함께 소운의 아들 계조(소태)와 며느리 왕씨, 소태의 두 아들, 소승 부부, 집안의 비복들이 있다.

[쥬] 당 태종 즉위 초, 황성 남천문 밖에 살던 주여득이 조실부모한 후 왕 상서의 도움으로 그의 사위가 되고 장원급제하여 벼슬이 일품에 오른다. 최 상서와 백관이 그를 모함하고, 황제에게 간하여 그를 해평 도사로 보내고자 한다. 여득은 부인 왕씨와 어린 주봉을 남겨둔 채 자결한다. 주봉과 그의 아내 이씨, 시비 옥염을 비롯한 비복들, 주봉의 아들 해선, 해선의 자녀 9남 8녀가 있다.


소운 부자 ─ 소운·소태 ─ 중심의 이야기에서 주봉의 삼대 ─ 주여득·주봉·주해선 ─ 이야기로 확대, 변화되었으며, 따라서 가족관계도 더 복잡하다. 특히 주여득이 자결함으로써 남은 가족들에게 커다란 시련이 이어질 것임을 예상할 수 있도록 이야기를 구성하였다. 주인공 주봉이 어린 시절부터 아버지가 간신들의 참소로 자진하여 목숨을 버렸기 때문에 가난하게 살아갈 수밖에 없다는 비극적 운명임을 보여주면서 이야기의 긴장감을 고조하고 있다.

### 3.3.2. 주인공이 과거에 급제하고 벼슬길에 오름

[蘇] 소운이 스물네 살에 과거에 급제하고 난계현 대윤으로 부임, 어머니와 동생을 이별하고 많은 재물을 가지고 아내와 소승 부부를 데리고 임지로 향한다. 정상적인 과정을 통한 부임이다.

[쥬] 주봉이 열다섯 살에 이도원의 도움을 얻어 과거에 급제, 한림학사를 제수 받는다. 황제의 명에 따라 이 승상의 딸을 아내로 맞는다. 주봉은 황제, 백관들과 함께 산상에 갔다가 선관들이 놓고 간 피리와 거문고를 얻는다.8) 주봉에 대한 황제의 총애가 극진해지자 유 승상과 백관들이 그를 모함하여 해평도사로 보낸다. 주봉은 아내와 시비 옥염을 데리고 임지로 간다. 정상적인 과정이 아닌 정적들의 모함에 의해 임지로 향한다.9) 임지로 가는 것 자체가 소운은 과거에 급제, 황제의 명에 따른 정상적인 과정을 거치지만, 주봉은 황제의 신임을

---

8) 하루는 황제와 만조백관이 함께 산상에 올라 多宴을 배설하고 즐기는데, 산상에 놀러왔던 선관이 당 황제의 거동을 보고 놀라 선궁으로 돌아가면서 옥저와 거문고를 버리고 간다. 주봉이 이를 주워 황제께 바치면서 "옥져난 쟝즈방이 계명산의 올나가 팔천 초병 훗쯧 옥져요 거문고는 션관 양쇼유 팔 션예와 희롱ᄒ던 거문고이로소이다"(한글필사본 <朱鳳傳>, 16쪽)라고 아뢴다. 황제가 대신들에게 피리와 거문고를 불어보라고 명하지만 주봉을 제외하고는 아무도 불지 못하자 주봉에게 준다. 이로부터 주봉에 대한 황제의 총애가 점점 커진다. 위에, 양소유를 인용한 것으로 보아 작자가 <九雲夢>의 내용을 잘 알고 있었음이 틀림없다.

9) 주봉의 아버지가 이미 오래 전 해평도사의 명을 받고 죽음을 택했을 정도로, 또 이전에 부임하던 도사들의 아내가 사로잡혀 있던 곳이란 작품의 서술을 통해 이곳은 누구도 가기를 기피했던 위험한 지방이었음을 보여준다. 또 이런 곳이었기 때문에 정적들이 주인공을 제거하기 위해 모함하여 그곳으로 보내고자 했다.

얻으며 벼슬생활을 하다가 간신들의 시기 때문이라 하여 비정상적임을 알 수 있다. 황제의 총애를 한 몸에 받는 자신보다 우월한, 능력을 가진 인물에 대한 정적들의 모함 때문이라는 어느 시대, 어느 사회에서나 있을 수 있는 정치적 배경을 깔고 있음이 큰 차이이다. 특이한 현상은 아니지만 아버지의 대를 이어 간신들의 모함을 받으며 주인공을 총애하던 황제마저도 또한 그런 간신들의 참언을 따르게 하여 주인공에게 커다란 역경이 이어질 것임을 예시하고 있다.

### 3.3.3. 부부가 임지로 향하던 중 도적을 만나고 각각 헤어짐

[蘇] 서능의 배를 타고 황천탕에 이르렀을 때 피습을 당한다. 소승 부부와 노복들은 모두 죽고 소운은 서용의 간곡한 만류로 죽임을 면하여 물에 빠져 흘러가다가 휘주의 도공에게 구원함을 얻고, 정씨는 서능에게 사로잡혀 간다.

[쥬] 주봉이 아내, 시비 옥염과 같이 임지로 가다가 해적 장취경의 습격을 받아 가족들과 헤어지고 주봉은 옥황상게, 선관, 용왕, 일광대사의 도움으로 죽을 위기에서 벗어나 해평 땅에서 살게 된다. 한편 이씨와 옥염은 도적에게 사로잡혀 간다. 도적의 소굴에는 이미 이전에 잡혀왔던 열두 명이나 되는 부인들이 있다. 또 열 두 부인(이전에 해평으로 부임하던 도사들의 아내)이 잡혀와 있다는 서술을 통해 장취경의 만행이 오래 전부터 끝없이 이어져 왔음을 알게 해준다.[10]

가족들이 이산하면서 주인공들이 목숨을 부지할 수 있었던 것은, 소운은 서능의 동생 서용의 도움과 도공의 구원함이 있었기 때문이며 주봉과

---

10) 과정은 다르지만 이런 예는 이미 〈崔忠傳〉에도 보인다. 최충이 문창 고을에 부임하자마자 그의 아내가 금 돼지에게 사로잡혀 갔다는 점, 그곳에는 이미 오래 전에 잡혀왔던 많은 아녀자들이 있었다는 점과 상통한다. 앞선 시대에 나타났던 작품에서 영향을 입었던, 이야기의 흥미를 제고하고자 한 작자의 저작태도 때문에 나타난 결과일 것이다(拙稿, 「崔忠傳 異本研究」, 『韓南語文學』 제7・8합병호, 韓南大學校 國語國文學會, 1982, 參照).

이씨 부인은 옥염의 임기응변과 선관, 옥황상제, 용왕, 일광대사의 도움이 있었기에 무사하게 된다. 이와 같은 <朱鳳傳>의 상황설정은 주인공이 초월적인 힘을 빌려 뒷날 좋은 결과가 올 것임을 미리 보여주려 한 작자의 배려이며 독자들에게는 어느 정도 안도감을 준다.

여주인공이 적굴에서 도망하는 과정의 기술에도 차이가 있다. 만삭의 몸인 정씨는 서용의 도움을 얻어 주파와 같이 서능의 소굴에서 벗어난다. 주파가 더 이상 걸을 수 없게 되자 정씨를 먼저 도망가게 한 후 자신은 우물에 빠져 죽음으로써 정씨의 안전을 도모한다. 이씨는 시비 옥염과 함께 적굴을 탈출한다. 도중에 옥염이 장취경의 추격을 따돌리기 위해 자결한다. 옥염은 주인을 위해 기꺼이 목숨을 버리는 충복이다. 장취경이 추격해오자 섬기던 주인이 안전하게 피신하도록 하기 위해 부인이 투신했다고 거짓으로 알리고 준엄하게 꾸짖은 후 스스로 목숨을 끊는다. 더 이상 이씨를 추격할 수 없게 기지를 발휘하여 위기를 해소한다.

적의 소굴에서 탈출할 때 주인공을 도와주는 주파와 옥염의 역할이 비슷하다. 그러나 주파와 정씨는 서용의 도움으로 적굴을 탈출하지만 옥염은 스스로 용의주도하게 준비하고 기지를 발휘, 군복으로 위장한 후 이씨와 함께 적굴을 탈출한다. 보다 적극적인 행동이다. 그리고 작품의 마지막에서 주인을 위해 기꺼이 목숨을 버렸던 옥염이 환생한다는 점은 큰 차이이다. 주파는 자신의 병이 악화되자 더 이상 도망갈 수 없음을 알기 때문에 어쩔 수 없는 상황에서 스스로 자결을 한 것이지 정씨를 위해 죽은 것만은 아니다. 죽음에 대한 당위성이 없는 반면, 옥염의 죽음에는 주인을 살리기 위함이라는 당위성이 있다.

### 3.3.4. 부인이 낳은 아들을 도적이 양육함

[蘇] 정씨는 천신만고 끝에 자호암에 이르러 노승의 보살핌 아래 그곳에
서 유복자를 출산한다. 절에서 아이를 키울 수 없게 되자 아이를 자
신이 입었던 나삼에 싸고 금비녀를 품에 넣은 후 대류촌에 버린다.
이를 서능이 거두어 가서 같은 도둑의 일당인 요대 부부에게 맡겨
양육한다.

[쥬] 이씨는 팔관대사의 도움을 얻어 칠보암에 의탁, 중이 되었다가 뒷날
유복자를 출산한다. 절에서는 아이를 양육할 수 없다 하여 아이의
왼쪽 새끼발가락을 잘라 옷깃에 싸 넣고, 저고리에 '유복자 해선'이
라 쓴 후 동네 우물가에 버린다. 동네 아낙네들이 서로 아이를 데려
가려고 다투는데, 이때 마침 장취경이 이씨를 찾아다니다가 이를 목
도하고 아이를 빼앗아다가 전에 잡혀왔던 이씨에게 맡겨 양육한다.


여주인공들이 도적의 소굴에서 탈출하여 암자에 의지한다는 점은 같다.
그렇기는 하나 정씨가 만삭의 몸으로 험한 산길을 헤맨다는 서술은 합리
성이 결여되었음에 비해 이씨는 같은 경우이기는 하지만 임신한 지 석 달
만이라 하여 보다 합리적이다. 또 해선을 우물가에 버렸을 때, 마을의 아
낙네들이 서로 아이를 데려가고자 하다가 도적에게 빼앗긴다는 서술도 색
다르다. 한편 발가락을 자른다는 것은 뒷날을 준비하기 위한 치밀한 문학
적 장치임이 분명하다. 장취경은 이 아이를 이씨에게 맡기는데, 이씨는 이
전에 해평도사로 부임하다가 피습 당했던 최 한림의 아내이며 왕 상서의
딸이고, 주봉의 아내 이씨의 언니이다. 곧 주봉의 처형이다. 이씨는 아이
가 입은 옷 모양을 보고 눈에 익은 바느질 솜씨임을 눈치 챘다. 계조를
키웠던 요대 부부가 아이와 아무 상관도 없는 인물임에 비해 해선은 곧
이모의 손에서 혈육의 정을 느끼면서 성장한다는 차이가 있다.[11)

### 3.3.5. 주인공의 아들이 과거를 보기 위해 집을 떠남

[蘇] 계조는 열다섯 살이 되자 양부에게 허락을 얻어 과거시험을 보기 위해 상경한다.

[쥬] 해선은 어려서부터 글을 배우고 싶었지만 늘 장취경이 도둑질이나 배우라고 했기 때문에 이씨 부인이 몰래 글을 가르친다. 열세 살이 되어 황성을 구경하기 위해 집을 떠날 때에도, 과거시험과는 아무 상관도 없는 재물을 탈취해 오겠다는 약속을 하고 집을 떠난다. 집을 떠나는 경우는 같지만 계조는 과거에 응시하기 위해서이고, 해선은 황성을 구경하고 싶은 마음에서이다.

### 3.3.6. 주인공의 아들이 우연하게도 할머니의 집에 유숙함

[蘇] 계조가 상경하던 중 탁주에 이르러 물을 얻어 마시기 위해 오가다가 우연히 할머니 장씨를 만나게 되고, 장씨는 계조를 청하여 자신의 집에 머물다 가기를 부탁한다. 장씨는 계조의 모습을 보고는 소운과 닮았음을 기이하게 여기고 그에게 그동안의 집안 내력을 이야기해 주면서 슬퍼한다.

[쥬] 해선은 처음부터 할머니인 왕씨의 집을 찾아가 숙소를 정한다. 먼저 자신은 해평에서 온 장해선임을 밝힌다. 왕씨가 해선을 보는 순간 14년 전 해평도사로 부임했던 아들 주봉과 닮았음을 보고 마치 아들을 다시 본 것처럼 대한다. 그리고 아들에 관한 이야기를 자세히 일러준다.[12] 할머니 집을 찾게 되는 것이 확연히 다르다. 계조는 지나

---

11) 작품의 서두에서 왕 상서의 큰 딸이 최 한림의 아내라는 것이 제시되고, 최 한림이 해평도사로 부임했는데 그 후 소식이 없다는 기술이 있다. 즉 해평은 아무도 가려 하지 않으려는 지방이었음을 알 수 있다.

12) 작품에 '이적의 희션이 부인계 으은한 말삼을 드른지라 이날 희션이 ᄇ로 황성으로 올나가셔 주닌을 졍ᄒ되 집과 쟝원니 다 퇴락한 집으로 드러간이'(40~41쪽)라 되어 있는 것으로 보아 처음부터 무엇인가 알고 찾아간 것 같은 느낌을 준다.

다가 우연히 들리게 되지만, 해선은 처음부터 의도적으로 찾아간다
는 점이다.

### 3.3.7. 떠날 때 할머니로부터 신물을 받음

[蘇] 계조가 떠날 때 나삼을 선물로 받는다. 장씨는 계조에게 나삼을
선물로 주면서 본래는 두 벌이었는데 한 벌은 며느리가 임지로 갈
때 입고 떠났으며, 지금 주는 것은 아들에게 입히려 했던 것임을
말한다.

[쥬] 해선이 떠날 때, "져 벽쟝의 이난 옥져 탄금을 달나"(42쪽)하여 왕씨
로부터 피리와 거문고를 선물로 받는다.


서계조가 받았던 선물, 이 나삼이 가족들이 해후하는 데에 결정적인 계
기를 부여한다. 장해선이 직접 요구하여 받았던 선물, 피리와 거문고가 가
족상봉에서 중요한 단서가 되지만 이씨 부인이 간직한 유복자가 입었던
배냇저고리와 잘린 새끼발가락이 결정적인 계기가 된다는 점에서 <蘇知
縣羅衫再合>보다는 성공적인 이야기구조라 할 수 있다.

### 3.3.8. 이 신물이 연유되어 유복자가 부모를 만나고 부모의 원수를 갚음

[蘇] 계조는 과거에 급제, 2년이 지난 후 감찰어사가 되어 남경으로 온다.
감찰어사가 남경에 이르렀다는 소식을 들은 정씨가 서능을 처치해
달라는 진정서를 올린다. 또 휘주에 머물던 소운도 진정서를 올린다.
이것이 직접적인 연유가 되고, 이전에 할머니 장씨에게서 들었던 이
야기와 또 요대 부부가 보관하고 있던 금비녀와 나삼으로 인해 이들
가족의 상봉이 이루어진다.

[쥬] 해선이 해평으로 오는 길에 피리와 거문고를 희롱하다가 이를 듣고

찾아온 주봉을 만나 함께 피리와 거문고를 연주하면서 다닌다. 마침 이들이 우연히 이씨가 머물고 있는 암자로 가서 피리와 거문고를 연주하는데 이를 계기로 부부가 해후하고, 이씨는 오래 전에 버렸던 유복자와도 만난다. 이씨는 먼저 이들의 신원을 확인하기 위해 주봉과 해선에게 버선을 만들어 선물로 주면서 자신이 보는 앞에서 신으라고 한다. 주봉이 버선을 받아보고는 비록 머리를 깎은 중이 되었지만 곧 부인을 알아보며, 이씨는 해선의 새끼발가락이 없는 것을 보고 아들임을 확신한다. 부부와 모자, 부자의 감격스러운 상봉이 이루어진다. 해선이 부모를 암자에 남겨둔 채 고향으로 돌아와 자신을 양육해준 이씨로부터 자세한 전말을 듣고 또 '유복자 해선'이라 쓴 배냇저고리와 새끼발가락을 본 후 원수 갚을 것을 결심하고 상경, 왕씨를 만나 지금까지 있었던 일을 세세히 알리고 이어 장원급제한다.

정씨나 소운은 자호암에서 은거하다가, 또는 휘주에서 아이들을 가르치면서 긴 세월을 보내다가 감찰어사가 부임했다는 말을 듣고는 자신들의 억울함을 직접 하소연한다. 특히 감찰어사에게 자신들의 억울함을 진정하고 그것이 계기가 되어 가족들이 상봉하기에 이른다. 긴 시간 동안 적극적으로 자신들의 삶을 유지해왔던 자세를 볼 수 있다. 이들의 위와 같은 적극적인 자세가 없었다면 가족상봉은 불가능한 일이다. 이에 비해 이씨(여승이 되어 암자에 은거)나 주봉(해평의 방방곡곡을 다니며 걸식으로 연명)의 구체적인 삶의 모습에 대한 서술은 없다. 또한 자신들의 삶을 영위하기 위한 적극적인 의지도 보여주지 못한다. 이들 가족의 상봉은 부모들이 노력과는 무관하게 유복자의 노력에 의해서 이루어진다.[13) 이들이 만나는 과

---

13) 이런 점은 <朱鳳傳> 작자의 작품화 능력에서의 한계점이라 하겠다. 가족들이 20여 년이라는 긴 세월 동안 흩어져 있으면서 어떻게 생계를 꾸렸는지에 대해 작자는 관심조차 기울이지 않았다. 다만 만남, 그 자체를 중요시했던 작자의 생각이 위와 같이 미숙하게

정에서 초월적인 힘이 작용함을 본다.

소운이 진정서를 바치기 위해 남경으로 향하다가 상주 열제묘에 머물던 중 꿈을 꾸며, 꿈속에서 簽語를 얻는다.[14) 이는 앞으로 남경의 어사를 찾아가면 온 가족이 만날 수 있음을 예시해주는 기술이다.

〈朱鳳傳〉에서는 등장인물들이 위기를 만난 때마다 천우신조가 따른다는 기술을 볼 수 있다. 주봉이 장취경의 습격으로 물에 빠져 사경을 헤맬 때 옥경의 선관이 옥황상제께 주봉이 죽을 위기에 빠졌으니 어서 구해줄 것을 간청, 용왕의 명을 받은 일광대사가 그를 수중에서 건져낸다. 그리고 '이짱의셔 십칠셰를 비러 먹으면 자연 원슈도 갑고 영화도 볼 쪄시니 죠히 쪄나라'고 일러준다. 주봉은 해평에서 유리걸식하면서 지낸다. 이씨가 단신으로 정처 없이 유리할 때 팔관대사가 보살펴 주며, 옥염이 투신하였을 때에는 용왕이 거북이를 명하여 옥염을 용궁으로 데려가기도 한다. 옥염이 용왕의 시녀가 되었다가 환생할 때에도 옥황상제가 용왕에게 살려주도록 명령하고 이어 일광대사를 시켜 육지로 끌어올린다. 선관, 옥황상제, 용왕, 일광대사, 팔관대사, 거북이 등 인간이 아닌 다양한 조력자가 등장하여 주인공들이 위기를 만날 때마다 초인적인 힘이 작용 그 위기를 극복할 수 있도록 도와준다.

소운의 가족들이 만나는 과정에서 위의 열제묘에서 꿈 이야기를 제외하고는 모두 사실적이며 현실성 있는 전개이다. 그러나 주봉의 가족들이 마지막 모두 만나기까지의 과정에서 천우신조가 없었다면 이들의 만남이 불가능하다는 비현실적인 요소가 내포되어 있음이 큰 차이이다. 특히 옥

______

상황을 처리하고 만 셈이다.

14) '陸地安然水面凶 一林秋葉遇狂風 要知骨肉團圓日 只在金陵·府中'(땅 위는 편안하고 물위는 흉한데 온 숲 가운데 가을철 나뭇잎은 미친바람을 만나는구나. 집안 가족들이 단란하게 모이는 날을 알려고 할진대 다만 금릉의 어사가 계신 관아에 있도다. 馮夢龍, 위의 책, 113쪽).

황상제, 용왕을 비롯한 부처 등 초월적 존재에 대한 믿음은 우리 선인들이 지녔던 민간신앙의 한 면을 보여준 기술이기도 하며, 우리 고소설에서 흔히 볼 수 있는 문학적 장치로 독자들에게 흥미를 더해주고자 한 작자의 의도 때문이었으리라 생각한다. 처음부터 옥염을 통해 보여주었던 기도하는 장면에서도 우리 민족의 민간신앙을 확인할 수 있다.[15)]

① 흐날임계 비러 왈 "우리 셔방님 수로 오만오쳘니와 육노로난 스만사쳘이을 슈히 단여오시계 흐옵쇼셔"흐고 슬피 우이 눈의셔난 피그 ㄴ난지라(23쪽)

② 잇쩌 부인과 옥염이 그 거동을 보고 차라리 물의 쌘져 죽고져 흐되 터상중 잇기로 못죽눈지라 옥염이 챵졀의 싱각흐되 부인이 잉터하연 지 구삭이라 급피 가만이 나와 정흐슈을 쩌녹코 흐눌님계 비려 왈 "남즈여든 좌편의셔 세 변을" 분명이ㄴ 츠거눌(26쪽)

③ "저발 덕분의 비눈이다 하날임계 비나이다 살여쥬소 살여쥬소 우리 셔방임 살여주소셔 비눈이다 비눈이다"(26쪽)

④ "우리 부인을 살여쥬쇼셔 흐날임계 비ㄴ이다 져발 덕분의 살여쥬쇼셔"(28쪽)

⑤ "쳔면슈룩지을 지니여 츙비 옥염을 츠즈보라"(58쪽)

⑥ 잇쩌예 쳔변슈룩 즌츠을 옥염 쌔진 강가의 비셜홀시 쳔흐디스와 문목지와 만죠빅관이며 츙열잇눈 스람으로 흐눌님계 축슈흐고 일만군스로 빙니 밧그 여긔군졸을 삼고 부인과 쥬봉의 부즈는 젼됴단발하고 신영빅모흐고 삼층단을 뭇고 정셩으로 비려 왈 "옥염아 옥염아 우리중의 잇던 이도 사라왓다 너도 살겨라 보고지고 보고지고 혼빅니나 보고지고 보고지고 듯고지고 듯고지고 션두의셔 비던 쇼리 듯고지고 듯고지

---

15) 작품 전편을 통해서 부인의 시비였던 옥염의 기도장면을 여러 차례 보게 된다. 그러나 이쩌나 주봉이 기도하는 장면은 없다. 이런 기술에서 사대부 계층보다는 일반 민중들 사이에 민간신앙이 보편화되었던 것을 알 수 있다. 한편으로는 작자도 양반계층이 아닌 일반 백성이라는 생각이 든다.

고 남북으로 월침침 야샴경의 도망ᄒ던 겨동 보고지고 강가의셔 홀노
안즈 도젹 장취경다러 질욕하던 쇼리 듯고지고 듯고지고” ᄒ며 비난
쇼리 용궁의 ᄉ못차난지라(59~60쪽)
⑦ 천자 ᄒ교왈 “정성으로 삼닐지계ᄒ라”하시겨날 티사 등니며 무여더리
각별니 비러 왈 “등장가셔 옥황상져계 등장가셔 비난니다 하날임계
비난니다 살여쥬쇼 살여쥬쇼 츙비옥염을 살여쥬옵쇼셔”(61쪽)


주봉이 임지로 떠날 때 왕씨 부인을 위로한 후, 무사히 돌아오기를 빌
면서 하늘을 향해 기도를 한다(①). 부인과 옥염이 도적에게 사로잡히게
되자, 욕을 당하느니 차라리 죽으려 했다가 복중의 아이를 생각하고 뒷날
을 도모하기로 결심하면서 하늘을 향해 빈다(②). 도적의 칼날에 쓰러지기
직전, 주봉을 살려 달라면서(③). 부인이 남편의 죽음을 목도하고 자결하려
할 때(④), ⑤는 제사를 지내서라도 옥염을 찾으라는 황제의 명이고, ⑥은
옥염을 살리기 위해 거국적으로 제사가 행해지는 장면이다. 그래도 옥염
을 회생시킬 수 없게 되자 황명으로 모든 대사를 불러 다시 빌도록 명한
다(⑦). 이처럼 옥염이 하늘을 향해 주인의 무사함을 비는, 황제의 명에 따
라 옥염을 찾기 위한 제사를 거국적으로 거행하는, 대사들을 모아 옥염을
위 한 제를 드리는 이야기로 이끌고 있다는 점은 바로 당시 우리 민중들
의 신앙관을 그대로 보여준 결과라 하겠다.

이런 결과, 마지막 부분에서 옥염이 재생하며 신분상승도 이룬다. 주인
을 위해 목숨을 아끼지 않았던 충직함에 대한 보상의 차원이라고 본다.


## 3.3.9. 온 가족의 해후와 후일담

[蘇] 서계조는 이름을 소태로 바꾸고, 서능 일당을 처치한 후 탁주로 오
는 길에 산동 왕 상서의 딸을 아내로 맞는다. 일가가 모두 만나며,

집안에 부귀영화가 가득하게 된다. 왕씨가 두 아들을 낳아 작은아들로 소우의 대를 잇는다.

[쥬] 장해선이 이름을 주해선으로 바꾸고 해평도사를 자원, 선정을 베풀고 부모의 원수를 갚는다. 가족들이 함께 고향으로 돌아오는 길에 옥염이 투신했던 곳에서 제를 지내자 옥염이 옥황상제와 용왕의 도움으로 재생한다.16) 모두 집으로 돌아와 온 가족들이 반갑게 만나고 부귀영화가 이어진다. 주봉은 그동안 많은 도움을 주었던 이도원에게 벼슬을 내리고 대대로 집안끼리의 교류를 가진다. 또한 아버지 여득과 자신을 사지에 빠뜨렸던 조정대신들을 용서하고 선대한다. 장해선이 뒷날 9남 8녀의 자녀를 두고 대대로 부귀영화를 누리는 것으로 기술하고 있는데, 정작 그의 혼사과정에 대해서는 아무런 기술이 없다.

계조가 왕 상서의 딸을 아내로 맞고 대대로 부귀영화를 누리는 것으로 이야기가 끝나는데, 해선의 경우도 이 점에서는 마찬가지임을 알 수 있다. 그러나 주인을 위해 죽었던 충복이 다시 살아난다거나, 주봉이 자신에게 큰 은혜를 베풀었던 이도원에게 벼슬을 내려 이에 보답하고 또한 자신을 사지에 빠뜨렸던 조정대신들을 용서하고 그들과 화해한다는 결말에서 두 작품은 커다란 차이가 있다. <朱鳳傳>에서는 작자의 선행에 대한 보답과 적대자를 용서하고 화합을 이루고자 하는 의도가 보다 선명하게 드러난다.

위에서 간단히 비교해 본 결과, 이야기의 기본구조에서는 유사한 점이 있지만 인물이나 배경설정에서 전혀 같은 점을 볼 수 없으며 사건전개에

---

16) 주인을 위해 기꺼이 목숨을 바쳤던 의로운 행동에 대한 보상 차원에서의 재생이다. 용궁에 살다가 옥황상제의 명에 따라 살아난다. 그 후 옥염의 신분은 비복이 아닌 당당한 정렬부인으로 격상한다. 마치 <沈淸傳>에서 아버지의 개안을 위해 인당수에 빠진 효녀 심청이 용궁에서 왕후가 되어 살아 있는 것과 유사한 작품구성이다.

서도 주인공이 임지로 가다가 피습 당하고 그 아내가 사로잡혔다가 도망한다든지, 유복자가 도적에게 양육되고 과거에 급제한 후 복수한다는 기본 골격은 유사하지만 세부적인 묘사에서는 완전히 다르게 서술되었음을 통 해 〈蘇知縣羅衫再合〉이 〈朱鳳傳〉에 직접 영향을 끼쳤다고 보기는 어렵다. 다만 〈崔尉子傳〉이나 〈蘇知縣羅衫再合〉이 우리나라에 유입되어 식자층들이나 또는 역관 계층 사이에서 널리 읽혔고[17] 이들에 의해 번역 또는 개작되어 나타나 대중 독자층을 형성하면서 호사가들에 의해 〈蘇雲傳〉, 〈月峯記〉, 〈玉簫傳〉 계열의 작품들로 번안, 개작, 번안·창작소설로 발전해 오다가 〈朱鳳傳〉 작자에 의해 위 작품들과는 또 다른 작품으로 새롭게 만들어진 것이라 본다. 풍몽룡은 『警世通言』의 서문에서 자신의 의도를 분명히 밝혔고, 詩文의 삽입을 통해서 이야기를 효과적으로 전개하였는데 〈朱鳳傳〉의 작자도 자신의 저작의도를 작품말미에서 분명히 보여준다.[18]

---

17) 이명구는 「李朝小說의 比較文學的 研究」(33~34쪽)에서, 〈月峰山記〉를 〈蘇知縣羅衫再合〉의 번안 작품이라 전제한 후 그러나 창작에 가까울 정도로 개작한 작품이라는 견해를 밝히면서, 그 작자를 白話體 話本小說를 번역할 만한 능력을 가진 譯官일 가능성이 있다고 추정하였다가 뒤에 「月峰山記研究」(29쪽)에서는 문학적 소질이나 소양을 갖춘 양반계층의 인물일 것으로 보았다.

18) 풍몽룡은 『警世通言』 서문에서, "… 於是乎村夫稚子, 里婦·兒, 以甲是乙非爲喜怒, 以前因後果爲勸懲, 以道聽途說爲學問, 而通俗演義一種, 遂足以佐經書史傳之窮 …"라 하여, 經書와 史書가 아무리 독자들을 교화하려 하여도 일반인들의 지적 수준으로는 그런 책들을 용이하게 대할 수 없기에 쉽게 접할 수 있는 소설이 이들의 역할을 보조해 줄 수 있다는 견해를 밝혔다. 〈朱鳳傳〉의 작자는 이야기를 끝내고 "디강 부모의 효셩ᄒ고 벼살을 ᄒ겨든 임군의게 츙셩을 다ᄒ야 어진 리흠을 만셰예 유젼ᄒ면 쳔츄의 빗난 리흠을 뉘 안니 층찬ᄒ리요."(朱鳳傳, 67쪽)라 하여 자신이 이 이야기를 짓게 된 동기를 밝혔다.

## 3.4. 中國小說의 影響關係

필자는 앞의 논문에서 이미 <朱鳳傳>과 <崔尉子傳>의 영향관계에 대해 살핀 바 있다. 이야기구조나 인물설정에서 유사점을 가지고 있음은 사실이지만, 본 작품을 짓는데 직접적 영향을 주었다고 보기는 어렵고 다만 이야기를 창작하는데 어느 정도 동기는 부여했으리라 보았다.19)

중국에서도 崔尉子의 이야기가 후대에 어떤 모습으로 바뀌었는가를 확인할 수 있다. 본래는 당나라 전기소설집인 皇甫씨의 『原化記』에 실렸던 이야기가 뒷날 『太平廣記』에 수록되었고, 명나라 때에는 馮夢龍에 의해 <蘇知縣羅衫再合>이라는 새로운 이야기로, 또 <白羅衫>이라는 전기극본으로 거듭나게 된다. 최위자와 소 지현의 이야기는 우선 시대적・지리적 배경에서 크게 다르다. 풍몽룡은 자신이 살던 명나라를 시대배경으로, 길주와 형양이 중심이던 지리적 배경도 자신이 태어나 살던 지역인 江蘇省의 揚州 光陵驛, 儀眞, 常州, 邵伯湖, 南京, 黃天蕩과 같은 蘇州 일대를 중심으로 하면서 涿州, 張家灣, 黃河, 山東 臨淸, 徽州, 蘭溪 등 현 北京 부근에서부터 운하를 따라 내려오는 길의 河北省, 山東省, 浙江省, 安徽省을 지리적 배경으로 설정, 전국적으로 널리 확산되었음이 큰 차이다. 간단하던 등장인물이 매우 다양해졌으며, 필요에 따라 이들의 역할 또한 적절하게 주어졌음이 다르다. 자연히 사건도 복잡하게 얽혀져 독자들의 흥미를 유발하고 있으며, 이 과정에서 강한 교훈성도 얻을 수 있음이 크게 발전한 양상이라고 본다. <崔尉子傳>이 사실을 알리기 위한 기록이었다고 한다면, <蘇知縣羅衫再合>은 있었던 일을 알린다는 생각보다는 그런 사실을 바탕으로 새롭고 재미있는, 독자들에게 깨달음도 줄 수 있는 이야기로 만

---

19) 拙 稿, 앞의 「朱鳳傳 硏究－崔尉子傳과의 影響關係를 中心으로」.

들겠다는 강한 작자의식을 가지고 있음이 다르다.

이야기를 펼쳐나가는 과정에서 작자가 살던 당시의 시대상을 은연중 보여주기도 한다. 당시 지방 관리들의 횡포가 어떠했는가, 적어도 관리라면 어떤 태도를 가지고 있어야 하는가를 보여준다. 영태도 주병비의 태도에서 백성들을 탄압하는 전형적인 탐관오리의 모습을, 소운이 처음 부임하러 가면서 많은 재산을 가지고 간다는 기술에서 바른 관리의 모습을 본다. 왕 상서의 삶의 모습에서도 부정적인 현실을 볼 수 있다. 본인의 의사와는 상관없을지 모르겠으나 도둑들에게 악행을 자행할 수 있게끔 빌미를 제공하기도 하며, 높은 관직에 있으면서 그 관직을 이용하여 돈을 번다거나 지방에서 첩을 얻어 생활했던 바르지 못했던 삶의 모습을 본다. 시대의 발전과 함께, 새로운 이야기에 관심이 지대했던 작자로서는 당연한 이야기 조직이 아닌가 생각한다. 이 점은 三言의 서문에서, 작자 또한 통속을 통한 교화에 초점을 맞추고 있음을 피력한 데에서도 확인이 가능하다.[20]

〈蘇知縣羅衫再合〉이 언제 우리나라에 들어와 읽혔는지는 확인하기가 쉽지 않다. 일찍이 중국에서도 금서조치가 내려졌던 三言임을 고려한다면 우리나라에서도 쉽게 유통되었을 것이란 생각이 들지 않는다. 더구나 그 사본이 일본에서 발견되어 세상에 널리 알려진 것을 보아서 우리나라에서 크게 유행했던 것 같지는 않다. 그렇기는 해도, 〈王慶龍傳〉이 『警世通言』에 실린 〈玉堂春落難逢夫〉의 번안 작품으로 밝혀진 것으로 보아 어느 정도 읽혔던 것은 사실이다.[21]

〈月峯記〉를 비롯하여 〈蘇雲傳〉이나 〈玉簫奇緣〉, 〈鳳凰琴〉 등을 연구했던 선학들은 상기 작품들이 모두 중국소설인 〈蘇知縣羅衫再合〉의 영

---

20) 앞의 註 18)과 金敏鎬의 논문 「馮夢龍과 凌濛初, 그 같음과 다름」(『中國小說論叢』 11輯, 韓國中國小說學會, 2000, 82~84쪽) 참조.

21) 曾天富, 「韓國小說의 明代話本小說 受容研究」, 釜山大學校 大學院 博士學位論文, 1995, 120쪽.

향으로 나타난 것이라고 주장했다. 따라서 상기 작품들과 유사한 이야기 구조를 가지고 있는 본 작품도 <蘇知縣羅衫再合>의 영향이 전혀 없다고 볼 수는 없다. 그러나 위에서 두 작품을 대비해본 결과 전체적인 이야기의 기본구조는 유사하면서도 인물이나 배경설정이 완전히 다르고 이야기를 풀어나가는 기법도 현저한 차이를 드러내고 있음을 보아, 두 작품의 영향관계는 아주 미미한 편인 것 같다. 다만 일찍이 중국소설이 우리나라에 유입되어 번역하는 과정에서 파생한 많은 유사작품이 나타난 것을 보아[22] <朱鳳傳>의 작자는 직접적인 중국소설의 영향보다 우리나라에서 널리 읽혔던 <月峯記>, <蘇雲傳>, <玉簫傳> 등과 같은 선행 작품의 영향을 입고 이와 이야기구조가 유사한 또 다른 이야기를 만들었던 것이라 본다.


## 4. 맺음말


　필자는 이미 본고에 앞서 <崔尉子傳>과 <蘇知縣羅衫再合>을 비교하여 후대에 나타난 작품이 얼마나 전대 작품의 영향을 입었을까를 중점적으로 살폈다.[23] 후대에 나타난 작품이 앞서 나타난 작품의 영향을 알게

---

22) <蘇雲傳>을 중국소설의 영향으로 보았을 때, 우리나라에서 <蘇雲傳>이 얼마나 널리 읽혔던가를 알 수 있는 근거가 있다. 1794년 對馬島 譯官 小田幾五郎이 조선사신에게서 들은 이야기를 수록한 天理大本 『象胥紀聞』에 <蘇大成傳>, <蘇雲傳>, <崔忠傳> 등을 한글로 된 작품이라고 열거한 것으로 보아 <蘇雲傳>이 18세기 전에 우리나라에서 유행했던 소설임이 확실하다(大谷森繁, 「한글小說 發達史의 特色」, 『崇田語文學』 제6집, 현 한남대학교 국어국문학회, 1977, 26쪽). <蘇雲傳>이 중국 소설의 영향이 분명하다면 <蘇知縣羅衫再合>은 1794년보다 훨씬 이전에 우리나라에 유입, 유행했으리라 본다.
23) 졸고(「朱鳳傳 연구－崔尉子傳과의 영향관계를 중심으로」)에서 <蔡小姐忍辱報仇>(포옹노인

모르게 입는다는 것은 어쩔 수 없는 사실이지만, 그러면서도 단순한 영향 관계만이 아니고 이야기 전개에서 새로운 요소를 가미하여 이야기의 흥미를 배가하고 있음이 밝혀졌다.24)

이미 우리나라에 들어오기 전부터 중국에서도 <崔尉子傳>은 후대의 소설에 적지 않게 영향을 미쳤던 것이 사실이다. 이런 중국작품 가운데에

---

의 『今古奇觀』에 실린 작품인데, 이 작품은 풍몽룡의 『醒世恒言』에 있는 <蔡瑞紅忍辱報仇>와 같은 작품이다)에 대한 언급을 하지 못했다. 두 작품은 다른 구조로 되어 있다. 그러나 몇 가지 근사한 점이 있다. 가장 근사한 점은 본 이야기를 시작하기에 앞서 다 같이 <西江月>이라는 시를 삽입하면서 이야기를 전개하고 있다는 점이다. 시대배경을 비슷한 시기인 명 成祖 代 永樂(<蘇知縣羅衫再合>)과 宣宗 代 宣德(<蔡小姐忍辱報仇>)으로, 지리적 배경설정에서 直隷·揚州·張家灣 등 두 작품에서 공통적인 지명을 볼 수 있고, 주인공 가족이 임지로 향하던 중 揚州에서 강을 건너다 수적에게 화를 당하며 수적들이 다 같이 주인공이 가진 많은 재물과 아름다운 여인을 빼앗기 위해 주인공들을 해치며, 수적이 여주인공만 사로잡아 간다는 점과 수적 일당의 이름을 분명하게 밝히고 있다는 점(<蘇知縣羅衫再合>의 경우는 '他合着一班水手 趙三 翁鼻涕 楊辣嘴 范剝皮 沈胡子 這一般都不是個良善之輩'라 하였고 <蔡瑞紅忍辱報仇>에는 '僱著一般水手 共是七人 喚做白滿 李癩子 沈鐵. 秦小元 胡蠻二 余蛤蚆 陵歪嘴 那七人都是凶惡之徒'라 하여 이름은 비록 다르지만 도적의 명단을 일일이 열거하고 있다는 공통점이 있음), 서계조가 아버지와 어머니의 원수를 갚는다는 것과 채서홍이 길지 않은 인생을 살아가면서 온갖 우여곡절을 겪다가 마침내 아버지와 남편의 복수를 감행한다는 점에서는 상당히 유사하다. <蔡瑞紅忍辱報仇>와의 비교는 차후로 미룰 수밖에 없다.

24) 이와 같은 예는 위의 작품에 국한된 것은 아니다. 중국작품들이 우리나라에 들어와 영향을 미친 예도 열거할 수 없을 정도로 많지만, 중국소설에서도 전후작품의 영향관계에 있어서 사정은 마찬가지이다. 그 예로 당나라 때 가장 대표적 애정전기소설로 알려진 <霍小玉傳>, <李娃傳>, <鶯鶯傳> 등을 들 수 있는데 <霍小玉傳>이 후대소설에 영향을 준 작품으로는 명나라 때의 전기소설인 湯顯組의 <紫簫記>와 <紫釵記>, 청나라 때의 전기소설인 蔡應龍의 <紫玉釵>, 潘炤의 <吳闌誓> 등이 전하고 있다. 이외에, <李娃傳>이나 <鶯鶯傳>을 비롯한 많은 전기소설의 경우도 후대의 수많은 작품들이 영향을 입고 양산되었음이 사실이다(全寅初, 앞의 책 參照). 특히 이야기구조에서 중국의 소설과 유사한 작품으로 알려진 <謝小娥傳> 같은 경우 작자 李公佐(770~850)가 작품에 직접 등장하여 이야기를 전개해 나가고 있는데, 뒷날 명나라 때 凌蒙初가 자신이 직접 지은 『初刻拍案驚奇』(卷19)의 <李公佐巧解夢中言謝小娥智擒船上盜>에 직접적인 영향을 미친 작품이고 같은 시대 蒲松齡의 『聊齋志異』(卷14)의 <商三官>, 淸 『二奇合傳』(第8回) <謝小娥智擒群盜>나 淸 잡극 <龍舟會> 등도 직접적인 영향을 받아 나타난 작품들로 알려져 있다.

서, 구체적으로 어떤 작품이 우리나라에 들어와 우리 고소설에 영향을 주었는가를 밝히는 것은 쉽지 않다. 이런 문제를 해결하기 위한 한 방편으로 먼저 중국작품들 사이에서의 영향관계를 살폈던 것이다. 두 작품, <崔尉子傳>과 <蘇知縣羅衫再合>의 영향관계는 불가분의 것임이 밝혀졌다. 먼저 만들어져 유전하던 이야기가 뒤에 만들어지는 이야기에 적지 않게 영향을 줄 수 있음은 사실이다. 두 작품의 기본골격은 거의 같다. 다만 이야기를 전개하는 과정에서 시대배경을 당 현종에서 명 성조로 설정했고, 단순하던 사건이 보다 복잡하게 전개되고, 그러다 보니 등장인물도 다양해질 수밖에 없으며, 다양한 인물이 등장하면서 지리적 배경도 크게 확장되었으며 작자의 저작의도가 보다 선명하게 나타나고 있다. 따라서 명 말기에 나타난 것으로 알려진 <蘇知縣羅衫再合>은 전 시대의 <崔尉子傳>에서 보다 발전된 형태로 나타난 소설임이 틀림없다. 이 부분은 이야기의 발전과정에서 나타날 수 있는, 또한 작자의 새로운 이야기에 대한 관심에서 비롯된 필연적인 현상이다.

이와 같이 중국에서 유행하던 이야기 형태는 일찍이 우리나라에 들어와 많은 독자를 확보했으며,25) 이런 독자들에 의해 이야기는 널리 퍼지게

---

25) 『太平廣記』는 이미 고려 말에 한림들이 읽었다는 기록이 있는 것과 조선시대에 언해본이나 『太平廣記詳節』이 나타났다는 것만으로 얼마나 널리 애독되었던가를 알 수 있다. 따라서 그 안에 수록되어 있는 <崔尉子傳>도 읽혔을 것임은 자명하다. 조선시대에 이르러 馮夢龍(1574~1646)의 저서 三言(『警世通言』·『喩世明言』·『醒世恒言』을 이르는데, 이것은 작자가 1626~1627년 사이에 宋·元·明을 거치면서 민간에 유전되어온 단편소설을 모아 수정, 윤식하고 자신이 직접 지은 것을 편집한 것임) 가운데 한 책인 『警世通言』도 우리나라에 유입되었던 것으로 알려졌는데, 이 가운데 수록되어 있던 <蘇知縣羅衫再合>도 독자들이 즐겨 읽었으리라는 것은 부정할 수 없는 사실이다. 『警世通言』이 우리나라에 들어와 유행했다는 기록은 찾아볼 수 없다. 다만 지금까지의 연구에서 17세기 초에 나타난 작자미상의 <王慶龍傳>이 <玉堂春落難逢夫>(『警世通言』에 실려 있으며 『今古奇觀』에 없는 이야기)를 번안한 것이 확실하다는 주장에서 이미 『警世通言』이 17세기 초 우리나라 독자들에게 읽혔던 것임은 확실하다(曾天富, 앞의 논문 참조).

되었다. 더러는 호사가들에 의해 유사한 이야기로, 전사자들에 의해 번역과 번안의 과정을 거치면서 우리 민족의 정서에 맞게끔 또 허구적인 요소가 첨가되어 완전히 새로운 이야기로 만들어져 항간에 퍼지게 되었으리라 본다.26)

그렇기 때문에 이야기의 기본적인 구조는 유사하면서도 세부적인 묘사나 인물설정, 그들의 성격이나 역할, 재생에 대한 민간신앙 요소, 배경설정, 주제의식에서는 우리 민족의 정서에 맞게끔 완전히 다르게 나타날 수밖에 없었으리라 본다. 따라서 본 작품은 〈蘇知縣羅衫再合〉의 직접적인 영향으로 만들어졌다기보다는 중국소설을 번역하면서 자연스럽게 유행했던 번안·창작소설, 개작소설—〈蘇雲傳〉·〈月峯記〉 계열—의 영향관계가 더 긴밀한 작품이라 할 수 있다. 작자의 작품화 기량에서도 〈蘇知縣羅衫再合〉과는 큰 차이가 있다.27)

본고에서 다루지 못했던 우리 소설 사이에서의 영향 수수관계에 대한 구체적인 대비고찰은 다음 논고에서 다룰 것이다.

---

26) 이는 이미 이명구, 서대석, 심재숙, 육재용, 이필우, 필자 등이 밝혔던 것처럼 〈蘇知縣羅衫再合〉과 이야기 구조가 거의 같은 〈月峰山記〉(또는 〈月峯記〉)를 비롯해서 이와 유사한 작품으로 알려진 〈蘇雲傳〉, 〈蘇學士傳〉, 〈江陵秋月〉, 〈玉簫奇緣〉, 〈鳳凰琴〉, 〈朱鳳傳〉 계열의 이야기 근간이 이와 같은 점으로도 잘 알 수 있다. 특히 김익환은 본 작품이 꿈과 적강화소를 독창적으로 수용하고 있다는 점, 민간신앙을 주체적으로 수용했다는 점, 사설치레와 노래를 적극적으로 수용하고 있다는 점을 들어 중국소설의 번안이 아닌 또한 월봉기의 아류작품도 아닌 19세기 우리 고소설 유형에 맞게끔 새롭게 만들어진 독창적인 작품임을 주장한 바 있다(전게 발표요지, 15쪽 결론).

27) 주여득이 변방이라고 해서 황제의 명을 어기고 어린 아들과 아내를 남겨두고 자결한다든지, 주인공들이 위기를 만날 때마다 천우신조가 따른다는 이야기조직, 죽었던 옥염까지 재생시켜 그에게 福祿을 누리게 한다는 작품구성 등 작자의 작품화 능력의 미흡함을 볼 수 있는데, 이 점은 작자의 한계라고 하겠다. 이런 점은 풍몽룡이 이야기 사이사이에 적절히 詩文을 삽입하여 분위기를 돕고 있는 것과 비교할 때, 본 작품의 작자는 시도조차 하지 못했던 점에서도 뚜렷하다.

# 〈月峰記〉와 〈蘇知縣羅衫再合〉의 관계

## 1. 머리말

　본고의 텍스트 방각본 〈月峯記〉는 흔히 〈月峰山記〉[1]로도 널리 알려진 작품의 다른 이름이다. 언제, 누구에 의해서 만들어진 작품인지는 알 수 없다. 지금까지의 연구에서 중국소설 〈蘇知縣羅衫再合〉 또는 〈蔡小姐忍辱報仇〉의 번역소설, 번안작품, 또는 번안·창작소설로 밝혀져 왔다. 그리고 조선후기에서 20세기 초에 이르는 동안 본 작품과 이야기 구조가 유사한 수많은 작품들이 나타났는데[2] 지금까지의 연구에서, 그 가운데 가

---

1) 본고의 텍스트인 경판본 〈月峯記〉는 현재 파리동양어학교 장본(金東旭·W. E. Skillend·D. Bouchez 共編, 『古小說板刻本全集』 5권, 羅孫書屋, 1975)이며, 이외에 9회로 된 활자본 〈월봉긔〉와 22회로 된 〈月峰山記〉를 참조하였다(『舊活字本古小說全集』 제11권·제29권, 仁川大學民族文化研究所 資料叢書刊行委員會, 1983). 조동일 편의 『影印本國文學研究資料』(제18권, 박이정 출판사, 1999)에도 다른 사본이 전하고, 이외에 한글·한문필사본이 전하는데 내용상 다소 차이는 있다. 이본연구는 沈載淑의 「蘇雲傳－月峯記系 作品群의 類型變異와 擔當層에 대한 研究」(高麗大學校 大學院 碩士學位論文, 1990)와 이필우의 「蘇知縣羅衫再合系 번안소설의 실상과 상호관계」(경남대학교 교육대학원 석사학위논문, 1991), 陸宰用의 「月峯記의 異本研究」(西江大學校 大學院 博士學位論文, 1994), 전상욱의 「月峯記群 소설의 작품세계」(연세대학교 대학원 석사학위논문, 1996) 등을 참조할 수 있다.
2) 유사작품으로는 〈月峰山記〉, 〈蘇雲傳〉, 〈蘇學士傳〉, 〈鳳凰琴〉, 〈江陵秋月〉, 〈江陵秋月玉

장 선본으로 알려져 있다.

월봉기와 유사한 내용의 <江陵秋月>이나 <朱鳳傳>에 대해서는 최근에 이르러 연구가 이루어졌지만,3) 본 작품에 대한 연구는 일찍부터 이어져 왔다. 결과, 중국소설의 번역과정에서 나타났으며 후대에 나타난 이본일수록 우리 정서에 맞게끔 발전·변모되었음이 밝혀졌다.4) 특히 조선후기에서 20세기 초까지 <月峯記>를 비롯하여 <蘇雲傳>, <朱鳳傳> 등과 같은 유사한 내용의 작품이 양산되었음에도, 중국문학과의 관련여부와 시대에 따른 이본 전개상황에 대해 논의가 집중되었을 뿐이다. 무엇 때문에 이런 유형의 작품들이 유행하게 되었는지에 대해서는 관심을 기울이지 않았다. 따라서 본고에서는, 본 작품의 어떤 점이 당시 독자들에게 매력을 느끼게 했는지, 작자의 저술태도는 어떠했는지를 살피고자 한다. 먼저 본

---

簫傳>, <玉簫傳>, <玉簫奇緣>, <天桃花>, <朱如得傳>, <朱鳳傳>, <朱海仙傳> 등이 있다. 위의 작품들은 현재 여러 종류의 방각본, 활자본으로 또는 한문·한글필사본으로 수많은 사본들이 전하고 있다.

3) <江陵秋月傳>에 대한 연구는 김재웅의 「강능추월전연구」(『韓國學論集』 제26집, 계명대학교 한국학연구소, 1999)와 「江陵秋月傳의 이본에 대한 연구」(『韓國學論集』 제27집, 啓明大學校 韓國學研究院, 2000), 「강능추월전의 여성독자층과 독자수용의 태도」(『語文學』 75, 韓國語文學會, 2002)가 있으며 박광수의 「江陵秋月傳 一考察」(『韓國言語文學』 제42집, 韓國言語文學會, 1999)과 『江陵秋月傳研究』(충남대학교 출판부, 2002)가 있다. <朱鳳傳>에 대한 연구로는 필자의 「쥬봉전 研究」(『韓南語文學』 제27집, 韓南大學校 國語國文學會, 2003)와 「쥬봉전 研究－崔尉子傳과의 영향관계를 중심으로(1)」(『韓國言語文學』 제51집, 韓國言語文學會, 2003)이 있다.

4) 金台俊이 『朝鮮小說史』(學藝社, 1932, 226쪽)에서 처음 언급했고 李明九(「李朝小說의 比較文學的 研究」, 『大東文化研究』 제5집, 成均館大學校 大東文化研究所, 1968, 30쪽 / 「月峰山記 研究－比較文學的 見地에서」, 『成大論文集』 제29집, 성균관대학교, 1981, 1~31쪽), 朴晟義(『韓國古代小說論과 史』, 日新社, 1973, 384~385쪽), 徐大錫(「蘇知縣羅衫再合系 鱻案小說 研究」, 『東西文化』 제5집, 啓明大學校 東西文化研究所, 1973, 221~223쪽), 심재숙(앞의 논문), 陸宰用(앞의 논문과 「月峯記類의 자국화 양상연구」, 『語文學』 81, 韓國語文學會, 2003) 등의 연구가 이어져 왔는데, 이들은 하나같이 본 작품이 중국소설의 번역과정에서 나타난 번안, 개작소설 또는 번안·창작소설, 중국소설이 조선소설의 요소를 띠면서 조선소설로 된 작품임을 주장하였다.

작품의 사본에 대해서, 이어 중국소설과의 영향관계를 살피면서 지금까지 중국소설의 번역 내지는 번안작품, 번안·창작소설이라는 주장이 타당한지, 아니면 나름대로의 독창성은 없는지, 또 한편으로 작자의 저작의도는 무엇인지를 찾아보고자 한다.


## 2. 사본현황과 작품의 서사단락


### 2.1. 사본현황

본 작품은 여러 종류의 방각본과 국한문필사본, 9회로 된 활자본 〈月峯記〉와 22회로 된 〈月峰山記〉라는 두 가지 이름으로 전하고 있다. 이외에 〈蘇雲傳〉, 〈蘇學士傳〉, 〈玉簫傳〉, 〈玉簫奇緣〉, 〈江陵秋月〉, 〈鳳凰琴〉 등과 같은 제명도 전하고 있다.5)

---

5) 京板本 〈月峯記〉(월봉긔) 67장본, 京板本 〈月峯記〉(월봉긔) 66장본, 조동일 소장 〈월봉긔전〉 / 한글필사본 〈쇼운전〉(國立中央圖書館 藏書), 〈月峰記〉(梨花女子大學校國語國文學科所藏), 〈소운전〉(韓國精神文化硏究院 藏書), 〈월봉긔〉(國立中央圖書館 藏書), 〈봉황금〉(趙東一 所藏), 〈강능츄월옥소젼〉(國立中央圖書館 藏書), 〈강능츄월젼〉(韓國精神文化硏究院 藏書), 〈강능츄월〉·〈강능츄월젼〉·〈강능츄월옥소젼〉(이상 高麗大學校圖書館 藏書), 〈츄월젼〉·〈강능츄월젼〉·〈강능츄월젼〉(이상 韓國精神文化硏究院 藏書) / 漢文筆寫本 〈月峯記〉(서울대학교 奎章閣 藏書), 〈月峯記〉(國立中央圖書館 藏書, 國立中央圖書館 藏書, 高麗大學校圖書館 藏書) / 活字本 〈月峰山記〉(월봉산긔)(朝鮮書館, 新舊書林, 唯一書館, 漢城書館, 1916. 世昌書館, 1953), 〈月峰記〉(월봉긔)(光文書肆, 1916), 〈소운던〉(普成社, 1918), 소학ᄉ젼(博文書館, 1917), 〈蘇學士傳〉(世昌書館, 1957), 〈鳳凰琴〉(봉황금)(雁東書館, 1918), 〈江陵秋月玉簫傳〉(강릉츄월옥쇼젼)(德興書林, 1915. 박광수는 앞의 저서 11~16쪽에서 육재용이 소개했던 것과는 대부분 다른 〈江陵秋月傳〉, 〈玉簫傳〉, 〈츄월젼〉 등 한글필사본 34종, 활자본 4종을 소개했음), 〈玉簫奇緣〉(옥소긔연)(新舊書林,1915), 〈金剛聚遊〉(금강취류)(東美書市, 雁東書館, 1915). 이상 방각본은 金東旭 編 『影印古小說板刻本全集』(羅孫書屋, 1975)에, 또 趙

지금까지의 연구에서 이본비교는 충분히 이루어진 셈이다. 이 가운데, 육재용의 연구에서 경판본이 가장 선행작품이며 여타의 <月峯記>, <月峰山記>, 다른 이름으로 되어 있는 작품들은 후대에 나타난 것으로 밝혀졌다. 후대로 올수록 변이양상이 심하게 나타난다. 특히 활자본은 경판본보다 많은 부분에서 창의가 보태어진 것을 보는데, 후대에 만들어진 작품이 앞선 작품보다 이야기가 훨씬 복잡하고 사건도 다양하게 전개되는 것이 일반적인 경향이다. 배경설정이라든가 등장인물이나 이들에 의해 일어나는 사건에 차이가 있기는 하지만, 그러나 작품을 이해하는 데에 있어서, 나아가 작품을 연구하는 데 있어 어느 작품을 텍스트로 하든 큰 문제는 없다고 본다.

## 2.2. 작품의 서사단락

사본들 사이에 내용의 차이가 있지만 작품연구에 영향을 미칠 정도는 아니다.6) 또 지금까지 연구에서 경판본이 善本으로 알려졌기에 이를 텍스트로 선정, 따라서 서사단락도 이에 따라 정리한다.

(1) 明 永樂연간, 탁주에 사는 소운이 20세에 진사가 되어 아내 정씨와 노복을 데리고 난계 현령으로 부임한다.

---

東一 所藏本으로, 필사본은 한국정신문화연구원에 필름으로 보관되어 있는 것들이며, 활자본은 『舊活字本古小說全集』(仁川大學民族文化研究所, 1984), 『舊活字小說叢書古典小說』(民族文化社, 1983), 『開化期文學新小說全集』(啓明文化社, 1987) 등에 影印 수록되어 있다.

6) 본 작품이 <蘇知縣羅衫再合>의 번안, 개작 또는 번안·창작소설이든 후대에 나타난 작품으로 알려진 이본일수록 이야기 구조, 인물설정, 지리적 배경설정, 저작의도에서 차이가 많이 보이기는 한다. 그러나 초기계열의 작품에서는 비교적 그 차이가 크지 않기 때문에 작품연구에 큰 문제가 되지 않으리라 본다.

(2) 황천탄에 이르렀을 때, 서릉이 소운 일행을 죽이고 재물을 빼앗고, 정씨를 납치한다. 서용의 만류로 소운을 죽이지 않고 몸을 결박한 채 물에 빠뜨린다.

(3) 서릉은 주파에게 정씨를 보살피게 한다. 서릉이 이날 축하연을 하다 대취하자 정씨는 서용의 도움으로 전에 잡혀왔던 주파와 도망한다.

(4) 정씨는 암자에서 유복자를 출산한다. 선녀가 꿈에 아이를 버릴 것을 이르자 할 수 없이 아이를 길에 버리고 월봉산 자호암으로 피신한다.

(5) 서릉은 정씨를 추격하다가 귀로에 대류촌에서 아이를 데리고 돌아와 조대의 아내에게 맡긴다. 한편, 소운은 풍랑을 따라 표류하다가 휘주 사람 도공의 구원으로 그의 집에 머문다.

(6) 장씨 부인은 소운에게서 3년이 지나도록 소식이 없어 걱정한다. 작은 아들 소우가 형을 찾아갔다가 만나지도 못하고 객사한다.

(7) 서릉은 아이를 서계도라 이름을 짓고 자식처럼 양육한다. 계도가 과거를 보기 위해 상경하던 중 소운의 옛집에 머문다. 계도가 거문고로 '낙춘방'이라는 가사를 지어 읊자, 장씨가 깜짝 놀라며 거문고의 출처를 묻고는 자신의 집에 전해오던 거문고임을 말한다. 장씨는 아들의 나삼을 선물로 주면서 자식들의 사생존망을 탐지해주기를 부탁한다.

(8) 계도가 황학산을 지나다가 노선을 만나 '외손 소군의긔 부치노라'라 씌어진 편지를 받고 상경, 과거시험에 합격 한림학사가 된다. 병부상서 왕경이 사위를 삼고 싶어한다. 계도가 남방제도순무어사로 출정하기에 앞서 왕 상서를 찾아가자, 그는 딸을 불러 상견례를 시킨다.

(9) 도중에 황학산에 이르러 동자를 만나, 정씨 부인에게 전하라는 약을 받아 탁주에 이른다. 계도가 다시 장씨의 집에 머물다가 떠나려 하자 장씨는 거문고를 선물로 준다.

(10) 자호암에 있던 정씨가 순무도어사가 왔다는 소문을 듣고 진정서를 올린다. 이를 본 계도는 자신의 출생에 의심을 품기 시작하며 유모였던 조대 부부로부터 자신의 출생에 대한 비밀을 알게 된다. 그리고 당시 입었던 나삼과 유품인 금비녀를 가져오도록 명한다.

(11) 휘주에 머물던 소운도 진정서를 올리기 위해 왔다가 어사가 서릉의

아들이란 말을 듣고는 몸을 숨긴다.

(12) 계도가 정씨를 찾아다니다가 소운을 만난다. 계도는 소운에게 다음날 부중으로 찾아오기를 부탁하고 돌아와 조대가 가져온 나삼과 자신이 장씨 부인에게서 받은 나삼과 비교한 후 서릉의 아들이 아님을 확신한다. 계도는 관아로 온 소운에게 나삼과 거문고를 보여준다.

(13) 노승은 어사가 서릉의 아들인지를 확인하기 위해 나왔다가 군사들에게 잡힌다. 노승이 정씨의 행적을 이야기한다. 마침 서릉 일당이 들어오자 어사는 주찬을 대접하고 군사로 하여금 지키게 한다.

(14) 남방 수령이 거울을 선물로 보내자, 계도가 자신의 얼굴을 보고 소운과 조금도 다르지 않음을 발견한다. 어사는 가지고 있던 신물―나삼·금비녀·거문고―을 모두 내어 소운에게 보이매, 소운이 사실을 이르고 부자가 상봉한다.

(15) 어사 부자가 월봉산으로 가 부부, 모자가 해후한다. 정씨가 혼절하자 노선에게 얻었던 약으로 구한다. 돌아와 서릉 일당을 처형, 서용에게는 은전을 베풀고, 조대 부부에게는 개과천선하여 살도록 방면한다. 서계도는 이름을 소태라 고친다.

(16) 장씨는 죽었던 오동나무가 다시 살아난 것을 보고, '좋은 일이 있을까'를 생각하는데, 그때 본관 하리가 소운 부부가 돌아온다는 사연과 소태가 손자였음을 알리는 편지를 전한다.

(17) 영락황제가 소태를 부마로, 왕 상서의 딸을 태자비로 삼으려 한다. 그러나 왕 소저는 완강하게 거절한다.

(18) 소우의 시신이 탁주 본가에 이르자 장씨와 류씨가 통곡한다. 이어 아들과 헤어져 먼저 집으로 돌아온 소운 부부가 장씨와 류씨를 만나 위로한다.

(19) 소운 일행이 경성으로 향하다가 황학산에 이르러 노선(정 처사)을 모시던 동자로부터 '모든 액운이 사라지고 영화가 무궁하리라'는 처사의 편지를 받는다. 경성에 도착한 소운은 소태를 정현의 딸과 결혼시키기로 한다. 소태가 돌아와 할머니를 만난다. 소운이 아들에게 왕 소저와의 혼사를 이르지 않았음을 힐문하고, 황제의 명과 정 소저와의

관계를 이른다. 소태가 곧 황제에게 부마되기를 사양한다. 소태는 왕
씨를 첫째 부인으로, 공주를 둘째 부인으로 맞는다. 왕씨와 공주가 정
소저를 셋째 부인으로 삼기를 권한다. 정 소저의 부친 정현이 모함으
로 남방 울릉도로 유배 간다. 정현이 계성에 이르렀을 때 본관 배웅이
정 소저를 며느리로 삼고자 정현에게 청혼을 했다가 거절당한다. 이
를 분하게 여긴 배웅은 군사를 시켜 억지로 정 소저를 빼앗으려 하자
물에 뛰어든다. 물에 빠진 정 소저 일행을 거북이 등에 태우고 육지에
내려놓는다. 뒷날 황제가 정현의 무죄를 호소하는 상소를 보고 용서
한다. 유배지에서 돌아온 정 소저가 소태와 결혼한다.

(20) 세 부인의 자녀출산, 장씨와 소운 부부의 죽음, 소태 부부 또한 부귀
　　 를 누리다가 세상을 마친다는 후일담이 기술되어 있다.


　위와 유사한 내용으로 『太平廣記』의 〈崔尉子傳〉, 李公佐의 〈謝小娥
傳〉, 馮夢龍의 〈蘇知縣羅衫再合〉, 明 전기극본 〈白羅衫〉, 凌濛初의 〈李
公佐巧解夢中言謝小娥智擒船上盜〉, 『今古奇觀』의 〈蔡小姐忍辱報仇〉와 같
은 작품이[7] 있다. 이 가운데 우리 고소설에 가장 많은 영향을 주었던 것
으로 알려진 〈蘇知縣羅衫再合〉과의 비교를 통하여 두 작품 사이에 얼마
나 부합한 점이 있는지를 살피면서 독창적인 면은 없는지도 아울러 살펴
보고자 한다.

---

7) 〈謝小娥傳〉이나 〈李公佐巧解夢中言謝小娥智擒船上盜〉, 〈蔡小姐忍辱報仇〉는 처음부터 여주
　 인공의 활약이 두드러진 작품으로 〈崔尉子傳〉이나 〈蘇知縣羅衫再合〉과는 근본적으로 다
　 른 이야기이다. 그러나 부모나 남편이 도적들에게 피해를 입는 장면묘사가 흡사하며, 주
　 인공이 원수를 갚기 위해 일생을 기구하게 살아가고, 마침내는 원수를 갚는다는 점에서
　 는 모두 同軌의 작품으로 보아도 무방하다.

## 3. 중국소설과의 영향관계

이미 밝혔듯이[8] 본 작품이 <蘇知縣羅衫再合>(『警世通言』第11卷), 『三言二拍』의 결정판으로 알려진 『今古奇觀』(第26卷)에 실려 있는 <蔡小姐忍辱報仇>를 번역하는 과정에서 나타난 작품으로 알려졌다.[9]

그런데, 문제는 지금까지 본 작품에 대한 순수한 문학적 가치를 찾는 데에는 별로 관심을 가지지 않았다는 것이다. 중국소설의 번역이든, 번안이든, 번안·창작이든, 영향이든, 아니면 순수한 창작이든 그것은 중요한 문제가 아니다. 무엇 때문에 본 작품과 같은 유형의 작품들이 수없이 양산되었는가에 대해 관심을 기울여보자는 것이다. 본 작품의 이본으로 경판본을 비롯해서 국한문필사본과 활자본으로 전하는 수십 종이 있으며 <江陵秋月> 계열 30여 종, <朱鳳傳> 계열도 20여 종의 이본이 있는 것으로 보아 조선후기에서부터 현대소설이 양산되던 일제강점기에 이르기까지 독자들의 기호에 영합했던 것이 확실하다.

---

8) 각주 4 참조.

9) 唐 李公佐의 전기소설인 <謝小娥傳>, 宋『太平廣記』의 <崔尉子傳>, 明 馮夢龍의 『警世通言』 소전 <蘇知縣羅衫再合>과 『醒世恒言』 소전 <蔡瑞虹忍辱報仇>, 凌濛初의 『初刻拍案驚奇』에 실린 <李公佐巧解夢中言謝小娥智擒船上盜>, 傳奇劇本 <白羅衫>, 蒲甕老人의 『今古奇觀』에 있는 <蔡小姐忍辱報仇>는 비록 서로 다른 이야기이지만 어느 정도는 영향관계를 무시할 수 없는 작품들이다. <白羅衫>은 淸의 전기소설이 아니고, 명나라 사람이 지은 전기극본으로 <蘇知縣羅衫再合>과 같은 내용으로 알려져 있다('白羅衫 傳奇劇本 明人作 姓名未詳 寫蘇雲夫妻被水寇徐能所害 夫妻分散 後來蘇雲之子長大同父母相認 幷殺徐能報仇 故事亦見于明人小說 <蘇知縣羅衫再合>載 ≪警世通言≫因以白羅衫爲一家離合的線索 故名', 上海辭書出版社 刊行, 『辭海』, 2001年版, 2129쪽, 白羅衫條). 『今古奇觀』 소전의 <蔡小姐忍辱報仇>는 『醒世恒言』에 실려 있는 <蔡瑞虹忍辱報仇>와 같은 작품이다. 이들 중국작품 사이의 영향관계나 발전상황에 대해서는 따로 살필 예정이다.

## 3.1. 〈蘇知縣羅衫再合〉의 서사단락

(1) 國初 영락연간 蘇雲 형제가 涿州에서 홀어머니 장씨를 모시고 살아간다. 소운이 과거에 급제, 浙江 金華府 蘭谿縣 大尹을 제수 받는다.

(2) 소운은 부인 정씨와 소승 부부, 노복을 데리고 임지로 향한다.

(3) 도중 黃天蕩에 이르러 서능의 습격을 받는다. 서능이 소운을 죽이려할 때, 徐用의 권유로 소운을 물에 던지고 정씨를 사로잡아 간다.

(4) 서능은 정씨를 주파에게 부탁, 무리와 잔치하면서 재물을 나눈다.

(5) 서능이 대취하자, 정씨는 서용의 도움으로 朱婆와 적굴을 도망한다.

(6) 정씨는 암자에 의탁, 유복자를 낳는다. 그러나 여승들만 있는 암자이기 때문에 아이를 大柳村에 버리고 노승과 慈湖庵으로 피신한다.

(7) 서능은 정씨를 추격하다 찾지 못하고 돌아오던 길에 버려진 아이를 발견하고 데려와 요대 부부에게 맡겨 양육, 자신의 아들로 삼는다.

(8) 소운은 陶公에게 구출, 三家村에서 아이들을 가르치며 지낸다.

(9) 장씨는 작은아들에게 형의 안위를 알아오도록 한다. 소우는 난계까지 찾아왔으나 형의 종적도 확인하지 못하고 객사한다.

(10) 徐繼祖는 15세가 되어 과거에 응시하고자 상경한다.

(11) 도중 涿州에 이르러 장씨(소운의 어머니이며 계조에게는 할머니임)를 만난다. 장씨는 계조에게 자신의 집에 유숙하도록 권유한다. 그동안 집안의 일을 소상히 말한다. 다음날 떠날 때, 장씨가 羅衫을 선물한다. 과거에 급제하면 반드시 다시 들러달라고, 또 자식들의 생사여부라도 알아봐 달라고 부탁한다.

(12) 계조는 과거에 급제하고, 2년 후 監察御史가 되어 南京으로 향한다.

(13) 정씨가 동냥을 다니다가 어떤 여자의 집에 들러 자신의 과거사를 이야기하면서 슬퍼하자 그녀는 어사가 새로 부임했으니 진정서를 올리라고 일러준다. 정씨가 글을 모른다고 하자 그녀의 남편이 대신 정씨가 겪었던 자초지종을 세세히 기록하여 소장을 만들어준다.

(14) 정씨는 이를 마침 寧太道 周兵備의 배에 있던 어사에게 올린다. 이를 본 어사는 아버지와 관련되었기에 주병비에게 처리할 방법을 묻는데,

부인을 잡아다가 죽여 후환을 없애면 그만이라고 일러준다.

(15) 어사가 다음 날, 정씨를 만나 이야기를 듣고 암자에서 기다리라고 분부한 후 요대로부터 자신이 서능의 친아들이 아니라는 사실을 확인한다. 羅衫과 금비녀로 인하여 자신이 소운의 아들인 것을 안다.

(16) 소운은 常州 烈帝廟에서 골육이 만나 단란하게 될 것이라는 계시를 받는다. 南京에 이르러 操江御史에게 진정서를 올리고 어사는 이를 서계조에게 전한다.

(17) 어사는 요대에게서 받은 나삼과 탁주의 노파에게서 받은 나삼을 비교, 같음을 확인하고 자신이 서능의 아들이 아님을 확신한다. 서능 일당이 남경에 이르자 술을 먹인 다음 일제히 포박한다. 操院公差를 시켜 진정서를 바친 소운을 불러 그에게 금비녀와 할머니에게서 받은 나삼, 피 묻은 배냇저고리를 보이면서 부자임을 확인하고, 또한 암자에 연락, 정씨를 불러 부부, 모자가 상봉한다.

(18) 소운은 아들의 이름을 蘇泰라 고치고 서능 일당을 처형하고 서용은 방면한다. 난계에 들러 소우의 靈柩를 찾고, 의진을 지나며 주파의 시신을 찾아 안장하고 암자에 들러 여승들에게도 은혜에 보답하고 도장을 세워 소우와 주파, 소승 부부의 극락왕생을 빈다.

(19) 山東 임청에 이르자 왕 상서가 渡口驛에서 친히 어사 일행을 영접한다. 소태는 왕 상서의 딸과 결혼한다.

(20) 모든 가족이 탁주로 돌아와 일가가 단란하게 살아간다.[10]

---

10) 이야기를 시작하기에 앞서 본 이야기하고는 아무 관계도 없는 <西江月>과 관련한 서두의 삽화가 있다. 항주에 사는 이생이 친구를 찾아가다가 어느 정자에 올라 酒色財氣의 短處를 노래한 <西江月>이라는 시를 보고, 이생은 인생에서 이것을 뺀다면 무슨 재미가 있겠는가 하고는 和答詩를 남긴다. "술을 마시되 취하지 않는 것이 제일 좋고 색을 좋아하되 음란하지 않으면 영웅호걸이라 할 수 있으며, 의롭지 않은 재물에는 손대지 말 것이고 분을 견디며 사람들을 관대하게 대한다면 화는 저절로 사라지리라."(飮酒不醉最爲高 好色不亂乃英豪 無義之財君莫取 忍氣饒人禍自消). 이어 財色으로 인한 悲歡離合의 一場佳話를 說話한다는 작자의 警戒의 뜻이 담긴 말이 있다(馮夢龍, 『警世通言』, 中國長春出版社, 1995).

## 3.2. 두 작품의 상관관계

위에서 보듯 두 작품은 이야기의 기본골격, 등장인물이나 배경설정에서도 상당히 유사하다. 그렇다고 본 작품을 〈蘇知縣羅衫再合〉의 개작이나 번안작품, 번안·창작소설 정도로 보기는 어렵다. 작품 곳곳 세부적인 묘사에서 독자들에게 흥미를 제고하기 위한 작자의 창의가 보이기 때문이다. 도대체 어떤 점이 작자들에게 새로운 이야기를 만드는 동기를 부여했을까? 〈蘇知縣羅衫再合〉은 가족이산과 우여곡절 끝의 해후, 불의를 행한 인물들에 대한 복수와 선행에 대한 보답을 보여주는 작품이다. 이 점에서는 〈月峯記〉도 마찬가지이다.

이명구는, 〈月峰山記〉의 원천이 〈蘇知縣羅衫再合〉이며, 〈蘇學士傳〉도 충실한 번안작품이라는 견해를 밝혔다가[11] 그 후 한국적 특색이 담긴 창작이라는 주장을 했다.[12]

서대석은 〈月峰山記〉와 〈蘇知縣羅衫再合〉과의 관계를 살폈다. 등장인물의 명칭이 거의 일치하고 있다는 점에서 일단 본 작품이 〈蘇知縣羅衫再合〉을 번역했다는 것을 입증한다고 하면서 다음과 같은 차이점이 있음을 살폈다. 서두의 〈西江月〉에 관한 삽화 유무, 시대배경과 주파의 죽음에서 차이, 유복자를 출산할 때 선녀의 하강, 유복자가 양부에게 개과천선 권고, 서계조가 과거를 보기 위해 상경하다가 탁주의 장씨(조모) 집에 머무는데 이때 長短琴의 화음, 정 처사의 등장, 왕 소저와의 결혼과정, 계조가 다시 장씨 집에 머물 때 장씨가 장금을 선물로 전하는 묘사, 부자와 부부·모자상봉이 보다 극적이고, 작품 후반부의 결혼과정이 첨가된 점을 열거하면서 두 작품의 차이점을 살폈다. 위와 같이 설명한 후 이런 개작

---

11) 李明九, 앞의 論文 「李朝小說의 比較文學的 研究」, 30쪽.
12) 李明九, 앞의 「月峰山記 研究」, 30쪽.

의 성격을 요약하여 첫째 비합리성을 합리화한 점, 둘째 초월적 존재의 등장, 셋째 상봉장면에서의 극적 효과를 제고했다는 점을 들었다.[13)]

육재용은 결론적으로 본 작품이 <蘇知縣羅衫再合>의 영향을 무시할 수는 없으나 작자의 창의성을 볼 수 있는 번안·창작소설이라는 지금까지의 주장보다는 발전적인 견해를 피력하였다.[14)]

결국, 두 작품의 상관관계는 불가분의 관계이지만 우리 소설이 중국작품보다 소설적 외피가 보태어져 개작에 성공한 경우라는 이야기이다. 어느 정도 창작성을 인정할 필요가 있다는 뜻이고, 필자도 이 점에 대해서는 긍정적인 생각이다. 위와 같은 유사한 점이 많이 있음에도 또한 완전히 다른, 서술자의 창의로 보이는 기술이 자주 보이는데, 이를 좀 더 구체적으로 정리해보고자 한다.


## 3.2.1. 사건의 진행에서 작자의 부단한 개입

<蘇知縣羅衫再合>에서는 한시를 삽입하여 이야기가 어떻게 전개될지 예시하는데 비해 본 작품에서는 작자가 이야기를 진행하면서 가끔씩 직접 자신의 목소리로 독자들의 주의를 환기시킨다.

> 이는 … 셔용이라 쳔셩이 본디 인션ᄒ여 그 형의 무상ᄒ물 말니되 종시 듯지 아니ᄒ는 고로 미양 셔룽의 뒤흘 ᄯᅡ라다니더니 이날 현녕의 일힝을 소겨 비의 올니믈 보고 인명을 살히홀가 저허ᄒ여 구ᄒ려ᄒ여 오르미러라(상, 2~3쪽)

서룽이 소 지현의 재물과 부인을 빼앗을 것을 염려하여 이를 만류하기

---

13) 徐大錫, 앞의 論文, 193~199쪽.
14) 陸載用, 앞의 論文 「月峯記의 異本研究」, 結論.

위하여 서룡이 배에 올랐다는 작자의 설명이다. 서릉과 서룡이 어떤 인물인가를 보여준다. 이 점은 서룡의 적절한 역할이 있을 것임을 미리 보여주고자 한 작자의도에서 비롯된다. 독자에게는 어느 정도 안도할 수 있도록 도와준다. 이와 같은 점은 작자가 독자들에게 자신의 생각을 보다 직설적으로 전할 수 있다는 생각에서 비롯된 조선시대 작자들이 자주 사용하던 방법이다.

> "니 본디 소시를 위ᄒᆞ는 녈뷔 엇지 너갓흔 츅ᄉᆡᆼ의게 감심ᄒᆞ리오"ᄒᆞ고 물의 ᄲᅱ여들거늘 옥단이 쏘흔 쇼져를 안고 함긔 ᄲᅢ지미 계랑이 쥬인과 어미 물의 들물 보고 헐길 업셔 쏘흔 ᄲᅱ여드니 만강 ᄉᆞ람이 다 칭찬 왈 … (상, 33쪽)

위는 정 소저가 배웅의 계략에서 가족들과 비복들을 무사히 벗어나게 하고 스스로 강물에 뛰어들면서 하는 말인데, '만강 ᄉᆞ람이 다 칭찬 왈' 운운하여 이 광경을 지켜보던 주변사람들이 정 소저의 節行을 칭찬했다고 한 부분이다. 물론 작자의 말이다. 정 소저의 올곧은 행동을 보다 직설적으로 전달하고자 한 작자의도이다.[15]

## 3.2.2. 인과응보, 권선징악 사상의 강조

이는 작자가 저작의도를 독자들에게 분명하게 주지하고자 하는 태도에서 기인한 결과로 고소설의 특성 가운데 하나이다.

---

15) 특히 활자본 같은 경우는 이야기를 9회로 나누어 기술하면서 새로운 회를 시작할 때마다 내용을 요약한 듯한 제목을 붙였다. 예를 들자면 '第一回 逢凶賊知縣投江 得義女夫人走山'이라 하여 소 지현이 도적을 만나 강물에 떨어지게 되고, 그리고 부인이 도망하여 산으로 갈 것임을 미리 제시하면서 처음부터 의도적으로 이야기가 어떻게 전개될 것임을 시사하였다.

> "인싱셰간의 인의를 힘쎠 선도를 힝ᄒᆞᆷ미 맛당ᄒᆞ거놀 이졔 디인은 인심
> 의 착악ᄒᆞᆫ 일를 티연이 힝ᄒᆞ여 스람의 원이 구천의 스못게 ᄒᆞ시니 이는
> 실노 소ᄌᆞ의 바라는 비 아니로소이다"(상, 16쪽)

계도가 철이 들면서 서릉에게 불의를 행치 말 것을 간곡하게 당부하는
내용이다. 아버지가 개과천선하여 바르게 살아가도록, 어떻게 사는 것이
인간다운 삶인가를 밝히 가르치고 있다.

작품의 후반부에서 악행에 대한 징계와 선행에 대한 포상이 이루어진
다. 선악의 결과가 어떤 것인가를 분명하게 보여준다. 주인공들이 위기를
만났을 때 도와주었던 서용에게는 그에 보답하는 포상을, 조대 부부는 비
록 악행을 저질렀지만 자신을 키워준 은혜를 생각하여 양민으로 바르게
살아갈 것을 당부하며 용서하고, 서릉을 비롯한 도둑들은 그에 상응하는
처벌을 받는다.16)

또한 작품의 후반부에서, 정 소저의 가족을 모함하여 위기에 빠뜨렸던
배응에 대한 처형도 이루어진다.

> 어시 문득 쳑연왈 "싱이 죄악이 지즁ᄒᆞ여 십구세 되도록 소싱 부모를
> 모로고 원슈의 집의셔 ᄌᆞ라ᄂᆞ니 이 쳔디간 죄인이라 그디의 구ᄒᆞᆷ미 아니
> 런들 엇지 오늘눌 부친을 뵈오리오 그 은덕을 싱각헐진디 부모와 갓치
> 셤길 거시로디 스셰 뜻과 갓지못ᄒᆞ니 엇지 인즈의 위친ᄒᆞ는 도리라 ᄒᆞ리
> 오"ᄒᆞ며 … (상, 49쪽)

위에서, 사지에서 아버지를 살렸을 뿐만 아니라 생계를 보살펴준 은인

---

16) 이 부분에서도 <蘇知縣羅衫再合>과는 차이가 있다. 소 지현 부부는 소태에게 서용이 자
신들을 살려준 은인이라 하여 그를 석방하도록 종용한다. 소태는 요대에게 자신을 양육
해준 은혜가 있음에도 불구하고 도둑들과 같은 무리라 하여 감옥에서 자진하도록 명령
한다.

인 도공에게 사례함으로써 은혜를 입었으면 마땅히 갚을 줄 알아야함을 강조한다.

소운이 자신을 찾으러 왔다가 객지에서 고혼이 된 동생 소우와 노복 충선의 묘소에 가서 친히 제문을 지어 위로하고 시신을 고향으로 옮기는데, 자신이 입었던 은혜에 대한 일종의 보답이다.


### 3.2.3. 두 거문고와 가족관계 확인

〈蘇知縣羅衫再合〉에서는 나삼이 결정적 단서가 되어 가족들이 해후하고, 원수를 갚는 것으로 되어 있다. 본 작품에서도 결정적인 단서는 역시 나삼이지만 작자는 이야기의 흥미를 제고하기 위해 두 개의 거문고를 설정했고, 이 거문고를 계기로 하여 가족관계의 매듭을 풀어가고 있다.

작품의 서두에서, 소운이 임지로 가면서 거문고를 가지고 간다. 도적에게 화를 당한 후 서릉의 수중으로 들어갔다가 계도에게 전해진다. 뒷날, 계도가 상경하면서 가지고 가다가 탁주의 장씨 댁에 들러 거문고를 희롱하자 이를 들은 장씨가 의아해하면서 자신의 집안에 전해지던 거문고의 내력을 일러준다. 뒷날 계도가 과거에 급제한 후 순무어사로 다시 들렀을 때 장씨는 집에 보관해 두었던 거문고를 선물로 주면서 아들 소운에 대해서도 자세히 이야기한다.

두 거문고를 가지게 된 계도는 만든 모양이나 재료가 같음을 보고, 자신의 거문고가 장씨 댁에서 유래한 것임을 알고, 자신의 출생에 대하여 의심을 품는다. 그리고 이 거문고는 뒷날 계도가 아버지 소운과 만났을 때, 이들이 부자 사이임을 확인시켜주는 직접적인 물증으로 작용한다. 상경하던 중 황학산 노선에게 들었던 '외손 소운의게 부치노라'란 말에서 자신의 출생에 대해 의심을 가지기 시작했고 장씨 댁에서 얻은 거문고로 인하여 의심이 점차 확대된다.

### 3.2.4. 등장인물과 그들의 역할

초인적인 조력자가 등장한다. 조력자의 등장이 없어도 이야기 전개에 아무 무리가 따르지 않는다. 그러나 이들의 등장은 독자들에게 흥미를 유발하고, 한편으로는 안도감을 주기 위한 작자의 배려이다. <蘇知縣羅衫再合>에는 등장하지 않는다.

정씨가 아들을 출산했을 때, 꿈에 선녀가 내려와 일정한 기간 동안 헤어져야만 할 것임을 알려준다. 그리고 19년이 지나면 모든 고난에서 벗어나 福祿을 누리며, 이들 가족이 불가불 헤어지지 않으면 안 될 것임을 미리 보여준다. 또 계도가 황학산을 지날 때 老仙(정씨 부인의 아버지)을 만난다. 그로부터 '외손 소싱의게 븟치노라'라는 수수께끼 같은 말을 듣고 자신의 출생에 대해 의심을 가진다.

> 쏘 양낭을 너여 왈 "이를 가져다가 뎡 부인긔 젼ᄒ소셔" 어시 왈 "션싱이 이갓치 ᄉ랑ᄒ시미 감격ᄒ거니와 뎡 부인은 뉘시며 엇지 반연ᄒ여 젼ᄒ라"ᄒᄂ뇨 동지 왈 "그ᄢᅵ를 당ᄒ면 ᄌ연 알 ᄇ라"ᄒ고 문득 간디 업거놀 … (상, 26~27쪽)

다시 황학산을 지나다가 동자를 만난다. 그가 약을 주면서 정씨에게 전하라고 말하여 뒷날 모자가 반드시 만날 것임을, 그리고 정씨가 위급한 상황에 이를 것임을 예시해주는 문학적 장치이다. 작품의 후반부에서, 정 소저가 부모와 함께 유배지로 가다가 배응의 위협 때문에 강에 투신했을 때에 이를 태우고 월봉산 아래로 데려다주는 거북도 등장한다. 억울한 죽음을 그대로 둘 수 없었던 때문에 거북으로 하여금 이들을 살려낸다.

두 작품 모두 주인공의 동생이 등장한다. 그러나 이들의 역할은 판이하다. 동생이 형을 찾아갔다가 객사하는 것은 같으나, 그 동기나 과정은 다르다. 〈蘇知縣羅衫再合〉에서는, 노씨 부인이 작은아들에게 3년이 지나도록 소식이 없는 형의 안부를 알아오도록 명한다.17) 〈月峯記〉에서의 묘사는 다르다. 장씨가 임지로 떠난 큰아들을 걱정하지만 어쩔 방도가 없었는데, 소우가 직접 형을 찾아가 그 안위를 알아보겠다는 의사를 분명히 밝히고 간다. 자신의 의지에 따라 행동하는 모습이며 이는 자식 된 도리로써 어머니의 근심을 덜어드리는 한편 또 각별한 형제의 우애를 확실하게 나타내려 한 작자의도가 분명하다. 부모를 향한 효행이며 형제애의 발로이다.

노승의 등장은 같지만 역할은 같지 않다. 전반부에서는 두 작품이 비슷하지만 후반부에 이르면 완전히 다르다. 노승은 처음 정씨가 산사로 찾아왔을 때 그녀가 안심하고 머물도록 도와주며 특히 만삭임을 알고 해산을 도와준다. 부인에게 아이를 절에서 키울 수 없음을, 또 아이를 데리고 있다가 화를 입을지 모르니 아이를 버릴 것을 권유한다. 뒷날을 도모하기 위해서라도 두 사람이 다 살아야함을 설득한 후, 유복자를 안고 먼저 부처에게 발원하고 대류촌에 버린다. 이어 부인과 자호암으로 피신한다. 여기까지는 거의 같은 전개이며 여승의 역할도 유사하다.

그러나 작품의 후반부에 와서 정씨가 진정서를 올리고 아들과 해후하기까지는 완전히 다르다. 노승은 자운암에서 정씨를 보살피다가 함께 속세로 나와 어사에게 진정서를 올린다. 어사가 서릉의 아들이라는 소문을

---

17) 노씨 부인이 둘째 아들에게 '你哥哥爲官 一去三年 杳無音信 你可念手足之情親往蘭溪任所 計個音耗回來 以慰我懸懸之望 蘇雨領命 收拾包裹'라 하여 아들의 의지와는 상관없이 어머니의 명에 따라 동생이 형의 임지로 향한다.

듣고 정씨가 위험에 빠질 것을 염려하여 다시 암자로 피신한다. 정씨가
이를 믿지 않고 결말을 보고자 했지만 여승들이 20년 동안의 동거지정을
생각하여 정씨에게 술을 먹여 취하게 한 후 몰래 돌아온다.

> 이적의 뎡시 월봉산의 더욱 깁히 감초여 쥬야 슬허ᄒᆞᆯ 노승이 민망
> 이 녀겨 산의 나려 어ᄉᆞ의 근파를 알고져 ᄒᆞ다가 가동의게 잡히여 드러
> 오니 … (상, 38쪽)

노승은 정씨를 산사에 두고 혼자 상황을 살피기 위해 다시 속세로 내려
왔다가 어사가 풀어놓은 군사에게 붙잡힌다. 이때 정씨의 과거를 소상하
게 말한다. 어사 일행과 함께 자운암으로 와서 모자, 부부가 상봉하게 도
와준다.[18]

장씨 댁 노구가 등장한다. 보잘것없는 등장인물 가운데 하나이지만, 분
명한 역할이 있다. 이런 인물은 있어도, 없어도 그만이다. 그러나 작자는
이야기 전개과정에서 재미있게 노구의 역할을 부여하여 독자들에게 흥미
를 가지고 이야기에 동참하게끔 배려하고 있다.

계도가 과거를 치르기 위해 상경하던 중 탁주를 지나면서 물을 얻어 마
시기 위해 장씨 집 부근에 이르러 빨래하던 노구를 만난다. 노구는 잠깐
그의 모습을 살펴본 후, 눈물을 흘리며 슬퍼한다. 옛 주인이었던 소운과

---

18) <蘇知縣羅衫再合>에서는 진정서를 올린 정씨를 관아에 머물도록 한 후 다음날 어사가
몇 가지 일에 대해서 직접 묻고는 '那婦人有兒子沒有 如何自家出身先狀?'이라 묻자, 정씨
는 그동안 있었던 일을 세세하게 말한다(도적에게 화를 입은 일, 암자에서 아이를 낳은
후 금비녀를 가슴에 넣어 羅衫으로 싸서 아이를 大柳村에 버린 일 등). 어사는 일단 정씨
를 암자로 돌려보냈다가 뒷날 요대로부터 자세한 내력을 듣고, 또 나삼과 금비녀를 확
인하고 정씨를 다시 불러 모자가 상봉한다. 계조와 정씨가 직접 만나 서로 문답을 통하
여 모자 사이임을 확인한다. 노승의 역할은 거의 없다. 이에 비해 <月峯記>에서의 노승
은 정씨가 온전하게 몸을 지킬 수 있게끔 중요한 역할을 담당한다. 그리고 이들 가족들
이 재회하는 데에도 결정적인 역할을 수행한다.

닮았음을 이상하게 여기고 집안으로 안내한 후 소씨 집안의 내력을 소상하게 이야기해 주면서 정성을 다하여 접대한다. 그리고 계도가 장씨 집에 머물고 가도록 적극 유도한다. 매우 지혜롭게 행동하여, 계도를 장씨에게 데리고 가 할머니와 손자가 직접 만날 수 있도록 주선해준다.[19]

〈蘇知縣羅衫再合〉에는 등장하지 않는 류씨 부인이 있다. 작자는 류씨의 정황을 점차 안타깝게 이끌면서 자세히 기술하여 동정심을 유발한다. 소운의 생사를 확인하기 위해서라면 노복을 보내도 얼마든지 될 일이다. 그런데 소우는 자신이 직접 형의 안위를 알아보기 위해 자진해서 먼 길을 떠난다. 형제의 우애가 지극했던 만큼 부부 사이의 애정도 이에 못지않았을 터이다. 이와 같은 소우의 행동을 통하여 인간미가 넘치는 인물임을 알 수 있다. 그러니 그런 지아비를 멀리 보내고 몇 해 동안 소식을 듣지 못했던 류씨의 심사는 어떠했을지, 짐작하고도 남는다. 본 작품에는 형을 찾으러 나섰다가 객사한 지아비를 생각하는 류씨의 심정이 어떠했던가 잘 나타나 있다. 독자들의 심금을 울려주는 작자의 기술태도라 할 수 있다. 독자들이 연민의 정을 느끼게끔 이야기를 이끌어가고 있는 작자의 작품화 능력을 보여주는 좋은 예이다.

> 문득 본관 하리 이르러 남경안찰수 셔간과 십구년 그리던 현녕 부부의 글월를 드리는지라 장 부인이 바다보고 일희일비ᄒᆞ는 형상을 엇지 긔록 ᄒᆞ며 ᄯᅩ 어ᄉᆞ의 셔찰를 본즉 져즈음긔 왔던 소연이 과연 ᄌᆞ긔 손지라 그 일이 긔이ᄒᆞ물 못니 즐겨 ᄒᆞ되 소싱의 쳐 뉴시는 그 가군의 소식이 업스물 더욱 슬허하거눌 … (상, 51쪽)

---

19) 〈蘇知縣羅衫再合〉에서는 서계조가 탁주를 지나던 중, 우물가에서 직접 장씨를 만나고 그의 안내로 집으로 들어온다. 장씨가 집안에 들어와 서계조의 면모를 자세히 살핀 후 깜짝 놀라며 자세한 내력을 묻는다. 이어 자신의 집안사정을 세세하게 일러주면서 슬퍼한다. 서계조와 장씨가 직접 만나 이야기를 이끈다.

장씨는 죽은 것으로 알았던 큰아들 부부가 돌아온다는 소식을 듣고, 또 지난번 다녀갔던 소년이 손자인 것을 확인하면서 기뻐한다. 그러나 혹시 남편이 돌아오지는 않을까 소식을 기다리고 있던 류씨에게는 아무 소식이 없음이 얼마나 슬프고 안타까운 일이었을까?

소운 부부를 맞는, 유복자가 금의환향했을 때 가족들의 기쁨은 가히 측량할 수 없었겠지만 이를 보고 있는 류씨의 심정이 어떠했을지 상상하고도 남는다. 남편의 운구가 돌아온다는 청천벽력과 같은 소식을 듣자마자 피를 토하고 졸도할 수밖에 없었던 류씨의 모습은 독자들의 심금을 울리기에 충분하다. 작자는 류씨를 등장시켜 기쁨의 한편에는 또 다른 커다란 슬픔이 있음을 보여주면서 작품의 흥미와 안타까움을 적절히 고조하였다. 성공적인 등장인물 설정이며, 알맞은 역할이 주어진 것이라 할 수 있다.


### 3.2.5. 부자, 모자, 부부상봉에서의 극적 상황

부자, 부부, 모자가 상봉하는 결과는 같지만 과정은 <蘇知縣羅衫再合>과 완전히 다르다.[20] 이야기의 흥미를 고려했던 저술태도가 드러나는 부분이다.

정씨가 산사에 있다가 어사가 부임했다는 말을 듣고, 진정서를 올리기

---

20) <蘇知縣羅衫再合>에서는, 어사가 어머니를 만나는 부분이 다음과 같다. 자호암에 은거해있던 정씨가 진정서를 신임어사에게 올리자, 어사가 직접 정씨를 만나 그의 과거사를 듣는다. 이야기를 다 들은 후 일단 정씨를 암자로 돌려보낸다. 자신을 양육해주었던 요대를 불러 그동안의 일에 대해 자세히 듣고, 요대가 간직하고 있던 나삼과 금비녀를 가져오게 한 후 진정서를 올린 정씨가 어머니임을 확인한다. 삼가촌에 있던 소운도 조강의 임 어사에게, 산동 왕 상서의 배를 빌려 타고 부임하다가 서능에게 화를 당했다는 내용의 진정서를 올렸는데 임 어사가 우연히 계도를 만나 이 사실을 알린다. 뒤에 계도가 소운을 직접 부르고, 도적들의 죄를 다스린 후 부자임을 확인하고, 이어 자호암으로 사람을 보내 정씨를 오도록 하여 모든 가족들이 반갑게 해후한다.

위해 노승과 함께 속세로 나온다. 어사에게 진정서를 올리고 기다리던 중 노승으로부터 신임어사는 바로 원수인 서릉의 아들이란 말을 듣고도 결말을 보고 가겠다고 고집하자, 여러 중들이 정씨에게 술을 권한 후 취하기를 기다렸다가 다시 산으로 숨는다. 여승들은 정씨의 신변을 보호하기 위해 정씨를 데리고 산사로 돌아왔지만 이미 이때쯤 어사는 자신이 정씨의 아들이 아닐까 의심하고 있던 중이었으니 정씨를 만났더라면 자초지종을 듣고 모자가 상봉할 수도 있었을 것이다. 어사는 진정서를 보고 글을 올린 여승을 찾아 데려오라고 분부했지만 이미 산사로 돌아간 정씨를 찾을 길이 없자 군사를 시켜 지나는 모든 여승을 잡아오도록 한다. 한편 자신을 키워준 조대를 불러 자신의 출생에 대한 비밀을 알고자 힐문한다. 조대가 사실대로 이야기하자, 당시의 유물을 가져오도록 한다.

이때 소운이 진정서를 올리러 왔다가 신임어사가 서릉의 아들이라는 소문을 듣고는 크게 실망, 진정서 올리는 것을 포기한 채 주점에 머문다. 이와 같은 소문만 없었더라도 이들 부자는 쉽게 만날 수 있었을 것이다. 마침 정씨를 찾아다니던 어사와 주점에서 만남이 이루어져 실제 부자가 만난다. 그러나 이들은 장시간의 대화를 통해 서로 알아보기 위해 노력하지만 실상을 감추고 이야기하기 때문에 마침내 누구도 그 진상을 알아내지 못한다. 다만 어사는 마음속으로 의심만 더해갈 뿐이다.

작자는 어사가 이미 어머니와도 만났고, 아버지와도 만났지만 그 사실을 모른 채 헤어지는 것으로 이야기를 전개하여 독자들에게 안타까움을 배가시킨다. 언제 다시 이들의 만남이 이루어질까 조바심하면서 이야기에 동참한다. 산사로 돌아온 정씨는 원수 갚을 길이 없음을 알고 슬퍼한다. 노승이 다시 어사가 과연 서릉의 아들인지 그 진위를 알아보고 오겠다며 하산했다가 군사에게 잡혀 어사 앞에 이르러 지금까지 정씨에게 일어났던 세세한 곡절을 다 일러준다. 어사는 이로써 자신이 정씨의 소생임을 확인한다. 이어서 소운에게 거문고와 나삼과 금비녀를 보여주면서 실상을 알려달라고 하자 소운도 더 이상 감출 수 없음을 알고 실상을 토로, 극적인 부자상봉이 이루어진다. 이어 소운 부자가 노승과 함께 자운암으로 찾아가 부부와 모자가 이어 상봉하는 기쁨을 누린다.


## 3.2.6. 桂花의 이변


이와 같은 상황설정은 <蘇知縣羅衫再合>에서는 볼 수 없다. 꼭 같은 상황은 아니지만 이런 종류의 이야기는 고소설에서 흔히 보는데, 역사적 사건을 소설화한 작품으로 알려진 <癸丑日記>나 <癸亥反正錄> 같은 작품에서도 쉽게 찾아볼 수 있다.21) 어떤 사물의 이변이 이야기 전개에 크게 작용하는 것으로 이른 시기부터 작자들이 문학적 장치로 널리 이용했던 방법이다.


> 탁쥬 장부인이 셔싱을 니별ᄒᆞᄆᆡ 정회 그윽ᄒᆞ여 … 소시랑 싱시의 오동나무를 ᄉᆞ당 집 압희 심어 가장 무셩ᄒᆞ더니 시랑이 기셰헐 ᄯᅢ 그 남긔 스스로 말나 여러 희를 지니되 지엽이 나지 아니ᄒᆞ고 현녕이 진ᄉᆞ헐 ᄯᅢ 다시 무셩ᄒᆞ고 소싱이 나간 후 도로 죽어 고목이 되엿더니 그후 어시 등과헐 ᄯᅢ 다시 무셩ᄒᆞ여 시년 츈의 더욱 왕발ᄒᆞᄆᆡ 장부인이 시비로 더부러 오동나무 아릭셔 비회ᄒᆞ며 탄식왈 "니 남긔 니집 길흉을 아는지라 이갓치 쇠잔ᄒᆞᆫ 집의 무숨 조흔 일이 잇스리오"ᄒᆞ고 … (상, 51쪽)

---

21) <癸丑日記>에서는 인목대비가 서궁에 유폐되어 있을 때, 이미 오래 전에 죽었던 나무들이 다시 살아나는 신이함을 서술하여 인목대비의 앞날에 서광이 비칠 것임을 예시한 것을 볼 수 있다. <癸亥反正錄>에서는 인목대비의 친정어머니 노씨가 제주도에 유배되어 있을 때, 하루는 까치가 날아와 우는 것을 보게 되는데, 곧 이어 유배에서 풀려나고 딸을 만난다는 이야기가 전개됨을 볼 수 있다(拙著, 『朝鮮朝寫實系小說研究』, 韓南大學校 出版部, 1991, 179쪽과 209쪽.

고소설에서 앞일을 예시할 때 흔히 이용하는 장치이다. 오동나무 꽃이 피거나 말라죽거나에 따라 주인공들의 앞날에 길흉이 엇갈린다.[22] 이미 전에도 영험을 보여주었던 때문에 독자들에게 안도감을 심어준다. 이야기를 흥미 있게 전개하기 위한, 그리고 독자들에게 미래에 일어날 일을 알려주고자 작자가 의도적으로 삽입한 것이다.

### 3.2.7. 혼사장애 과정을 설정하면서 여성의 정조관념 선양

작품의 후반부에서 소태가 세 여인과 결혼하는 과정에서 이는 잘 드러난다. 결혼과정이 모두 순탄하게 진행되지 않고 우여곡절을 겪고 있음도 이야기의 흥미를 배가하기 위한 작자의 의도였으며 어쩌면 본 작품과 〈蘇知縣羅衫再合〉과의 가장 큰 차이점이라고도 할 수 있다.[23]

소 지현과 함께 임지로 가던 중, 서릉에게 사로잡혔던 정씨가 스스로 목숨을 끊으려 했던 점, 도적의 소굴로 잡혀온 후 어떻게 해서든 죽으려 했던 부인의 태도에서도 잘 드러난다. 이어 죽음이 여의치 않음을 깨닫고 적굴을 빠져나갈 계획을 세우고 마침내는 몸을 온전히 지키기 위해 도망하는 그의 행동에서 절의를 볼 수 있다.

왕 소저의 절의를 볼 수도 있다. 처음 소태가 과거에 급제한 후 벼슬에

---

22) 〈癸丑日記〉에서 그 예를 찾아볼 수 있다. 선조의 두 번 째 왕비였던 인목대비가 광해군 5년부터 서궁에 10여 년 동안 유폐되어 있으면서 온갖 고난을 겪는다. 그런데, 마침 죽었던 대추나무가 해마다 한 가지씩 살아나더니 마지막에는 온전하게 다시 살아났고, 이 해에 계해반정이 일어나 광해군이 폐위되고 인목대비는 긴 유폐생활에서 벗어나 복위되는 영화를 맞이하게 되었다는 작품기술을 볼 수 있다(拙著, 『癸丑日記研究』, 韓南大學校 出版部, 1991. 參照).

23) 다만 〈蘇知縣羅衫再合〉에서는 산동의 임청 지방에 들렀을 때 서능에게 배를 빌려주었던 왕 상서 집을 방문하게 되고, 이때 왕 상서가 지난날의 처사에 대해 사과하고, 그의 청원으로 왕 상서의 딸을 아내로 맞이할 뿐이다. 결혼과정이라든지, 혼사장애, 여성의 정절 같은 것은 전혀 기술하지 않았다.

오르자 왕 상서가 그의 인물됨을 보고 내심 사위로 삼고 싶어한다. 소태는 왕 상서의 간곡한 청혼에 대해 고향에 다녀온 후 성례를 하겠다고 약속한다. 마침 소태가 남방을 巡撫하러 가기에 앞서 왕 상서를 찾아가자 상서는 주연을 베풀고 위로하며, 왕 소저는 이때 아버지의 명령에 어쩔 수 없이 생면부지의 어사와 한자리에 앉아 상견례를 한다. 그 후 황제가 어사의 인물됨을 보고 공주와 결혼시키기로 마음먹고 왕씨의 집에 어사와 파혼할 것을 명하지만 왕 소저는 한번 결심했던 마음을 결코 바꾸지 않는다. 만단 회유해도 소저의 마음은 왕권에도 굴하지 않고, 끝까지 변치 않는다.

먼저 고향으로 돌아온 소운이 아들의 저간 사정을 전혀 모르고, 배필을 구하던 중 정현이 이 말을 듣고 청혼한다. 소운이 정현의 딸이 훌륭함을 알기에 그의 뜻에 따른다. 이어 정현은 소가의 집에서 보낸 예물을 받는다. 그러나 황제가 소태를 부마로 삼을 것이라는 말을 듣고 정현이 딸에게 빙물을 돌려보낼 것을 말하자 정 소저는 권력이나 아버지의 명에 조금도 굴하지 않고 죽음을 무릅쓰고 자신의 정절을 고수하겠다는 결심을 굳힌다. 아버지가 간신의 참소 때문에 온 가족이 유배지로 향하다가 계성에 이르러 본관 배웅을 만난다. 정 소저가 배웅의 마수를 피하여 가족을 무사히 살림은 물론 자신의 몸을 온전하게 지키고자 스스로 죽음의 길을 택한다. 작자는 이런 기술을 통하여 여성의 정절이 얼마나 고귀한 것인가를 주지하였으며, 자신을 살려준 소태를 위하여 목숨을 바칠 것을 각오하며 인간이 은혜를 저버리는 금수와 같은 행동을 해서는 안 된다는 것을 뚜렷이 보여주고 있다.

황제의 명에 의해, 강압적으로 이루어진 혼인약속이었지만 이전에 이미 왕 소저와 어사가 결혼을 약속했기에 공주는 어쩔 수 없이 어사의 집에서 받았던 예물을 바꾸어 돌려보내 왕 소저와 어사가 결혼하게끔 돕는다. 공

주는 의리를 실천한다. 이에 황제가 다시 부마를 간택하려 하자 공주는
이미 소씨 집안에서 빙물을 받았기 때문에 죽으면 죽었지 다른 곳으로 시
집갈 수 없다는 뜻을 황제에게 고한다. 이처럼 공주의 결심에서 황제의
권위라도 어쩌지 못함을 본다. 이미 혼사논의가 성사되었고, 빙물을 받은
처지에서 다른 남자에게는 절대 시집갈 수 없다는 공주의 결연한 태도에
서 신분의 고하를 막론하고 여성이 지켜야 할 도리가 어떤 것인지를 밝히
보여준다. 또 한편으로는 사촌자매 사이의 우애가 잘 나타나있다.

대부분의 고소설에서 여성의 정절을 중요시한 점을 볼 수 있는데, 특히
본 작품의 서두에서 정씨의 행동을 통하여, 후반부에서 주인공이 왕 소
저·공주·정 소저와 차례로 혼사를 이루어 가는 과정을 통하여 여성들이
지녀야 할 태도가 어떤 것인가를 보여준다. 이런 이야기 구조에서 중국작
품과는 판이함을 알 수 있다.

위와 같이 이야기를 전개하면서 행복한 결구, 주인공들이 부귀영화를
대대로 누린다는 것으로 이야기를 마쳤는데 이 점은 〈蘇知縣羅衫再合〉과
는 완연히 다른 작품기술이다.

이렇게 이야기를 전개시켰던 것은 작자는 물론 어렵던 시대를 살아가
던, 그래서 태평성대를 바라는 독자들의 기대에 부응하고자 하는 의미가
있었음을 간과해서는 안 된다. 작자는 위처럼 여러 유형의 인물을 등장시
켜 다양한 사건을 조직하면서, 어떻게 살아가는 것이 참다운 인간의 삶인
가를 밝히 보여주고자 하였다. 강한 교훈을 의도적으로 갈파하고자 한 작
자의 저술태도를 볼 수 있다.

## 4. 맺음말

<月峯記>가 <蘇知縣羅衫再合>의 영향 아래에서 만들어졌음은 사실이다.[24] 등장인물, 배경설정, 사건의 전개가 비록 유사할지라도 그 주지나 정서에는 차이가 많다.

중국으로부터 재미있는 이야기가 전래되어 먼저 식자층에게 읽혔을 것이고 이를 번역하는 과정에서 번역자의 취향에 따라 유사한 이야기로 번안·개작되었을 것임은 자명하다. 이어 유사작품들이 나오면서 독자층은 더욱 두터워졌을 것이고, 독자들 가운데에서는 이런 작품들을 읽는 것만으로 만족하지 않고 자신들의 생각을 보태어 다른 독자들의 기호에 영합할 수 있는 새로운 이야기로 다시 고쳤을 것임은 얼마든지 추정이 가능하다. 한 예를 들자면 19세기 중기에서부터 20세기 초까지 여러 이본을 양산했던 <江陵秋月>이나 <朱鳳傳> 계열의 작품이 있다. 기본적인 이야기 골격에서는 본 작품과 크게 다르지 않지만 주제나 등장인물이나 지리적 배경설정, 이야기 전개에서는 상당히 다름을 볼 수 있기 때문이다.[25]

조선후기에서부터 20세기 초는 우리 민족의 수난이 그 어느 때보다도 극심하던 때로, 왕권이 흔들리면서 500년 왕업의 조선이 풍전등화와 같은 위기를 맞으며 서서히 몰락하고, 급변하는 국제정세 속에서 어쩔 수 없는

---

24) 서대석도 <月峰山記>가 가장 충실하게 <蘇知縣羅衫再合>을 번역한 작품이라고 밝혔으면서도 논지를 전개하는 과정에서 '이처럼 月峰山記의 作品의 性格은 單純하지 않다. 前半部는 中國小說을 飜案하였다고 할 수 있으나 飜譯에 가깝고 後半部는 創作한 人情小說이다. 이런 점에서 <月峰山記>의 全體的 性格을 規定하기는 困難한 바가 없지 않으나 역시 飜案小說로 處理할 수밖에 없다고 본다.'라 하여 애매한 입장을 표명하였다(徐大錫, 앞의 論文, 199쪽). 육재용은 <月峯記> 계열의 많은 이본을 살피면서 본 작품을 창작소설 쪽에 더 비중을 두어야 한다고 주장했다(육재용, 앞의 「月峯記의 異本硏究」, 結論).

25) 박광수의 『江陵秋月傳硏究』, 필자의 「朱鳳傳 硏究」와 「朱鳳傳 硏究―中國作品과의 影響關係를 中心으로」를 참조할 수 있다.

개화기를 거치면서 일제강점기로 접어들었던 암울하던 시대였다. 열강들의 각축으로 조정은 말할 것도 없고 백성들의 삶도 도탄에 빠질 수밖에 없었으며 이런 결과, 민중들의 봉기가 일어나기도 했다.26) 이어진 일제강점기는 백성들이 나라를 잃고 의지할 곳 없이 방황하던, 일제의 탄압에 시달리던, 마땅한 정신적 귀의처가 없던 시대였다. 이런 시대에 작자는 본 작품을 통하여 행복한 삶을 갈구하던 당시의 독자층에게 희망을 주려 하였으며, 작품 속에서 소운과 정씨, 유복자 일가가 각기 흩어져 사생을 넘나드는 삶을 살았듯이 아무리 어려운 처지를 당하더라도 인간답게 바르게 살아가다 보면 행복한 결과가 올 것임을 주지하고자 하였다.

본 작품이 중국소설과 다른 점은 작자가 곳곳에서 자신의 목소리를 통하여 독자들을 이야기 속으로 끌어들이고 있으며, 인간의 바른 삶을 유도하기 위해 인과응보나 권선징악 사상을 지나치게 강조했다는 것이다. 또 주인공들이 난관에 봉착했을 때 스스로 문제를 해결하는 것이 아니고 초월자의 도움으로 어려움을 극복하며, 형제의 우애를 강조하고, 桂花의 이변을 통해 미래를 예측할 수 있도록 이야기를 조직했다는 점, 남편을 잃은 류씨 부인의 애절한 모습을 그려 부부애가 어떤 것인가를 보여주면서 독자들에게 진한 감동을 불러일으키고 있다는 점, 혼사장애 과정을 설정하면서 여성의 정조관념을 선양하고 있다는 점이다. 특히 작자는 이야기의 흥미를 제고하기 위해 주인공 동생 부부, 여주인공을 끝까지 보살펴주는 老僧, 장씨 댁의 老嫗와 같은 다양한 등장인물을 설정하였고 그들에게 각자의 역할을 분명하게 부여했으며, 두 개의 거문고에 얽힌 사연을 서서

---

26) 이 결과 조정을 불신했던 東學敎徒들 중심의 봉기가 전국적으로 일어나는데, 대표적인 것이 고종 31년(1894) 일어났던 東學革命(또는 甲午農民戰爭)이다. 운동 자체는 실패로 끝났지만 대내적으로는 갑오개혁으로 정치, 경제, 사회 여러 분야에 걸쳐 일대 혁신을 가져왔으며 대외적으로는 청일전쟁의 직접적인 계기가 되어, 일본의 우리나라에 대한 침략의 기세가 더욱 거세게 되었다.

히 풀어가면서 부자·모자·부부가 극적으로 상봉하도록 사건도 보다 복잡하고 새롭게 전개하였다. 그러면서도 전체적으로는 시대가 어떻게 바뀌던 간에 인간이 살아가는 방법은 변하지 않아야 됨을 가르쳐주고 있다.

작자는 위와 같은 가상의 이야기를 통하여 독자들에게 아무리 고난으로 점철된 역경을 만나더라도 인간의 도리를 다하는 삶을 살아갈 것을, 그러다 보면 행복한 날을 맞이할 수 있다는 희망을 심어주었다. 인간의 삶을 긍정적으로 인식했던 작자의 저술태도를 보여주었다는 점에서 그 가치가 두드러진 작품이다. 어쩌면 이런 점이 우리 민족에게서는 가장 어려운 시대였던 조선말기와 일제강점기를 살아가던 독자들에게 큰 호응을 받으면서 본 작품을 비롯한 다양한 이름을 가진 유사작품들이 활자본으로, 또는 필사본으로 대거 출현, 유행할 수 있었던 계기가 되지 않았을까 생각한다. 다만 아쉬운 점이 있다면 중국소설 영향으로 만들어진 작품이라도 <玉簫傳>이나 <玉簫奇緣>, <江陵秋月>처럼 지리적 배경이나 인물설정을 우리 것으로 하지 못했다는 점이다.

신소설 〈明月亭〉과
『醒世恒言』 소재 〈蔡瑞虹忍辱報仇〉의 相關性

## 1. 머리말

우리 문학에서 설화문학이나 가전체문학, 고소설 같은 경우 중국문학의 영향은 일찍부터 널리 알려진 사실이며, 따라서 연구업적도 상당히 축적되어 왔다. 이는 두 나라가 인접해 있었고, 오래 전부터 같은 문화권을 형성해왔던 때문에 당연한 결과라 하겠다. 예를 들어 일연의 『三國遺事』에 전하는 김현의 호랑이 이야기가 끝난 후 『太平廣記』에 실려 있는 신도징의 호랑이 이야기가 전재되어 있다는 점, 고려후기 가전체작품들이 韓愈의 <毛穎傳>이나 秦觀의 <淸和先生傳>에서 영향을 입었다는 점을 들 수 있다.[1]

고소설 가운데 가장 대표적인 예로 초기소설 가운데에서 김시습의 『金鰲新話』와 明나라 초 瞿佑의 『剪燈新話』와의 영향관계, 후기소설 중에서는 작자미상의 <月峯記>(또는 <蘇雲傳>, <쥬봉전>)·<彩鳳感別曲>과 明末 馮

---

1) 이 방면의 대표적인 연구업적으로는 金鉉龍의 『韓中小說說話比較硏究』(一志社, 1976)와 李相翊의 『韓中小說의 比較文學的硏究』(三英社, 1983) 등을 들 수 있다.

夢龍(1574~1646)의 <蘇知縣羅衫再合>·<王嬌蘭百年長恨>과의 영향관계를 들 수 있다.

20세기에 들어서면서 젊은 지식인들이 외국유학을 통하여 신교육과 새로운 문명을 접하고 이에 따라 사회가 급진적으로 개화되면서 문학에서도 새로운 경향의 소설작품들이 쏟아져 나온다. 20세기 초, 이전의 고소설과는 형식이나 내용면에서 완전히 다른 신소설이, 또한 晚淸小說과 일본문학의 영향으로 수많은 번역, 모방, 번안, 개작소설이라 불리는[2] 다양한 작품들이 출현하기에 이른다.[3]

본고에서 살피고자 하는 두 작품 중 중국소설 <蔡瑞虹忍辱報仇>는 明末 馮夢龍이 지은 소설로 三言 중『醒世恒言』에 실려 있고,[4] <明月亭>은

---

2) 번안이나 개작, 모방, 표절, 또는 영향을 입고 나타난 소설들 사이에 구분은 확연하지 않다. 전광용은 "번안소설이란 외국작품에서 그 스토리만 따오고 장면과 인물은 바꾸어, 한국을 무대로 하고 한국인을 등장인물로 하여 개작한 소설을 말한다. 따라서 정확한 의미의 번역도 아니고, 그렇다고 모방이나 영향이라고도 볼 수 없고, 좀 더 혹평을 한다면, 외국작품의 표절권 내에 속한다고 해석할 수도 있는, 말하자면 번역도 창작도 아닌 기형적인 작품이다." 라고 밝힌 바 있다(全光鏞,『新小說研究』, 새문사, 1993, 45쪽).

3) 일본 문학작품을 번안한 또는 개작한 작품의 예는 매우 많은 것으로 밝혀졌다. 몇 예를 들자면, 대표적인 번안소설로는 조일제의 <長恨夢>(尾崎紅葉, <金色夜叉>의 번안), <不如歸>(德富蘆花, <不如歸>의 번안), 구연학의 <雪中梅>(末廣鐵., <雪中梅>의 번안), 이상협의 <再逢春>(일본작가, <想夫憐>의 번안) 등이다(李在銑,『韓國開化期小說研究』, 一潮閣, 1997, 312쪽 참조). 서대석은 '이 作品은『醒世恒言』三十六卷 <蔡瑞虹忍辱報仇> 또는『今古奇觀』二十六卷 <蔡小姐忍辱報仇>의 飜案作品이라는 事實이 밝혀졌다'(「新小說明月亭의 飜案樣相」,『比較文學 및 比較文化』제1집, 韓國比較文學會, 1977, 45쪽)고 하여 <明月亭>을 번안작품이라 했다.

4) 馮夢龍,『醒世恒言』(中國長春出版社, 1995) 36卷 <蔡瑞虹忍辱報仇>.
  '三言'은『喩世明言』(47~8세, 1620~1621년 사이에 출판),『警世通言』(51세, 1624년 출판),『醒世恒言』(54세, 1627년에 출판)을 가리킨다(金敏鎬,「馮夢龍과 凌.初, 그 같음과 다름」,『中國小說論叢』11집, 韓國中國小說學會, 2000, 79쪽 參照). '三言'에는 총 120편의 단편이 수록되어 있다. 그 후 抱甕老人이 '三言'과 '二拍'(凌濛初가 1628년과 1632년에 편찬한『初刻拍案驚奇』,『二刻拍案驚奇』)에 실린 200편의 단편 중 40편을 정선하여『今古奇觀』을 편찬하였으며 그 가운데 <蔡瑞虹忍辱報仇>와 내용이 거의 같은 <蔡小姐忍辱報仇>(26卷)가 실려 있다.

박이양이 지은 신소설로 1912년 유일서관에서 발행했던 작품이다. 다른 작가들의 작품에 비해 널리 알려지진 않았다.5)

두 작품은 시기적으로 보아 300년이라는 거리가 꽤 있는 작품인데, 그런데도 상당한 연관성이 있음을 보이기 때문에 두 작품의 영향관계에 대해서 살피고자 한다. 일찍이 서대석은 〈明月亭〉이 중국작품을 개작한 것인데, 개작에 실패한 작품으로 살핀 바 있다.6) 과연 그런 것인지, 아니면 작자 나름대로의 저작의도와 이야기 서술방법에서 독창성은 없는 것인지를 구체적으로 살펴보고자 한다.


## 2. 두 作品의 敍事段落

### 2.1. 〈蔡小姐忍辱報仇〉(蔡瑞虹忍辱報仇)

술을 너무 좋아해서 안 된다는 〈西江月〉과 관련한 삽화를 기술한다.

---

5) 본 작품에 대하여 문학사나 소설사에서 언급한 경우를 찾아보기 어렵고, 일찍 『韓國新小說全集』 卷六(全光鏞 · 宋敏鎬 · 白淳在 編, 乙酉文化社, 1968, 522쪽)에 본 작품을 수록하면서 편찬자들의 '권선징악을 테마로 계몽소설이면서 〈洞庭秋月〉과 한가지로 결말에 주인공이 자살하는 것으로 이야기를 끝맺는다.'라는 간단한 해설만 있는 것으로 보아 세인들에게 관심을 끌었던, 그렇게 널리 알려진 작품이 아니었음을 알 수 있다. 본 작품에 관한 개별적인 연구는 현재까지 서대석의 위 논문밖에 없다. 다만 신소설 전반을 다루면서 간단히 언급한 경우는 더러 있다.

6) 서대석은 앞의 논문 마지막에서 '〈明月亭〉은 新小說을 모델로 하여 17세기의 중국소설을 改作한 것이나 그 改作에 失敗한 作品임을 알 수 있다. 그러나 新小說期에 中國의 小說이 飜案의 對象이 되었다는 점에서 意義를 지니며, 新小說의 특징이 어떤 것이었는가 하는 것을 보다 鮮明히 파악할 수 있다는 點에서 飜案樣相의 考察은 重要性을 가진다고 본다.'고 하여 작품으로서는 실패했지만 신소설의 특징을 살필 수 있다는 점에서는 일말의 가치를 부여할 수 있다는 주장을 폈다(63쪽).

① 宣德年間, 南直隷淮安府에 사는 술을 무척 좋아하는 蔡武와 그 부인 田氏, 이들 사이에서 태어난 딸들—蔡韜·蔡略·蔡瑞虹—이 등장한다.

② 채무는 옛날 아버지에게 은혜를 입은 병부상서 趙貴의 추천으로 湖廣 荊襄 각지의 遊擊將軍이 되어 부임한다. 딸 서홍의 간곡한 반대를 뿌리치고 임지로 간다.

③ 揚州에서 일행이 淮安府의 水賊陳小四의 배를 빌려 임지로 가던 중, 黃州에 이르러 이들의 피습으로 모든 가족들은 물에 빠져 죽고 채홍만 살아남는다.

④ 진소사가 서홍을 겁탈한다. 그동안 다른 일당들은 서홍을 살려두었다가는 뒷날 무슨 일이 일어날지 모른다고 생각하고, 재물을 나누어 뿔뿔이 흩어진다. 진소사가 뒤늦게 이 사실을 알고, 서홍을 죽이려 밧줄로 목을 조르고 도주한다.

⑤ 서홍은 기절했다가 깨어났고, 이때 마침 지나가던 湖北 漢陽사람 卜福이 서홍을 구한다. 변복은 서홍에게 이야기의 전말을 들은 후 함께 원수를 갚기로 하고 서홍과 부부의 인연을 이룬다. 변복의 아내가 이 사실을 알고, 변복 몰래 서홍을 私娼街에 팔아넘긴다. 뒤늦게 이 사실을 알게 된 변복이 양심의 가책을 느끼고 자결하며 그의 아내도 결국 사창가에 팔리는 신세가 된다.

⑥ 서홍은 武昌府 王氏의 창가에 팔렸는데, 손님을 접대하라는 왕씨의 말을 듣지 않는다. 격분한 왕씨는 서홍을 다시 紹興府 사람 胡悅에게 판다.

⑦ 호열은 서홍의 원수를 갚아주기로 약속, 첩으로 삼는다. 호열의 아내도 투기가 보통 아니다. 할 수 없이 호열은 서홍을 데리고 벼슬자리를 구하기 위해 京師로 갔다가 친구에게 속아 돈을 다 잃고, 침식마저 해결할 길이 없어서 홍을 누이동생이라 속이고 浙江 溫州府 사람 朱源에게 계략결혼을 시키고자 한다.

⑧ 서홍이 주원의 인물됨을 보고 사실대로 고백한다. 주원은 서홍의 이야기를 듣고 불쌍하게 여기며 함께 도망, 부모의 원수를 갚아주기로 약속하고 후실로 삼는다.

⑨ 서홍이 아들을 낳았고, 뒷날 주원은 과거에 급제하여 武昌縣 知縣으로 서홍과 함께 부임한다. 臨淸의 張家灣에서 진소사의 배를 빌리게 되고 마침내 그 일당을 다 찾아 원수를 갚는다.

⑩ 주원이 부임한 후, 서홍의 부탁으로 채무의 핏줄을 찾아 가계를 잇도록 한다.[7]

⑪ 서홍은 자신의 소원이 다 이루어지자 유서를 남기고 스스로 목숨을 끊는다.

⑫ 주원은 임기를 마치지 못하고 경사로 돌아왔다가 뒷날 벼슬이 三邊總制에 이른다. 아들 朱懋가 일찍이 과거에 급제하고 어머니 일을 상소, 節孝坊을 건립한다.


이상은 『今古奇觀』 26卷의 〈蔡小姐忍辱報仇〉를 요약한 것이다.[8] 풍몽룡의 『醒世恒言』에 실린 〈蔡瑞虹忍辱報仇〉와 내용은 같다. 그렇기는 해도 서대석이 앞의 논문에서 두 작품이 일치한다고 했던 것처럼[9] 〈蔡小姐忍辱報仇〉는 〈蔡瑞虹忍辱報仇〉를 그대로 옮긴 것은 아니고, 포옹노인이 풍몽룡보다 간략하게 전재했음이 드러난다.[10] 다만 여기에서〈蔡小姐忍辱

---

7) 작품에서 서홍은 주원에게 아버지가 일찍이 여종을 첩으로 삼았었는데, 임지로 떠날 당시 임신했었고, 뒷날 아들을 출산하여 어딘가에 살고 있다는 말이 있으니 수소문하여 찾아달라고 부탁한다. 이를 주원이 듣고 아들을 찾는다고 기술하였다.

8) 抱甕老人, 『今古奇觀』, 臺灣文化圖書公司, 民國70년, 359~378쪽.

9) 서대석, 앞의 논문, 47쪽.

10) 한 예를 들면 다음과 같은 대목이다. '抱起瑞虹 徑入後艙 不提陳小四…'라 하여, 진소사가 서홍의 다른 가족들을 몰살시키고 일당들과 함께 잔치를 즐기다가 그들에게 양해를 구한 후 서홍을 데리고 선실로 들어가고 남은 일당들은 계속 술을 마시면서 노는 것으로 기술하고 있다. 그러나 〈蔡瑞虹忍辱報仇〉에는 '抱起瑞虹 取了燈火 徑入後艙 放下瑞虹 閉上艙門 便來與他解衣 那時瑞虹身不由主 被他解脫干淨 抱向床中 任情取樂 可惜千金小姐 落在强徒之手 暴雨摧嬌蕊 狂風吹損柔茅 哪是一宵恩愛 分明夙世寃家 不題陳小四…'(馮夢龍, 『醒世恒言』, 616쪽)라 하여 진소사가 서홍을 데리고 선실로 들어간 후 문을 걸어 잠그고 서홍의 옷을 벗기려할 때도 서홍은 제 의지대로 할 수 없는 상황이었기 때문에 발가벗긴 채 침상에서 겁탈을 당할 수밖에 없었다는 안타까운 모양이 자세히 서술되어 있다. 다음 이야기는 같다.

報仇>의 내용을 요약한 것은 『醒世恒言』보다 『今古奇觀』이 조선시대부터 우리나라에서 널리 읽혔던 것으로 알려져 있기 때문이다. 만약 박이양이 중국작품을 보고 <明月亭>을 작품화 했다면 위 작품이 영향을 미쳤을 것으로 보았기 때문이다. 그러나 앞으로 작품의 원문을 인용할 필요가 있을 경우에는 원전으로 볼 수 있는 『醒世恒言』을 인용한다.

## 2.2. <明月亭>

① 주인공 허원이 개성의 승양관에 투숙한다(명치 44년 8월 16일).

② 일찍이 친구 우 주사를 방문, 개성 여자인 그의 첩 김씨에 관한 이야기를 듣고 첩실을 소개해 달라 한다. 우 주사는 이를 첩에게 이야기했다가 무안만 당한다.

③ 허원이 직접 송도로 향한다. 기생연주회를 보고 여관으로 돌아와 주인에게 중매를 부탁한다. 주인은 기생조합소 조장에게 부탁해 놓고, 한편으로는 중매쟁이 김덕에게 이 일을 주선해 줄 것을 당부한다.

④ 기생조합소에서 사들인 서울 태생의 차채홍(18세)을 김덕에게 보낸다.

⑤ 차채홍과 허원이 중매쟁이의 주선으로 만난다.

⑥ 차채홍의 과거에 대하여 기술한다.

⑥-1 아버지 차기문은 황해도 연안에서 생장하였는데, 30이 되어 서울 공덕리에서 누룩장사로 돈을 벌었으며 아내 조씨와의 사이에 남매(차상순과 차채홍)가 태어난다. 채홍은 정덕여학교, 상순은 사립보통학교 학생이다. 차기문이 보증을 섰다가 실패하여 가산을 날리고 고향으로 이사한다.

⑥-2 아버지는 채홍을 고향의 이통정의 큰손자(13세)에게 시집보내기로 하고, 남매는 학교도 그만 두고 아버지의 명에 따라 어쩔 수 없이 고향으로 간다.

⑥-3 선주 진치보(사공장치경 외 4인이 있음)의 배를 빌려 타고 고향으로 향한다. 차기문이 술에 취한 사이 수적들이 가족을 습격, 모두 강물에 던져 죽이고 채홍만 살아남는다.

⑥-4 진치보와 채홍이 결연을 약속한다. 일당들은 재물을 나누어 도망한다. 뒷날을 걱정하던 진치보도 채홍을 결박한 채로 배에 남겨두고 도망한다.

⑥-5 이때 마침 상선을 몰고 다니던 변시복이 빈 배를 발견하고 채홍을 구한다. 채홍이 전후 사정을 이야기하자, 변시복이 함께 살면서 원수를 갚자고 유혹한다. 변시복은 채홍을 다른 집에 거주하게 한다. 변시복의 처가 알고 채홍을 몰래 기생조합소에 판다. 변시복이 뒷날 알고 자신의 신의 없는 행동을 뉘우치면서 자결한다. 그의 아내도 다른 남자와 놀다가 객사한다.

⑦ 한편 강물에 던져진 차상순은 지나던 뱃사공의 도움으로 살아난다. 연안 외가로 갔다가 서울로 온다.

⑧ 채홍이 허원과 함께 서울로 올 때, 진치보의 배를 빌린다. 또 다른 배에서 그 일당을 만난다. 허원이 이를 알고 기지로써 그들을 경찰서로 넘기고 그들은 법에 따라 처형당한다. 채홍이 허원의 어머니, 아내를 만난다. 채홍이 아들을 낳는다.

⑨ 채홍이 우연히 운동회에 참석했다가 죽었다고 생각했던 동생을 만난다.

⑩ 채홍이 자결하면서 유서를 남긴다.


이야기를 끝내고, 작자의 후기가 기술된다.11)


위에서 보듯이 두 작품의 이야기에서공통적인 요소를 볼 수 있는데, 차채홍과 채서홍이 기구한 인생을 살면서 마침내는 가족들의 원수를 갚은 후 스스로 목숨을 끊음으로써 이야기를 끝맺는다는 것이다. 다만 이야

---

11) 이상은 앞의 『韓國新小說全集』(6권, 1968)에 실린 〈明月亭〉을 요약한 것이다.

기를 기술하는 방법에서 새로운 소설이 활발히 전개되던 20세기 초라는 시대분위기 때문이겠지만 <明月亭>이 보다 발전된 양상을 보이고 있다는 점이 특이하다. 즉 <蔡瑞虹忍辱報仇>는 이전 시대의 소설이 대부분 그러하듯이 시간의 순서에 따른 기술이지만 <明月亭>은 허원과 채홍의 만남에서 이야기를 시작했다가 채홍의 기구한 과거사를 장황하게 서술한 뒤 다시 이들의 만남으로 돌아오는 과거회상방법을 통하여 이야기를 전개한다.

두 작품의 유사한 서사단락은 아래와 같다.

| 구분 | 〈蔡瑞虹忍辱報仇〉 | 〈明月亭〉 |
|---|---|---|
| 남녀 주인공의 만남 | ⑧ | ⑤ |
| 여주인공의 기구한 삶 | ②, ③, ④, ⑤, ⑥, ⑦ | ⑥ 1~5 |
| 아들을 출산한 후부모의 원수를 갚음 | ⑨ | ⑧ |
| 여주인공의 자결과 유서 | ⑪ | ⑩ |

위에서 비교해 보았듯이 이야기의 근간은거의 유사하게 되어 있음을 알 수 있다. <明月亭>에서 ①~④ 명치 44년 허원이 개성으로 간다든지, 친구인 우 주사와의 만남, ⑨ 채홍이 죽었던 것으로 생각했던 동생을 만난다든지 하는 이야기 구조는 <蔡瑞虹忍辱報仇>에는 없는 부분이다. 또 <蔡瑞虹忍辱報仇>에서 ① 중국의 시대배경이나 지리적 배경설정, ⑩ 채무의 후사를 찾아 가계를 잇게 해준다는 묘사, ⑫ 아들이 어머니를 위해 절효방을 건립한다는 내용은 <明月亭>에는 없는 부분이다.

## 3. 두 作品에서 類似한 점

### 3.1. 背景設定과 登場人物

### 3.1.1. 〈蔡瑞虹忍辱報仇〉의 배경과 주요 등장인물

<蔡瑞虹忍辱報仇>의 지리적 배경은 南直隷淮安府, 湖廣荊襄, 揚州, 黃州, 湖北省 漢陽, 武昌府, 紹興府, 浙江省 溫州府, 臨淸의 張家灣 등과 같이 실제 중국의 지명으로 설정되어 있다. 또 시대배경도 '宣德年間'(明宣宗代, 1426~1435)이라 설정하고 있다. 시대배경은 풍몽룡이 살던 시대보다 200여 년 앞선 것이지만 지리적 배경은 주인공들의 이동경로와 부합되어 있으며 작자가 살던 곳과 무관하지 않다. 작품에 등장하는 주요인물을 살펴보면 아래와 같다.

(1) 蔡瑞虹

채무의 셋째딸이다. 어려서부터 용모와 자질이 남달랐고, 자라서는 아버지를 대신하여 집안 대소사를 관장할 정도로 능력이 뛰어난 인물이다. 평소 유난히도 술을 즐겼던 아버지의 인물됨을 잘 알고 있던 서홍은 아버지가 벼슬살이하는 것을 극력 만류한다.

가족이 임지로 향하다가 수적을 만나 온 가족이 화를 입지만 서홍만은 간신히 살아남는다. 서홍이 죽으려 하다가 '만약 내가 죽는다면 우리 가족들의 원수를 누가 갚을 수 있으랴. 이 욕을 참고 있다가 복수한 다음 죽어도 늦지 않다'12) 생각하고 가족의 원수를 갚기 위해 살기로 결심을

---

12) 馮夢龍, 앞의 『醒世恒言』, 615쪽.

바꾼다. 진소사에게 겁탈을 당하고 간신히 목숨을 부지하였다가 변복에게 구원함을 입고 그의 첩이 된다. 서홍은 변복의 아내에게 속아 기생으로 팔렸다가, 사창가에서 다시 호열에게로 팔리는 신세가 된다. 호열도 그녀를 누이동생이라 속여 주원에게 돈을 받고 거짓으로 결혼을 시키려다가 서홍이 주원의 인물됨을 보고 둘이 도망, 자진하여 주원의 첩이 된다. 마침내 서홍은 주원의 도움으로 천신만고 끝에 원수를 갚고 난 후 이미 만신창이가 된 육체를 스스로 포기한다.

### (2) 蔡武와 그의 아내

술을 지독하게 좋아하는, 그리고 부귀를 탐하는 채무는 아버지의 음덕으로 높은 벼슬에 올랐던 조귀의 추천으로 벼슬을 하게 된다. 부인 또한 채무 못지않게 술을 좋아한다. 서홍은 그런 부모의 인물됨을 잘 알고 있기 때문에 벼슬을 맡아서는 안 된다고 간절히 만류하고, 술도 끊기를 강권하지만 부모는 들은 채도 않는다. 자식에 대한 애정이 없었던 것은 아니겠지만 자식들의 앞날보다는 자신들의 쾌락과 부귀영화, 출세에 눈이 어두운 부모들이다. 결국은 온 가족을 파멸에 이르게 한다.

### (3) 陳小四와 그 일당

진소사 일당은 서홍의 만류에도 불구하고 임지로 향하던 채무의 가족을 습격하여 모두 죽이고 서홍만 살려둔다.

> 진소사는 애당초 채무의 짐이 많은 것을 보고, 예사롭지 않은 눈빛이었다. 사람들이 다 배에 올랐을 때, 아름다운 서홍의 모습을 보고 마음속으로 끌리어 암암리에 모종의 일을 계획하였는데, 사람들의 눈에 띠지 않는 먼 곳에 이르러 일을 도모하리라 생각했다.[13)

위에서 보듯이, 도적이 이들을 습격하는 이유는 재물이 많다는 것과 서홍이 아름답다는 것이었다. 진소사의 부하들은 서홍을 살려둘 경우 어떤 일이 일어날지 모른다는 두려움 때문에 재물을 나누어 도주하고, 뒤늦게 이를 알아챈 진소사도 서홍을 배에 묶어둔 채 도망한다. 서홍의 본격적인 고난의 길이 시작된다.

뒷날 이들은 모두 이름을 바꾸고 張家灣에서 상선을 타고 다니다가, 서홍이 주원과 같이 임지로 향하던 도중에 만난다. 서홍은 그들의 모습에서, 말을 듣고 일당임을 확인한다. 주원이 이들을 관가에 고발, 법에 따라 처형한다. 재물과 여색만을 탐하다가 마지막에는 처참한 죄값을 받는다.

(4) 卞福과 그의 아내

수적에게 겁탈당한 서홍은 죽지 않고 배에 감금되어 있던 중 마침 곁을 지나가던 변복에게 구원함을 입는다. 변복이 서홍을 첩으로 삼기 위해 고향으로 데려갔다가 그 아내에게 들키고 아내는 그녀를 창가에 팔아넘긴다. 이를 안 변복은 자신의 신의 없음을 뉘우치면서 스스로 목숨을 끊는다. 아내 때문에 일신을 망치지만 그래도 의리를 가진 인물로 그려져 있다.

(5) 胡悅과 그의 아내

간악하고 교활한 인물의 전형이다. 사창가에 팔린 서홍이 손님을 접대하지 않자 주인은 그녀를 호열에게 판다. 호열은 그녀에게 원수 갚아줄 것을 약속하고 첩으로 삼는다. 부인의 투기가 심하여 함께 집을 나와 벼슬이라도 살까 하고 京師에 와서 친구들의 도움을 받으려 했지만 사람들

---

13) 위와 같은 책, 614쪽.

을 잘못 만나, 가지고 있던 돈마저 모두 탕진한다. 그러자 서홍을 누이동생이라 속여 주원과 거짓 결혼을 시키고 돈을 갈취하려다가 서홍이 주원의 인물됨을 보고 그를 따라 함께 도망함으로써 낭패를 당한다. 어려움에 빠진 서홍을 이용해서 수단방법을 가리지 않고 돈을 벌겠다는 생각만 하는 매우 비인간적인 인물이다.

### (6) 朱源과 그 아내

주원은 서홍이 온갖 간난을 겪은 후 마지막으로 만나는 구원자이다. 그는 과거시험을 준비하는 유학자이다. 아들을 얻지 못하자 그 아내가 후실을 얻어서라도 대를 이을 자식을 낳도록 권유하지만 거절한다. 마침 과거에 응시하기 위해 경사에 왔다가 실패하고 집에 돌아가지 못하고 공부를 하던 중 주변의 권유로 첩을 얻기로 결심한다. 호열이 서홍을 누이동생이라 속여 거짓 중매하는 계략에 빠졌을 때 서홍이 그의 인물됨을 보고 마음을 바꾸고 함께 도망, 주원이 위기에서 벗어난다. 이어 서홍과 결연을 이루고 그토록 바라던 아들까지 얻는다. 주원은 서홍의 원수를 다 갚아주고, 채무의 첩에게서 낳은 아들까지 찾아 채무의 가계를 잇게 해준다.

주원의 아내는 서홍을 박대하지 않고 잘 보살펴준다. 뒷날 서홍이 아들을 남겨둔 채 자결하자, 아들을 대신 잘 양육한다. 이들 부부는 매우 건전한 태도를 지닌 인물로 서홍에게는 든든한 후원자로서의 역할을 유감없이 수행한다.

### (7) 朱懋

서홍이 낳은 주원의 아들이다. 아들이 없던 주원에게 후사를 이을 수 있도록 자식을 낳아주는데, 뒷날 그가 자라나 어머니의 사적을 나라에 알리고 節孝坊을 세워준다. 어머니를 향한 효심이 지극한 인물이다.

## 3.1.2. 〈明月亭〉의 배경과 주요 등장인물

시대배경은 작자가 살던 '明治 44년(1911)', 지리적인 배경은 서울과 황해도 연안과 개성으로 설정되어 있다. 작자가 살던 장소와 시대를 배경으로 하고 있다. 주요 등장인물은 아래와 같다.

(1) 차채홍
본 작품의 주인공으로 술을 좋아하는 차기문 부부의 딸이다.

> 장녀의 이름은 채홍이니, 그 모친 조 씨가 이 아이 있을 때에 꿈에 비
> 갠 하늘에 채색 무지개가 집에 꽂힘을 본고로 이름 함이오(116쪽).

태어날 때부터 이상한 징조가 있었음을 보여준다. 뒷날 그의 역할이 자못 궁금하게끔 작자가 인물을 묘사한다. 이런 인물이기에, 또 신교육을 받은 여성이기에 아버지와 어머니가 술에 취했을 때, 잘못할 때에 간곡히 만류한다.

채홍은 가족들이 모두 화를 당한 것을 보고, 자신도 죽으려 했다가 진치보의 만류로 살아난다. 이때부터 그의 치욕적인 삶이 이어진다. 그리고 끝까지 살아남아 원수 갚을 것을 다짐한다.

진치보가 겁탈하려 할 적에도 임기응변으로 위기를 벗어난다.

> 내가 오늘밤은 부모상을 당한 날이오. 임자도 나에게 장가들자 하면
> 피차간에 좋은 낯으로 하여야 좋지 않소? 사이지차하니 내가 아니하려도
> 할 수 없소. 이 밤은 지나서 내일은 임자 맘대로 하구료(123쪽).

위에서 보듯이, 황급한 가운데에서도 위기를 모면하기 위하여 술책도

자아내는 지혜를 가진 여성으로 그리고 있다.[14]

그리고 허원을 처음 만난 날, '내가 이제 천우신조하심을 입어 설원할 날이 있게 되었으니 실사를 들어 말하리라'(116쪽) 속으로 결심한다. 그리고 지난날을 세세히 이야기한다. 도적에게 가족이 습격당한 일, 수적과의 관계, 변시복에게 구함을 입고 그와 내외가 되기로 약속한 후 제물포 친척집에 숨어 성례를 기다리다가 그의 아내에게 들켜 기생조합에 팔린 사연, 기생이면서 손님을 맞지 않자 다시 허원에게 거짓 결혼하는 것처럼 팔리게 되었음을 자세히 이른다.

결국, 허원의 첩이 되어 그의 가계를 이을 후사를 낳아주고, 함께 부모의 원수를 갚고는 스스로 목숨을 끊는다. 절의를 잃은 여성으로서 더 이상 살아야 할 당위성이 없어진 셈이기 때문이다.


## (2) 허원

일제강점기라는 특수한 시대배경 탓인지는 몰라도, 그는 유창한 일본어 실력을 갖추고 통역으로 자신의 삶을 꾸려나간다. 또한 새로운 사법제도에 눈뜬 발빠른 인물로, 시대변화에 재빠르게 대응할 줄 아는 인물이다. 한편으로는 의리도 지킬 줄 아는 인물이다.

---

14) 황정현은 신소설의 인물을 자주적·모방적·노예적·종속적·폐쇄적·허명적·급진적 유형으로 고찰하면서 차채홍과 허원을 모방적 개화형(황정현은 모방적 개화형의 인물을 '자주적 개화형을 부러워하고, 배우기를 기뻐하고 본받기를 즐거워하는 인물유형'으로 분류했다. 황정현, 『신소설연구』, 집문당, 1997, 255쪽)으로 분류하기도 하였다(＜明月亭＞의 차채홍 역시 개화사상을 배우기를 좋아하나 가정형편으로 정덕여학교 4학년을 중퇴하고 기생이 되어 허원의 첩이 되어버리는 성격상의 모순을 보이고 있으며, 차채홍의 남편 허원은 중인계층으로 통역관이란 직업으로 인해 일찍 개화에 눈을 뜨고 해외진출이라든지, 개가허용 법치주의 등 개화사상에 관심을 많이 가지고 있으나, 실제로 통역관이란 그의 직업과 관계되는 개화사상의 구현은 이루어지지 않고 있다. 황정현, 위의 책, 262쪽).

> 경성학당에 입학하여 수업하는데 외교가 될 주의로 어학에 전문할 작
> 정이라. … 세계에 대사업가가 되려면 외국어 아니고는 될 수 없다는 구
> 절도 있더라. 그리 하느라니 학기시험이나 학년시험에 과정 낙제는 의례
> 건이오, 오직 일어 점수는 번번이 일공공(100)이 되므로 오개 년만에 계
> 급제로 졸업하고 … (102쪽)

다른 공부는 몰라도 일어만큼은 능통했다는 점을 보여준다. 아내와의
사이에 자식이 없었기 때문에 후실을 얻으려 하며, 마침 우 주사 집에 놀
러 갔다가 개성에서 얻었다는 그의 첩을 보고 후실을 소개해 달라는 부탁
을 하기도 한다. 뒷날 개성에 갔다가 마침 기생들의 연주회를 보고 여관
에 돌아와 주인에게 중매를 부탁한다. 여관주인은 기생조합장에게 이 일
을 부탁하고 동시에 중매쟁이인 김덕에게도 당부해 놓는다. 마침내는 이
일이 성사되어 허원과 채홍의 만남이 이루어진다. 허원은 그동안 채홍에
게 일어났던 과거사를 자세히 듣고 도와주기로 한다.

시세에 약삭빠른, 또 법적인 지식도 고루 갖춘, 자신의 이익을 위해서
라면 무엇이든지 할 수 있는 당시로는 깨어 있는 인물이다. 그런 인물이
었기 때문에 채홍을 후실로 맞이하여 자식을 얻고, 채홍 집안의 원수도
법에 따라 사리에 맞게끔 갚아준다. 채홍에게는 훌륭한 구원자로서의 역
을 담당한다. 전통사회에서 보기 쉽지 않았던 빠르게 변화하던 시대분위
기에 알맞은, 일제강점기 시대를 대변해주는 가장 적절한 유형의 인물이
라고 할 수 있다.

### (3) 차기문과 그의 아내 조씨

주인공의 부모이다. 시대변화와 무관한 전형적인 가부장제의 아버지 모
습을 보여준다. 황해도 연안에서 태어난 차기문은 일찍이 상경, 술장사로

치부한다.

> 기문의 본성이 혼후하나 술에 종이 되어 술 곧 보면 죽자 사자 세월을
> 저버리는 고로 일에 실수함이 적지 아니하고, 그 처 조씨 또한 술을 즐겨
> 부처간이라도 권커니 잣거니 한바탕 마시고 안팎에서 반 주정 잔사설에
> 이웃이 요란하다(116쪽).

위에서, 부부가 본래부터 술 때문에 문제가 많았던 인물임을 알 수 있
다. 구습에 젖어 있던 이들은 양반이 되고 싶은 욕망 때문에 딸을 양반의
후실로 보내기로 작정하면서도 한편으로는 신식학교에 보내 공부를 시키
기도 한다. 채홍은 학교에서 개화사상을 깨우치면서 부모가 강제로 시집
보내거나 첩으로 보낸다면 절대 따르지 않으리라 결심한다. 차기문은 동
업자의 보증을 섰다가 패가망신 당하고, 가족들을 거느리고 뱃길로 고향
연안으로 이주한다. 게다가 양반인 이 통정의 손자와 딸의 혼사까지 약속
한다. 채홍의 어머니도 딸의 뜻을 무시하기는 마찬가지이다.

> 일전에 학교에서 선생님이 신문보시는 것을 듣사오니, 수적들이 많이
> 있어 재물도 빼앗기도 사람도 상하였다 하오니, 우리 이삿짐 실은 뱃사람
> 은 어데 살며 본디 알으시는지? 그렇지 아니하오면 상당한 보증을 받고
> 또 경찰서에 청원하여 배를 검사하게 하시고, 술도 이삿짐 하륙하도록 잡
> 수시지 마옵소서(120~121쪽).

위처럼, 채홍은 아버지에게 주도면밀하게 일을 처리할 것을 간곡하게
청하지만 차기문은 개화사상을 가진 딸의 의견을 무시하고 귀향하다가 결
국 죽음에 이른다. 어쩌면 당시 부모의 모습을 이렇게 그리고 있는 것인
지도 모른다.

### (4) 차상순

차상순은 차기문의 아들이며 채홍의 오라버니이다. 채홍과 같이 신식교육을 받으면서 개화사상에 눈뜬다. 그러나 부모의 강권에 학교를 중도에 포기하면서도 아무 저항도 못하고 부모와 같이 고향으로 가던 중 수적의 습격을 받고 물에 빠져 사경을 헤매다가 구사일생으로 살아난다. 뒷날 외가에 들렸다가 서울로 올라와 우연히 누이인 채홍을 반갑게 해후한다. 처음부터 마지막까지 특별한 역할을 볼 수 없는 인물이다.

### (5) 진치보와 그 일당

이 뱃놈들은 어디서 집을 정하고 사는 자들이 아니요, 홀아비 동무끼리 모여 수적당으로 경강과 바다로 출몰하더니, 수년 이래로 경찰대가 경순하는 배를 타고 수탐 포박하는 소문을 듣고, 도둑질하던 기계는 다 버리고 상고선 모양으로 혹 곡식도 싣고 경강에 올라오기도 하며, 상고의 짐도 싣고 다니다가 인명도 살해하고 도둑질하던 놈들이라. 이삿짐 싣고 떠날 때에 그 재물도 욕심나려니와 채홍의 인물을 더욱 탐내어 저희 놈들끼리 군호를 정하고 모야무지간에 약차하려던 판이라(122쪽).

위에서처럼, 진치보 일당은 홀아비들로 오래 동안 수적으로 살아왔던 불량배들이다. 차기문 일가를 태우고 연안으로 가던 중 재물의 많음과 채홍의 아름다움을 보고 습격하여 가족을 죽이고 재물을 빼앗는다. 진치보가 다만 채홍만 살려두고 겁탈하는데 이를 본 일당이 뒷날을 두려워하여 재물을 나누어 도망한다.

뒷날, 허원과 채홍이 함께 서울로 오던 중로에서 이들을 만나고, 관가에 고발함으로써 이들의 비행이 드러나게 되면서 일당은 법에 따라 처형당한다.

## (6) 변시복과 그의 아내

변시복은 채홍이 홀로 배에 묶여 있을 때, 구해주는 인물이다. 그리고 아내가 되어주기를 은근히바란다.[15] 채홍의 자색을 탐내어 그를 첩으로 삼기 위해 데려갔는데, 그의 아내가 이를 알고 몰래 채홍을 기생조합에 팔아넘긴다. 채홍이 팔렸다는 소식을 들은 변시복은 양심의 가책을 느끼고 스스로 목숨을 끊는다. 비록 여색을 탐하기는 했어도 제법 의리가 있는 인물로 그려져 있다.

## (7) 기생조합장

채홍과 허원의 만남에 결정적인 역할을 하는 인물이다. 기생조합장으로 채홍을 사서 돈을 벌려 했는데, 채홍이 아무에게도 몸을 허락하지 않자 이를 팔기로 결심한다. 이때 마침 여관주인으로부터 허원이 첩을 구한다는 소문을 듣고 채홍을 과부로 속여 허원에게 시집보내기로 한다.

뒷날 채홍과 허원의 중매에 관여했던, 그리고 채홍을 자신의 집에 사는 것처럼 문서를 작성해 주었던 장덕이 사기 당했다는 소문을 듣고 잘못된 풍속을 고쳐야 함을 주장하고 기생조합에서 손을 뗀다. 뒷날, 자신의 과거에 대해 잘못을 뉘우치고 바르게 살아간다.

---

15) '나와 내외가 되는 것은 어떠하오? 허락하시면 내외는 한 몸이라, 원수갚을 일이 나의 담책이 될 터이니, 어찌 사지인들 피할 의리가 있으리요? … 사내자식이 일구이언 할 리가 있어? 내가 만일 맹세한 말과 같이 원수를 갚지 못할 지경이면 이 강물에 빠져죽지.'(126쪽)

## 3.1.3. 배경설정과 등장인물의 상관성

### 시대·지리적 배경설정 비교

| 구분 | 〈蔡瑞虹忍辱報仇〉 | 〈明月亭〉 | 비고 |
|---|---|---|---|
| 시대배경 | 宣德年間(1426~1435) | 明治 44년(1911) | 작자가 살던 시대 |
| 주인공 거주 | 南直隷 淮安府 | 서울 | 작자가 살던 주변 |
| 주인공의 행로 | 湖廣 荊襄 | 황해도 연안 | 구체적 지명 없음 |
| 피습당하는 곳 | 揚州에서 승선, 黃州에서 | 연안으로 행하던 중 | |
| 피습당한 후 여주인공의 행로 | 湖北漢陽 → 武昌府 → 紹興府 → 京師 (北京) → 浙江溫州府 → 張家灣 → 武昌縣 | 인천 → 개성 → 서울 | |
| 원수를 갚는 곳 | 臨淸의 張家灣 | 서울로 오던 중 | 구체적 지명 없음 |
| 마지막 거주지 | 武昌縣 | 서울 | |

### 주요 등장인물 비교

| 구분 | 〈蔡瑞虹忍辱報仇〉 | 〈明月亭〉 | 주요 역할 |
|---|---|---|---|
| 여주인공 | 채서홍 | 차채홍 | |
| 남주인공 | 주원 | 허원 | 위기에 빠진 여주인공 구출 |
| 부모와 가족 | 채무, 전씨, 언니 | 차기문, 조씨, 남동생 | 수적에게 피습당하고 죽음 |
| 수적 | 진소사 일당 | 진치보 일당 | 주인공 일가를 습격함 |
| 첫 구원자 | 변복과 그 아내 | 변시복과 그 아내 | 처음 위기에 빠진 여주인공을 구해 첩으로 삼으려 했으나 그들 아내가 주인공을 창가에 넘김 |
| 사창가 주인 | 왕씨 | 기생조합소장 | 여주인공을 기생으로 사들임 |
| 남주인공 가족 | 주원의 아내 | 허원의 아내 | |
| 기타 | 호열과 그아내<br>호열의 친구들<br>서홍의 서제<br>서홍의 아들 주무<br>주원의 친구들 | 여관(숭양관) 주인<br>김두옥(채홍을 매입)<br>김덕(중매쟁이)<br>허원의 친구와 첩<br>채홍의 아들<br>그 외 기생들과<br>기생조합소 사람들 | |

위의 비교를 통해 알 수 있는 것은 두 작품이 전혀 무관하지 않다는 점이다.

먼저 두 작품에 설정된 배경과 등장인물의 상관성을 살펴보자. 중국의 馮夢龍과 우리나라의 박이양 작품이기 때문에 시대배경은 작자가 살던 明나라 때와 한일합방 이후의 시대를 설정했으며, 지리적인 배경도 작자가 살던 중국과 우리나라의 지명을 적절히 설정하였음을 확인할 수 있다. 다만 <明月亭>이 <蔡瑞虹忍辱報仇>보다는 훨씬 소략하게 되어 있음이 커다란 차이이다. 그러나 등장인물의 이름이나 유형, 그들의 역할에서는 유사함이 확연하게 나타난다.

### (1) 蔡瑞虹과 차채홍

'채서홍'과 '차채홍'이라는 여주인공의 이름에서 유사점이 있음을 본다. 세 글자 중 두 글자가 같다. 우연이라고 보기는 어렵다. 이들의 모습이나 역할 또한 상당부분 유사하다.

작품의 기술을 통해서 서홍이 어떤 인물인지 확연히 드러난다. 우선 그는 태어나기 전부터 이상한 징조를 가진 매우 뛰어난 자질을 고루 갖춘 인물이다. 따라서 서홍은 집안의 대소사를 주관한다.16) 아버지와 어머니가 날마다 술에 빠져 살자 이를 못마땅하게 여기고 아버지를 타이를 정도로 바른 삶의 자세를 가지고 살아간다. 술만 좋아하는 아버지의 능력이나 사람 됨됨이를 알기 때문에 벼슬에 나가고자 할 때에도 간곡히 만류한다. 그래도 아버지의 고집을 꺾을 수 없게 되자 벼슬을 하려고 하다면 반드시 먼저 술을 끊어야 할 것을 이른다.17) 결국 아버지의 뜻대로 임지로 향하

---

16) 女兒倒有一十五歲 生時因見天上有一條虹霓 五色燦爛 正環在他家屋上 蔡武以爲祥瑞 遂取名叫做 瑞虹 那女子生得有十二分顔色 善能描龍畵風 刺繡拈花 不獨女工伶俐 且有智識才能 家中大小事體 到是他掌管(馮夢龍, 앞의 책, 613쪽).

17) 瑞虹道 : '做官的一來圖名 二來圖利 故此千鄕萬里遠去 如今爺爺在家 日日是喫酒 竝不管一毫別

다가 도적을 만나 가정이 파멸하게 된다.

모든 가족이 죽임을 당하고 서홍만 陳小四에게 사로잡힌다. 이때부터 그의 삶은 말이 아니다. 가진 욕을 참아가면서 기구한 삶을 영위한다. 진소사가 온몸을 묶어놓고 달아난 후 漢陽府 卞福을 만나 구원함을 입고 그의 첩이 된다. 변복의 아내는 서홍을 질투하여 인신매매상인에게, 상인은 기방에 그녀를 팔아넘긴다. 기방에서 손님을 맞지 않았기 때문에 다시 紹興 사람 胡悅에게 팔린다. 호열의 아내도 서홍에 대한 질투가 극심하여 호열은 그녀를 데리고 경도로 가서 벼슬자리를 구하기로 한다. 모든 일이 여의치 않게 되자 서홍은 浙江 溫州府에 사는 朱源에게 다시 팔리는 신세가 된다. 서홍은 주원에게 자신의 기구한 삶에 대해 자초지종을 이야기한다. 원수를 갚아주겠다는 약속을 받은 뒤 그의 아내가 된다. 주원이 과거에 급제하고 武昌縣 知縣으로 부임하다가 진소사 일당을 만나 서홍의 원수를 갚아준다. 서홍은 주원의 아들을 낳아 그의 가계를 잇게 해주고, 옛날 아버지의 첩이었던 여인에게 아들이 있다는 소문을 듣고 그를 찾아 채씨의 가계를 이어줄 것을 부탁하고 주원은 이를 다 이루어준다. 이에 서홍은 자신이 할 일을 다 마친 것으로 생각하고 스스로 목숨을 끊는다.

채홍의 일생도 서홍과 대비해 보았을 때 크게 다르지 않다. 부모가 다같이 술을 좋아하다가 결국에는 집안을 망치는데, 그때마다 간곡하게 부모의 잘못을 지적한다.[18] 부모와 고향으로 가던 중 수적들에게 피습을 당하고, 다른 가족은 모두 죽임을 당하지만 채홍만이 살아남는다. 진치보가 겁탈하려는 순간 임기응변으로 위기를 벗어나고, 진치보가 서홍의 목을조

---

事’ … 瑞虹見父親立意要去 便道 ‘爺爺旣然要去 把酒來戒了 孩兒方纔放心’(위와 같은 책, 612~613쪽).

18) 한 예로, 아버지가 가족을 거느리고 고향으로 돌아가고자 할 때에 ‘술도 이삿짐 하륙하도록 자수시지 마읍소서’(121쪽)라고 신신당부하지만 채무는 겉으로만 듣는 체하고는 아랑곳하지 않는다는 작품의 기술에서 이를 확인할 수 있다.

르고 도망간 후 변시복에게 구원함을 입고 살아난다. 채홍은 변시복의 속임수에 빠져 그의 첩이 된다. 이를 눈치 챈 시복의 아내가 그녀를 기생조합에 팔아넘긴다. 기생으로 있으면서도 다른 남자를 상대하지 않자, 기생집에서 다시 허원에게 팔고, 마침내는 허원과 결연을 이룬다. 허원의 주선으로 원수를 찾아 다 갚고, 허원의 아들도 낳아 대를 잇게 한 후 스스로 목숨을 끊는다.

다만 두 작품 사이의 다른 점이라면, 서홍의 아버지가 부귀영화를 탐하다가 집안이 멸망하는 데 비해 채홍의 아버지는 장사꾼으로 보증을 잘못 섰다가 파산하고 시골로 가던 중 피습을 당한다는 점이다. 또 채홍과 서홍의 다른 점이라면 채홍은 고난의 중첩이 덜하다는 점이다. 그러나 위에서 이들의 일생을 정리했듯이 주인공 서홍과 채홍의 일생은 서로 통하는 바가 많음이 사실이다. 작품이 만들어지던 시대와 관계가 있겠지만, 서홍이 유교의 전통의식을 가지고 있는 데 비해 채홍은 개화의식을 가지고 있음이 차이이다.

(2) 朱源과 허원

성은 다르지만 이름이 같다. 다 같이 아들이 없었기 때문에 후실을 구하던 중이었고, 여주인공이 위기에 빠졌을 때 마지막으로 구해주는 역할을 담당하며, 결연을 이룬 후에 여주인공의 원수를 갚아준다.

다른 점이라면 허원은 스스로 후실을 찾기 위해 개성에 갔다가 채홍을 만나고, 주원은 아내와 주변 친구들의 권유로 후실을 맞는다는 것이다. 허원은 보다 적극적인 반면에 주원은 소극적이라는 점이다. 이는 예교사회였던 봉건주의를 살았던 풍몽룡과 개화사상이 싹트던 시대에 살았던 박이양의 의식변화에 따른 자연적인 현상이라고 본다. 작품이 지어졌던 시대와 상관이 있으리라 본다.

### (3) 그들의 부모

‘채무’와 ‘전씨’, ‘차기문’과 ‘조씨’라 하여 성이나 이름에서는 유사점이 없으나 두 작품 다, 완고한 가부장제의 전형적인 부모로서 자식들의 앞날에 짐이 되기는 마찬가지이다. 이들은 술에 빠지고, 명예와 부를 쫓아다니다가 패가망신한다. 자식만도 못한 부모다. 부모를 잘못 만났기 때문에 집안이 풍비박산 되며 주인공의 끝없는 역경이 이어진다. 딸에게 언제 끝날줄 모르는 고난을 안겨 준다.

### (4) 陳小四와 진치보

성이 같다. 채무의 일가가 임지로 향하다가 만나는 도적이 진소사 일당이고, 차기문이 가족을 이끌고 고향으로 가던 중 만나는 도적이 진치보 일당이다. 이들은 다 같이 재물이 많고 여주인공이 미색임을 탐하여 습격한 후 가족을 몰살시키고 여주인공만 살려둔다. 이유는 여주인공의 미모에 반했기 때문이다. 여주인공을 겁탈하려고 살려두었는데, 서홍은 진소사에게 겁탈당하지만 채홍은 기지로써 위기를 벗어난다. 부하들은 후환이 두려워 도망하지만 뒷날 이들은 끝까지 악행을 자행하다가 필경에는 죄값을 받는다.

### (5) 卜福과 변시복

성은 같고 이름도 흡사하다. 변복은 서홍이 진소사에게 겁탈을 당한 후 진소사가 그녀를 묶어놓고 도망간 후 죽음에 직면해 있을 때 구해준 인물이다. 마찬가지로 변시복도 진치보의 간계에 빠졌다가 그녀를 묶어두고 도망간 후 죽을 위기에 빠져 있을 때 채홍을 구한다. 이들은 다 같이 아내에게 첩장가 든 것이 발각되고, 아내들은 서홍과 채홍을 기생으로 팔아 넘긴다. 주인공들이 파란만장한 삶을 살아갈 수밖에 없도록 그런 역할을 담당한다. 변복은 뒷날 서홍이 기생으로 팔리게 된 것을 알고 자신의 신의 없음을 한탄하면서 스스로 목숨을 버린다. 변시복도 채홍이 팔린 것을 알고는 바다에 투신한다. 자신들이 첩으로 선택했던 여인들이 아내들에 의해 기생으로 팔리자 양심의 가책을 느낀 이들은 다 같이 스스로 목숨을 끊음으로써 속죄의 길을 선택한다.

변복은 서홍이 기생으로 팔리자 스스로 목숨을 끊는다. 그 아내는 그 후 재산을 탕진하고 간부를 만나 마침내는 기생으로 팔리는 신세가 된다. 변시복도 채홍이 기생으로 팔리자 스스로 죽음을 택한다. 그 아내 역시 이 남자 저 남자를 찾아 떠돌아다니다가 객사한다. 이들 아내들의 최후도 같게 그려져 있다.

변복과 변시복의 역할은 꼭 같다. 또한 그들 아내의 역할도 거의 같음을 확인할 수 있다. 두 작품의 영향관계를 무시할 수 없는 인물설정이다.

## (6) 기타

서홍이 변복에게 구함을 입었다가 그 아내에 의해 창기로 팔리게 된다. 창가에서는 손님을 접대하지 않는다 하여 다시 호열에게 판다. 호열은 서홍을 속여 주원에게 팔아넘긴다. 서홍은 변복의 첩이 되었다가 호열의 첩이 되고, 마지막에 이르러 주원의 첩이 된다.

풍몽룡은 주인공의 비극을 극대화하기 위해 복잡한 인물설정과 사건을 조직함으로써 이야기의 흥미를 높이고 독자들에게 안타까움을 배가시키고자 한 의도를 가지고 이야기를 만든 반면 박이양은 인물설정이나 사건 처리를 간단명료하게 하려는 의도를 가지고 작품화하였던 것이다.

## 3.2. 主要事件

### 3.2.1. 〈蔡瑞虹忍辱報仇〉의 사건전개에 따른 주요사건

#### (1) 蔡武의 遊擊將軍 부임과 피습

술만 좋아하던 채무는 아버지의 도움으로 크게 성공한 조귀의 추천으로 벼슬을 한다. 정상적인 과정을 거쳐 벼슬에 나가는 것이 아니다. 아버지의 인물됨을 잘 알고 있으며, 할 줄 아는 것이라고는 어머니와 같이 술 마시는 일밖에 모르는 인물이기에 서홍이 간곡히 만류하지만 채무는 이를 무시하고 가족들을 거느리고 임지로 향한다. 이야기의 발단이다.

#### (2) 가족이산

이들이 임지로 가다가 수적에게 피습 당한다. 딸의 간곡한 만류가 있었음에도 불구하고 채무 부부는 배 안에서도 대취하여 정신을 차리지 못한다. 재물이 많은 것을 본, 또한 서홍의 자색을 탐낸 수적이 가족을 몰살시키고 서홍을 겁탈한다. 서홍의 앞날이 어떻게 전개될지 자못 궁금하게 이야기가 진행된다. 이야기의 전개부분이다.

#### (3) 蔡瑞虹의 기구한 삶

서홍은 가족을 다 잃고 진소사에게 겁탈 당하고, 죽을 위기에서 간신히 변복에게 구원함을 입는다. 이어 변복은 서홍에게 원수갚아줄 것을 미끼로 첩을 삼는다. 그러나 투기가 심한 그의 아내에게 발각되어 기생으로 팔리는 신세가 된다. 서홍이 기생으로 있으면서 손님을 받지 않자 결국 호열에게 팔리고, 호열은 서홍을 속여 다시 주원과 거짓 결혼을 시키려 한다. 주원의 모습을 보고 서홍은 스스로 그의 후실이 되기로 결심한다. 자신의 과거사를 자세히 이르고, 주원은 원수갚아줄 것을 약속한다. 주원이 벼슬길로 가던 중 수적 일당을 만나게 되고, 이들 모두를 관에 고발하여 처형한다. 본 이야기의 중심으로, 위기를 거치고 절정에 이르는 부분이다.

### (4) 蔡瑞虹의 자결과 유서

부모의 원수를 갚고 대를 이을 庶弟(채무의 첩에게서 태어난 자식)도 찾고, 주원의 대를 이을 아들을 낳고는 치욕으로 얼룩졌던 자신의 삶을 스스로 포기한다. 이야기의 대단원이다.

### 3.2.2. 〈明月亭〉의 사건전개에 따른 주요사건

### (1) 허원의 개성 유람

일찍이 친구 우 주사를 만나 그의 첩 이야기를 듣고 개성 여자를 소개해 달라고 부탁한다. 친구가 첩에게 부탁했다가 무안만 당하자, 허원이 직접 개성으로 첩을 구하기 위해 떠난다. 그는 머물던 여관 주인에게 개성 여인을 중매해달라고 부탁한다. 이야기의 발단부분이다.

### (2) 차채홍과 허원의 만남

허원이 직접 개성으로 찾아가 첩을 얻고자 한다. 여관주인은 투숙객인 기생조합장에게 이를 부탁하고 마침 기생으로 팔려온 채홍을 과부라 속여 중매쟁이로 하여금 허원과의 만남을 주선해준다. 채홍과의 만남이 이루어진다. 이야기의 전개부분이다.

### (3) 차채홍의 기구한 과거사

① 차기문이 친구의 보증을 섰다가 패가하고, 가족과 함께 고향으로 향

한다.

② 진치보의 배를 타고 가던 중, 차기문이 술 취한 사이 진치보가 이들을
   습격, 채홍만 남겨두고 모두 강물에 빠뜨려 죽인다.
③ 진치보와 채홍이 결연을 이루기로 약속한다.
④ 변시복이 채홍을 구해준다.
⑤ 변시복의 처가 채홍을 기생조합에 팔아넘기자 변시복은 자결한다.
⑥ 여관주인, 기생조합장, 중매쟁이가 채홍을 과부라 속여 허원에게 중매
   한다.

앞의 항과 마찬가지로 이야기가 좀 더 복잡하게 전개되는 부분이다.

### (4) 채홍이 원수를 갚고, 스스로 목숨을 끊음

채홍이 허원과 함께 서울로 오는 길에 진치보의 배를 타는데, 이때 그
일당을 모두 만나 그들을 경찰서에 넘기고 진치보 일당은 법에 따라 처형
된다. 채홍이허원의 대를 이을 아들을 낳고, 자신이 할 일을 다 했다고 생
각하며 유서(허원과 동생 차상순에게)를 남기고, 스스로 목숨을 끊는다.

온갖 풍상을 겪으면서 평생토록 바라던 원수를 갚는다는 것이 이야기
의 절정이며, 자신이 해야 할 일을 다 했다고 생각한 후 스스로 목숨을
끊으면서 이야기를 끝맺는 대단원이다.

### 3.2.3. 주요사건의 상관성

이야기를 전개하는 과정이나 방법은 두 작품이 상이하다. 그러나 위에
서 살핀 것처럼, 인물에서 유사점을 볼 수 있듯이 사건전개에서도 상관성
이 있음을 확인할 수 있다.

가장 흡사한 것은 여주인공의 집안이 서홍은 벼슬길에 부임하는 아버

지를 따라가다가, 채홍은 아버지가 보증을 잘못 섰다가 패가하고 고향으로 돌아가는 길에 도적에게 피습을 당한다는 이야기의 발단이다. 이어 여주인공의 고난이 계속되다가 주원과 허원을 각기 만남으로써 부모의 원수를 갚고, 후사를 이을 아들을 낳아주고 자결한다는 점이다. 이 과정에서 사건을 보다 복잡하게, 인물을 다양하게 설정하여 전개했던 것이 <蔡瑞虹忍辱報仇>이고 이보다 간단명료하게 작품화한 것이 <明月亭>이다. 다만 개화기에 나타난 <明月亭>은 당시의 시대상을, 개화의식을 나타내고 있다는 점에서 보다 근대성을 지향했다고 본다.

한편, 이야기를 전개해 나가는 방법은 완전히 다르다. 시대발전과 함께 서사진행에서도 발전한 양상으로 보아야 할 것이다. 이는 작품이 나타났던 때가 일제강점기였기 때문에 어쩔 수 없는 현상인지도 모른다.


## 4. 主題處理

두 작품의 마지막에 여주인공이 스스로 목숨을 끊으면서 남기는 유서를 통해서 이이야기들이 무엇을 말하고자 했는가 알 수 있다.

가장 흡사한 것은 여주인공의 집안이 도적들에 의해 파멸되고, 혈혈단신이 된 여주인공의 끝없는 고난이 이어진다는 점이다. 그러다가 주원과 허원을 만나 결연을 이루고 부모의 원수를 갚고, 뒤를 이을 아들을 낳아주고 스스로 목숨을 끊는다는 것이다. 이 과정을 기술하면서 풍몽룡은 인물을 다양하게 설정하고 사건을 보다 복잡하게 전개했으며, 박이양은 이보다 간단명료하게 이야기를 처리하였다. 다만 개화기라는 특수성에 따라, 박이양은 주인공들을 통해 이전시대에는 볼 수 없었던 개화의식을 나타냈다고 본다.

서홍의 유서에서는 그가 권문세가의 딸로서 자신의 몸을 더럽히면서 절의를 지키지 못하고 살았던 것에 대한 뉘우침이 드러난다. 그러나 자신의 한 몸을 희생해서라도 부모의 원수를 갚을 수만 있다면 기꺼이 그러겠다는 의지 또한 강하게 나타나 있다. 유교사회에서 大義를 위해, 비록 몸이 비천하게 되더라도 부모의 원수를 갚기 위해 살았던 것을 본다.[19] 유교사회에서 흔히 볼 수 있는 孝節을 실천했던 인물이다. 작자는 이를 선양하기 위해 본 이야기를 지은 것이다.

채홍의 유서는 서홍의 것과 크게 다르지 않다. 진치보에게 겁탈을 당한 것도 아니고, 기생으로 팔렸지만 누구에게도 자신의 몸을 더럽힌 적이 없다. 절개를 지키기 위해 스스로 죽음을 선택한 것은 그만큼 정조관념이 확실했다는 증표이다. 몸을 버린 것은 아니지만 이 남자 저 남자에게 팔리고 후실이 되기를 허락했던 자신에 대한 질책이라고 본다.[20] 어떻게 보면 전 시대 풍몽룡보다도 더 확고한 정조관념의 발로가 아닐까 본다. 그렇기는 해도, 여주인공을 죽음으로 몰고 간 것은 박이양이 풍몽룡의 〈蔡瑞虹忍辱報仇〉나 『今古奇觀』의 〈蔡小姐忍辱報仇〉를 모방했던 것을 부인할 수 없게 한다.

일찍이 『韓國新小說全集』을 편찬했던 전광용·송민호·백순재는 작품해설을 통해 '권선징악을 테마로 계몽소설이면서 洞庭秋月과 한가지로 결말에 주인공이 자살하는 것으로 이야기를 끝맺는다.'[21]고 하여 권선징악을 보여주고자 한 소설임을 밝힌 바 있다.

작자는 후기에서 자신의 생각을 설교하듯이 직설적으로 보여주고 있다.

---

19) 馮夢龍, 앞의 책, 631~632쪽.
20) 앞의 『한국신소설전집』, 149~150쪽.
21) 全光鏞 외, 앞의 책, 522쪽.

　지어 조선(朝鮮)하여는 옛적 풍속도 배울만하고, 현금 문명시대에 개량할 것도 적지 아니하도다. 거처도 볼 것이오, 장사도 가릴 것이오, 제 분수에 지나는 맘도 버릴 것이오, 술도 마시지 말 것이라. 차기문의 일 하나만 전감으로 보시오. 행세를 제법하려면교육가근처나그렇지않으면유지신사와이웃할것이지, 강마을 무무(貿貿)한 촌락 이웃에서 하도 많은 생선에 복 선생이라고, 누룩장사 하다가 필경은 술의 종이 되었으며, 여자를 교육하려면 정당히 그 학교과정대로 졸업을 기다려야 할 것이지 왜 중도이 폐지하며, 속담에 '짚신은 제 날이 좋다'고 여학도는 남학도와 혼인할 것이지, 교육받은 여자로 무식한 야만과 혼인하여 일평생을 그르게 인도할 것 무엇이며, 이사를 가면 신실한 뱃사람에게 짐 실리고 갈 것이지, 재정은 그리 경제하려던지 선가(船價) 싼맛에 도적에게 죽어 물고기 밥이 되었으니, 이상 흠점에 대하여삼갈 일이오. 채홍의 도량과 의리와 절개를 보시오. 적은 욕을 참고 큰 원수를 갚았으며, 개돼지만도 못한 상년·잡놈의 제반 악증을 받으면서도 굴치 않던 맘이 허원의 정대한 기상과 실사를 말하는데 감동되어 몸을 허락하고, 그로 인하여 부모의 원수를 갚고 또 자식까지 낳아서 허씨의 혈속을 잇게 하고, 남매가 만나서 억울한 사정과 시원한 사연을 말하고, 또 학교교육을 받을 때에 육비에 새겨 잊지 아니하고, 한번 작정한 말에 절개를 지키려고 몸은 버려 죽고 이름의 더러운 점을 씻으니, 이것이 여자교육에 좋은 결과라 하지는 못하겠지마는, 불행히 잘못되는 경우에는 채홍 같은 여자도 아직까지 많지 못해, 허원은 처음에는 방탕하지마는 사람이 누가 허물이 없으리요? … 이 시대는 죄악시대인 고로 처음에 선한 자도 세상 악습에 물이 들어 악하여도 지고, 음란하던 자도 문명풍조에 잠을 깨어 순량한 인민도 되느니, 아직까지 악한 영업하는 자들은 저 사람을 선생으로 모본하시오.

　저 뚜장이를 보아. 에, 고약해! 저희 넌끼리도 속이고 남도 못살게 하고, 남 속이려다 저 속고, 효열절의 놀라운 일을 보아도 깨닫지 못하고, 그 발끝은 독사 같고, 그 혀끝은 아편 침 같아여 앞 못 보는 게 모양으로 제 흉은 몹시 감추고자 하며, 나중에는 악쓰고 다가서니, 저것들 어찌해? 미친개에게는 몽둥이가 제일이라고 법률로 깡그리 … (150~151쪽)

위에서 작자는 매사에 법도를 지킬 것, 술을 조심하고 몸가짐을 바르게 할 것, 결혼하는데 구습을 타파해야 한다는 생각, 또한 남녀를 불문하고 재혼한다는 것은 조금도 흉이 아님을 강조하였다. 그러면서도 여주인공이 부모의 원수를 갚기 위해 온갖 고난을 이겨내면서 자신의 몸을 지킨 것에 대해서는 찬사를 아끼지 않았고, 누구든 잘못했다면 고칠 것, 이 외에도 새로운 법치주의에 대한 강한 믿음을 보여주면서 사회가 바르게 나아가야 할 것을 강조하였다.

<蔡瑞虹忍辱報仇>의 주제는 명료하다. 한마디로 신의를 지켜야 한다는 의미를 담고 있다. 서홍의 부모를 죽이고 재물을 빼앗았던 수적이 뒷날 모두 주륙을 당했고, 변복이 신의 없음을 깨닫고 스스로 목숨을 끊었으며, 그의 아내 또한 뒷날 사창가에 팔리는 신세가 되었고, 서홍을 속여 주원과 가짜로 결혼을 시키려 했던 호열은 관가에 끌려가 추징금을 물고 뭇매를 맞는다. 이에 비해 신의를 지켰던 인물, 주원은 과거에 급제하여 벼슬에 오르며, 그토록 바라던 아들도 얻고 부귀를 누린다. 작자는 이야기를 통하여 인간이 어떻게 살아야 하는가를 보여준다. 즉 信義, 여인의 貞節, 가계계승을 중요시하면서 딱딱한 유교덕목을 제시했던 도덕서보다 쉽게 독자들에게 깨우침을 주고자 재미있는 이야기로 꾸며서 전하고자 한 것이다. 이는 작자의 『警世通言』 서문에서도 잘 나타난다.[22]

---

22) 馮夢龍이 1624년에 쓴 『警世通言』의 서문에서, 經書의 내용이 결국은 사람들을 충신, 효자, 어진 관리, 좋은 친구, 의로운 남편, 절부, 덕을 세우는 선비, 적선지가를 이루게 하는데 그 뜻이 있을 뿐이라고 전제한 후 세상 사람들이 모두 학문을 열심히 하는 선비들이 아니기 때문에 '따라서 村夫나 어린아이, 마을 아낙네나 장사꾼들은 이것이 옳고 저것이 그르다는 것으로 서로 성내거나 기뻐하며, 인과응보의 법칙을 가지고 서로 권장하고 징벌하는 도덕률로 삼으며, 길거리에서 얻어들은 이야기 등을 배울 것으로 삼으니, 통속연의 같은 종류가 드디어 경서와 역사서의 궁벽함을 도와줄 수 있게되었던것이다.' (馮夢龍, 『警世通言』, 中國長春出版社, 1995, 序, …於是乎村夫稚子, 里婦估兒, 以甲是乙非爲喜怒, 以前因後果爲勸懲, 以道聽途說爲學問, 而通俗演義一種, 遂足以佐經書史傳之窮…)라 하여, 經書와 史書가 아무리 독자들을 교화하려 하여도 일반인들의 지적수준으로는 그런 책들

## 5. 맺음말

본 작품은 한일합방 이듬해인 1911년을 시대배경으로 하면서 일본의 '明治44년'이란 연호를 사용하였다. 대부분의 고소설에서 시대배경을 설정할 때 중국의 연호나 우리나라의 연호를 사용했던 것과는 완연히 다르다. 대개 이때쯤이면 '隆熙皇帝' 또는 '大韓帝國'과 같은 연호를 사용함직한 데도 일본의 연호를 사용했던 점과 허원의 인물묘사를 통하여 작자가 분명히 일본을 긍정적으로 인식하고자 했던 의식이 강했음을 보여주었다.

한편 작품의 서술 가운데 이따금 '난데수까', '이랏샷이', '사요나라'와 같은 일본어를 사용하고 있다는 점에서도 작자는 신지식인으로서 일본을 찬양하는 의식이 잠재해 있음을 보여준다. 또한 허원의 활약을 통해서도 이 점은 잘 드러난다. 기생조합의 사람들과 짜고 채홍을 과부로 속여 팔려 했던 사람들과의 대결, 수적을 법에 따라 처형하는 과정에서 일제가 만든 새로운 법령을 적절하게 이용하고 있다는 점에서도 그렇다.

본 작품과 같은 시대에 나타났던 <洞庭秋月>도 본 이야기와 어느 정도 유사점을 가지고 있는 것으로 보아,[23] 또 당시 중국의 영향을 입고 신소설이 성행했던 점으로 보아서 중국소설의 영향을 무시할 수는 없다.[24]

본 작품이 <蔡瑞虹忍辱報仇>의 영향을 받은 사실이지만, 아직까지 박이양이 직접 중국소설을 보고 개작한 것이라고 확언할 수는 없다. 앞으로 작자가 중국소설에 얼마나 관심을 가지고 있었는지, 그에 대한 자세한 연

---

을 용이하게 대할 수 없기에 쉽게 접할 수 있는 소설이 이런 역할을 대신해 줄 수 있다는 견해를 보여주고 있다.

23) 1912년 靑松堂에서 발행된 閔濬鎬의 新小說. 1966년 乙酉文化社에서 펴낸 『韓國新小說全集』 제6권에 수록되어 있다(臺本1914년 1월 10일 再版, 1912년 7월 25일 初版. 著作 兼 發行者 閔濬鎬. 發行所 京城 靑松堂, 『韓國新小說全集』, 521~522쪽, 作品解說參照).

24) 성현자, 『新小說에 미친 晚淸小說의 影響』, 정음사, 1985.

구가 이루어진다면 이 점은 분명하게 밝혀지리라 본다.

본 작품은 정조를 지키겠다는 소재는 과거의 작품에서 취하면서 이야기 형식은 〈蔡瑞虹忍辱報仇〉와는 달리 새로운 소설의 모습을 갖추었다. 고소설보다 발전된 소설기법을 시도했다는 점만으로도 소설발달사적 가치는 충분하다고 본다. 그러나 신교육을 받았고 개화사상을 가지고 있던 여주인공이 자신의 정절을 지키기 위해 스스로 목숨을 끊는다는 이야기의 결말은 1910년대 이후 개화사상이 활발하게 전개되던 사회분위기와는 맞지 않는 인물설정이고 이야기 구조라 볼 수밖에 없다. 이는 작자의 작품화 능력에서의 한계라고 본다.

지금까지 본 작품을 살펴본 결과, 문학성에서는 높이 평가할만한 작품이 아님이 확실하다. 그렇기는 해도 서구문명이 물밀듯이 밀려오고, 새로운 교육이 활발하게 전개되던 20세기 초까지 인접한 중국의 작품이 우리 소설에 깊은 영향을 미치고 있다는 사실과 서구문명의 활발한 유입과 함께 전통적인 봉건사회가 무너지던 시대임에도 불구하고 전통사회에서 가장 중시했던 유교덕목 가운데 하나인 여성의 정절을 매우 강조하고자 한 작자의 의도는 확인한 셈이다. 개화사상의 영향으로 여성의 지위향상이나 남녀평등사상을 고취하던 시대였음에도 뿌리깊은 우리 민족의정서를 보여주고 있음이 특이하다. 비록 독창성이 뛰어난 작품은 아니지만 외국작품에서 이야기 소재를 얻어 고소설과는 다른 새로운 경향의 작품을 만들어보고자 시도했다는 점만으로도 박이양의 소설사적 업적은 무시되어서 안 될 것이다.

급변하는 사회에서 새로운 것을 추구했던 작자나 독자들이 대부분이었겠지만 박이양은 당시 독자들의 전통적인 의식을 외면하지 않고 이를 지향하고자 했던 작자의식을 가지고 작품화했음이 틀림없다.

## 참고문헌

### 資料

구활자본 <강능츄월 옥소전>(德興書林, 1915)
구활자본 <鳳凰琴>(雁東書館, 1918)
구활자본 <소운뎐>(普成社, 1918)
구활자본 <쇼학ㅅ전>(博文書館, 1917)
구활자본 <玉簫奇緣>(新舊書林, 1915)
金光淳, 『金光淳所藏筆寫本 韓國古小說全集』, 景仁文化社, 1994.
坊刻本 <月峯記>(『影印古小說板刻本全集』 五卷, 羅孫書屋, 1975)
『影印本(趙東一所藏)國文學研究資料』, 박이정출판사, 1999.
<月峰記>(韓國精神文化研究院 寫眞本)
<月峰山記>(韓國精神文化研究院 寫眞本)
仁川大學民族文化研究所 編, 『活字本古小說全集』, 銀河出版社, 1983.
全光鏞·宋敏鎬·白淳在 編, 『韓國新小說全集』, 乙酉文化社, 1968.
한글필사본 <쥬봉전>(筆者 所藏)
한글필사본 <쥬여득전>(韓國精神文化研究院 所藏)
한글필사본 <듀희선전>(韓國精神文化研究院 所藏)
한글필사본 <쥬봉전>·<주봉전>·<듀희션젼>(韓國精神文化研究院 所藏)
한글필사본 <주봉전권지단이라>·<주봉전권지단니라>(金光淳 所藏)
한글필사본 <강능추월전>(박광수, 『江陵秋月傳研究』의 附錄)

凌濛初, 『初刻·二刻拍案驚奇』, 中國 長春出版社, 2000.
尹河炳, 『譯註 古典小說 太平廣記』, 國學資料院.
李　昉, 『太平廣記』, 臺灣 古新書局, 1981.
抱甕老人, 『今古奇觀』, 臺灣 世界書局, 1970.
抱甕老人, 『今古奇觀』, 臺灣 文化圖書公司, 1981.
馮夢龍, 『警世通言』, 中國 長春出版社, 1995.
馮夢龍, 『醒世恒言』, 中國 長春出版社, 1995.

정범진, 『당대소설전집 앵앵전』, 성균관대학교 출판부, 1995.
W. E. Skillend, 『古代小說』, University of London, 1968.


국어국문학편찬위원회 편, 『國語國文學資料事典』, 한국사전연구사, 1997.
『辭海』, 上海 辭書出版社, 2001.
林尹·高明 主編, 『中文大辭典』 第30冊, 中國文化硏究所, 民國57年.
『中國古今地名大辭典』, 臺灣 商務印書館, 1980.


論著


강헌규, 「주봉전의 주석적 고찰」, 『한어문교육』 제12집, 한국언어문학교육학회, 2004.
김교봉·설성경, 『근대전환기소설연구』, 국학자료원, 1995.
金龜容, 「三生獄樵花傳硏究」, 韓南大學校 大學院 博士學位論文, 2001.
金起東, 『韓國古典小說硏究』, 敎學社, 1981.
金敏鎬, 「馮夢龍과 凌濛初, 그 같음과 다름」, 『中國小說論叢』 11집, 韓國中國小說學會,
　　　　 2000.
김익환, 「주봉전 연구」, 한국고소설학회 춘계학술대회 발표요지, 2005.
김재웅, 「강능추월전 연구」, 『韓國學論集』 제26집, 계명대학교 한국학연구소, 1999.
김재웅, 「江陵秋月傳의 이본에 대한 연구」, 『韓國學論集』 제27집, 啓明大學校 韓國學硏究
　　　　 院, 2000.
김재웅, 「강능추월전의 여성독자층과 독자수용의 태도」, 『語文學』 75, 韓國語文學會,
　　　　 2002.
金台俊, 『朝鮮小說史』, 學藝社, 1932.
金鉉龍, 『韓中小說說話比較硏究』, 一志社, 1976
大谷森繁, 「한글小說 發達史의 特色」, 『崇田語文學』 第6輯, 現 韓南大學校 國語國文學會,
　　　　 1977.
閔泳大, 「崔忠傳 異本硏究」, 『韓南語文學』 제7·8합병호, 韓南大學校 國語國文學會, 1982.
閔泳大, 『癸丑日記硏究』, 韓南大學校 出版部, 1990.
閔泳大, 『朝鮮朝寫實系小說硏究』, 韓南大學校 出版部, 1991.
閔泳大, 『趙緯韓의 삶과 문학』, 국학자료원, 2000.
朴光洙, 「江陵秋月傳 一考察」, 『韓國言語文學』 제42집, 韓國言語文學會, 1999.
朴光洙, 「강릉추월전의 結末部 敷衍과 그 意味」, 『어문학』 70, 한국어문학회, 2000.
朴光洙, 『江陵秋月傳硏究』, 忠南大學校 出版部, 2002.
朴晟義, 『韓國古代小說論과 史』, 日新社, 1973.

徐大錫, 「蘇知縣羅衫再合系 翻案小說 研究」, 『東西文化』 제5집, 啓明大學校 東西文化研究所, 1973.

성현자, 『新小說에 미친 晚淸小說의 影響』, 정음사, 1985.

宋敏鎬, 『韓國開化期小說의 史的研究』, 일지사, 1990.

申基亨, 『韓國小說發達史』, 彰文社, 1960.

申貞淑, 「江陵秋月傳 研究」, 『論文集』 第15輯, 京畿工業專門大學, 1981.

沈載淑, 「蘇雲傳－月峰記系 作品群의 類型變異와 擔當層에 대한 研究」, 高麗大學校大學院 碩士學位論文, 1990.

陸宰用, 「月峯記의 構造와 意味」, 『嶺南語文學』 제24집, 嶺南語文學會, 1993.

陸宰用, 「月峰記의 異本研究」, 西江大學校 大學院 博士學位論文, 1994.

陸宰用, 「<月峯記>類의 自國化 樣相研究」, 『語文學』 81, 韓國語文學會, 2003.

李相翊, 『韓中小說의 比較文學的研究』, 三英社, 1983.

李在銑, 『韓國開化期小說研究』, 一潮閣, 1997.

李明九, 「李朝小說의 比較文學的 研究」, 『大東文化研究』 第5輯, 成均館大學校 大東文化研究所, 1968.

李明九, 「月峰山記 研究－比較文學的 見地에서」, 『成大論文集』 第29輯, 成均館大學校, 1981.

이필우, 「蘇知縣羅衫再合系 翻案小說의 實狀과 相互關係, 慶南大學校 敎育大學院 碩士學位論文, 1991.

장정룡, 「江陵秋月傳 異本研究」, 『평사 민제선생화갑기념논총』, 화갑기념논문편찬위원회, 1990.

장정룡, 「강능추월전 연구」, 『人文學報』 제23집, 강릉대학교 인문과학연구소, 1997.

全光鏞, 『新小說研究』, 새문사, 1993.

전상욱 「月峰記群 소설의 작품세계」, 연세대학교대학원 석사학위논문, 1996.

全寅初, 『唐代小說研究』, 延世大學校 出版部, 2000.

趙東一, 『新小說의 文學史的 性格』, 서울대학교출판부, 1998.

曾天富, 「韓國小說의 明代話本小說 受容研究」, 釜山大學校 大學院 博士學位論文, 1995.

지세화, 『이야기중국문학사』(上·下), 일빛, 2002.

황정현, 『신소설연구』, 집문당, 1997.

부록

閔泳大 所藏 한글필사본 〈쥬봉젼〉 원문

## 〈쥬봉젼〉 內容 要約

　唐太宗時, 주여득이 9대 독신으로 남천문 밖에 살고 있었는데 일찍 부모를 여의고 사방으로 다니며 구걸로 연명하다가 黃 상서의 사위가 된다. 스물세 살 때 과거에 장원급제하여 벼슬이 일품에 오르자 백관들이 모해하고자 한다. 崔 상서가 모함하여 주여득을 변방의 해평 도사로 보내자고 상소한다. 이에 주여득은 스스로 목숨을 끊고, 아들이었던 주봉은 나이가 일곱 살에 이른다.

　주봉이 열세 살에 이르자 천하문장으로 이름을 날리지만 가세가 빈한하여 걸식으로 연명, 과거시험을 보고자 하지만 지필묵을 준비할 수 없어서 응시하지 못한다. 이때 남천문 안에 살던 巨富 이도원이 도와주어 과거를 볼 수 있게 되었고, 열다섯 살에 장원급제하여 벼슬이 일품에 오른다. 皇命으로, 李 丞相의 딸을 아내로 맞이한다.

　주봉이 황제, 백관들과 함께 제일 상상봉에 올랐다가 옥저와 탄금을 얻는다. 이때 주봉의 맏동서였던 崔 翰林(이 승상의 큰사위)이 7년 전에 해평 도사로 간 후 소식이 돈절하고, 주봉이 높은 벼슬에 있는 것을 시기하던 유경안이 주봉을 모해하고자 또 해평 도사로 천거한다. 주봉은 어머니 왕씨 부인에게 옥저와 탄금을 맡기고, 이씨 부인과 시비 옥염을 데리고 임지로 떠난다. 주봉이 가족을 거느리고 임지로 가던 중 해중에서 해적 장취경의 습격을 받고 주봉은 강물에 빠져 죽고, 이씨 부인과 옥염은 장취경의 소굴로 잡혀간다.

　용왕이 이목을 시켜 주봉을 용궁으로 데리고 가는데, 옥황상제가 일광대사를 시켜 육지로 환생시키고, 17년을 지내면 자연 원수도 갚고, 영화도 볼 것임을 일러준다.

　이씨 부인과 옥염은 적굴로 가서 전에 잡혀왔던 열두 부인들을 만난다. 이들과 도망할 모의를 한 후 옥염과 이씨 부인이 군복으로 남장한 후 적굴에서 도망, 옥염이 이씨 부인을 멀리 도망케 한 후 자신은 장취경에게 욕을 한 다음 투신자결한다. 이씨 부인은 영보산 칠보암의 팔관대사에게 구함을 입고 머리를 깎고 중이 된다. 얼마 후 아들을 해산하자 중들이 절을 떠나기를 강권하여 할 수 없이 아들을 버리기로 결심하고 아이의 오른발 새끼 발 가락을 자른 후 옷깃에 넣고, 저고리 네 귀에 '유복자 해선'이란 글을 쓴 후 10리 밖 동네의 우물가에 놓고 온다. 이를 장취경이 거두어 이름을 장해선이라 한 후 이씨 부인에게 맡겨 기른다.

해선이 5세 되어 글 배우기를 청하지만 아버지로부터 꾸지람을 듣고 어머니에게 몰래 글을 배운다. 13세에 이르러 황성에 올라왔다가 왕씨 부인의 집에 숙소를 정하고, 옥저와 탄금을 얻어 해평으로 돌아온다. 귀로 중 옥저와 탄금을 희롱하다가 걸식으로 연명하며 다니던 주봉을 만난다. 주봉이 자신의 내력을 밝히고 옥저와 탄금에 대해 이야기한다. 주봉이 옥저를 불고, 해선이 탄금을 타자, 여러 중들이 구경하면서 꼭 부자나 형제 같다고 이른다. 중들이 절로 돌아와 이씨 부인에게도 이런 사실을 알려준다. 이를 이상하게 여기던 이씨 부인이 버선을 두 켤레 만들어 이들에게 선물로 주면서 신어 보라고 한다. 그리고 해선의 맨발을 보면서 자신의 아들임을 확인하고 그 사연을 밝힌다. 결국 이씨 부인은 그리던 남편과 헤어졌던 아들과 극적으로 상봉한다.

해선은 어머니에게 자신의 출생에 관한 비밀을 듣고 부모와 헤어져 집으로 돌아와 자신을 키워주었던 이씨 부인에게 자신의 출생에 대해서 확인한 후 다시 상경, 왕씨 부인에게 그동안 있었던 일을 상세히 말하고 과거에 장원급제한 후 자원하여 해평 도사로 부임한다. 부임하다가 장취경의 습격을 받았지만 부하들이 해선인 줄 알고 함께 해평 고을로 돌아온다. 선정을 베풀자, 이 소식을 들은 주봉과 이씨 부인이 원정을 써 가지고 와서 올린다. 이들은 해평 도사가 아들임을 확인하고, 해선은 잔치를 베풀고 장취경을 초청한 후 부하들을 시켜 잡아 복수한다.

주봉이 지금까지 있었던 내력을 황제께 상소한다. 옥염을 찾기 위한 水陸齋를 지내고, 용궁에 있던 옥염을 찾아 함께 상경하여 왕씨 부인을 만나 알현하고 일가가 행복하게 산다. 주봉이 은인이었던 이도원에게도 벼슬을 천거하여 대대로 世誼를 맺는다. 皇命으로 옥염을 기리는 忠烈門을 지어 춘추로 제향을 끊이지 않도록 한다.

## 朱鳳傳

### 쥬봉전단권이라 / 李分男

#### 쥬봉젼

　당틱종황졔즉위지초의시화연풍하고만민이티평가을부르니엇지흉젹지유잇스리요마는요슌지시예도소흉지죄업거든ᄒ물며난셔을지녀야엇지흉젹이업시리요잇쩌남천문밧긔이뤄지샹잇스되셩은쥬요명은여득이라굿터예일품지샹으로명망니됴졍의진동ᄒ더니당황졔젼히분ᄒᄒ니혹난세될가염에ᄒ야ᄂ히이십슴셰라구티독신으로셔과거소식을듯고즉시쟝듕의드러가글졔을술펴보니평싱의익히보던글졔여눌일필휘지ᄒ야일쳔의션쟝ᄒ니황져그글보시고칭츈왈귀ᄒ마다쥬옥이요궁구마다(1면)용스비등ᄒ니진실노긔남ᄌ라ᄯ담왈이스람은쳔ᄒ져일이라ᄒ시고즉시승을불너명디을진퇵ᄒ여보니남쳔문밧긔스는듀승상의아달듀여득이라



## 쥬봉젼 단권이라

#### 쥬봉젼

　당틱종 황졔 즉위지초의 시화연풍하고 만민이 티평가을 부르니 엇지 흉젹지유 잇스리요마는 요슌지시예도 소흉지죄 업거든 ᄒ물며 난셔을 지녀야 엇지 흉젹이 업시리요 잇쩌 남쳔문 밧긔 이뤄 지샹 잇스되 셩은 쥬요 명은 여득이라 굿터예 일품지샹으로 명망니 됴졍의 진동ᄒ더니 당황졔 젼히 분ᄒᄒ니 혹 난세될가 염에ᄒ야 ᄂ히 이십슴 셰라 구티독신으로셔 과거 소식을 듯고 즉시 쟝듕의 드러가 글졔을 술펴보니 평싱의 익히 보던 글졔여눌 일필휘지ᄒ야 일쳔의 션쟝ᄒ니 황져 그 글 보시고 칭츈 왈 귀ᄒ마다 쥬옥이요 궁구마다(1면) 용스비등ᄒ니 진실노 긔남ᄌ라 ᄯ 담왈 이 스람은 쳔ᄒ져일이라 ᄒ시고 즉시 승을 불너 명디을 진퇵ᄒ여 보니 남쳔문 밧긔 스는 듀승상의 아달 듀여득이라

# 쥬봉전 단권이라

## 쥬봉전

당 태종 황제 즉위 초에 시화연풍하고 만민이 태평가를 부르니 어찌 흉적의 무리 있으랴마는 요순시대에도 소흉지죄 있었거든 하물며 난세를 지내야 어찌 흉적이 없으리오.

이때 남천문 밖에 일위 재상이 있으니 성은 주요 명은 여득이라. 그때에 일품 재상으로 명망이 조정에 진동하더니 당 황제 천하가 분분하니 혹 난세가 될까 염려하더라.

그는 나이 스물세 살에 구대독신으로서 과거 소식을 듣고 즉시 장중에 들어가 글제를 살펴보니 평생에 익히 보던 글제거늘 일필휘지하여 일천에 선장하니 황제 그 글 보시고 칭찬 왈

"귀귀마다 주옥이요 궁구마다(1면) 용사비등하니 진실로 기남자라."

하더라. 또 이르기를

"이 사람은 천하제일이라."

하시고, 즉시 승지를 불러 명지를 살펴보니 남천문 밖에 사는 주 승상의 아들 주여득이라

**[원문]**

ᄒᆞ거늘즉시챵방ᄒᆞ여실너를부르ᄂᆞᆫ소리쟝안으진동ᄒᆞᄂᆞᆫ지라잇ᄲᅦ예듀여득이글을지여밧치고
집의도라와쉬더니실너부르ᄂᆞᆫ소리을듯고여득의뷰쳐일회일비ᄒᆞ더니이놀으궐너의드러가스
은슉비ᄒᆞᆫ디황졔여득의거동을보고층춘왈미지라ᆢ쳔ᄒᆞ의긔남지라ᄒᆞ시고황졔무르스디경의
셩명은알거이와뉘집ᄌᆞ손이며나흔며치며부모다스라ᄂᆞᆫ야쥬어득이보지스비ᄒᆞ고알외되소아
아뢰되구디독신으로근ᆢᄌᆞ셩듕의셰술먹어아(2면)버이죽스ᅌ고어미만다리고셰월을보니
ᅌ더니어미쏘죽스ᅌ고의탁ᄒᆞᆯ곳지업셔동셔남북기결ᄒᆞᅌ다가쳔만의외예황상셔의스회도여
계요존명을보존하ᅌ더니쳔은니망극ᄒᆞ와알셩급졔ᄒᆞ와ᄂᆞ이다ᄒᆞ며눈물을흘니거늘황졔그거
동을보시고ᄌᆞ닝이여겨여득을불너친히존을드러권ᄒᆞ시거늘두손으로브드니경은짐의슈족이
라ᄒᆞ시고벼술을쥬시되우승상좌부승지겸이부상셔겸ᄒᆞᆯ님학스을졔슈ᄒᆞ시니쥬여득이일시예
인겸다섯슬찻스니명망이조뎡의읏듬이라그러홈으로조졍빅관이모다의논ᄒᆞ되여득이조졍권
셰을제가혼ᄌᆞ츠지ᄒᆞ니우리등은할벼술이업스니익(3면)담고졀통ᄒᆞ다ᄒᆞ고날므도의논ᄒᆞ되
이놈을쳐치ᄒᆞᄌᆞᄒᆞ더니최부상셔ᄒᆞ던최상셔이젼ᄒᆞ던벼술여득의계ᅌ인ᄇᆞ라그혐으로희홀모
칙을각별이싱각ᄒᆞ고왈이놈을희평도스을보니면우리등이술이라ᄒᆞ고조졍빅셩으로더브러의

**[원문 띄어쓰기]**

ᄒᆞ거늘 즉시 챵방ᄒᆞ여 실너를 부르ᄂᆞᆫ 소리 쟝안으 진동ᄒᆞᄂᆞᆫ지라 잇ᄲᅦ예 듀여득이 글을
지여 밧치고 집의 도라와 쉬더니 실너 부르ᄂᆞᆫ 소리을 듯고 여득의 뷰쳐 일회일비ᄒᆞ더니
이놀으 궐너의 드러가 스은슉비ᄒᆞ더 황졔 여득의 거동을 보고층춘 왈 미지라ᆢ 쳔ᄒᆞ의
긔남지라 ᄒᆞ시고 황졔 무르스더 경의 셩명은 알거이와 뉘 집 ᄌᆞ손이며 나흔 며치며 부
모 다 스라ᄂᆞᆫ야 쥬어득이 보지스비ᄒᆞ고 알외되 소아 아뢰되 구더독신으로 근ᆢ ᄌᆞ셩 듕
의 셰 술 먹어 아(2면)버이 죽스ᅌ고 어미만 다리고 셰월을 보니ᅌ더니 어미 쏘 죽스ᅌ
고 의탁ᄒᆞᆯ 곳지 업셔 동셔남북 기결ᄒᆞᅌ다가 쳔만의외예 황상셔의 스회도여 계요 존명
을 보존하ᅌ더니 쳔은니 망극ᄒᆞ와 알셩급졔ᄒᆞ와ᄂᆞ이다 ᄒᆞ며 눈물을 흘니거늘 황졔 그
거동을 보시고 ᄌᆞ닝이 여겨 여득을 불너 친히 존을 드러 권ᄒᆞ시거늘 두 손으로 브드니
경은 짐의 슈족이라 ᄒᆞ시고 벼술을 쥬시되 우승상 좌부승지 겸 이부상셔 겸 ᄒᆞᆯ님학스을
졔슈ᄒᆞ시니 쥬여득이 일시예 인겸 다섯슬 찻스니 명망이 조뎡의 읏듬이라 그러홈으로
조졍빅관이 모다 의논ᄒᆞ되 여득이 조졍 권셰을 제가 혼ᄌᆞ 츳지ᄒᆞ니 우리 등은 할 벼술
이 업스니 익(3면)담고 졀통ᄒᆞ다 ᄒᆞ고 날므도 의논ᄒᆞ되 이놈을 쳐치ᄒᆞᄌᆞ ᄒᆞ더니 최부상
셔ᄒᆞ던 최상셔 이젼ᄒᆞ던 벼술 여득의계 ᅌ인ᄇᆞ라 그 혐으로 희홀 모칙을 각별이 싱각ᄒᆞ
고 왈 이놈을 희평도스을 보니면 우리 등이 술이라 ᄒᆞ고 조졍 빅셩으로 더브러 의

하거늘 즉시 창방하여 실내를 부르는 소리 장안에 진동하는지라.

이때 주여득이 글을 지어 바치고 집에 돌아와 쉬더니 실내 부르는 소리를 듣고 여득의 부처 일희일비하더니 이날 궐내에 들어가 사은숙배한대 황제 여득의 거동을 보고 칭찬 왈

"미재라, 미재라! 천하의 기남자라."

하시고, 황제 묻기를

"경의 성명은 알거니와 뉘 집 자손이며 나이는 몇이며 부모 다 살았느냐?"

주여득이 복지사배하고 아뢰되

"구대독신으로 근근자생 중에 세 살 먹어 아(2면)버지 죽사옵고 어머니만 모시고 세월을 보내던 중에 어머니 또 죽사옵고 의탁할 곳이 없어 동서남북으로 구걸하다가 천만의외에 황 상서의 사위 되어 겨우 잔명을 보존하더니 천은이 망극하와 알성급제하였나이다."

하며 눈물을 흘리거늘 황제 그 거동을 보시고 안타깝게 여겨 여득을 불러 친히 잔을 들어 권하시거늘 두 손으로 받으니

"경은 짐의 수족이라."

하시더라. 벼슬을 주시되 우승상좌부승지 겸 이부상서 겸 한림학사를 제수하시니 주여득이 일시에 인검 다섯을 찼으니 명망이 조정에 으뜸이라. 그러함으로 조정백관이 모다 의논하되

"여득이 조정 권세를 제가 혼자 차지하니 우리 등은 할 벼슬이 없으니 애(3면)달프고 절통하다."

하고 날마다 의논하되

"이놈을 처치하자."

하더라. 최 상서 이전 하던 벼슬 여득의 계하인 바라 그 혐의로 해할 모책을 각별이 생각하고 왈

"이놈을 해평 도사로 보내면 우리 등이 살리라."

하고 조정백관으로 더불어 의

원문

논ᄒᆞ고탑젼의드러가듀달ᄒᆞ되신둥이듯ᄉᆞ오니희평셤둥이육노로ᄂᆞᆫᄉᆞ만ᄉᆞ쳘이요슈로ᄂᆞᆫ오
만오쳘이오이페ᄒᆞ의덕퇵이밋지못ᄒᆞ와오룬과삼강을모로오니인심이무지ᄒᆞ와희평도사을보
ᄂᆡ오되ᄒᆞᆫ번가오면소식이업ᄉᆞ오니국가의근심이젹지아이ᄒᆞ오니빅콴즁의쟝락잇난ᄉᆞ롬을갈
히여그셤즁의보ᄂᆡ고(4면)빅셩을진무ᄒᆞ압고오륜을ᄀᆞᆯ르쳐몬져보ᄂᆡᆫ도사의소식을알고오면
조흘가ᄒᆞᄂᆞ이ᄃᆞ황졔왈그러ᄒᆞ면뎌신즁의뉘가할듯ᄒᆞ야ᄒᆞ신뎌최상셔엿ᄌᆞ오뎌즈금할님혹사
겸이부상셔ᄒᆞ난쥬여득의지모와쟝약이밋치러업ᄉᆞ오이쥬여득을명쵸ᄒᆞ와보ᄂᆡ압쇼셔ᄒᆞ겨날
황졔뎌로왈여득은짐의슈족이라이말이밧긔보ᄂᆡ고국가뎌쇼ᄉᆞ을눌노더불어으논ᄒᆞ리요ᄃᆞ른
신ᄒᆞ을보ᄂᆡ라ᄒᆞ신뎌빅관이복지쥬왈ᄃᆞ른신ᄒᆞ난빅변보ᄂᆡ여도일거의무쇼식ᄒᆞ오이펴ᄒᆞ계압
셔죠고만한사졍을상각ᄒᆞ고국가뎌사을혓도이아라ᄉᆞ렴ᄒᆞ신잇가(5면)황졔쏘뎌로왈다시알
외난지잇시면국법으로쳐춤ᄒᆞ리라ᄒᆞ신뎌빅관이여츌일구ᄒᆞ야한사ᄒᆞ고ᄂᆞᆫ달ᄒᆞ이황졔십별지
목이라할길업셔쥬여득을명쵸ᄒᆞ신뎌쥬승상이탑젼의드러와복지ᄒᆞᆫ뎌쳔ᄌᆞ용누을며금고젼교
ᄒᆞ시되희평골이누말이박기라인심이부지ᄒᆞ야오륜과슴강을모른다ᄒᆞ이경이나러ᄀᆞ슴강오륜
을가르쳐빅셩을진무ᄒᆞ고슈히도라와짐을도의라ᄒᆞ신뎌쥬여득이졍신이아득ᄒᆞ여흉즁이막켜

원문 띄어쓰기

논ᄒᆞ고 탑젼의 드러가 듀달ᄒᆞ되 신 등이 듯ᄉᆞ오니 희평셤 둥이 육노로ᄂᆞᆫ ᄉᆞ만ᄉᆞ쳘이요
슈로ᄂᆞᆫ 오만오쳘이오이 페ᄒᆞ의 덕퇵이 밋지 못ᄒᆞ와 오룬과 삼강을 모로오니 인심이
무지ᄒᆞ와 희평도사을 보ᄂᆡ오되 ᄒᆞᆫ번 가오면 소식이 업ᄉᆞ오니 국가의 근심이 젹지 아이
ᄒᆞ오니 빅콴 즁의 쟝락 잇난 ᄉᆞ롬을 갈히여 그 셤 즁의 보ᄂᆡ고(4면) 빅셩을 진무ᄒᆞ압고
오륜을 ᄀᆞᆯ르쳐 몬져 보ᄂᆡᆫ 도사의 소식을 알고 오면 조흘가 ᄒᆞᄂᆞ이ᄃᆞ 황졔 왈 그러ᄒᆞ면
뎌신 즁의 뉘가 할 듯ᄒᆞ야 ᄒᆞ신뎌 최상셔 엿ᄌᆞ오뎌 즈금 할님혹사 겸 이부상셔 ᄒᆞ난 쥬
여득의 지모와 쟝약이 밋치러 업ᄉᆞ오이 쥬여득을 명쵸ᄒᆞ와 보ᄂᆡ압쇼셔 ᄒᆞ겨날 황졔 뎌
로 왈 여득은 짐의 슈족이라 이 말이 밧긔 보ᄂᆡ고 국가 뎌쇼ᄉᆞ을 눌노 더불어 으논ᄒᆞ리
요 ᄃᆞ른 신ᄒᆞ을 보ᄂᆡ라 ᄒᆞ신뎌 빅관이 복지 쥬왈 ᄃᆞ른 신ᄒᆞ난 빅변 보ᄂᆡ여도 일거의 무
쇼식ᄒᆞ오이 펴ᄒᆞ계압셔 죠고만한 사졍을 상각ᄒᆞ고 국가뎌사을 혓도이 아라 ᄉᆞ렴ᄒᆞ신잇
가(5면) 황졔 쏘 뎌로 왈 다시 알외난 지 잇시면 국법으로 쳐춤ᄒᆞ리라 ᄒᆞ신뎌 빅관이
여츌일구ᄒᆞ야 한사ᄒᆞ고 ᄂᆞᆫ달ᄒᆞ이 황졔 십별지목이라 할 길 업셔 쥬여득을 명쵸ᄒᆞ신뎌
쥬승상이 탑젼의 드러와 복지ᄒᆞᆫ뎌 쳔ᄌᆞ 용누을 며금고 젼교ᄒᆞ시되 희평골이 누말이 박
기라 인심이 부지ᄒᆞ야 오륜과 슴강을 모른다 ᄒᆞ이 경이 나러ᄀᆞ 슴강오륜을 가르쳐 빅셩
을 진무ᄒᆞ고 슈히 도라와 짐을 도의라 ᄒᆞ신뎌 쥬여득이 졍신이 아득ᄒᆞ여 흉즁이 막켜

논하고 탑전에 들어가 주달하더라.

"신 등이 듣사오니 해평 섬 중이 육로로는 사만사천 리요 수로로는 오만오천 리오니 폐하의 덕택이 미치지 못하여 오륜과 삼강을 모르오니 인심이 무거하와 해평 도사를 보내오되 한번 가오면 소식이 없사와 국가의 근심이 적지 아니 하오니 백관 중에 장략이 있는 사람을 가리어 그 섬 중으로 보내고(4면) 백성을 진무하옵고 오륜을 가르쳐 먼저 보낸 도사의 소식을 알고 오면 좋을까 하나이다."

황제 왈

"그러하면 대신 중에 누가 할 듯하냐?"

하신대 최 상서 아뢰기를

"지금 한림학사 겸 이부상서인 주여득의 지모와 장략을 따를 자 없사오니 주여득을 명초하와 보내옵소서."

하거늘 황제가 크게 노하여 왈

"여득은 짐의 수족이라. 이말 리 밖에 보내고 국가 대소사를 누구와 더불어 의논하리요 다른 신하를 보내라."

하신대 백관이 복지 주 왈

"다른 신하는 백 번 보내도 한번 가면 무소식 하오니 폐하께옵서 조그마한 사정을 생각하고 국가대사를 헛되이 알아 사념하시나이까?"

하니라.(5면) 황제 또 대로 왈

"다시 아뢰는 자가 있으면 국법으로 처참하리라."

하신대 백관이 여출일구하야 한사하고 고달하니 황제 십벌지목이라 할 길 없어 주여득을 명초하신대 주 승상이 탑전에 들어와 복지한대 천자 용루를 머금고 전교하시되

"해평 고을이 누만 리 밖이라 인심이 부재하야 오륜과 삼강을 모른다 하이 경이 내려가 삼강오륜을 가르쳐 백성을 진무하고 수이 돌아와 짐을 도우라."

하신대 주여득이 정신이 아득하여 흉중이 막혀

원문

말을못ᄒᆞ다가양구의복지쥬왈쇼신이폐ᄒᆞ의젼공을엇지슈화즁이온들피ᄒᆞ오리잇가마난가기ᄂᆞᆫ가러이와폐ᄒᆞ(6면)계압셔쇼신을수쪽갓치ᄉᆞ랑ᄒᆞ압긔예쇼신도엇지일신들폐ᄒᆞ을ᄯᅥᄂᆞ오릿가ᄒᆞ며눈물이비오듯ᄒᆞ난지라황졔보시고여득의숀을잡고용누을흘이시며탄식왈너무실허말고슈이도라오면쳔ᄒᆞ을반분할겨시이슈이단여오라ᄒᆞ신ᄃᆡ승상이할길이업셔탑젼의ᄒᆞ직ᄒᆞ고집의도라와부닌의숀을잡고ᄯᅩᄒᆞᆫ숀의로ᄌᆞ식쥬봉의손을잡고ᄃᆡ셩통곡왈쳔ᄌᆞ젼교ᄒᆞᄉᆞᄂᆞᆯ노ᄒᆡ평도ᄉᆞ을졔슈ᄒᆞ옵더이ᄒᆡ평질노을ᄉᆡᆼ갸ᄒᆞ이육노로난ᄉᆞ만사쳘이요슈로〻난오만오쳘이오이ᄒᆞᆫ변ᄀᆞ오면(7면)다시오들못ᄒᆞ고죽ᄂᆞᆫᄃᆞᄒᆞ이니난ᄃᆞ죠정ᄇᆡᆨ관이ᄃᆞ시긔ᄒᆞᄂᆞᆫ비라쥬글지언정황명을엇지거역ᄒᆞ리요ᄒᆞ이부인과쥬봉의겨동을보이ᄎᆞ라리죽고안이갈만갓지못ᄒᆞ다ᄒᆞ고쥬봉의몸을안고낫쳘ᄒᆞᆫᄐᆡᄃᆡ히고궁글며우ᄂᆞᆫ쇼ᄅᆡ차마보지못ᄒᆞᆯ너라부인도승샹의말삼을듯고승상숀을잡고ᄯᅩᄒᆞᆫ숀의로쥬봉의숀을잡고울며왈승샹임아어린ᄌᆞ식쥬봉을뉘계의지ᄒᆞ야샬나ᄒᆞ며쳡은뉘을의탁ᄒᆞ여샬나ᄒᆞᄂᆞᆫ잇가ᄒᆞ며셔로우난쇼ᄅᆡ산쳔쵸목이우ᄂᆞᆫ닷ᄒᆞ고쥬승샹이할길업셔약을먹고쥬근지라황졔(8면)쥬승상죽단말을듯고자탄왈여득은짐의슈족일너이죽다ᄒᆞᆫ이ᄂᆞᆯ노더부러국사을으논ᄒᆞ리요ᄒᆞ고왈예로쵸샹장사을지ᄂᆡ계ᄒᆞ다각셜잇ᄯᅢ여왕부인이쥬

원문 띄어쓰기

말을 못 ᄒᆞ다가 양구의 복지 쥬왈 쇼신이 폐ᄒᆞ의 젼공을 엇지 슈화 즁이온들 피ᄒᆞ오리잇가마난 가기는 가러이와 폐ᄒᆞ(6면)계압셔 쇼신을 수쪽갓치 ᄉᆞ랑ᄒᆞ압긔예 쇼신도 엇지 일신들 폐ᄒᆞ을 ᄯᅥᄂᆞ오릿가 ᄒᆞ며 눈물이 비 오듯 ᄒᆞ난지라 황졔 보시고 여득의 숀을 잡고 용누을 흘이시며 탄식 왈 너무 실허 말고 슈이 도라오면 쳔ᄒᆞ을 반분할 겨시이 슈이 단여오라 ᄒᆞ신ᄃᆡ 승상이 할 길이 업셔 탑젼의 ᄒᆞ직ᄒᆞ고 집의 도라와 부닌의 숀을 잡고 ᄯᅩ ᄒᆞᆫ 숀의로 ᄌᆞ식 쥬봉의 손을 잡고 ᄃᆡ셩통곡 왈 쳔ᄌᆞ 젼교ᄒᆞᄉᆞ ᄂᆞᆯ노 ᄒᆡ평도ᄉᆞ을 졔슈ᄒᆞ옵더이 ᄒᆡ평 질노을 ᄉᆡᆼ갸ᄒᆞ이 육노로난 ᄉᆞ만 사쳘이요 슈로〻난 오만 오쳘이오이 ᄒᆞᆫ 변 ᄀᆞ오면(7면) 다시 오들 못ᄒᆞ고 죽ᄂᆞᆫᄃᆞ ᄒᆞ이 니난 ᄃᆞ 죠정ᄇᆡᆨ관이 ᄃᆞ 시긔ᄒᆞᄂᆞᆫ 비라 쥬글지언정 황명을 엇지 거역ᄒᆞ리요 ᄒᆞ이 부인과 쥬봉의 겨동을 보이 ᄎᆞ라리 죽고 안이 갈만 갓지 못ᄒᆞ다 ᄒᆞ고 쥬봉의 몸을 안고 낫쳘 ᄒᆞᆫᄐᆡ ᄃᆡ히고 궁글며 우는 쇼ᄅᆡ 차마 보지 못ᄒᆞᆯ너라 부인도 승샹의 말삼을 듯고 승샹 숀을 잡고 ᄯᅩ ᄒᆞᆫ 숀의로 쥬봉의 숀을 잡고 울며 왈 승샹임아 어린 ᄌᆞ식 쥬봉을 뉘계 의지ᄒᆞ야 샬나 ᄒᆞ며 쳡은 뉘을 의탁ᄒᆞ여 샬나 ᄒᆞᄂᆞᆫ잇가 ᄒᆞ며 셔로 우난 쇼ᄅᆡ 산쳔쵸목이 우ᄂᆞᆫ 닷ᄒᆞ고 쥬승샹이 할 길 업셔 약을 먹고 쥬근지라 황졔(8면) 쥬승상 죽단 말을 듯고 자탄 왈 여득은 짐의 슈족일너이 죽다 ᄒᆞᆫ이 ᄂᆞᆯ노 더부러 국사을 으논ᄒᆞ리요 ᄒᆞ고 왈 예로 쵸샹 장사을 지ᄂᆡ계 ᄒᆞ다 각셜 잇ᄯᅢ여 왕부인이 쥬

말을 못하다가 양구에 복지 주 왈

　"소신이 폐하의 명을 어찌 수화 중이온들 피하오리이까마는 가기는 가려니와 폐하(6면)께옵서 소신을 수족같이 사랑하기에 소신도 어찌 일시인들 폐하를 떠나오리이까?"

하며 눈물이 비 오듯 하는지라. 황제 보시고 여득의 손을 잡고 용루를 흘리시며 탄식 왈

　"너무 슬퍼말고 수이 돌아오면 천하를 반분할 것이니 수이 다녀오라."

하신대 승상이 할 길 없어 탑전에 하직하고 집에 돌아와 부인의 손을 잡고 또 한 손으로 자식 주봉의 손을 잡고 대성통곡 왈

　"천자 전교하사 나를 해평 도사로 제수하였는데 해평 길을 생각하니 육로는 사만사천 리요 수로는 오만오천 리니 한번 가오면(7면) 다시 오들 못하고 죽는다 하니 이는 다 조정백관이 다 시기하는 바라. 죽을지언정 황명을 어찌 거역하리요."

하니, 부인과 주봉의 거동으로 보니 차라리 죽고 아니 가는 것만 같지 못하다 하고, 주봉의 몸을 안고 낯을 한데 대고 구르며 우는 소리 차마 보지 못할러라. 부인도 승상의 말씀을 듣고 승상 손을 잡고 또 한 손으로 주봉의 손을 잡고 울며 왈

　"승상님아, 어린 자식 주봉을 뉘게 의지하여 살라 하며 첩은 뉘를 의탁하여 살라 하십니까?"

하며 서로 우는 소리 산천초목이 우는 듯하고 주 승상이 할 길 없어 약을 먹고 죽은지라.

　황제(8면) 주 승상이 죽었다는 말을 듣고 자탄 왈

　"여득은 짐의 수족이었는데 죽었다 하니 누구와 더불어 국사를 의논하리요"

하고, 이르기를

　"예로 초상장사를 지내게 하라."

하니라.

　각설 이때에 왕 부인이 주

봉을다리고쥬야로이통ᄒ더이셔월이여류ᄒ야삼샹이당ᄒ이라쥬봉의늑히칠셰을당ᄒ여난지라글을시죽ᄒ이일남쳬긔ᄒ야싱여지ᵓᄒ니칠셰여공부할졔나지면숄방울을어더다가밤의불을쎠고글을일근이차목ᄒ졍셩은춤아보지못할너라셰월이여류ᄒ야쥬(9면)봉의나이십삼셰의당ᄒ미글은쳔ᄒ문쟝이요인물은남즁일식이로되셰간은츳목ᄒ여왕부인이밥을비러다가쥬봉을먹이던이잇쩌예황졔쳔ᄒ문쟝지사을어더국ᄉ을으논코져ᄒ여틱평과을보일ᄉ쥬봉이과거긔별을듯고부인젼의엿ᄌ오되과거을쥰다ᄒ오니소ᄌ도귀경코져ᄒ느다ᄒ거눌부인니이말을듯고왈네가아물이보고저ᄒ들지필먹이업고쏘ᄒ명디술슈업스니엇지과거을보려ᄒ느야ᄒ며봇들고우더니쳔만의외예늠쳔문안의ᄉ는이도원이라ᄒ는니가본더거부로셔그거동을보고쥬동을불너문왈도런님은무슨일노져더지우느이잇가쥬동(10면)이답왈다름이아니라과거을보인다ᄒ되필먹과명지술거시업셔글노우노라ᄒ거눌이도원이엿ᄌ온더이번과거을보ᄋᆸ소셔지물은누만금이라도소인니당ᄒ올거시니조곰도염여마으시고소인의집으로가ᄉ이다ᄒ고한가지로가셔조흔슐너어극지니디졉ᄒ고양식과과양을쥬되빅미빅셕과황금일쳔양을쥬며왈양식이느ᄒ소셔ᄒ며ᄉ환을그쥬도령딕으로수운ᄒ니잇쩌에왕부인니과견을염예ᄒ더니쳔만



봉을 다리고 쥬야로 이통ᄒ더이 셔월이 여류ᄒ야 삼샹이 당ᄒ이라 쥬봉의 늑히 칠셰을 당ᄒ여난지라 글을 시죽ᄒ이 일남쳬긔ᄒ야 싱여지ᵓᄒ니 칠셰여 공부할졔 나지면 숄방울을 어더다가 밤의 불을 쎠고 글을 일근이 차목ᄒ 졍셩은 춤아 보지 못할너라 셰월이 여류ᄒ야 쥬(9면)봉의 나이 십삼 셰의 당ᄒ미 글은 쳔ᄒ문쟝이요 인물은 남즁일식이로되 셰간은 츳목ᄒ여 왕부인이 밥을 비러다가 쥬봉을 먹이던이 잇쩌예 황졔 쳔ᄒ 문쟝지사을 어더 국ᄉ을 으논코져 ᄒ여 틱평과을 보일ᄉ 쥬봉이 과거 긔별을 듯고 부인젼의 엿ᄌ오되 과거을 쥰다 ᄒ오니 소ᄌ도 귀경코져 ᄒ느다 ᄒ거눌 부인니 이 말을 듯고 왈 네가 아물이 보고저 ᄒ들 지필먹이 업고 쏘ᄒ 명디 술 슈 업스니 엇지 과거을 보려 ᄒ느야 ᄒ며 봇들고 우더니 쳔만의외예 늠쳔문 안의 ᄉ는 이도원이라 ᄒ는 니가 본더 거부로셔 그 거동을 보고 쥬동을 불너 문 왈 도런님은 무슨 일노 져더지 우느이잇가 쥬동(10면)이 답 왈 다름이 아니라 과거을 보인다 ᄒ되 필먹과 명지 술거시 업셔 글노 우노라 ᄒ거눌 이도원이 엿ᄌ온더 이번 과거을 보ᄋᆸ소셔 지물은 누만금이라도 소인니 당ᄒ올 거시니 조곰도 염여 마으시고 소인의 집으로 가ᄉ이다 ᄒ고 한가지로 가셔 조흔 슐 너어 극지니 디졉ᄒ고 양식과 과양을 쥬되 빅미 빅셕과 황금 일쳔 양을 쥬며 왈 양식이느 ᄒ소셔 ᄒ며 ᄉ환을 그 쥬도령 딕으로 수운ᄒ니 잇쩌에 왕부인니 과견을 염예ᄒ더니 쳔만

봉을 다리고 주야로 애통하더니 세월이 여류하여 삼상을 당한지라. 주봉의 나이 칠세를 당하였는지라 글을 시작하니 일납체기하여 생여지지하니 칠세에 공부할 때 낮이면 솔방울을 얻어다가 밤에 불을 켜고 글을 읽으니 참혹한 정상은 차마 보지 못하리라. 세월이 여류하야 주(9면)봉의 나이 십삼 세에 당하매 글은 천하문장이요 인물은 남중일색이로되 세간은 참혹하여 왕 부인이 밥을 빌어다가 주봉을 먹이더니 이때 황제 천하의 문장재사를 얻어 국사를 의논코자 하여 태평과를 보일 새 주봉이 과거 기별을 듣고 부인 전에 여쭙기를

"과거를 본다 하오니 소자도 구경하고자 하나이다."

하거늘 부인이 이 말을 듣고 왈

"네가 아무리 보고자한들 지필묵이 없고 또한 명지 쓸 수 없으니 어찌 과거를 보려 하느냐?"

하며 붙들고 울더라. 천만의외에 남천문 안에 사는 이도원이라 하는 사람이 본대 거부로써 그 거동을 보고 주봉을 불러 이르기를

"도련님은 무슨 일로 그렇게 우십니까?"

주봉(10면)이 답 왈

"다름이 아니라 과거를 보인다 하되 필묵과 명지 쓸 것이 없어 그 때문에 우노라."

하거늘 이도원이 여쭙기를

"이번에 과거를 보십시오. 재물은 누만금이라도 소인이 당할 것이니 조금도 염려마시고 소인의 집으로 가사이다."

하고 한가지로 가서 좋은 술을 내어 극진히 대접하고 양식과 과양을 주되 백미 백 석과 황금 일천 냥을 주며 왈

"양식이나 하소서."

하며 사환을 시켜 주 도령 댁으로 수운하니, 이때에 왕 부인이 과전을 염려하다가 천만

원문

의외예이두원이ㅅ환으로젼곡을만이수운ㅎ거눌부인니놀ㄴ여듀봉다려문왈이ㅈ물과빅미을뉘가쥬더냐ㅎ니듀봉이엿ㅈ오디문안의ㅅ는송인이도원이라ㅎㄴ니가듀(11면)쥬더이다ㅎ거눌부인니답왈이젼곡듄는은덕을엇디셰상으셔엇디다갑풀고잇디예과거ㄴ리당ㅎ여는지라쥬봉이필먹과명지을손의쥬고쟝듕의드러가니글졔을거러시니ㅈ셔이보니평성의익키보던글졔여눌일필후지ㅎ야일쳔의션쟝ㅎ니황졔그글을보시고층춘왈귀ㅈㅈ마다듀옥이요진실노긔남지라ㅎ시고답왈이눌의ㅎ시기을쥬여득의글시와분명ㅎ도다ㅎ시며즉시챵방ㅎ여실니로쥬봉을부르시니이ㅉ예송인이도원이디방ㅎ더니실니부르는말을듯고흔거름의드러가도려님ㅉ의드러가며도련님아ㅈㅈ알셩급졔ㅎ시다ㅎ고도련님을실니로부르난디모르시ㄴ잇가ㅎ며목의츔이업(12면)셔ㅎ거눌부인니그말을듯고일희일비ㅎ여승상을싱각ㅎ여슬품을머금고듀봉의손을줍고ㅎ설원ㅎ니쥬봉이위로ㅎ며모친은너머셔러ㅁ옵소셔ㅎ고직일의궐니예드러가탑젼의복지ㅅ비ㅎ디황졔듀봉을보고ㅈㅈ다시보시고젼교ㅎ시되너을보니얼골과체신니젼쥬승상과다르지아니ㅎ이아지못거라나히얼마나ㅎ요ㅎ시니쥬봉이복지ㅅ비ㅎ고알외디소신은남쳔문밧긔ㅅ는쥬승상의아들이옵고나흔십오셰로소니다ㅎ이쳔ㅈ듯ㅈ오시고한거름의ㄴ리다라쥬

원문 띄어쓰기

의외예 이두원이 ㅅ환으로 젼곡을 만이 수운ㅎ거눌 부인니 놀ㄴ여 듀봉다려 문 왈 이 ㅈ물과 빅미을 뉘가 쥬더냐 ㅎ니 듀봉이 엿ㅈ오디 문안의 ㅅ는 송인 이도원이라 ㅎㄴ니가 듀(11면)쥬더이다 ㅎ거눌 부인니 답 왈 이 젼곡 듄는 은덕을 엇디 셰상으셔 엇디다 갑풀고 잇디예 과거ㄴ리 당ㅎ여는지라 쥬봉이 필먹과 명지을 손의 쥬고 쟝듕의 드러가니 글졔을 거러시니 ㅈ셔이 보니 평성의 익키 보던 글졔여눌 일필후지ㅎ야 일쳔의 션쟝ㅎ니 황졔 그 글을 보시고 층춘 왈 귀ㅈㅈ마다 듀옥이요 진실노 긔남지라 ㅎ시고 답 왈 이 눌의 ㅎ시기을 쥬여득의 글시와 분명ㅎ도다 ㅎ시며 즉시 챵방ㅎ여 실니로 쥬봉을 부르시니 이ㅉ예 송인 이도원이 디방ㅎ더니 실니 부르는 말을 듯고 흔거름의 드러가 도려님 ㅉ의 드러가며 도련님아 ㅈㅈ 알셩급졔ㅎ시다 ㅎ고 도련님을 실니로 부르난디 모르시ㄴ잇가 ㅎ며 목의 츔이 업(12면)셔 ㅎ거눌 부인니 그 말을 듯고 일희일비ㅎ여 승상을 싱각ㅎ여 슬품을 머금고 듀봉의 손을 줍고 ㅎ 설원ㅎ니 쥬봉이 위로ㅎ며 모친은 너머 셔러 ㅁ옵소셔 ㅎ고 직일의 궐니예 드러가 탑젼의 복지ㅅ비ㅎ디 황졔 듀봉을 보고 ㅈㅈ 다시 보시고 젼교ㅎ시되 너을 보니 얼골과 체신니 젼 쥬승상과 다르지 아니ㅎ이 아지 못거라 나히 얼마나 ㅎ요 ㅎ시니 쥬봉이 복지ㅅ비ㅎ고 알외디 소신은 남쳔문 밧긔 ㅅ는 쥬승상의 아들이옵고 나흔 십오 셰로소니다 ㅎ이 쳔ㅈ 듯ㅈ오시고 한거름의 ㄴ리다라 쥬

의외에 이도원이 사환으로 하여금 전곡을 많이 수운하여 보냈거늘 부인이 놀라 주봉에게 물어 이르기를

"이 재물과 백미를 누가 보낸 것이냐?"

하니 주봉이 여쭙기를

"문 안에 사는 송인 이도원이라 하는 이가(11면) 주더이다."

하거늘 부인이 답 왈

"이 전곡을 준 은덕을 어찌 세상에서 다 갚을 수 있을까?"

하더라. 이때에 과거 날이 다가 왔는지라. 주봉이 필묵과 명지를 손에 쥐고 장중에 들어가니 글제를 걸어놓았는데 자세히 보니 평생에 익히 보던 글제거늘 일필휘지하여 일천에 선장하니 황제 그 글을 보시고 칭찬 왈

"귀귀마다 주옥이오, 진실로 기남자라."

하시고 또 이르시기를

"주여득의 글과 너무 닮았도다."

하시며 즉시 창방하여 실내로 주봉을 부르시니라. 이때에 송인 이도원이 대방하더니 실내 부른다는 말을 듣고 한걸음에 달려 도련님 댁에 들어가며

"도련님, 도련님! 알성급제하셨습니다." 하고

"도련님을 실내로 부르는데 모르시나이까?"

하며 목에 침이 없(12면)어 하거늘 부인이 그 말을 듣고 일희일비하여 승상을 생각하며 슬픔을 머금고 주공의 손을 잡고 설워하니 주봉이 위로하며

"모친은 너무 서러워마옵소서."

하고 즉일에 궐내에 들어가 탑전에 복지사배하니라. 황제 주공을 보고보고 다시 보시고 전교하시되

"너를 보니 얼굴과 체신이 전에 주 승상과 다르지 아니하니 아지 못하리라 나이가 얼마이냐?"

하시니 주봉이 복지사배하고 아뢰기를

"소신은 남천문 밖에 사는 주 승상의 아들이옵고 나이는 열다섯 살이로소이다."

하니 천자 들으시고 한걸음에 내리다라 주

원문

봉의손을줍고칭춘ᄒ여가라ᄉ디용은용을나코범은범을난는다ᄒ니과년그말이올타ᄒ시고쥬봉의손을줍고옛일을싱각ᄒ니슬(13면)푸고익답도다ᄒ시며즉일의벼술을ᄒ이시며이르디경의아비ᄒ던벼술노예부상셔좌우정겸ᄒᆞᆯ님흑ᄉ을졔슈ᄒ시리아ᄒ시고병부다셧슬ᄎ시니명망이조정의진동ᄒ니황졔념탐ᄒ시고니승상을명초ᄒ시고직시젼ᄒ되경이ᄯᆞᆯ을두어다ᄒ니쥬상셔의아달쥬봉을ᄉ회삼아ᄇᆡᆨ년동거ᄒ면엇더ᄒ요ᄒ시니니승상이복지주왈소신도이번과ᄀᆞᄒ는사롬을ᄉ회삼러ᄒ여습더니황졔젼교ᄒ신이엇지ᄉ양ᄒ오릿가즉시나와부인과ᄃᆞ려쳔ᄌᆞᄒ신말ᄉᆞᆷ을난ᄂᆞᆺ치이르고길일을갈회여예단을주할님덕으로보니이주할님직시ᄐᆡᆨ일편지을보시고모친젼의드르고그ᄉ연을고ᄒᆞᆫ디모월모일의납치하ᄋᆞ고모(14면)일의합궁혼다ᄒ옵시니이일을엇지ᄒ오릿가ᄒ고엿ᄌᆞ오니디부인니이말듯고일희일비ᄒ야즉일의예단을갓초와니승상덕으로보니리라쟝ᄎ혼일이당ᄒ니뉴예로갓초와예필후의승상부ᄌᆞ질겨흠을츙양못ᄒᆞᆯ너라일ᄌᆞ은ᄒᆞᆯ님이송인이도원을불너주쳔으로디졉ᄒ고황금슈쳔양을듀며왈은덕은ᄇᆡᆨ골난망이라엇지다갑푸리요ᄒ시니니도원이복지ᄉ비왈승상겨옵셔소인을이디지후디ᄒ시니황공복지감ᄉᄒ여이다잇디예조정빅관을다뫼와져일노푼봉의귀경ᄎ로ᄒ교ᄒ신디각식풍유을비셜ᄒ고만조

원문 띄어쓰기

봉의 손을 줍고 칭춘ᄒ여 가라ᄉ디 용은 용을 나코 범은 범을 난는다 ᄒ니 과년 그 말이 올타 ᄒ시고 쥬봉의 손을 줍고 옛일을 싱각ᄒ니 슬(13면)푸고 익답도다 ᄒ시며 즉일의 벼술을 ᄒ이시며 이르디 경의 아비 ᄒ던 벼술노 예부상셔 좌우정 겸 ᄒᆞᆯ님흑ᄉ을 졔슈ᄒ시리아 ᄒ시고 병부 다셧슬 ᄎ시니 명망이 조정의 진동ᄒ니 황졔 념탐ᄒ시고 니승상을 명초ᄒ시고 직시 젼ᄒ되 경이 ᄯᆞᆯ을 두어다 ᄒ니 쥬상셔의 아달 쥬봉을 ᄉ회 삼아 ᄇᆡᆨ년동거ᄒ면 엇더ᄒ요 ᄒ시니 니승상이 복지 주 왈 소신도 이번 과ᄀᆞᄒ는 사롬을 ᄉ회 삼러 ᄒ여습더니 황졔 젼교ᄒ신이 엇지 ᄉ양ᄒ오릿가 즉시 나와 부인과 ᄃᆞ려 쳔ᄌᆞ ᄒ신 말ᄉᆞᆷ을 난ᄂᆞᆺ치 이르고 길일을 갈회여 예단을 주할님 덕으로 보니이 주할님 직시 ᄐᆡᆨ일 편지을 보시고 모친 젼의 드르고 그 ᄉ연을 고ᄒᆞᆫ디 모월 모일의 납치하ᄋᆞ고 모(14면)일의 합궁혼다 ᄒ옵시니 이 일을 엇지ᄒ오릿가 ᄒ고 엿ᄌᆞ오니 디부인니 이 말 듯고 일희일비ᄒ야 즉일의 예단을 갓초와 니승상 덕으로 보니리라 쟝ᄎ 혼일이 당ᄒ니 뉴예로 갓초와 예필 후의 승상부ᄌᆞ 질겨 흠을 츙양 못 ᄒᆞᆯ너라 일ᄌᆞ은 ᄒᆞᆯ님이 송인 이도원을 불너 주쳔으로 디졉ᄒ고 황금 슈쳔 양을 듀며 왈 은덕은 ᄇᆡᆨ골난망이라 엇지 다 갑푸리요 ᄒ시니 니도원이 복지ᄉ비 왈 승상겨옵셔 소인을 이디지 후디ᄒ시니 황공복지 감ᄉᄒ여 이다 잇디예 조정빅관을 다 뫼와 져일 노푼 봉의 귀경ᄎ로 ᄒ교ᄒ신디 각식 풍유을 비셜ᄒ고 만조

봉의 손을 잡고 칭찬하여 가라사대

　"용은 용을 낳고, 범은 범을 낳는다 하니 과연 그 말이 옳도다."

하시고 주봉의 손을 잡고

　"옛일을 생각하니 슬(13면)프고 애달프도다."

하시며 즉일에 벼슬을 내리시며 이르대

　"경의 아비가 하던 벼슬로 예부상서좌우정 겸 한림학사를 제수하노라."

하시더라. 병부 다섯을 찼으니 명망이 조정에 진동하니 황제 염탐하시고 이 승상을 명초하여 권하되

　"경이 딸을 두었다 하니 주 상서의 아들 주봉을 사위삼아 백년동거하면 어떻겠소?"

하시니 이 승상이 복지 주 왈

　"소신도 이번 과거하는 사람을 사위 삼으려 하였사온데, 황제 전교하시니 어찌 사양하오리까."

하더라. 즉시 나와 부인에게 천자가 하신 말씀을 낱낱이 이르고 길일을 가리어 예단을 주 한림 댁으로 보내니 주 한림 즉시 택일 편지를 보시고 모친 앞에 드리고 그 사연을 고한대

　"모월 모일에 납채하옵고 모(14면)일에 합궁한다 하시니 이 일을 어찌 하오리까?"

하고 여쭈니 대부인이 이 말을 듣고 일희일비하여 즉일에 예단을 갖추어 이 승상 댁으로 보내더라. 장차 혼일을 당하니 육례를 갖추어 예필 후에 승상 부부 즐거함을 측량 못하더라. 일일은 한림이 송인 이도원을 불러 주찬으로 대접하고 황금 수천 냥을 주며 왈

　"은덕은 백골난망이라 어찌 다 갚을 수 있으리오."

하시니 도원이 복지사배하며 말하였다.

　"승상께옵서 소인을 이다지 후대하시니 황공복지 감사하여이다."

　이때에 조정백관이 다 모여 제일 높은 산봉에 구경차로 하교하신대 각색 풍류를 배설하고 만조

원문

빅관을다리고오마티로힝츠거동을츠리니쟝안인민지동ᄒᆞᄂᆞᆫ(15면)지라계일상ᄊᆞ봉으올나가
다연을비셜ᄒᆞ고풍악을질긔더니잇ᄯᅢ예옥황상졔궁션관이항상졔일상상봉의와노더니당황졔
오ᄂᆞᆫ거동을보고급ᄊᆞ피올ᄂᆞ갈졔옥져와탄금을ᄇᆞ리고가ᄂᆞᆫ지라이젹의쥬할님이옥져탄금을보
고즉시쳔ᄌᆞ게밧치니쳔ᄌᆞ보시고어로만지며왈이거시무어시냐셰상의업ᄂᆞᆫ거시로ᄒᆞ시고만조
빅관다려아라드리라ᄒᆞ신디빅관더리아무리알여ᄒᆞᆫ덜쳔상옥졔탄금을졔엇지알이요쳔ᄌᆞ쥬봉
을도라보고왈경은아난다ᄒᆞ시니쥬봉이복지쥬왈옥져난쟝ᄌᆞ방이계명산의올나가팔쳔초병훗
ᄯᅳᆫ옥져요탄금은션관양쇼유팔션예와희롱ᄒᆞ던탄금이로소이다ᄒᆞᆫ디쳔자젼교ᄒᆞᄉᆞ경등은다각
ᄊᆞ부러보라ᄒᆞ시니만(16면)만조빅과니아모리분덜입만압풀ᄯᆞ름이요쇼리업ᄂᆞᆫ지라쳔ᄌᆞ쥬봉
다려불나ᄒᆞ시니쥬봉이고두슈명ᄒᆞ고옥져ᄂᆞᆫ입으로불고탄금은손으로희롱ᄒᆞ니옥져소리난손
쳔초목으로춤추이고탄금은각식짐싱이모다소리ᄒᆞᄂᆞᆫ듯ᄒᆞ거늘쳔ᄌᆞ듀봉의손을줍고못닉ᄉᆞ랑
ᄒᆞ시며벼술을ᄒᆞ이시되참의춤판더졔학과좌승상우승상의겸각도안출ᄉᆞ를계슈ᄒᆞ시며주홍더
ᄌᆞ로ᄉᆞ명긔예쓰시고이놀쳔ᄌᆞ환궁ᄒᆞ시더라그후로ᄂᆞᆫ죠졍권셰일국의계이리라잇ᄯᅢ예이승상
의맛ᄉᆞ회최홀님으로하평도ᄉᆞ을보닌지님의칠연이되야시되쇼식이망연ᄒᆞᆫ지라최할님은주봉

원문 띄어쓰기

빅관을 다리고 오마티로 힝츠 거동을 츠리니 쟝안 인민 지동ᄒᆞᄂᆞᆫ(15면)지라 졔일 상ᄊᆞ
봉으 올나가 다연을 비셜ᄒᆞ고 풍악을 질긔더니 잇ᄯᅢ예 옥황상졔궁 션관이 항상 졔일
상상봉의 와 노더니 당황졔 오ᄂᆞᆫ 거동을 보고 급ᄊᆞ피 올ᄂᆞ갈 졔 옥져와 탄금을 ᄇᆞ리고
가ᄂᆞᆫ지라 이 젹의 쥬할님이 옥져 탄금을 보고 즉시 쳔ᄌᆞ게 밧치니 쳔ᄌᆞ 보시고 어로만
지며 왈 이거시 무어시냐 셰상의 업ᄂᆞᆫ 거시로 ᄒᆞ시고 만조빅관다려 아라 드리라 ᄒᆞ신
디 빅관더리 아무리 알여ᄒᆞᆫ덜 쳔상 옥졔 탄금을 졔 엇지 알이요 쳔ᄌᆞ 쥬봉을 도라보고
왈 경은 아난다 ᄒᆞ시니 쥬봉이 복지 쥬 왈 옥져난 쟝ᄌᆞ방이 계명산의 올나가 팔쳔 초
병 훗ᄯᆞᆫ 옥져요 탄금은 션관 양쇼유 팔션예와 희롱ᄒᆞ던 탄금이로소이다 ᄒᆞᆫ디 쳔자 젼
교ᄒᆞᄉᆞ 경 등은 다 각ᄊᆞ 부러보라 ᄒᆞ시니 만(16면)만조빅과니 아모리 분덜 입만 압풀
ᄯᆞ름이요 쇼리 업ᄂᆞᆫ지라 쳔ᄌᆞ 쥬봉다려 불나 ᄒᆞ시니 쥬봉이 고두 슈명ᄒᆞ고 옥져ᄂᆞᆫ 입
으로 불고 탄금은 손으로 희롱ᄒᆞ니 옥져 소리난 손쳔초목으로 춤추이고 탄금은 각식
짐싱이 모다 소리ᄒᆞᄂᆞᆫ 듯ᄒᆞ거늘 쳔ᄌᆞ 듀봉의 손을 줍고 못닉 ᄉᆞ랑ᄒᆞ시며 벼술을 ᄒᆞ이
시되 참의춤판 더졔학과 좌승상 우승상의 겸 각도 안출ᄉᆞ를 계슈ᄒᆞ시며 주홍더ᄌᆞ로 ᄉᆞ
명긔예 쓰시고 이놀 쳔ᄌᆞ 환궁ᄒᆞ시더라 그 후로ᄂᆞᆫ 죠졍 권셰 일국의 졔이리라 잇ᄯᅢ예
이승상의 맛ᄉᆞ회 최홀님으로 하평도ᄉᆞ을 보닌지 님의 칠연이 되야시되 쇼식이 망연ᄒᆞᆫ
지라 최할님은 주봉

백관을 데리고 오마대로로 행차 거동을 차리니 장안인민 구경하는(15면)지라. 제일 상상봉에 올라가 다연을 배설하고 풍악을 즐기더니 이때에 옥황상제 궁 선관이 항상 제일 상상봉에 와 노더니 당 황제 오는 거동을 보고 급급히 올라 갈 때 옥저와 탄금을 버리고 가는지라. 이적에 주 한림이 옥저 탄금을 보고 즉 시 천자께 바치니 천자 보시고 만조백관들에게

 "알아 드리라."

하신대, 백관들이 아무리 알려 한들 천상의 옥저 탄금을 제 어찌 알리요. 천자 주봉을 돌아보고

 "경은 아는가?"

하시니 주봉이 복지 주 왈

 "옥저는 장자방이 계명산에 올라가 팔천 초병을 쫓던 옥저요 탄금은 선관 양소유 팔선녀와 희롱하던 탄금이로소이다."

한대 천자 전교하사

 "경등은 다 각각 불어보라."

하시니(16면) 만조백관이 아무리 분들 입만 아플 따름이요 소리가 없는지라. 천자 주봉에게

 "불라!"

하시니 주봉이 고두수명하고 옥저는 입으로 불고 탄금은 손으로 희롱하니 옥 저소리는 산천초목으로 춤을 추게 하고 탄금은 각색 짐승이 모다 소리하는 듯 하거늘 천자 주봉의 손을 잡고 못내 사랑하시며 벼슬을 내리시되 참의참판대 제학과 좌승상우승상 겸 각도안찰사를 제수하시며 주홍 대자로 사명기에 쓰시 고 이날 천자 환궁하시더라. 그 후로는 조정권세 일국에 제일이라.

 이때에 이 승상의 맏사위 최 한림을 해평 도사로 보낸 지 이미 칠 년이 되 었으나 소식이 망연한지라. 최 한림은 주봉

원문

의맛동셔로다잇쩌죠졍빅관이의논ᄒ되고이ᄒ다ᄒ고주봉이조졍권셰을져혼(17면)ᄌ츳지ᄒ야병부열두을츳지ᄒ이우리논무슴배슬을ᄒ여쳐ᄌ을먹겨살이랴ᄒ야셔로주봉을원망하더라츳시예좌우승상ᄒ던유경안이한묘착을싱각하고탑젼의드러가쥬달ᄒ되듯소오이희평도소을보니온직셤즁흉악ᄒ빅셩과도젹으로더부러일심동역ᄒ여ᄌ칭왕이라ᄒ고작당ᄒ여연십々죠련혼다ᄒ오니국가큰환이밋칠가ᄒᄂ이다폐ᄒ논집피싱가ᄒ옵쇼셔쥬달ᄒ거늘쳔ᄌ크계근심ᄒᄉ가라ᄉ디짐도쏘ᄒ그리아라던이경의말을드르이과연그열시분명ᄒ도다ᄒ시고문무졔신즁의쟝낙인논ᄉ롬을갈히여슈이보니여라ᄒ신디경안이죠셔을밧쳐들고나와먄조빅관으로더부러의논ᄒ되우리ᄒ던배슬을쥬여득아달쥬(18면)봉의계다아이고권셰도아이여홀배슬이업시이졀동ᄒ고이담쏘다ᄒ고주봉을희평도소보니ᄌᄒ고잇튼놀만조빅관이귈너여드러가주달ᄒ되희평골의역젹이모다논을지여불구의쟝안을멸혼다ᄒ오니신들의소견의논쟝약과여력인논사롬은직씀좌우승상주봉만혼사롬이업소오니주봉을보니여야그도젹을막고빅셩을살리고법을갈르쳐티평하올너라ᄒ며쥬달ᄒ거늘쳔ᄌ이윽킈싱각ᄒ다가셔안을치며디칙왈주봉안이면보닐신ᄒ엄논야구틱여주봉을쳔거ᄒ논다저의ᄋ비로ᄒ여곰희평의가쥭어거늘무슴원슈로

원문 띄어쓰기

의 맛동셔로다 잇쩌 죠졍빅관이 의논ᄒ되 고이ᄒ다 ᄒ고 주봉이 조졍권셰을 져 혼(17면)ᄌ 츳지ᄒ야 병부 열두을 츳지ᄒ이 우리논 무슴 배슬을 ᄒ여 쳐ᄌ을 먹겨살이랴 ᄒ야 셔로 주봉을 원망하더라 츳시예 좌우승상ᄒ던 유경안이 한 묘착을 싱각하고 탑젼의 드러가 쥬달ᄒ되 듯소오이 희평도소을 보니온직 셤즁 흉악ᄒ 빅셩과 도젹으로 더부러 일심동역ᄒ여 ᄌ칭 왕이라 ᄒ고 작당ᄒ여 연십々 죠련혼다 ᄒ오니 국가 큰 환이 밋칠가 ᄒᄂ이다 폐ᄒ논 집피 싱가ᄒ옵쇼셔 쥬달ᄒ거늘 쳔 ᄌ크계 근심ᄒᄉ 가라ᄉ디 짐도 쏘ᄒ 그리 아라던이 경의 말을 드르이 과연 그열시 분명ᄒ도다 ᄒ시고 문무졔신즁의 쟝낙인논 ᄉ롬을 갈히여 슈이 보니여라 ᄒ신디 경안이 죠셔을 밧쳐들고 나와 먄조빅관으로 더부러 의논ᄒ되 우리 ᄒ던 배슬을 쥬여득 아달 쥬(18면)봉의계 다 아이고 권셰도 아이여 홀 배슬이 업시이 졀동ᄒ고 이담쏘다 ᄒ고 주봉을 희평도소 보니ᄌ ᄒ고 잇튼놀 만조빅관이 귈너여 드러가 주달ᄒ되 희평골의 역젹이 모다 논을 지여 불구의 쟝안을 멸혼다 ᄒ오니 신들의 소견의논 쟝약과 여력 인논 사롬은 직씀 좌우승상 주봉만혼 사롬이 업소오니 주봉을 보니여야 그 도젹을 막고 빅셩을 살리고 법을 갈르쳐 티평하올너라 ᄒ며 쥬달ᄒ거늘 쳔ᄌ 이윽킈 싱각ᄒ다가 셔안을 치며 디칙 왈 주봉 안이면 보닐 신ᄒ 엄논야 구틱여 주봉을 쳔거ᄒ논다 저의 ᄋ비로 ᄒ여곰 희평의 가 쥭어거늘 무슴 원슈로

의 맏동서로다. 이때 조정백관이 의논하되

"괴이하다."

하고,

"주봉이 조정 권세를 저 혼(17면)자 차지하야 병부 열둘을 차지하니 우리는 무슨 벼슬을 하여 처자를 먹여 살리랴."

하며 서로 주봉을 원망하더라.

차시에 좌우승상하던 유경안이 한 묘책을 생각하고 탑전에 들어가 주달하되

"듣사오니 해평 도사를 보내온 즉 섬 중 흉악한 백성과 도적으로 더불어 일심으로 동역하여 자칭 왕이라 하고 작당하여 연습 조련한다 하오니 국가 큰 환이 미칠까 하나이다. 폐하는 깊이 생각하옵소서."

주달하거늘 천자 크게 근심하사 가라사대

"짐도 또한 그리 알았더니 경의 말을 들으니 과연 그럴 시 분명하도다."

하시고

"문무 제신 중에 장략 있는 사람을 가리어 수이 보내라."

하신대 유경안이 조서를 받쳐 들고 나와 만조백관으로 더불어 의논하되

"우리 하던 벼슬을 주여득의 아들 주(18면)봉에게 다 빼앗기고 권세도 빼앗겨 할 벼슬이 없으니 절통하고 애달프도다."

하고

"주봉을 해평 도사로 보내자."

하고 이튿날 만조백관이 궐내에 들어가 주달하되,

"해평 고을에 역적이 모다 난을 지여 불구에 장안을 범한다 하오니 신 등의 소견에는 장략과 능력이 있는 사람은 지금 좌우승상 주봉만한 사람이 없사오니 주봉을 보내야 그 도적을 막고 백성을 살피고 법을 가르쳐 태평할 것이옵니다."

하며 주달하거늘 천자 이윽히 생각하다가 서안을 치며 대책 왈

"주봉 아니면 보낼 신하가 없느냐? 구태여 주봉을 천거하는가? 저의 아비로 하여금 해평에 가 죽었거늘 무슨 원수로

원문

그런듕지예연소미거훈주봉을보너라ᄒ난야ᄒ시니빅관이다시복지주왈주봉의아비는황명을밧잡고계집의와셔ᄉ약ᄒ야(19면)사오이엇지튱신이라ᄒ리요주봉이비록연쇼ᄒ오느용지더틱과튱절묘계는방금쳔ᄒ의짝이업사오이폐ᄒ계옵셔죠고만훈ᄉ졍을싱각ᄒ옵시고더사을그릇되계ᄒ옵신이만일이사롬곳안이면반젹을뉘가잡아쳔ᄒ을평졍ᄒ오리잇가쳔즈더옥더로ᄒ시고다시주봉을쳔거ᄒ난지면국볍으로원찬ᄒ리라ᄒ시고계신을다물니치니빅관이다시아뢰지못ᄒ고물너느와주봉을원망ᄒ고명일조회예혼ᄉᄒ고고달ᄒ리라ᄒ고졀치부심ᄒ더니잇튼날조회훈후의빅관이복지주왈펴ᄒ이린을사랑ᄒ시고국ᄉ을싱각지아니ᄒ옵시니신등은조졍을ᄒ직ᄒ고산듕의드러가농부도여셰월을보너고국법을보디아니ᄒ고찰ᄒ(20면)리죽기만갓지못ᄒ다ᄒ고탑ᄒ의머리을짱의두다리며통곡ᄒ거늘쳔지싱각ᄒ시고낙심쳔만ᄒ야ᄒ시더니ᄯ오싱각ᄒᄉ왈조졍지신이다산듕으로간다ᄒ니엇지주봉만ᄒ느밋고국ᄉ를의논ᄒ리요ᄒ고쳔만가지로싱각ᄒ되십별지목이란말이올타ᄒ시고탄식왈무간ᄒ라하시고주봉으로명초ᄒ시니잇쎠의주봉이할님부의셔국ᄉ을의논ᄒ더니쳔만뜻밧긔쳔지명초ᄒ심을듯고급피궐너예드러가복디ᄉ비한디황졔탄식왈희평도ᄉ갓쓴놈이다반ᄒ여즌층황졔라ᄒ고군사을모와황셩을범

원문 띄어쓰기

그런 듕지예 연소미거훈 주봉을 보너라 ᄒ난야 ᄒ시니 빅관이 다시 복지 주 왈 주봉의 아비는 황명을 밧잡고 계 집의 와셔 ᄉ약ᄒ야(19면)사오이 엇지 튱신이라 ᄒ리요 주봉이 비록 연쇼ᄒ오느 용지더틱과 튱절묘계는 방금 쳔ᄒ의 짝이 업사오이 폐ᄒ계옵셔 죠고만훈 ᄉ졍을 싱각ᄒ옵시고 더사을 그릇되계 ᄒ옵신이 만일 이 사롬 곳 안이면 반젹을 뉘가 잡아 쳔ᄒ을 평졍ᄒ오리잇가 쳔즈 더옥 더로ᄒ시고 다시 주봉을 쳔겨ᄒ난 지면 국볍으로 원찬ᄒ리라 ᄒ시고 계신을 다 물니치니 빅관이 다시 아뢰지 못ᄒ고 물너느와 주봉을 원망ᄒ고 명일 조회예 혼ᄉᄒ고 고달ᄒ리라 ᄒ고 절치부심ᄒ더니 잇튼날 조회훈 후의 빅관이 복지 주 왈 펴ᄒ 이린을 사랑ᄒ시고 국ᄉ을 싱각지 아니ᄒ옵시니 신 등은 조졍을 ᄒ직ᄒ고 산듕의 드러가 농부도여 셰월을 보너고 국법을 보디 아니ᄒ고 찰ᄒ(20면)리 죽기만 갓지 못ᄒ다 ᄒ고 탑ᄒ의 머리을 짱의 두다리며 통곡ᄒ거늘 쳔지 싱각ᄒ시고 낙심쳔만ᄒ야 ᄒ시더니 ᄯ오 싱각ᄒᄉ 왈 조졍지신이 다 산듕으로 간다ᄒ니 엇지 주봉만 ᄒ느 밋고 국ᄉ를 의논ᄒ리요 ᄒ고 쳔만가지로 싱각ᄒ되 십별지목이란 말이 올타 ᄒ시고 탄식 왈 무간ᄒ라 하시고 주봉으로 명초ᄒ시니 잇쎠의 주봉이 할님부의셔 국ᄉ을 의논ᄒ더니 쳔만 뜻밧긔 쳔지 명초ᄒ심을 듯고 급피 궐너예 드러가 복디 ᄉ비한디 황졔 탄식 왈 희평도ᄉ 갓쓴 놈이 다 반ᄒ여 즌층 황졔라 ᄒ고 군사을 모와 황셩을 범

그런 중지에 연소 미거한 주봉을 보내라 하느냐?”

하시니 백관이 다시 복지 주 왈,

　“주봉의 아비는 황명을 받잡고 제 집에 와서 스스로 죽었(19면)사오니 어찌 충신이라 하리요. 주봉이 비록 연소하오나 용재 대략과 충절묘계는 방금 천하에 짝이 없사오니 폐하께옵서 조그마한 사정을 생각하시고 대사를 그릇되게 하시니 만일 이 사람 곧 아니면 반적을 누가 잡아 천하를 평정하오리이까?”

하니, 천자 더욱 대로하시고

　“다시 주봉을 천거하는 자 있으면 국법으로 원찬하리라.”

하시고 제신을 다 물리치니 백관이 다시 아뢰지 못하고 물러나와 주봉을 원망하고 명일 조회에 한사하고 고달하리라 하고 절치부심하더니 이튿날 조회한 후에 백관이 복지 주 왈

　“폐하, 한 사람을 사랑하시고 국사를 생각하지 아니 하시니 신 등은 조정을 하직하고 산중에 들어가 농부가 되어 세월을 보내고 국법을 보지 아니하고 차라(20면)리 죽기만 같지 못합니다.”

하고 탑하에 머리를 땅에 두드리며 통곡하거늘 천자가 생각하시고 낙심천만하여 하시더니 또 생각하사 왈

　“조정지신이 다 산중으로 간다 하니 어찌 주봉만 하나 믿고 국사를 의논하리요”

하고, 천만 가지로 생각하되 십벌지목이란 말이 옳다 하시고 탄식 왈

　“무간하라.”

하시고 주봉으로 명초하시니 이때에 주봉이 한림부에서 국사를 의논하더니 천만 뜻밖에 천자의 명초하심을 듣고 급히 궐내에 들어가 복지사배한대 황제 탄식 왈

　“해평 도사 갔던 놈이 다 반하여 자칭 황제라 하고 군사를 모아 황성을 범

원문

코져ᄒ다ᄒ니경은슈고을싱각말고ᄒ번가반젹을함몰ᄒ고ᄇᆡ셩을진문ᄒ고수이도라오면쳔ᄒ을반분ᄒ고죠졍ᄃᆡ소ᄉᆞ을경의게믹기고짐은뒤나볼(21면)거시니수이다여오라ᄒ시니주봉이다시복지주왈셩교간측ᄒ오시니수화듕이온들엇지ᄉᆞ양ᄒ오릿가ᄒ고조곰도ᄉᆞ양아니ᄒ고탑젼의ᄒ직ᄒ고길을ᄯᅥ랄ᄉᆞ쳔ᄌᆞ주봉의손을잡고눈물을머금고이르ᄉᆞᄃᆡ뉴노로ᄂᆞᆫᄉᆞ만ᄉᆞ쳘이요수로ᄂᆞᆫ오쳘이라ᄒ니각별조심ᄒ여수이다여오라ᄒ시고어주슘비을젼ᄒ시니길을ᄎᆞ리더라주할님이집의드러와부인겨엿ᄌᆞ오ᄃᆡ황계계오셔소ᄌᆞ을ᄒᆡ평도ᄉᆞ을계슈ᄒ시니ᄒᆡ평은육노와수로을합ᄒ면구만구쳘이박기오니한번가오면다시오기ᄂᆞᆫ슙지못ᄒ오니모친은만셰만셰안녕ᄒ오소셔ᄒ며눈물리비오듯ᄒ난지라왕부인이이말듯고가삼을두ᄃᆞ리며주봉의숀과목을안고질식ᄒ겨날시비옥염니부인을붓들고위(22면)로왈너며셜뤄마옵쇼셔ᄉᆞ롬명니ᄒ날의계잇사온이간ᄃᆡ로쥭사오리잇가수말이장노을못보겨던직시도라와부인젼의영화을바리쇼셔ᄒ고ᄒ날임계비려왈우리셔방님수로오만오쳘니와육노로난ᄉᆞ만사쳘이을슈히단여오시계ᄒ옵쇼셔ᄒ고슬피우이눈의셔난피ᄀᆞᄂᆞᆫ난지라부인이계우닌ᄉᆞ을진졍ᄒ야주봉의숀을잡고ᄯᅩ흔숀으로며ᄂᆞ리숀을잡고옥염을도라보며탄식ᄒ며옥염아오기씨잉퇴ᄒ연지삼삭이라네가부ᄃᆡᄂᆞᆫ잘모

원문 띄어쓰기

코져 ᄒ다 ᄒ니 경은 슈고을 싱각말고 ᄒ번 가 반젹을 함몰ᄒ고 ᄇᆡ셩을 진문ᄒ고 수이 도라오면 쳔ᄒ을 반분ᄒ고 죠졍 ᄃᆡ소ᄉᆞ을 경의게 믹기고 짐은 뒤나 볼(21면)거시니 수이 다여오라 ᄒ시니 주봉이 다시 복지 주 왈 셩교 간측ᄒ오시니 수화듕이온들 엇지 ᄉᆞ양ᄒ오릿가 ᄒ고 조곰도 ᄉᆞ양 아니ᄒ고 탑젼의 ᄒ직ᄒ고 길을 ᄯᅥ랄ᄉᆞ 쳔ᄌᆞ 주봉의 손을 잡고 눈물을 머금고 이르ᄉᆞᄃᆡ 뉴노로ᄂᆞᆫ ᄉᆞ만 ᄉᆞ쳘이요 수로ᄂᆞᆫ 오쳘이라 ᄒ니 각별 조심ᄒ여 수이 다여오라 ᄒ시고 어주 슘비을 젼ᄒ시니 길을 ᄎᆞ리더라 주할님이 집의 드러와 부인겨 엿ᄌᆞ오ᄃᆡ 황계계오셔 소ᄌᆞ을 ᄒᆡ평도ᄉᆞ을 계슈ᄒ시니 ᄒᆡ평은 육노와 수로을 합ᄒ면 구만 구쳘이 박기오니 한번 가오면 다시 오기ᄂᆞᆫ 슙지 못ᄒ오니 모친은 만셰 만셰 안녕ᄒ오소셔 ᄒ며 눈물리 비 오듯 ᄒ난지라 왕부인이 이 말 듯고 가삼을 두ᄃᆞ리며 주봉의 숀과 목을 안고 질식ᄒ겨날 시비 옥염니 부인을 붓들고 위(22면)로 왈 너며 셜뤄 마옵쇼셔 ᄉᆞ롬 명니 ᄒ날의계 잇사온이 간ᄃᆡ로 쥭사오리잇가 수말이 장노을 못 보겨던 직시 도라와 부인젼의 영화을 바리쇼셔 ᄒ고 ᄒ날임계 비려 왈 우리 셔방님 수로 오만 오쳘니와 육노로난 ᄉᆞ만 사쳘이을 슈히 단여오시계 ᄒ옵쇼셔 ᄒ고 슬피 우이 눈의셔 난 피ᄀᆞ ᄂᆞᆫ난지라 부인이 계우 닌ᄉᆞ을 진졍ᄒ야 주봉의 숀을 잡고 ᄯᅩ 흔 숀으로 며ᄂᆞ리 숀을 잡고 옥염을 도라보며 탄식ᄒ며 옥염아 오기씨 잉퇴ᄒ연 지 삼삭이라 네가 부ᄃᆡᄂᆞᆫ 잘 모

하고자 한다 하니 경은 수고를 생각 말고 한번 가 반적을 함몰하고 백성을 진 문하고 수이 돌아오면 천하를 반분하고 조정대사를 경에게 맡기고 짐은 뒤나 볼(21면) 것이니 수이 다녀오라.”

하시니 주봉이 다시 복지 주 왈

“성교 간측하시니 수화 중인들 어찌 사양하리까.”

하고 조금도 사양아니하고 탑전에 하직하고 길을 떠날 새 천자 주봉의 손을 잡고 눈물을 머금고 이르시기를

“육로로는 사만사천 리요, 수로로는 오만오천 리라 하니 각별 조심하여 수 이 다녀오라.”

하시고 어주 삼배를 권하시니 길을 차리더라.

주 한림이 집에 돌아와 부인께 이르기를

“황제께서 소자를 해평 도사를 제수하시니 해평은 육로와 수로를 합하면 구 만구천 리 밖이오니 한번 가오면 다시 오기는 쉽지 못하오니 모친은 만세 안 녕하옵소서.”

하며 눈물이 비 오듯 하는지라. 왕 부인이 이 말 듣고 가슴을 두드리며 주봉의 손과 목을 안고 질색하거늘 시비 옥염 이 부인을 붙들고 위(22면)로 왈

“너무 서러워 마옵소서. 사람 명이 하늘에 있사오니 간대로 죽으리이까? 수 만 리 장로를 못 보거든 즉시 돌아와 부인 전에 영화를 바라소서.”

하고 하늘에 빌어 왈

“우리 서방님 수로 오만오천 리와 육로로는 사만사천 리를 수이 다녀오시게 하옵소서.”

하고 슬피 우니 눈에서는 피가 나는지라. 부인이 겨우 인사를 진정하여 주봉의 손을 잡고 또 한 손으로 며느리 손을 잡고 옥염을 돌아보며 탄식하며

“옥염아! 아기씨 잉태한 지 석 달이라. 네가 부디 부디 잘 모

시라ᄒ난쇼리와옥염의쇼리와산쳔쵸목과금수덜이다비창ᄒ더라이날주봉니옥져와탄금을부인젼의들이며왈이옥져탄금을쇼ᄌ본다시두고보쇼셔ᄒ고인ᄒ여디부(23면)인과옥염달리고모부인젼의ᄒ직ᄒ고궐니예들어가탑젼의슉비ᄒ고나오이만죠빅관이겨즛슬혀ᄒ는쳬ᄒ며젼숑ᄒ난지무수ᄒ더라각셜이라쳔ᄌ위의을갓쵸와오마디로ᄶᄂ갈졔골이지경너고거리〻젼숑할졔억죠창싱덜리닷토와귀경ᄒ난지무수ᄒ더라여러날만의육노로스만스쳘니을지니고수로을당ᄒ니잇ᄶ난추칠월망간이라사공을지쵹ᄒ여비을타고갈졔광풍은쇼실ᄒ고추월은명낭ᄒ더영ᄌ난숀의쇠을가지고션두의셔동셔남북을갈리고비롬안의셔난ᄯ할님이쇠을녹코쳔문순풍을좃차주야로갈졔쇼상강칠빅이와무삼십(24면)이봉이얼픗지니더라스공다러문왈이희즁은어디미요스공니엿ᄌ온디월낙오졔상만쳔ᄒ니고쇼셩외예한산졀리로쇼이다ᄒ겨날마음의슬품이간졀ᄒ야강산을둘너보이산은쳡〻만학을가리와골물은츌넝구비되여졍신이훗터진이쳔만의외예쟝취경이비션쳔여칙을모라희즁스방으로에워ᄊᄉ고호통을벽역갓치지르며달여들어ᄒ인숨습여명을죽여물에던지고ᄯ주봉을쇠스슬노목을볘히라ᄒ는쇼리만경챵파의진동ᄒ난지라굴노스령이칼을들고는나셔〻칼노치러ᄒ니칼든파리공즁의부러져희즁의ᄶ러지고ᄯ

---

시라 ᄒ난 쇼리와 옥염의 쇼리와 산쳔쵸목과 금수덜이 다 비창ᄒ더라 이 날 주봉니 옥져와 탄금을 부인 젼의 들이며 왈 이 옥져 탄금을 쇼ᄌ 본다시 두고 보쇼셔 ᄒ고 인ᄒ여 디부(23면)인과 옥염 달리고 모부인 젼의 ᄒ직ᄒ고 궐니예 들어가 탑젼의 슉비ᄒ고 나오이 만죠빅관이 겨즛 슬혀ᄒ는 쳬ᄒ며 젼숑ᄒ난 지 무수ᄒ더라 각셜이라 쳔ᄌ 위의을 갓쵸와 오마디로 ᄶᄂ갈 졔 골이 지경너고 거리〻 젼숑할 졔 억죠창싱덜리 닷토와 귀경ᄒ난 지 무수ᄒ더라 여러 날만의 육노로 스만 스쳘니을 지니고 수로을 당ᄒ니 잇ᄶ난 추 칠월 망간이라 사공을 지쵹ᄒ여 비을 타고 갈 졔 광풍은 쇼실ᄒ고 추월은 명낭ᄒ더 영ᄌ난 숀의 쇠을 가지고 션두의셔 동셔남북을 갈리고 비롬 안의셔난 ᄯ 할님이 쇠을 녹코 쳔문 순풍을 좃차 주야로 갈 졔 쇼상강 칠빅이와 무삼 십(24면)이봉이 얼픗 지니더라 스공다러 문 왈 이 희즁은 어디미요 스공니 엿ᄌ온디 월낙오졔 상만쳔ᄒ니 고쇼셩외예 한산졀리로쇼이다 ᄒ겨날 마음의 슬품이 간졀ᄒ야 강산을 둘너보이 산은 쳡〻 만학을 가리와 골물은 츌넝 구비되여 졍신이 훗터진이 쳔만의외예 쟝취경이 비션 쳔여 칙을 모라 희즁 스방으로 에워ᄊᄉ고 호통을 벽역갓치 지르며 달여들어 ᄒ인 숨습여 명을 죽여 물에 던지고 ᄯ 주봉을 쇠스슬노 목을 볘히라 ᄒ는 쇼리 만경챵파의 진동ᄒ난지라 굴노스령이 칼을 들고는 나셔〻 칼노 치러ᄒ니 칼든 파리 공즁의 부러져 희즁의 ᄶ러지고 ᄯ

시어라."

하는 소리와 옥염의 소리와 산천초목과 금수들이 다 비창해 하더라. 이날 주봉이 옥저와 탄금을 부인 앞에 들이며 왈

"이 옥저 탄금을 소자 보듯이 두고 보소서."

하고 인하여 대부(23면)인과 옥염 데리고 모부인 앞에 하직하고 궐내에 들어가 탑전에 숙배하고 나오니 만조백관이 거짓 슬퍼하는 체하며 전송하는 자 무수하더라.

각설이라. 천자 위의를 갖추고 오마대로 떠나가는데 고을이 지경내고 거리거리 전송할 때 억조창생들이 다투어 구경하는 자가 무수하더라. 여러 날 만에 육로로 사만사천 리를 지나고 수로를 당하니 이때는 추칠월 망간이라. 사공을 재촉하여 배를 타고 갈 때, 광풍은 소슬하고 추월은 명랑한데 사공은 손에 쇠를 가지고 선두에서 동서남북을 가리키고 배 안에서는 또 한림이 쇠를 놓고 천문순풍을 쫓아 주야로 갈 제 소상강 칠백 리와 무산 십(24면)이봉이 얼풋 지나가더라. 사공에게 문 왈

"이 해중은 어디인가?"

사공이 여쭙기를

"월락오제 상만천하니 고소성외에 한산절이로소이다."

하거늘 마음에 슬픔이 간절하여 강산을 둘러보니 산은 첩첩만학을 가리고 계곡 물은 출렁 구비되어 정신이 흩어지니 천만의외에 장취경이 비선 천여 척을 몰아 해중 사방으로 에워싸고 호통을 벽력같이 지르며 달려들어 하인 삼십여 명을 죽여 물에 던지고 또 주봉을

"쇠사슬로 목을 매라."

하는 소리 만경창파에 진동하는지라. 군노사령이 칼을 들고 나서서 칼로 치려 하니 칼 든 팔이 부러져 해중에 떨어지고 또

원문

사령을지쵹ᄒ야칼든팔리부러져힉즁의ᄲᅡ지난지라(25면)잇써예부인과옥염이그겨동을보고
차라리물의ᄲᅡ져죽고져ᄒ되ᄐᆞ상즁잇기로못죽는지라옥염이챵졀의싱각ᄒ되부인이잉틱ᄒ연
지구삭이라급피가만이나와졍ᄒ슈을써녹코훈놀님계비려왈남ᄌ여든좌편의서셰면을분명이
눌거눌옥염이부인을붓들고가만이위로왈익기가좌편의셔셔면을노니남ᄌ가분명ᄒ오니부인
은늬말숨을드르쇼셔부인이죽의시면복즁의익기도죽글거시요쇼비도죽글거시요셔방님도죽
ᄉᆞ오면뉘라셔원슈을갑풀리요ᄯᅩ부인은엇지하슬잇가ᄒ며쟝취경압피나가복지익결ᄒ되쟝군
임아쟝군임아구틱여우리셰방임을목벼히려ᄒ시ᄂᆞᆫ잇가동인거슬풀려신쳬나온젼케죽(26면)
이시면우리부인은쟝군임의부슬이되ᄋᆞᆸ고소비난잔군임의몸이나되야빅연동낙홀졔싱남싱여
ᄒ오면이란졍분이오니비ᄂᆞᆫ이다이비ᄂᆞᆫ니다쟝군임계져발덕분의비ᄂᆞᆫ이다하날임계비나이다
살여쥬소살여쥬소우리셔방임살여주소셔비ᄂᆞᆫ이다비ᄂᆞᆫ이다쳔지도감동ᄒ고귀신도감동ᄒᄂᆞᆫ
지라쟝취경도인비목셕안니어던옥염의비ᄂᆞᆫ소리을감동홀분더러분인을부실삼을싱각이잇기
로쥴의동인걸끌너만경창ᄑᆞ의던지ᄂᆞᆫ지라잇ᄃᆞ예용왕이거복을보니여만경창파살갓치ᄂᆞ와주
봉을업고드러가니옥경션관이옥황상졔계급피엿ᄌᆞ오ᄃᆡ당나라남쳔문밧긔ᄉᆞᄂᆞᆫ쥬승상의아달

원문 띄어쓰기

사령을 지쵹ᄒ야 칼든 팔리 부러져 힉즁의 ᄲᅡ지난지라(25면) 잇써예 부인과 옥염이 그
겨동을 보고 차라리 물의 ᄲᅡ져 죽고져 ᄒ되 ᄐᆞ상즁 잇기로 못 죽는지라 옥염이 챵졀의
싱각ᄒ되 부인이 잉틱ᄒ연 지 구삭이라 급피 가만이 나와 졍ᄒ슈을 써녹코 훈놀님계
비려 왈 남ᄌ여든 좌편의서 셰면을 분명이 눌거눌 옥염이 부인을 붓들고 가만이 위로
왈 익기가 좌편의셔 셔면을 노니 남ᄌ가 분명ᄒ오니 부인은 늬 말숨을 드르쇼셔 부인
이 죽의시면 복즁의 익기도 죽글 거시요 쇼비도 죽글 거시요 셔방님도 죽ᄉᆞ오면 뉘라
셔 원슈을 갑풀리요 ᄯᅩ 부인은 엇지 하슬잇가 ᄒ며 쟝취경 압피 나가 복지 익결ᄒ되
쟝군임아 쟝군임아 구틱여 우리 셰방임을 목 벼히려 ᄒ시ᄂᆞᆫ잇가 동인 거슬 풀려 신쳬
나 온젼케 죽(26면)이시면 우리 부인은 쟝군임의 부슬이 되ᄋᆞᆸ고 소비난 잔군임의 몸이
나 되야 빅연동낙홀 졔 싱남싱여 ᄒ오면 이란 졍분이오니 비ᄂᆞᆫ이다이 비ᄂᆞᆫ니다 쟝군임
계 져발 덕분의 비ᄂᆞᆫ이다 하날임계 비나이다 살여쥬소 살여쥬소 우리 셔방임 살여주소
셔 비ᄂᆞᆫ이다 비ᄂᆞᆫ이다 쳔지도 감동ᄒ고 귀신도 감동ᄒᄂᆞᆫ지라 쟝취경도 인비목셕 안니
어던 옥염의 비ᄂᆞᆫ 소리을 감동홀 분더러 분인을 부실 삼을 싱각이 잇기로 쥴의 동인
걸 끌너 만경창ᄑᆞ의 던지ᄂᆞᆫ지라 잇ᄃᆞ예 용왕이 거복을 보니여 만경챵파 살갓치 ᄂᆞ와
주봉을 업고 드러가니 옥경 션관이 옥황상졔계 급피 엿ᄌᆞ오ᄃᆡ 당나라 남쳔문 밧긔 ᄉᆞ
ᄂᆞᆫ 쥬승상의 아달

사령을 재촉하나 칼든 팔이 부러져 해중에 빠지는지라.(25면)

이때 부인과 옥염이 그 거동을 보고 차라리 물에 빠져 죽고자 하되 태에 아기가 있기로 못 죽는지라. 옥염이 곰곰이 생각하되 부인이 잉태한 지 여러 달이라, 급히 가만히 나와 정화수를 떠놓고 하나님께 비러 왈 '남자거든 좌편에서 움직이기를' 하고, 옥염이 부인을 붙들고 가만히 위로 왈

"애기가 좌편에서 움직이니 남자가 분명하오니 부인은 내 말씀을 들으소서. 부인이 죽으시면 복중의 애기도 죽을 것이고, 소비도 죽을 것이오. 서방님도 죽사오면 뉘라서 원수를 갚으리오. 또 부인은 어찌 하오리이까?"
하며 장취경 앞에 나가 복지 애걸하니라.

"장군님아, 장군님아! 구태어 우리 서방님을 목 베려 하시나이까? 동인 것을 풀어 신체나 온전하게 죽(26면)이시면 우리 부인은 장군님의 부실이 되옵고 소비는 장군님의 몸종이 되어 백년동락 할 때 생남생녀하오면 이 한 정분이오니 비나이다. 비나이다. 장군님께 제발 덕분에 비나이다. 하나님께 비나이다. 살려주소 살려주소! 우리 서방님, 살려주소서. 비나이다. 비나이다."

천지도 감동하시고 귀신도 감동하는지라. 장취경도 인비목석 아니거든 옥염의 비는 소리에 감동할 뿐더러 부인을 부실 삼을 생각이 있기로 줄로 동인 걸 끌러 만경창파에 던지는지라.

이때에 용왕이 이목을 보내어 만경창파 살같이 나와 주봉을 업고 들어가니 옥경선관이 옥황상제께 급히 여쭈었다.

"당나라 남문 밖에 사는 주 승상의 아들

원문

주봉이희평도ᄉᆞ로가다가수(27면)적쟝추경을만ᄂᆞᆫ즉금물의ᄲᅡ져쥭계되여시니급피가구ᄒᆞ옵쇼셔ᄒᆞ니상져즉시일광ᄃᆡ사을불너분ᄂᆞ ᄒᆞ야급피쥬봉을술여쥬라ᄒᆞ신ᄃᆡ ᄂᆞᄉᆞ분ᄂᆞ듯고육환장을집고무지계로다리녹코나려와육환장으로쥬봉을ᄶᅥᄃᆞ가희평의녹코이로ᄃᆡ이ᄶᅡᆼ의셔습칠셰을비러멱으면자연원슈도갑고영화도볼ᄶᅧ신이죠히ᄶᅥᄂᆞ라잇ᄯᅢ예부인이낭군쥬금을보고가슴을두ᄃᆞ리며물의ᄶᅱ여들어ᄒᆞ닌옥염이ᄂᆡ달ᄂᆞᆫ부인을안고궁글며비러왈우리부인을살여쥬쇼셔ᄒᆞ날임계비ᄂᆞᆫ이다져발덕분의살여쥬쇼셔ᄒᆞ며슬피운이산쳔쵸목과금슈다우난듯ᄒᆞ(28면)겨날장취경이부인과옥염을다리고졔집으로도라가난지라옥염이살펴보이열두부인니잇겨날옥염이문왈여려부인계옵셔다무슴연고로이고ᄃᆡ계신잇가모든부인ᄀᆞᆯ로ᄃᆡ우리도희평도ᄉᆞ가다ᄀᆞ장취경의계낭군을다쥭이고쳥셩구든목숨이쥭지못ᄒᆞ고잇셔가지사라노라ᄒᆞ고통곡ᄒᆞ겨날셔로붓들고울고이ᄯᅢ예장취경이부인을싱각ᄒᆞ고방으로드러올나할졔옥염이한ᄭᅬ로ᄶᅥ취경겨비러왈장군임은드르쇼셔우리부인은션보롬은경위잇삽고훗보롬은경위업ᄉᆞ온이훗날인들곳못ᄌᆞ올잇가한ᄃᆡ취경이옥염의말이올타ᄒᆞ고물너가거놀옥염이도망할ᄭᅬ을싱각(29면)ᄒᆞ고열려부인과의논ᄒᆞ니열려부니이왈도망ᄒᆞᆯ나ᄒᆞᆫ들쳔이마와말이마잇고안ᄌᆞ셔말이박긔일을문복

원문 띄어쓰기

주봉이 희평도ᄉᆞ로 가다가 수(27면)적 쟝추경을 만ᄂᆞᆫ 즉금 물의 ᄲᅡ져 쥭계 되여시니 급피 가 구ᄒᆞ옵쇼셔 ᄒᆞ니 상져 즉시 일광ᄃᆡ사을 불너 분ᄂᆞ ᄒᆞ야 급피 쥬봉을 술여쥬라 ᄒᆞ신ᄃᆡ ᄂᆞᄉᆞ 분ᄂᆞ 듯고 육환장을 집고 무지계로 다리 녹코 나려와 육환장으로 쥬봉을 ᄶᅥᄃᆞ가 희평의 녹코 이로ᄃᆡ 이 ᄶᅡᆼ의셔 습칠 셰을 비러 멱으면 자연 원슈도 갑고 영화도 볼 ᄶᅧ신이 죠히 ᄶᅥᄂᆞ라 잇ᄯᅢ예 부인이 낭군 쥬금을 보고 가슴을 두ᄃᆞ리며 물의 ᄶᅱ여들어 ᄒᆞ닌 옥염이 ᄂᆡ달ᄂᆞᆫ 부인을 안고 궁글며 비러 왈 우리 부인을 살여쥬쇼셔 ᄒᆞ날임계비ᄂᆞᆫ이다 져발 덕분의 살여쥬쇼셔 ᄒᆞ며 슬피 운이 산쳔쵸목과 금슈 다 우난듯 ᄒᆞ(28면)겨날 장취경이 부인과 옥염을 다리고 졔 집으로 도라가난지라 옥염이 살펴보이 열두 부인니 잇겨날 옥염이 문 왈 여려 부인계옵셔 다 무슴 연고로 이고ᄃᆡ 계신잇가 모든 부인 ᄀᆞᆯ로ᄃᆡ 우리도 희평도ᄉᆞ 가다ᄀᆞ 장취경의계 낭군을 다 쥭이고 쳥셩구든 목숨이 쥭지 못ᄒᆞ고 잇셔 가지 사라노라 ᄒᆞ고 통곡ᄒᆞ겨날 셔로 붓들고 울고 이ᄯᅢ예 장취경이 부인을 싱각ᄒᆞ고 방으로 드러올나 할 졔 옥염이 한 ᄭᅬ로ᄶᅥ 취경겨 비러 왈 장군임은 드르쇼셔 우리 부인은 션보롬은 경위 잇삽고 훗보롬은 경위 업ᄉᆞ온이 훗날인들 곳 못ᄌᆞ올잇가 한ᄃᆡ 취경이 옥염의 말이 올타 ᄒᆞ고 물너가거놀 옥염이 도망할 ᄭᅬ을 싱각(29면)ᄒᆞ고 열려 부인과 의논ᄒᆞ니 열려 부니이 왈 도망ᄒᆞᆯ나 ᄒᆞᆫ들 쳔이마와 말이마 잇고 안ᄌᆞ셔 말이 박긔 일을 문복

주봉이 해평 도사로 가다가 수(27면)적 장취경을 만나 지금 물에 빠져 죽게 되었으니 급히 가서 구하옵소서.”

하니 상제 즉시 일광대사를 불러 분부하야 급히 주봉을 살려주라 하신대 대사 분부 듣고 육환장을 집고 무지개로 다리 놓고 내려와 육환장으로 주봉을 떠다가 해평에 내려놓고 이야기하더라.

“이 땅에서 십칠 년을 빌어먹으면 자연 원수도 갚고 영화도 볼 것이니 좋이 떠나라.”

이때 부인이 낭군 죽임을 보고 가슴을 두드리며 물에 뛰어 들어가려 하니 옥염이 내달아 부인을 안고 구르며 빌어 왈

“우리 부인을 살려주소서. 하나님께 비나이다. 제발 덕분에 살려주소서.”

하며 슬피 우니, 산천초목과 금수 다 우는 듯 하(28면)거늘 장취경이 부인과 옥염을 데리고 제 집으로 돌아가는지라. 옥염이 살펴보니 열두 부인이 있거늘 옥염이 문 왈

“여러 부인께서는 다 무슨 연고로 이곳에 계시는 겁니까?”

모든 부인이 이르기를,

“우리도 해평 도사로 부임하다가 장취경에게 낭군이 다 죽임을 당했고, 모진 목숨이 죽지 못하고 이때까지 살아 있노라.”

하고 통곡하거늘 서로 붙들고 울고, 이때 장취경이 부인을 생각하고 방으로 들어오려 할 때 옥염이 한 꾀로 취경에게 빌어 왈

“장군님은 들으소서. 우리 부인은 선보름은 경위가 있고 후보름은 경위가 없으니, 훗날인들 못 자오리이까?”

한대 취경이 옥염의 말이 옳다 하고 물러가거늘 옥염이 도망할 꾀를 생각(29면)하고 열두 부인과 의논하니 열두 부인이 왈

“도망할라 한들 천리마, 만리마 있고, 앉아서 만 리 밖의 일을 면

원문

지이셔알고동셔남북으로문즉큰군스잇시이나는시라도ヽ망할길업스니엇지도망ᄒ리요옥염니싱각ᄒ되군스의군복을입고도망ᄒ리라ᄒ고즉시졀입과군복을어더남복으로쑴일스안을인졀입이며밀화쥬끈이며항나패즈며당스줄노쥬화끈이며항나쾌즈며당스줄노쥬황스을빗기초고숀의난삼쳑금들고육날메토리을미여신고월침ヽ야심한더삼경의ᄂ난다시나간이물즉큰군스더리겨의동윤가ᄒ야뭇지못ᄒ고금치안이ᄒ이부인과옥염이문박긔ᄂ달나월침ヽ야숨경의업더지며잡ᄇ지며(30면)밤시록가니졔유팔십니을힝ᄒ지라월낙셔산ᄒ고이일동방할졔강쌋의다달ᄂ스방을둘너보니손은첩ヽ쳔봉이요무른출넝ヽ강수되여ᄂ되눌셔고스셔가급박ᄒ여옥념이부인을봇들고강짜의안즈엿즈온듸이졔ᄂ스셰급박ᄒ여스오니부인은입부신군복과신을버셔강짜의두고급피도망ᄒ소셔나ᄂ죽어도셥지아니ᄒ여도부인은쳔금갓탄몸을익겨복즁의든익기ᄂ귀히질너쟝셩ᄒ겨든원슈을갑고영화로지니쇼셔ᄒ며부닌을위로ᄒ더부인이옥염을안고낫찰한터다이고울며왈너면겨죽으면나도죽고나죽의면복즁의든익기도어미을짜라쥬그리로(31면)다ᄒ며긔졀ᄒ겨날옥염이부인계비러왈스셰가급박ᄒ오이부인은닙으신군복과신을벼셔두고가쇼셔ᄂ난여긔잇짜가도젹놈쟝취경이오겨든부인은몬져물에쌔져죽음을이르

원문 띄어쓰기

지 이셔 알고 동셔남북으로 문 즉큰 군스 잇시이 나는 시라도 ヽ망할 길 업스니 엇지 도망ᄒ리요 옥염니 싱각ᄒ되 군스의 군복을 입고 도망ᄒ리라 ᄒ고 즉시 졀입과 군복을 어더 남복으로 쑴일스 안을 인졀입이며 밀화쥬끈이며 항나패즈며 당스줄노 쥬화끈이며 항나쾌즈며 당스줄노 쥬황스을 빗기초고 손의난 삼쳑 금 들고 육날 메토리을 미여 신고 월침ヽ 야심한더 삼경의 ᄂ난다시 나간이 물즉큰 군스더리 겨의 동윤가 ᄒ야 뭇지 못ᄒ고 금치 안이ᄒ이 부인과 옥염이 문박긔 ᄂ달나 월침ヽ 야숨경의 업더지며 잡ᄇ지며(30면) 밤시록 가니 졔유 팔십니을 힝ᄒ지라 월낙셔산ᄒ고 이일동방할 졔 강쌋의 다달ᄂ 스방을 둘너보니 손은 첩ヽ 쳔봉이요 무른 출넝ヽ 강수되여ᄂ듸 눌 셔고 스셔가 급박ᄒ여 옥념이 부인을 봇들고 강짜의 안즈 엿즈온듸 이졔ᄂ 스셰 급박ᄒ여스오니 부인은 입부신 군복과 신을 버셔 강짜의 두고 급피 도망ᄒ소셔 나ᄂ 죽어도 셥지 아니ᄒ여도 부인은 쳔금갓탄 몸을 익겨 복즁의 든 익기ᄂ 귀히 질너 쟝셩ᄒ겨든 원슈을 갑고 영화로 지니쇼셔 ᄒ며 부닌을 위로ᄒ더 부인이 옥염을 안고 낫찰 한터 다이고 울며 왈 너 면겨 죽으면 나도 죽고 나 죽의면 복즁의 든 익기도 어미을 짜라 쥬그리로(31면)다 ᄒ며 긔졀ᄒ겨날 옥염이 부인계 비러 왈 스셰가 급박ᄒ오이 부인은 닙으신 군복과 신을 벼셔 두고 가쇼셔 ᄂ난 여긔 잇짜가 도젹놈 쟝취경이 오겨든 부인은 몬져 물에 쌔져 죽음을 이르

저 알고, 동서남북으로 문 지키는 군사가 있으니 나는 새라도 도망할 길 없으니 어찌 도망하리요.”

옥염이 생각하되 군사의 군복을 입고 도망하리라 하고, 전립과 군복을 얻어 남복으로 꾸밀 사안을 인절입이며 밀화주 끈이며 항라 쾌자며 당사 줄로 주황사를 빗기 차고 손에는 삼척금을 들고 육날 미투리 둘러매어 신고 월침침 야심심한대 삼경에 나는 듯이 나가니 문 지키는 군사들이 저의 동류인가 하여 묻지 못하고 금치 아니하니 부인과 옥염이 문 밖에 내달아 월침침 야삼경에 엎어지며 자빠지며(30면) 밤새도록 가니 겨우 팔십 리를 행한지라. 월락서산하고 이일동방할 때 강가에 다다라 사방을 둘러보니 산은 첩첩천봉이요, 물은 출렁출렁 강수되었는데 날은 새고 사세가 급박하여 옥염이 부인을 붙들고 강가에 앉자 여쭙기를

“이제는 사세가 급박하였사오니 부인은 입으신 군복과 신을 벗어 강가에 두고 급히 도망하소서. 나는 죽어도 서럽지 아니하여도 부인은 천금 같은 몸을 아껴 복중에 든 애기나 귀히 길러 장성하거든 원수를 갚고 영화로 지내소서.” 하며 부인을 위로한대 부인이 옥염을 안고 낯을 비비면서 울며 왈

“너 먼저 죽으면 나도 죽고 나 죽으면 복중에 든 애기도 어미를 따라 죽으리로(31면)다.” 하며 기절하거늘 옥염이 부인께 빌어 왈

“사세가 급박하오니 부인이 입으신 군복과 신을 벗어두고 가소서. 나는 여기 있다가 도적놈 장취경이 오거든 부인은 먼저 물에 빠져 죽었음을 이르

고진욕이나무슈이ᄒ고쥬글겨신이부인은급피환을면ᄒ쇼셔ᄒ며군복을다볏기인이부인도너 뒤을싱각ᄒ고군복과신을바리고쩌놀시옥염이다시지슴당부ᄒ고슬피울며왈부디ᐧᐧ평안이 가소셔부인이옥염을다시도라보와왈우리싱젼의못보련이와황쳔의가다시보즈ᐧᐧᄒ고서로 눈물을흘이며이별ᄒ고쩌놀졔업쩌지며잡바지며만쳡산중을향ᄒ여가이손은쳡ᐧ쳔봉이요물 은잔ᐧ벽계로다층암졀(32면)벽은바공의소슷신이별유쳔지비인간이라몸을감초고바라본이 장취경의거동보소장창디겸을들고호통을벽역갓치ᄒ며짜라오는거동을볼작시며젼국계시졀 인가풍진도요란ᄒ며초한격시졀인가살긔도분ᐧᄒ고홍문연잔지널가칼춤은무슴일고옥염이 너달나워여왈이놈아ᐧᐧ장취경아드러라너는하눌도두럼지안이ᄒ야빙셜갓튼우리부인이엇 지너갓튼도젹놈을상디ᄒ여말을드르시며닌들엇지너집물종이되리요우리부인이너의얼골다 시안이보야ᄒ고발셔물의바져쥭고느는너오긔을지달려너그언말노욕이나ᄒ고쥭글리라ᄒ며 인ᄒ야비단침아을물음(33면)씨고만경창파의쮜여든이잇쩌여용왕이거복을보너여옥염을드 입쩌업고용궁으로ᄀ는지라잇쩌예장취경이장창디겸을집고강짜의셔노리불너왈실푸다그부 인보고지고쥭어곡기밤이될진디날갓튼군즈을셤겨빅년동낙ᄒ면근덜졍이아일손가모지도다



고 진욕이나 무슈이 ᄒ고 쥬글 겨신이 부인은 급피 환을 면ᄒ쇼셔 ᄒ며 군복을 다 볏기 인이 부인도 너 뒤을 싱각ᄒ고 군복과 신을 바리고 쩌놀시 옥염이 다시 지슴 당부ᄒ고 슬피 울며 왈 부디ᐧᐧ 평안이 가소셔 부인이 옥염을 다시 도라보와 왈 우리 싱젼의 못 보련이와 황쳔의 가 다시 보즈 ᐧᐧ ᄒ고 서로 눈물을 흘이며 이별ᄒ고 쩌놀 졔 업쩌지 며 잡바지며 만쳡산중을 향ᄒ여 가이 손은 쳡ᐧ 쳔봉이요 물은 잔ᐧ 벽계로다 층암졀 (32면)벽은 바공의 소슷신이 별유쳔지 비인간이라 몸을 감초고 바라본이 장취경의 거동 보소 장창 디겸을 들고 호통을 벽역갓치 ᄒ며 짜라오는 거동을 볼작시며 젼국계 시졀인 가 풍진도 요란ᄒ며 초한격 시졀인가 살긔도 분ᐧᄒ고 홍문연 잔지널가 칼춤은 무슴 일 고 옥염이 너달나 워여 왈 이놈아 ᐧᐧ 장취경아 드러라 너는 하눌도 두럼지 안이ᄒ야 빙셜갓튼 우리 부인이 엇지 너 갓튼 도젹놈을 상디ᄒ여 말을 드르시며 닌들 엇지 너 집 물종이 되리요 우리 부인이 너의 얼골 다시 안이 보야 ᄒ고 발셔 물의 바져 쥭고 느는 너 오긔을 지달려 너 그언 말노 욕이나 ᄒ고 쥭글리라 ᄒ며 인ᄒ야 비단침아을 물음(33 면)씨고 만경창파의 쮜여든이 잇쩌여 용왕이 거복을 보너여 옥염을 드입쩌 업고 용궁으 로 ᄀ는지라 잇쩌예 장취경이 장창 디겸을 집고 강짜의셔 노리불너 왈 실푸다 그 부인 보고지고 쥭어 곡기밤이 될진디 날 갓튼 군즈을 셤겨 빅년동낙ᄒ면 근덜 졍이 아일손가 모지도다

고 가진 욕이나 무수히 하고 죽을 것이니 부인은 급히 환을 면하소서.”

하며 군복을 다 벗기니 부인도 뒤를 생각하고 군복과 신을 버리고 떠날 새 옥염이 다시 재삼 당부하고 슬피 울며 왈

“부디부디 평안히 가소서.”

부인이 옥염을 다시 돌아보며 왈

“우리 생전에 못 보려니와 황천에 가 다시 보자.”

하고, 서로 눈물을 흘리며 이별하고 떠날 제 엎어지며 자빠지며 만첩산중을 향하여 가니 산은 첩첩천봉이요, 물은 잔잔벽계로다. 층암절(32면)벽은 반공에 솟아 별유천지비인간이라. 몸을 감추고 바라보니 장취경의 거동 보소. 장창대검을 들고 호통을 벽력 같이 하며 따라오는 거동을 볼 작시며, 전국 때 시절인가 풍진도 요란하며 초한적 시절인가 살기도 분분하고, 홍문연 잔치인가 칼춤은 무슨 일이고, 옥염이 내달아 워여 왈

“이놈아, 이놈아, 장취경아! 들어라. 너는 하늘도 두렵지 아니하냐? 빙설 같은 우리 부인이 어찌 너 같은 도적놈을 상대하여 말을 들으시며, 난들 어찌 네 집 몸종이 되리요. 우리 부인이 너의 얼굴 다시 아니 보랴 하고 벌써 물에 빠져 죽었고 나는 너 오기를 기다려 내 그런 말로 욕이나 하고 죽으리라.”

하며 인하야 비단 치마를 뒤집어(33면)쓰고 만경창파에 뛰어드니 이때 용왕이 거북을 보내어 옥염을 바로 업고 용궁으로 가는지라.

이때에 장취경이 장창대검을 집고 강가에서 노래를 불러 왈

“슬프다. 그 부인 보고지고. 죽어 고기밥이 될 진대 나 같은 군자를 섬겨 백년동락하면 그것이 정이 아니었던가. 모질기도 하도다.

원문

ㅊㅊ졔집갓치모질손가보고지고보고지고그부인보고지고흐르는이물겨리요쒸노나니고기로
다노러을긋치고졔집으로가니라잇쩌의이부인니홀일업셔덤둘을쪄느업더지며잡쌘지며만쳡
산즁으로드러가니두견시는슬피울고시니물은잔ㅊ흔디긔갈이ㅈ심ㅎ야촌보길이어려워업더
지며긔졀ㅎ여쩌니의외예영보손칠보옴노승팔관디ㅅ맛(34면)츰속가의갓짜가졀노올나오더
니딜가의쳥년부인니질짜의셔긔졀ㅎ여쩌늘디ㅅ놀느여급피수건의물뭇쳐입의쓰드리우니이
윽ㅎ여복셩ㅎ는지라디ㅅ문왈부인은어디겨시며무슴년고로이깁푼산둥의와셔져디지곤ㅊ흐
시니잇가부인니겨오인ㅅ을진졍ㅎ야눈을쩌보니과연녀승이라쉬진흔마옴의반가와디ㅅ는죽
계된ㅅ람을살여쥬옵소셔ㅎ며어느졀의계시며져리얼마나머오니잇가흔디팔관디ㅅ위로왈소
승은영보산칠보암의잇쌈던이맛참녀쇽가의갓삽짜가졀노가난질리오이한가리로가사이다졀
이여셔며지안이ㅎ오니다ㅎ고부인의숀을잇끌고가겨날부닌이쉬진한즁영보암을치아다보이
층암졀벽은층ㅊ이둘너(35면)잇고물은잔ㅊㅎ이벽계로다빅운심쳐을츠자문드러간이벼유쳔
지비인간이니라팔관디ㅅ부인을드리고ㅅ즁의드러간니여러상ㅈ더리니달나져의스승을마질
시셔로우시며왈우리시승님이쇽가의가시던이쪼한상ㅈ을다려온다ㅎ고반기더라그러구러여

원문 띄어쓰기

ㅊㅊ 졔집갓치 모질손가 보고지고 보고지고 그 부인 보고지고 흐르는이 물겨리요 쒸노
나니 고기로다 노러을 긋치고 졔 집으로 가니라 잇쩌의 이 부인니 홀 일 업셔 덤둘을
쪄느 업더지며 잡쌘지며 만쳡산즁으로 드러가니 두견시는 슬피 울고 시니물은 잔ㅊ흔
디 긔갈이 ㅈ심ㅎ야 촌보 길이 어려워 업더지며 긔졀ㅎ여쩌니 의외예 영보손 칠보옴 노
승 팔관디ㅅ 맛(34면)츰 속가의 갓짜가 졀노 올나오더니 딜가의 쳥년 부인니 질짜의셔
긔졀ㅎ여쩌놀 디ㅅ 놀느여 급피 수건의 물 뭇쳐 입의 쓰 드리우니 이윽ㅎ여 복셩ㅎ는지
라 디ㅅ 문 왈 부인은 어디 겨시며 무슴 년고로 이 깁푼 산둥의 와셔 져디지 곤ㅊ흐시
니잇가 부인니 겨오 인ㅅ을 진졍ㅎ야 눈을 쩌보니 과연 녀승이라 쉬진흔 마옴의 반가와
디ㅅ는 죽계 된 ㅅ람을 살여쥬옵소셔 ㅎ며 어느 졀의 계시며 져리 얼마나 머오니잇가
흔디 팔관디ㅅ 위로 왈 소승은 영보산 칠보암의 잇쌈던이 맛참녀 쇽가의 갓삽짜가 졀노
가난 질리오이 한가리로 가사이다 졀이 여셔 며지 안이ㅎ오니다 ㅎ고 부인의 숀을 잇끌
고 가겨날 부닌이 쉬진한 즁 영보암을 치아다보이 층암졀벽은 층ㅊ이 둘너(35면)잇고
물은 잔ㅊㅎ이 벽계로다 빅운심쳐을 츠자 문 드러간이 벼유쳔지 비인간이니라 팔관디
ㅅ 부인을 드리고 ㅅ즁의 드러간니 여러 상ㅈ더리 니달나 져의 스승을 마질시 셔로 우
시며 왈 우리 시승님이 쇽가의 가시던이 쪼 한 상ㅈ을 다려온다 ㅎ고 반기더라 그러구
ㅊ러 여

모질도다. 계집같이 모질손가, 보고지고 보고지고. 그 부인 보고지고. 흐르느니 물결이요. 뛰노나니 고기로다.”

노래를 그치고 제 집으로 가니라.

이때에 이 부인이 할 일 없어 덤들을 떠나 엎더지며 자빠지며 만첩산중으로 들어가니 두견새는 슬피 울고 시내 물은 잔잔한데 기갈이 자심하야 촌보길이 어려워 엎어지며 기절하였더니 의외에 영보산 칠보암 노승 팔관대사 마(34면)침 속가에 갔다가 절로 올라오더니 길가에 청년 부인이 길가에서 기절하였거늘 대사 놀라 급히 수건에 물을 적셔 입에 짜 드리니 이윽고 복생하는지라. 대사 문 왈

“부인은 어디 계시며 무슨 연고로 이 깊은 산중에 와서 이다지 곤고하시니이까?”

부인이 겨우 인사를 진정하여 눈을 떠보니 과연 여승이라. 마음에 반가와

“대사는 죽게 된 사람을 살려주옵소서.”

하며

“어느 절에 계시며 절이 얼마나 멀리 있습니까?”

하대 팔관대사 위로 왈

“소승은 영보산 칠보암에 있는데, 마침 속가에 갔다가 절로 가는 길이옵니다. 한가지로 가사이다. 절이 여기서 그리 멀지 않소이다.”

하고 부인의 손을 이끌고 가더라. 부인이 쇠진한 중 영보암을 쳐다보니 층암절벽은 층층이 둘러(35면) 있고, 물은 잔잔하니 벽계로다. 백운심처를 찾아 문을 들어가니 별유천지비인간이니라. 팔관대사 부인을 데리고 사중에 들어가니 여러 상자들이 쫓아와 저의 스승을 맞을 새 서로 웃으며 왈

“우리 스승님이 속가에 가시더니 또 한 상자를 데려오셨다.”

하고 반기더라. 그러구러 여

원문

러날리된이팔관디스위로왈이졀은디찰이라귀경쑨니열낙부졀ᄒ니부인은분명졀짠코욕을볼겨신이며리을깍고셰월을보닉기만갓지못홀가ᄒᄂ이다ᄒ거눌부인니싱각ᄒ되디스의말숨이올타ᄒ고인ᄒ야머리을깍쯔니그경상은츠마못볼너라셰월이여류ᄒ야십식이되여ᄂ지라일일은오운니암ᄌ을둘너싼고향닉진동ᄒ거눌디스ᄒ복홀줄알고(36면)상ᄌ을불너왈빅미와머역을쥰비ᄒ엿다가희복ᄒ거든챡시리구완ᄒ라ᄒ더라향닉을긋치며부인니남ᄌ을탄싱ᄒ엿ᄂ지라그ᄋ기우룸소래웅쟝훈지라스듕이진동ᄒ더니디사와졔승더리그아기소리을듯고민망이여겨문왈우리졀릭ᄂ아기ᄂ듕이엽스오니부인은져ᄋ기를안고ᄂ가소셔훈디부인니비러왈머리깍근듕이ᄋ기을안고가면ᄌ연할양과머음더리음힝시리부졍타ᄒ고피련이욕을볼거시니요쪼훈반도비러먹지못홀거시니츠라니이졀릭셔쥭기만갓지못ᄒ거눌졔승이디쳑왈ᄋ무리졍상이불상ᄒᄂ부인니이졀릭잇짜가는우리다더러운말을듯고지닐거시니줌말말고ᄋ기를빅(37면)리거ᄂ소견디로ᄒ소셔ᄒ니그러홀스록ᄋ기우ᄂ소래ᄂ사듕이뒤눔ᄂ둧ᄒ더라부인니싱각다못ᄒ여ᄋ기ᄇ리기을싱각ᄒ고비단으로ᄋ기옷슬민드라윈편발식기가락을쯘어옷짓속의너코져고리네귀여유복ᄌ희션니라식기고ᄋ기을안고월침ᄎ야슴경의업더지며줏바지며동국십니

원문 띄어쓰기

러 날리 된이 팔관디스 위로 왈 이 졀은 디찰이라 귀경쑨니 열낙부졀ᄒ니 부인은 분명 졀짠코 욕을 볼겨신이 며리을 깍고 셰월을 보닉기만 갓지 못홀가 ᄒᄂ이다 ᄒ거눌 부인니 싱각ᄒ되 디스의 말숨이 올타 ᄒ고 인ᄒ야 머리을 깍쯔니 그 경상은 츠마 못 볼너라 셰월이 여류ᄒ야 십식이 되여ᄂ지라 일일은 오운니 암ᄌ을 둘너싼고 향닉 진동ᄒ거눌 디스 ᄒ복홀 줄 알고(36면) 상ᄌ을 불너 왈 빅미와 머역을 쥰비ᄒ엿다가 희복ᄒ거든 챡시리 구완ᄒ라 ᄒ더라 향닉을 긋치며 부인니 남ᄌ을 탄싱ᄒ엿ᄂ지라 그 ᄋ기 우룸소래 웅쟝훈지라 스듕이 진동ᄒ더니 디사와 졔승더리 그 아기소리을 듯고 민망이 여겨 문 왈 우리 졀릭ᄂ 아기ᄂ 듕이 엽스오니 부인은 져 ᄋ기를 안고 ᄂ가소셔 훈디 부인니 비러 왈 머리 깍근 듕이 ᄋ기을 안고가면 ᄌ연 할양과 머음더리 음힝시리 부졍타 ᄒ고 피련이 욕을 볼거시니요 쪼훈 반도 비러먹지 못홀 거시니 츠라니 이 졀릭셔 쥭기만 갓지 못ᄒ거눌 졔승이 디쳑 왈 ᄋ무리 졍상이 불상ᄒᄂ 부인니 이 졀릭 잇짜가는 우리 다 더러운 말을 듯고 지닐 거시니 줌말 말고 ᄋ기를 빅(37면)리거ᄂ 소견디로 ᄒ소셔 ᄒ니 그러홀스록 ᄋ기 우ᄂ 소래ᄂ 사듕이 뒤눔ᄂ 둧ᄒ더라 부인니 싱각다 못ᄒ여 ᄋ기 ᄇ리기을 싱각ᄒ고 비단으로 ᄋ기옷슬 민드라 윈편발 식기가락을 쯘어 옷짓 속의 너코 져고리네 귀여 유복ᄌ 희션니라 식기고 ᄋ기을 안고 월침ᄎ 야슴경의 업더지며 줏바지며 동국 십니

러 날이 되니 팔관대사 위로 왈

"이 절은 대찰이라. 구경꾼이 연락부절하니 부인은 분명 결단코 욕을 볼 것이니 머리를 깎고 세월을 보내기만 같지 못할까 하나이다."

하거늘 부인이 생각하되 대사의 말씀이 옳다 하고 인하야 머리를 깎으니 그 정상은 차마 못 보리라.

세월이 여류하야 열 달이 되었는지라. 일일은 오운이 암자를 둘러싸고 향내 진동하거늘 대사 해복할 줄 알고(36면) 상자를 불러 왈

"백미와 미역을 준비하였다가 해복하거든 착실하게 구완하라."

하더라. 향내를 그치며 부인이 남자를 탄생하였는지라. 그 아기 울음소리 웅장한지라. 사중이 진동하더니 대사와 제승들이 그 아기 소리를 듣고 민망히 여겨 문 왈

"우리 절에는 아이를 가진 중이 없사오니 부인은 저 아기를 안고 나가소서."

한대 부인이 빌어 왈

"머리 깎은 중이 아기를 안고 가면 자연 한량과 머슴들이 행실이 부정하다 하고 필연 욕을 볼 것이요. 또한 밥도 빌어먹지 못할 것이니 차라리 이 절에서 죽는 것만 같지 못하거늘."

제승이 대책 왈

"아무리 정상이 불상하나 부인이 이 절에 있다가는 우리 다 더러운 말을 듣고 지낼 것이니 암말 말고 아기를 버(37면)리거나 소신대로 하소서."

하니 그럴수록 아기 우는 소리는 사중을 뒤 엎듯 하더라. 부인이 생각다 못하여 아기 버리기를 생각하고 비단으로 아기 옷을 만들어 왼편 발 새끼가락을 끊어 옷깃 속에 넣고 저고리 네 귀에 '유복자 해선'이라 새기고 아기를 안고 월침침 야삼경에 엎어지며 자빠지며 동구 십리

밧긔디촌가온디시암둑의녹코안ᄌ시니월낙셔산겨명셩은챵쳔한디ᄋ기을안고아가ᅠᄾᄾ니졋망죵머거라ᄒ며니네어미아니로다ᄒᄂ소리쳔지도감동ᄒ고지신도감동ᄒᄂ듯ᄒ더라ᄋ가ᅠᄾᄾ졋먹거라ᅠᄾᄾ그렁져렁덤병일졔동방이발그며마실기은짓ᄂ지라가다다시도라와졋시ᄂ망죵먹거라ᄒ고졋먹기고ᄋ기을ᄇ리고눈물을흘니며업써지며곱써지며졀노올나갈졔양유난의ᅠᄾᄒ야양(38면)안을가리온디ᄋ기소리귀예징ᅠᄾᄒ야졍신이슬난ᄒ야ᄋᆸ흘가누지못ᄒ며졀의올나가니잇써예마을졔집더리물길노가니간ᄂᄋ기우물ᄭᅡ의누어거눌동의을녹코ᄋ기을드립써안고왈니무ᄌ식ᄒ더니하눌리쥬시도ᄃᆨ할디예쟝취경이도젹질갓다가그거동을보고달여드러와ᄋ기ᄂ너가다러가리라ᄒ고번기갓치달여드니모든ᄉ람드리놀ᄂ여다도망ᄒᄂ지라쟝취경이ᄋ기안ᄂ다가이분인을쥬며왈이ᄋ기을쟝희션이라ᄒ고일홈을짓고금의옥식으로쟐길너니여귀히되게ᄒ라ᄒ고믹기거눌부인니그ᄋ기입은옷슬보니비단도낫익고바느질과수품도짐쟉ᄒᆯ너라힝혜알가ᄒ여즉시그오셜벽겨벽쟝의집피감초고다른오셜지(39면)여입피고져셜먹이고사랑ᄒ기그츌갓치ᄒ더라그러구러셰워리여류ᄒ야희션의나히오셰을당ᄒ야일ᅠᄾ은희션이졔부친긔엿ᄌ오디소ᄌ그을비화지라ᄒᆫ디쟝취경이디쵹왈그른ᄇ화쓸디업스니용밍을비화



밧긔 디촌 가온디 시암둑의 녹코 안ᄌ시니 월낙셔산 겨명셩은 챵쳔한디 ᄋ기을 안고 아가ᅠᄾᄾ 니 졋 망죵 머거라 ᄒ며 니 네 어미 아니로다 ᄒᄂ 소리 쳔지도 감동ᄒ고 지신도 감동ᄒᄂ 듯ᄒ더라 ᄋ가ᅠᄾᄾ 졋 먹거라ᅠᄾᄾ 그렁져렁 덤병일 졔 동방이 발그며 마실 기은 짓ᄂ지라 가다 다시 도라와 졋시ᄂ 망죵 먹거라 ᄒ고 졋 먹기고 ᄋ기을 ᄇ리고 눈물을 흘니며 업써지며 곱써지며 졀노 올나갈 졔 양유난 의ᅠᄾᄒ야 양(38면)안을 가리온디 ᄋ기소리 귀예 징ᅠᄾᄒ야 졍신이 슬난ᄒ야 ᄋᆸ흘 가누지 못ᄒ며 졀의 올나가니 잇써예 마을 졔집더리 물 길노 가니 간ᄂᄋ기 우물ᄭᅡ의 누어거눌 동의을 녹코 ᄋ기을 드립써 안고 왈 니 무ᄌ식ᄒ더니 하눌리 쥬시도ᄃᆨ 할 디예 쟝취경이 도젹질 갓다가 그 거동을 보고 달여드러와 ᄋ기ᄂ 너가 다러가리라 ᄒ고 번기갓치 달여드니 모든 ᄉ람드리 놀ᄂ여 다 도망ᄒᄂ지라 쟝취경이 ᄋ기 안ᄂ다가 이 분인을 쥬며 왈 이 ᄋ기을 쟝희션이라 ᄒ고 일홈을 짓고 금의옥식으로 쟐 길너니여 귀히 되게 ᄒ라 ᄒ고 믹기거눌 부인니 그 ᄋ기 입은 옷슬 보니 비단도 낫익고 바느질과 수품도 짐쟉ᄒᆯ너라 힝혜 알가ᄒ여 즉시 그오셜 벽겨 벽쟝의 집피 감초고 다른 오셜 지(39면)여 입피고 져셜 먹이고 사랑ᄒ기 그츌갓치 ᄒ더라 그러구러 셰워리 여류ᄒ야 희션의 나히 오셰을 당ᄒ야 일ᅠᄾ은 희션이 졔 부친긔 엿ᄌ오디 소ᄌ 그을 비화지라 ᄒᆫ디 쟝취경이 디쵹 왈 그른 ᄇ화 쓸디 업스니 용밍을 비화

밖에 대류촌 가운데 우물가에 놓고 앉았으니 월락서산 계명성은 창천한대 아기를 안고

　"아가 아가, 내 젖 많이 먹어라." 하며

　"내 네 어미 아니로다."

하는 소리 천지도 감동하고 귀신도 감동하는 듯 하더라.

　"아가 아가, 젖 먹어라. 젖 먹어라."

　그럭저럭 덤벙일 제, 동방이 밝으며 마을 개가 짖는지라. 가다 다시 돌아와

　"젖이나 마음껏 먹어라."

하고 젖 먹이고 아기를 버리고 눈물을 흘리며 엎어지며 자빠지며 절로 올라갈 제, 양유는 의의하여 양(38면)안을 가리었는데 아기 소리 귀에 쟁쟁하여 정신이 산란하여 앞을 가누지 못하며 절에 올라가니 이때에 마을 계집들이 물 길러 가니 간난아이 우물가에 누었거늘 동이를 놓고 아기를 왈칵 안으며 왈

　"내 무자식하더니 하늘이 주시도다."

할 때에 장취경이 도적질 갔다가 그 거동을 보고 달려 들어와

　"아기는 내가 데려가리라."

하고 번개 같이 달려드니 모든 사람들이 놀라 다 도망하는지라. 장취경이 아기를 안아다가 이 부인을 주며 왈

　"이 아기를 장해선이라 하고 이름을 짓고, 금의옥식으로 잘 길러내어 귀히 되게 하라."

하고 맡기거늘, 부인이 그 아기 입은 옷을 보니 비단도 낯이 익고 바느질과 수품도 짐작할러라. 행여 알까 하여 즉시 옷을 벗겨 벽장에 깊이 감추고 다른 옷을 지(39면)어 입히고 젖을 먹이고 사랑하기 기출 같이 하더라.

　이럭저럭 세월이 여류하여 해선의 나이 다섯 살을 당하야 일일은 해선이 제 부친께 아뢰었다.

　"소자 글을 배우고 싶습니다."

한대, 장취경이 대책 왈

　"글은 배워 쓸 데 없으니 용맹을 배워

원문

도젹질이ᄂᆞᆫ 오라ᄒᆞ거ᄂᆞᆯ희션니이말을듯고울며모친젼의나아가부친ᄒᆞ던말슴을고한디부인니왈그러ᄒᆞ리라ᄒᆞ고인ᄒᆞ야그을시작하되부친모르게가르치던이셰월리여류ᄒᆞ야희션의나히습삼셰을당ᄒᆞ연난지라일ᄂᆞᆫ은계부친젼의엿ᄌᆞ오디황셩의가귀경ᄒᆞᆸ고인물과지물을젼취ᄒᆞ고도량을엿보고오리다한디취경이낙ᄂᆞᆨᄒᆞ야직시날닌죵과쳘이말을쥬고노ᄌᆞ쥬되황금일쳔양을쥬며보니이라각셜이젹의(40면)희션이부인계으은한말삼을드른지라이날희션이 로황셩으로올나가셔주닌을졍ᄒᆞ되집과쟝원니다퇴락한집으로드러간이늘근노귀잇겨날희션이말계ᄂᆞ러노귀을불너왈희평골의이쌉쩐이과겨보려ᄒᆞ고왓스온이딕의쥬인을졍ᄒᆞ노라한디노귀더왈억만쟝안의졍쇄한집이만한듸이련누추한집의엇지유슉ᄒᆞ오며ᄶᅩ양식이업고ᄶᅩ흔반찬이업시이엇지디졉ᄒᆞ리요한디희션이죵을불너졔ᄌᆞ의가양식과반찬을사다가주인ᄶᅵᆨ의드리고죠셕을먹난디쥬인ᄶᅵᆨ부인니그션비을보고인물과겨동이며말삼쇼리와다닉의아들주봉과한말도어기지안니ᄒᆞ도ᄃᆞᆨ ᄒᆞ고보고ᄀᆞ다시보아며눈물을흘이겨날희션이문왈부인겨옵셔(41면)쇼ᄌᆞ을보시고겨디지슬혀ᄒᆞ신이ᄌᆞ계분이어디가시며나흔얼마나ᄒᆞ신잇가부인니왈닉아들일홈은쥬봉이요ᄶᅩ나흔십ᄉᆞ셰예알셩급졔ᄒᆞ여희평도ᄉᆞ로간계장ᄎᆞ습ᄉᆞ셰되엿쏘오되소식이돈졀ᄒᆞ오

원문 띄어쓰기

도젹질이ᄂᆞᆫ 오라 ᄒᆞ거ᄂᆞᆯ 희션니 이 말을 듯고 울며 모친 젼의 나아가 부친 ᄒᆞ던 말슴을 고한디 부인니 왈 그러 ᄒᆞ리라 ᄒᆞ고 인ᄒᆞ야 그을 시작하되 부친 모르게 가르치던이 셰월리 여류ᄒᆞ야 희션의 나히 습삼 셰을 당ᄒᆞ연난지라 일ᄂᆞᆫ은 계 부친 젼의 엿ᄌᆞ오디 황셩의 가 귀경ᄒᆞᆸ고 인물과 지물을 젼취ᄒᆞ고 도량을 엿보고 오리다 한디 취경이 낙ᄂᆞᆨᄒᆞ야 직시 날닌 죵과 쳘이말을 쥬고 노ᄌᆞ 쥬되 황금 일쳔 양을 쥬며 보니이라 각셜 이젹의(40면) 희션이 부인계 으은한 말삼을 드른지라 이 날 희션이 로 황셩으로 올나가셔 주닌을 졍ᄒᆞ되 집과 쟝원니 다 퇴락한 집으로 드러간이 늘근 노귀 잇겨날 희션이 말계 ᄂᆞ러 노귀을 불너 왈 희평골의 이쌉쩐이 과겨 보려ᄒᆞ고 왓스온이 딕의 쥬인을 졍ᄒᆞ노라 한디 노귀 더 왈 억만 쟝안의 졍쇄한 집이 만한듸 이련 누추한 집의 엇지 유슉ᄒᆞ오며 ᄶᅩ 양식이 업고 ᄶᅩ흔 반찬이 업시이 엇지 디졉ᄒᆞ리요 한디 희션이 죵을 불너 졔ᄌᆞ의 가 양식과 반찬을 사다가 주인 ᄶᅵᆨ의 드리고 죠셕을 먹난디 쥬인 ᄶᅵᆨ 부인니 그 션비을 보고 인물과 겨동이며 말삼 쇼리와 다 닉의 아들 주봉과 한 말도 어기지 안니ᄒᆞ도ᄃᆞᆨ ᄒᆞ고 보고ᄀᆞ 다시 보아며 눈물을 흘이겨날 희션이 문 왈 부인겨옵셔(41면) 쇼ᄌᆞ을 보시고 져디지 슬혀ᄒᆞ신이 ᄌᆞ계분이 어디 가시며 나흔 얼마나 ᄒᆞ신잇가 부인니 왈 닉 아들 일홈은 쥬봉이요 ᄶᅩ 나흔 십ᄉᆞ 셰예 알셩급졔ᄒᆞ여 희평도ᄉᆞ로 간 계 장ᄎᆞ 습ᄉᆞ 셰 되엿쏘오되 소식이 돈졀ᄒᆞ오

도적질이나 익히라.”

하거늘 해선이 이 말을 듣고 울며 모친 전에 나아가 부친이 하던 말씀을 고한
대, 부인이 왈

“그러 하리라.”

하고 인하야 글을 시작하되 부친 모르게 가르치더니, 세월이 여류하여 해선의
나이 십삼 세를 당하였는지라. 일일은 제 부친께 아뢰기를,

“황성에 가 구경하옵고 인물과 재물을 갈취하고 도량을 엿보고 오리다.”

하니, 취경이 낙락하여 즉시 날쌘 종과 천리마를 주고 노자로 황금 일천 냥을
주어 보내니라.

각설, 이때에(40면) 해선이 부인께 은은한 말씀을 들은지라. 이날 해선이 바
로 황성으로 올라가서 주인을 정하되 집과 장원이 다 퇴락한 집으로 들어가니
늙은 노구가 있거늘 해선이 말에서 내려 노구를 불러 왈

“해평골에 사는데, 과거를 보려고 왔사오니 이 댁을 머물 곳으로 정하고
싶소.”

하니, 노구가 대답하기를

“억만 장안에 깨끗한 집이 많은데, 이런 누추한 집에서 어찌 유숙하오며 또
양식이 없고 또한 반찬이 없으니 어찌 대접하리요”

한대, 해선이 종을 불러 저자에 가서 양식과 반찬을 사다가 주인댁에 드리고
조석으로 먹는데, 주인 댁 부인이 그 선비를 보고

“인물과 거동이며 말하는 소리가 다 나의 아들 주봉과 한 말도 어기지 아니
하도다.”

하고, 보고보고 다시 보며 눈물을 흘리거늘 해선이 문 왈

“부인께옵서(41면) 소자를 보시고 이다지 슬퍼하시니 자제분이 어디 갔으며
나이는 얼마인지요?”

부인이 왈

“내 아들 이름은 주봉이요, 또 나이는 십사세에 알성급제하여 해평 도사로
간 지 장차 십사 년 되었으나 소식이 돈절하오

원문

니일런답ᄒᆞ고셔룬일이어디잇쓸이요한디희션이성각ᄒᆞ고ᄌᆞ연마음니슬혀의혹이나과계성각은업셔부인계엿ᄌᆞ오디져벽쟝의이난옥져탄금을달나한디부인이니여쥬겨날희션이ᄇ다불미부인이그부난쇼리을듯고쥬봉과갓치분이더옥슬혀ᄒᆞ다가쥬봉을성각ᄒᆞ야ᄌᆞ탄ᄒᆞ며왈쥬봉ᄌᆞ식을성각ᄒᆞ여쥬이부디니집ᄌᆞ로단이라ᄒᆞ겨날희션이가져갓던지물과마을다부(42면)인쎠의드리고죵을불너본퇴의보니며당부ᄒᆞ되나난지물과도량을다살피고나러갈겨시이너난몬져ᄀᆞ황셩의잘단여온쇼식이나젼ᄒᆞ라ᄒᆞ고보니이라잇쎠예희션이부인쎠의ᄒᆞ직ᄒᆞ고희평으로나러가경가조흔고디안ᄌᆞ옥져탄금을흐롱한니그쇼리쳥ᄒᆞ여산쳔이진동ᄒᆞ고초목금쉬다질거ᄒᆞ더라잇디예주봉이비러먹어방ᄷᆞ곡ᄷᆞ촌ᄷᆞ이단이던이쳔만의외옥져탄금소리풍면의은ᄷᆞ이들이거눌마음이반가와츠졈ᄷᆞ츠ᄌᆞ간이옥져도낫익고탄금도낫이근이탄식왈고이ᄒᆞ다ᄒᆞ고분명니의옥져탄금이로다ᄒᆞ고눈물을흘이거눌희션이문(43면)왈져걸인은무삼연고로져디지스러ᄒᆞ나요주봉이디왈ᄂᆞ난황셩남쳔문밧긔ᄉᆞ옵난쥬봉이옵던이쇼연의알셩급제ᄒᆞ온이황졔계옵셔벼살을도ᄷᆞ시민죠졍빅관이다시긔ᄒᆞ여날을희평도ᄉᆞ을보니기예도츠로가다가희즁의셔수젹쟝취경을만나ᄒᆞ인삼심여명을다쥭이고쏘날을물의던지이옥황상졔계옵셔살여쥬시민고향

원문 띄어쓰기

니 일런 답ᄷᆞ ᄒᆞ고 셔룬 일이 어디 잇쓸이요 한디 희션이 성각ᄒᆞ고 ᄌᆞ연 마음니 슬혀 의혹이 나 과계 성각은 업셔 부인계 엿ᄌᆞ오디 져 벽쟝의 이난 옥져 탄금을 달나 한디 부인이 니여 쥬겨날 희션이 ᄇ다 불미 부인이 그 부난 쇼리을 듯고 쥬봉과 갓치 분이 더옥 슬혀ᄒᆞ다가 쥬봉을 성각ᄒᆞ야 ᄌᆞ탄ᄒᆞ며 왈 쥬봉 ᄌᆞ식을 성각ᄒᆞ여 쥬이 부디 니 집ᄌᆞ로 단이라 ᄒᆞ겨날 희션이 가져갓던 지물과 마을 다 부(42면)인 쎠의 드리고 죵을 불너 본퇴의 보니며 당부ᄒᆞ되 나난 지물과 도량을 다 살피고 나러갈 겨시이 너난 몬져 ᄀᆞ 황셩의 잘 단여온 쇼식이나 젼ᄒᆞ라 ᄒᆞ고 보니이라 잇쎠예 희션이 부인 쎠의 ᄒᆞ직ᄒᆞ고 희평으로 나러가 경가 조흔 고디 안ᄌᆞ 옥져 탄금을 흐롱한니 그 쇼리 쳥ᄒᆞ여 산쳔이 진동ᄒᆞ고 초목금쉬 다 질거ᄒᆞ더라 잇디예 주봉이 비러먹어 방ᄷᆞ곡ᄷᆞ촌ᄷᆞ이 단이던이 쳔만의외 옥져 탄금 소리 풍면의 은ᄷᆞ이 들이거눌 마음이 반가와 츠졈ᄷᆞ 츠ᄌᆞ간이 옥져도 낫익고 탄금도 낫이근이 탄식 왈 고이ᄒᆞ다 ᄒᆞ고 분명 니의 옥져 탄금이로다 ᄒᆞ고 눈물을 흘이거눌 희션이 문 (43면)왈 져 걸인은 무삼 연고로 져디지 스러ᄒᆞ나요 주봉이 디 왈 ᄂᆞ난 황셩 남쳔문 밧긔 ᄉᆞ옵난 쥬봉이옵던이 쇼연의 알셩급졔ᄒᆞ온이 황졔계옵셔 벼살을 도ᄷᆞ시민 죠졍빅관이 다 시긔ᄒᆞ여 날을 희평도ᄉᆞ을 보니기예 도츠로 가다가 희즁의셔 수젹 쟝취경을 만나 ᄒᆞ인 삼심여 명을 다 쥭이고 쏘 날을 물의 던지이 옥황상졔계옵셔 살여쥬시민 고향

니 이런 답답하고 서러운 일이 어디 있겠소?"

한대 해선이 생각하고 자연 마음이 슬퍼 의혹이 나 과거볼 생각은 사라지고, 부인께

"저 벽장에 있는 옥저와 탄금을 보여줄 수 있겠소?"

하니, 부인이 내여 주거늘 해선이 받아 불매, 부인이 그 부는 소리를 듣고 주봉과 같이 부니 더욱 슬퍼하다가 주봉을 생각하여 자탄하며 이르기를,

"주봉 자식을 생각하여 주니 부디 내 집에 자주 다니라."

하거늘 해선이 가져갔던 재물과 말을 다 부(42면)인 댁에 드리고 종을 불러 본 댁에 보내며 당부하되

"나는 재물과 도량을 다 살피고 내려갈 것이니 너는 먼저 가 황성에 잘 다녀온 소식이나 전하라."

하고 보내니라.

이때 해선이 부인 댁을 하직하고 해평으로 내려가다가 경계가 좋은 곳에 앉아서 옥저와 탄금을 희롱하니 그 소리 청정하여 산천이 진동하고 초목금수가 다 즐겨하더라.

이때에 주봉이 빌어먹으면서 방방곡곡 촌촌을 다니더니 천만의외에 옥저와 탄금 소리 바람 편에 은은히 들리거늘 마음이 반가와 차츰차츰 찾아가니 옥저도 낮이 익고 탄금도 낮이 익으니 탄식 왈

"괴이하다." 하고,

"분명 내 옥저와 탄금이로다."

하고 눈물을 흘리거늘 해선이 문(43면) 왈

"저 걸인은 무슨 연고로 그렇게 슬퍼하나요?"

주봉이 대답하기를

"나는 황성 남천문 밖에 사는 주봉이옵더니, 소년에 알성급제하오니 황제께옵서 벼슬을 돋우시매 조정백관이 다 시기하여 나를 해평 도사로 보내기에 임지로 가다가 해중에서 수적 장취경을 만나 하인 삼십여 명을 다 죽이고 또 나를 물에 던지니 옥황상제께옵서 살려주시매 고향

원문

도못가고이고더셔비러먹눈이다ᄒ며옥져탄금을ᄌ로보거눌희션이왈이옥져탄금을ᄌ로보거
눌희션이왈이옥져탄금을불듯ᄒ야ᄒ고쥬거눌주봉이바다옥져은입으로불고탄금은손으로탄
이그소리(44면)희션으로셔더쳥ᄒ이잇쎠예굿보눈사롬더리이로더부ᄌ안이이면형졔로다형
졔안이면부ᄌ로다ᄒ거날희션이싱각ᄒ되황셩의셔주승상쎄부인이주봉과갓다ᄒ시고사량ᄒ
시며왈주봉홀님쎠난지습사셰ᄅ ᄒ시고ᄯ나히이십사요스롬마도다겨린과갓다ᄒ이가장고히
ᄒ나그러ᄂ아직아지못ᄒ니누셜치안이ᄒ고그인다러왈우리두스람의지죠이러ᄒ니영보산칠
보암이디졀이라ᄒ니계가셔노ᄌ ᄒ고한갓지로올나갈시잇쎠난마참삼츈이라곳ᄉ지봄시쇼리
요가지ᄉ춘식이라층암절벽은반공의결여잇고이화도화만발한듸양닌이ᄒ가지로올⊗(45면)
간이졍긔죠흔문의안ᄌ옥져난쥬봉이불고탄금은희션이탄이그옥져소리눈산쳔쵸목이츔ᄉ눈
듯ᄒ고탄금쇼리난왼갓짐싱의쇼리ᄒ난듯ᄒ더라잇쎠예졔승더리닷토와귀경ᄒ더라잇쎠예이
부인ᄉ수심으로셰월을보너던이팔관더스부인드러이로더픔각을본오이형졔안이면부ᄌ요부
ᄌ안이면형졔로다ᄒ겨날부인ᄉ고히여겨쥬렴을열고이윽키보다가의혹만단ᄒ야고이ᄒ고밍
낭ᄒ다디사을불너왈그픔즥의셩명이뉘라ᄒ며어디계신잇가그픔즥이왈ᄒ나흔황셩의잇고

원문 띄어쓰기

도 못 가고 이고더셔 비러먹눈이다 ᄒ며 옥져 탄금을 ᄌ로 보거눌 희션이 왈 이 옥져탄
금을 ᄌ로 보거눌 희션이 왈 이 옥져 탄금을 불 듯ᄒ야 ᄒ고 쥬거눌 주봉이 바다 옥져
은 입으로 불고 탄금은 손으로 탄이 그 소리(44면) 희션으로셔 더 쳥ᄒ이 잇쎠예 굿보
눈 사롬더리 이로더 부ᄌ 안이이면 형졔로다 형졔 안이면 부ᄌ로다 ᄒ거날 희션이 싱각
ᄒ되 황셩의셔 주승상 쎄 부인이 주봉과 갓다 ᄒ시고 사량ᄒ시며 왈 주봉 홀님 쎠난 지
습사 셰ᄅ ᄒ시고 ᄯ 나히 이십사요 스롬마도 다 겨린과 갓다 ᄒ이 가장 고히ᄒ나 그러
ᄂ 아직 아지 못ᄒ니 누셜치 안이ᄒ고 그 인다러 왈 우리 두 스람의 지죠 이러ᄒ니 영
보산 칠보암이 디졀이라 ᄒ니 계 가셔 노ᄌ ᄒ고 한갓지로 올나갈시 잇쎠난 마참 삼츈
이라 곳ᄉ지 봄시 쇼리 요가지ᄉ 춘식이라 층암절벽은 반공의 결여잇고 이화도화 만발
한듸 양닌이 ᄒ가지로 올⊗(45면)간이 졍긔 죠흔 문의 안ᄌ 옥져난 쥬봉이 불고 탄금은
희션이 탄이 그 옥져 소리눈 산쳔쵸목이 츔ᄉ눈 듯ᄒ고 탄금 쇼리난 왼갓 짐싱의 쇼리
ᄒ난 듯ᄒ더라 잇쎠예 졔승더리 닷토와 귀경ᄒ더라 잇쎠예 이 부인ᄉ 수심으로 셰월을
보너던이 팔관더스 부인드러 이로더 픔각을 본오이 형졔 안이면 부ᄌ요 부ᄌ 안이면 형
졔로다 ᄒ겨날 부인ᄉ 고히 여겨 쥬렴을 열고 이윽키 보다가 의혹만단ᄒ야 고이ᄒ고 밍
낭ᄒ다 디사을 불너 왈 그 픔즥의 셩명이 뉘라 ᄒ며 어디 계신잇가 그 픔즥이 왈 ᄒ나
흔 황셩의 잇고

에도 못가고 이곳에서 빌어먹고 다니는 중이라오.”

하며 옥저 탄금을 자세히 보거늘, 해선이 왈

　“이 옥저 탄금을 희롱할 수 있겠소?”

하고 주거늘 주봉이 받아 옥저는 입으로 불고 탄금은 손으로 타니, 그 소리(44면) 해선보다도 더 듣기가 좋으니 이때 이를 듣던 사람들이 이르기를,

　“부자 아니면 형제로다. 형제 아니면 부자로다.”

하더라. 해선이 생각하되 황성에서 주 승상 댁 부인이 주봉과 같다 하시고 사랑하시며 왈

　“주봉 한림 떠난 지 십사 년이라.”

하시고, 또

　“나이 이십사요, 사람도 닮은 것 같다.”

하니, 가장 괴이하나 그러나 아직 아지 못하니 누설치 아니하고 그 사람에게 왈

　“우리 두 사람의 재주 이러하니 영보산 칠보암이 큰 절이라 하니 거기에 가서 노는 것이 어떻겠소?”

하고 한가지로 올라갈 새, 이때는 마침 삼춘이라, 곳곳에 봄소리요, 가지가지 춘색이라. 층암절벽은 반공에 걸려 있고, 이화도화 만발하였는데 두 사람이 한가지로 올라(45면)가니 경개가 좋은 문에 앉아 옥저는 주봉이 불고 탄금은 해선이 타니, 그 옥저소리는 산천초목이 춤추는 듯하고, 탄금소리는 온갖 짐승이 소리하는 듯하더라. 이때에 여러 중들이 다투어 구경하더라.

　이때에, 부인이 수심으로 세월을 보내더니 팔관대사 부인에게 이르기를,

　“풍객을 보니, 형제 아니면 부자요, 부자 아니면 형제로다.”

하거늘, 부인이 괴이히 여겨 주렴을 열고 이윽히 보다가 의혹이 만단하야

　“괴이하고 맹랑하다.”

　대사를 불러 왈

　“그 풍객들의 성명이 뉘라 하며 어디에서 왔다고 합디까?”

물었다. 대사는 그 풍객들이 말하는 것을 들었는데,

　“하나는 황성에서 왔고,

쏘ᄒ나흔희평의셔ᄉ난희션이로라한디부인ᄂ니렴의싱각ᄒ되니의가쟝할임과갓트나너의가쟝은니의목젼의물의(46면)주겻시이사라오긔만무ᄒ되그러나셰샹ᄉ을아지못할지라ᄒ고그진위을알야ᄒ고보션두켜리을지여가지고이로디아무겻도션물할겨시업씬이보션두켜리을션물ᄒ나ᄂ보난디신으쇼셔ᄒ며쥰이픔긱더리바라보이보션지은수품도부인의슈픔이로라호의만단ᄒ여보션을신으며이부인을ᄌ셰이본니비록머리을싹가시나그얼골을엇지모로이요이졔희션이보션을신으라ᄒ고발을벼신이왼발식기가락이업난지라부인ᄂ더경질식왈이겨시어인닐고ᄒ나흔니의가쟝이요쏘ᄒ나흔바린ᄌ식이로다ᄒ고쥬봉의근본을물은직쥬봉이그졔야젼후나력을역ᄂ키일으고들입더(47면)안고기졀ᄒ니져승이그겨동보고놀니여달여들어부인을붓들고위로왈이졔난상공을만나ᄉ오이무삼한이잇싸오리잇가ᄒ며위로ᄒ겨날부인과할임이계요인ᄉ을진정ᄒ여한가지로안ᄌ슬인ᄒᄉ롬갓더라희션이울며엿ᄌ오디부인겨옵셔쇼ᄌ의왼편발식기갈락업시물보시고반계ᄉ랑ᄒ옵신이그근본을ᄌ싱이아라지라ᄒ겨날부인ᄂ이말을듯고이로디쳐암의희평도ᄉ가다슈젹쟝취경을만나ᄒ인삼십여명을죽이고가쟝도물의던져죽으물보고ᄒ릴업셔취경의집의닛던이시비옥염을다리고도망ᄒ다가옥염이물의썬져쥬음을



쏘 ᄒ나흔 희평의셔 ᄉ난 희션이로라 한디 부인ᄂ 니렴의 싱각ᄒ되 니의 가쟝 할임과 갓트나 니의 가쟝은 니의 목젼의 물의(46면) 주겻시이 사라오긔 만무ᄒ되 그러나 셰샹 ᄉ을 아지 못할지라 ᄒ고 그 진위을 알야 ᄒ고 보션 두 켜리을 지여 가지고 이로디 아무겻도 션물할 겨시 업씬이 보션 두 켜리을 션물ᄒ나ᄂ 보난디 신으쇼셔 ᄒ며 쥰이 픔긱더리 바라보이 보션 지은 수품도 부인의 슈픔이로라 호의 만단ᄒ여 보션을 신으며 이 부인을 ᄌ셰이 본니 비록 머리을 싹가시나 그 얼골을 엇지 모로이요 이졔 희션이 보션을 신으라 ᄒ고 발을 벼신이 왼발 식기가락이 업난지라 부인ᄂ 더경질식 왈 이겨시 어인 닐고 ᄒ나흔 니의 가쟝이요 쏘 ᄒ나흔 바린 ᄌ식이로다 ᄒ고 쥬봉의 근본을 물은직 쥬봉이 그졔야 젼후 나력을 역ᄂ키 일으고 들입더(47면) 안고 기졀ᄒ니 져승이 그 겨동 보고 놀니여 달여들어 부인을 붓들고 위로 왈 이졔난 상공을 만나ᄉ오이 무삼 한이 잇싸오리잇가ᄒ며 위로ᄒ겨날 부인과 할임이 계요 인ᄉ을 진정ᄒ여 한가지로 안ᄌ 슬인 ᄒ ᄉ롬갓더라 희션이 울며 엿ᄌ오디 부인겨옵셔 쇼ᄌ의 왼편발 식기갈락 업시물 보시고 반계 ᄉ랑ᄒ옵신이 그 근본을 ᄌ싱이 아라지라 ᄒ겨날 부인ᄂ 이 말을 듯고 이로디 쳐암의 희평도ᄉ가다 슈젹 쟝취경을 만나 ᄒ인 삼십여 명을 죽이고 가쟝도 물의 던져 죽으물 보고 ᄒ릴업셔 취경의 집의 닛던이 시비 옥염을 다리고 도망ᄒ다가 옥염이 물의 썬져 쥬음을

또 하나는 해평에 사는 해선이라고 합디다.”

하니, 부인이 마음속으로 생각하되

 “나의 가장 한림과 같으나 나의 가장은 내 목전에서 물에(46면) 빠져 죽었으니 살아올 리 만무하되 그러나 세상사를 아지 못할지라.”

하고 그 진위를 알아보려고 버선 두 켤레를 지어가지고 이르되

 “아무 것도 선물할 것이 없으니 버선 두 켤레를 선물하나니 보는데서 신어보십시오.”

하며 주니, 풍객들이 받아보니 버선을 지은 수품도 부인의 수품이로다. 호의만 단하여 버선을 신으며 이 부인을 자세히 보니 비록 머리를 깎았으나 그 얼굴을 어찌 모르리오. 이제 해선이 버선을 신으려고 신발을 벗으니 왼발 새끼발가락이 없는지라. 부인이 대경실색하고 말하기를

 “이것이 어인 일인고. 하나는 나의 가장이요. 또 하나는 잃어버린 자식이로다.”

하고, 주봉의 근본을 무른 즉 주봉이 그제야 전후내력을 역력히 이르고 와락 끌어(47면)안고 기절하니 제승이 그 거동을 보고 놀라 달려들어 부인을 붙잡고 위로 왈

 “이제는 상공을 만났사오니 무슨 한이 있겠습니까?”

하며 위로하거늘, 부인과 한림이 겨우 인사를 진정하여 한가지로 앉자, 마치 실성한 사람과 같더라. 해선이 울며 여쭈었다.

 “부인께서 소자의 왼편 새끼발가락 없음을 보시고 반가워하며 사랑하시니 그 근본을 자세히 알고 싶습니다.”

하거늘 부인이 이 말을 듣고 이르되

 “처음에 해평 도사로 가다가 수적 장취경을 만나 하인 삼십여 명을 죽이고 가장도 물에 던져 죽임을

원문

보고십성구사ᄒ야도망ᄒ던이천만의외예팔관더ᄉ을만나이졀(48면)의셔멸이을싹고쏘아기을나혼이계승더리왈졀의난이기잇난부인ᄂ불관타ᄒ기로ᄒ릴업셔이기을바릴졔장너이을싱각ᄒ야혹쥭지안이ᄒ면요향으로만나볼가ᄒ여발식기가락을ᄯᆮ어옷깃쇽의넉코유복ᄌ희션이라시견노라ᄒ니희션이ᄂ말삼을듯고쥬할님과부인계ᄒ직ᄒ고엿ᄌ오디쇼ᄌ도라와차질나리잇슬겨신이ᄂ졀의계시읍쇼셔ᄒ고희평으로바로가셔나식도안이ᄒ고취경계드러가고왈미식과지물을만이도젹ᄒ야다가희변의두연노라ᄒ니취경이질거운마음으층양못ᄒ더라희션이바로모친젼의드러가문안ᄒ고엿ᄌ오디모친임은니근본을알계신이ᄌ싱이가라치쇼셔ᄒ며눈물을(49면)흘이겨날니부인니ᄂ말을듯고놀너여왈네그어닌말인고ᄒ신디다시꾸러안지며칼을ᄲᅧ여들고져의목에더이고울며왈모친임은바로안이니르시면이칼노너의목을질너쥭을쎠신니모친님은바로이르쇼셔부인ᄂ싱각ᄒ되졔엇지근본을더강알고날다려무른이너엇지안이ᄂ르리요직시벽장을열고비안의져고리을너여쥬겨날희션이옷깃셜쩌여본이외발가락니익고쏘져고리네귀예유복ᄌ희션이라시긴겨시잇겨늘희션이모친계쥬왈모친은나의유모라부디ᄂ누셜치마읍쇼셔쇼ᄌ은황성으로올나가면과계후의열두부닌의원수을갑고우리부모님원수도갑풀

원문 띄어쓰기

보고 십성구사ᄒ야 도망ᄒ던이 쳔만의외예 팔관더ᄉ을 만나 이 졀(48면)의셔 멸이을 싹고 쏘 아기을 나혼이 계승더리 왈 졀의난 이기 잇난 부인ᄂ 불관타 ᄒ기로 ᄒ릴업셔 이기을 바릴 졔 장너이을 싱각ᄒ야 혹 쥭지 안이ᄒ면 요향으로 만나볼가 ᄒ여 발 식기가락을 ᄯᆮ어 옷깃쇽의 넉코 유복ᄌ 희션이라 시견노라 ᄒ니 희션이ᄂ 말삼을 듯고 쥬할님과 부인계 ᄒ직ᄒ고 엿ᄌ오디 쇼ᄌ 도라와 차질 나리 잇슬겨신이ᄂ 졀의 계시읍쇼셔 ᄒ고 희평으로 바로 가셔 나식도 안이ᄒ고 취경계 드러가 고 왈 미식과 지물을 만이 도젹ᄒ야다가 희변의 두연노라 ᄒ니 취경이 질거운 마음으 층양 못ᄒ더라 희션이 바로 모친 젼의 드러가 문안ᄒ고 엿ᄌ오디 모친임은 니 근본을 알계신이 ᄌ싱이 가라치쇼셔 ᄒ며 눈물을(49면) 흘이겨날 니 부인니ᄂ 말을 듯고 놀너여 왈 네 그 어닌 말인고 ᄒ신디 다시 꾸러안지며 칼을 ᄲᅧ여들고 져의 목에 더이고 울며 왈 모친임은 바로 안이 니르시면 이 칼노 너의 목을 질너 쥭을 쎠신니 모친님은 바로 이르쇼셔 부인ᄂ 싱각ᄒ되 졔 엇지 근본을 더강 알고 날다려 무른이 니 엇지 안이ᄂ르리요 직시 벽쟝을 열고 비안의 져고리을 너여 쥬겨날 희션이 옷깃셜 쩌여 본이 외발가락니 익고 쏘 져고리 네 귀예 유복ᄌ 희션이라 시긴 겨시 잇겨늘 희션이 모친계 쥬 왈 모친은 나의 유모라 부디ᄂ 누셜치 마읍쇼셔 쇼ᄌ은 황성으로 올나가면 과계 후의 열두 부닌의 원수을 갑고 우리 부모님 원수도 갑풀

보고 할 일 없어 취경의 집에 있으며 시비 옥염을 데리고 도망하다가 옥염이 물에 빠져 죽음을 보고 십생구사하여 도망하더니 천만의외에 팔관대사를 만나 이 절(48면)에서 머리를 깎고 또 아기를 낳으니 제승들이 왈 '절에서 애기 있는 부인은 있을 수 없다' 하기로 할 일 없어 애기를 버리게 되었는데, 장래 일을 생각하여 혹 죽지 아니하면 요량으로 만나볼까 하여 발 새끼가락을 끊어 옷깃 속에 넣고 '유복자 해선'이라 새겼노라."

하니 해선이 이 말씀을 듣고 주 한림과 부인께 하직하고 여쭙기를

"소자 돌아와 찾을 날이 있을 것이니 이 절에 계시옵소서."

하고 해평으로 바로 가서 내색도 아니 하고 취경에게 들어가 고 왈

"미색과 재물을 많이 도적하여 해변에 두었노라."

하니, 취경이 즐거운 마음을 측량 못하더라. 해선이 바로 모친 앞에 들어가 문안하고 묻기를

"모친께서는 내 근본을 알 것이니, 자세히 가르쳐 주십시오."

하며 눈물을(49면) 흘리거늘 이 부인이 이 말을 듣고 놀라 이르기를

"네 그 어인 말인가?"

하신대, 다시 꿇어앉았으며 칼을 빼어들고 저의 목에 대고 울며 왈

"모친께서 바로 안 이르시면 이 칼로 나의 목을 찔러 죽을 것이니 모친은 바로 이르소서."

부인이 생각하되

"제 어찌 근본을 대강 알고 나더러 물으니 내 어찌 안 이르리오."

즉시 벽장을 열고 배안의 저고리를 내어 주거늘 해선이 옷깃을 풀어헤쳐 보니 왼쪽발가락이 있고 또 저고리 네 모퉁이에 '유복자 해선'이라 새긴 것이 있거늘 해선이 모친께 주 왈

"모친은 나의 유모라. 부디 부디 누설하지 마옵소서. 소자는 황성으로 올라가 과거 후에 열두 부인의 원수를 갚고 우리 부모님 원수도 갚을

겨신이(50면)모친임은부터˙누셜치마옵쇼셔ᄒ고바로나와취경의계니로더미식과지물을즁노의두어신이나아가수운ᄒ야오리다ᄒ고말이말을달나ᄒ고ᄒ직ᄒ이취경이질겨운마음의로쥬겨날희션이직닐의ᄒ직하고비션을타고순픙을만나수로˙오만오쳘니을반월만의황셩의득달ᄒ여난지라희션이바로왕부닌뒥으로가셔말계나러부닌계문안ᄒ되희평셔스난쟝희션이왓나이다한더잇쩌예왕부인˙희션을보닌고날노기달니던이희션이란말을듯고혼겨름의ᄂ달나희션의숀을잡고울며왈귀꾁이엇지그더지쇼식니돈졀ᄒ요귀꾁니너집의단여간지쟝차삼연니라만닐단이(51면)다가아달주봉부쳐의사싱존망을알고오신잇가ᄒ며짜의업쩌져통곡ᄒ니희션니급피붓들고위로왈부인은너무슬혀마옵쇼셔쇼즈의말삼을드러보쇼셔희평골의가셔옥져탄금을타오니그쩌의주할님이라ᄒ난사롬이뱡˙골의비러먹어단이ᄃ가쳔만의외예쇼즈을만나옥져탄금을불너보고ᄒ슬혀ᄒ시미고히여계그니력을뭇고쪼옥져탄금을불나ᄒ니과연부인의말삼과갓탄고로반가온마암으로동힝ᄒ여단이던니의외여영봉산칠보옴의귀경츠로동힝ᄒ여갓습던니쳔만의외예부인을만난말슴을디강만엿즈온디부인˙니말삼을듯고반가온마암을층양차못(52면)ᄒ여실셩한스롬갓더라각셜잇쩌예과계나리당ᄒ야희션니장즁의드러가션졉



겨신이(50면) 모친임은 부터˙ 누셜치 마옵쇼셔 ᄒ고 바로 나와 취경의계 니로더 미식과 지물을 즁노의 두어신이 나아가 수운ᄒ야 오리다 ᄒ고 말이말을 달나 ᄒ고 ᄒ직ᄒ이 취경이 질겨운 마음의로 쥬겨날 희션이 직닐의 ᄒ직하고 비션을 타고 순픙을 만나 수로˙ 오만 오쳘니을 반월만의 황셩의 득달ᄒ여난지라 희션이 바로 왕부닌 뒥으로 가셔 말계 나러 부닌계 문안ᄒ되 희평셔 스난 쟝희션이 왓나이다 한더 잇쩌예 왕부인˙ 희션을 보닌고 날노 기달니던이 희션이란 말을 듯고 혼겨름의 ᄂ달나 희션의 숀을 잡고 울며 왈 귀꾁이 엇지 그더지 쇼식니 돈졀ᄒ요 귀꾁니 너 집의 단여간 지 쟝차 삼연니라 만닐 단이(51면)다가 아달 주봉 부쳐의 사싱존망을 알고 오신잇가 ᄒ며 짜의 업쩌져 통곡ᄒ니 희션니 급피 붓들고 위로 왈 부인은 너무 슬혀 마옵쇼셔 쇼즈의 말삼을 드러보쇼셔 희평골의 가셔 옥져 탄금을 타오니 그 쩌의 주할님이라 ᄒ난 사롬이 뱡˙ 골의 비러먹어 단이ᄃ가 쳔만의외예 쇼즈을 만나 옥져 탄금을 불너보고 ᄒ 슬혀ᄒ시미 고히 여계 그 니력을 뭇고 쪼 옥져 탄금을 불나 ᄒ니 과연 부인의 말삼과 갓탄고로 반가온 마암으로 동힝ᄒ여 단이던니 의외여 영봉산 칠보옴의 귀경츠로 동힝ᄒ여 갓습던니 쳔만의외예 부인을 만난 말슴을 디강만 엿즈온디 부인˙ 니 말삼을 듯고 반가온 마암을 층양차 못 (52면)ᄒ여 실셩한 스롬 갓더라 각셜 잇쩌예 과계 나리 당ᄒ야 희션니 장즁의 드러가 션졉

것이니(50면) 모친님은 부디 부디 누설치 마옵소서."

하고 바로 나와 취경에게 이르러,

"미색과 재물을 중로에 두었으니 나아가 가져오리다."

하고 만리마를 달라 하고 하직하니, 취경이 즐거운 마음으로 주거늘 해선이 즉일에 하직하고 비선을 타고 순풍을 만나 수로 오만오천 리를 반 달 만에 황성에 도달하니라. 해선이 바로 왕 부인 댁으로 가서 말에서 내려 부인께 문안하되

"해평에서 사는 장해선이 왔나이다."

한대, 이때 왕 부인이 해선을 보내고 날로 기다리더니 해선이란 말을 듣고 한 걸음에 내달아 해선의 손을 잡고 울며 왈

"귀객이 어찌 이다지 소식이 돈절하였느뇨? 귀객이 집에 다녀간 지 장차 삼 년이니라. 만일 다니(51면)다가 아들 주봉 부처의 사생존망을 알고 왔나이까?"

하며, 땅에 엎드려 통곡하더라. 해선이 급히 붙들고 위로하여 말하였다.

"부인은 너무 슬퍼마옵소서. 소자의 말씀을 들어보소서. 해평골에 가서 옥저 탄금을 타오니 그때에 주 한림이라 하는 사람이 방방곡곡을 떠돌며 빌어먹고 다니다가 천만의외에 소자를 만나 옥저 탄금을 불러보고 너무 슬퍼하시매 괴이하게 여겨 그 내력을 묻고, 또 '옥저 탄금을 불어보라' 하니 과연 부인의 말씀과 같은 고로 반가운 마음으로 동행하여 다니더니 의외에 영봉산 칠보암에 구경차로 동행하여 갔었더니 … "

천만의외에 부인을 만난 말씀을 대강만 알려드렸더니 부인이 이 말씀을 듣고 반가운 마음을 측량치 못(52면)하여 실성한 사람 같았더라.

각설, 이때에 과거 볼 날이 이르러 해선이 장중에 들어가 선접

원문

ᄒᆞ고그을지여일쳔의밧치니황졔글을보시고층찬왈니글뜻젼쳔지죠화을다품어시니쳔ᄒᆞ영웅준결니라ᄒᆞ시고즉시탁방ᄒᆞ여비봉을ᄯᅥ여본니ᄒᆡ평의셔ᄉᆞ난장ᄒᆡ션니라ᄒᆞ여겨날즉시실ᄂᆡ을불으시니ᄒᆡ션니궐ᄂᆡ예들어가국궁ᄉᆞ비후의복지ᄒᆞᆫᄃᆡ황제신ᄅᆡ를보시고층ᄎᆞᆫ왈네거동과형용이전ᄒᆞᆯ님주봉과갓토되셩명이장ᄒᆡ션이라ᄒᆞ니경의죠상의셔무신베살을ᄒᆞ여던다ᄒᆡ션복지쥬왈쇼신의아비난ᄒᆞ방쳔인으로ᄌᆞ슈농업ᄒᆞ니엇지베살니잇ᄉᆞ오리잇가쳔ᄌᆞ측(53면)연니여겨벼술을도〻시니ᄒᆡ션니다시복지쥬왈쇼신이아모베살도바ᄅᆞ암의업삽고ᄒᆡ평골의닌심이무겨ᄒᆞ야도젹이난을지여ᄌᆞ층왕져라ᄒᆞ고ᄒᆡ평도ᄉᆞ을보ᄂᆡ오면슈젹니달나드러노략ᄒᆞ고닐ᄒᆡᆼ을다죽인다ᄒᆞ온니쇼신니한변나러가열두도ᄉᆞ의원슈을갑고만민을진무ᄒᆞ고즉시도라와쳔은을만분지닐이나갑ᄉᆞ오리다ᄒᆞ니쳔ᄌᆞᄒᆡ션의ᄉᆞᆫ을잡고왈네어니그말을ᄒᆞ난다ᄒᆡ션니복지쥬왈ᄒᆡ평도ᄉᆞ난평싱쇼원니로쇼니다한ᄃᆡ쳔ᄌᆞ마지못ᄒᆞ야ᄒᆡ평도ᄉᆞ을졔슈ᄒᆞ시며당부왈부ᄃᆡ슈히단여오라ᄒᆞ시고각도각읍의젼교ᄒᆞ되골이〻지경ᄂᆡ고결러〻〻지영ᄒᆞ라ᄒᆞ교ᄒᆞ시고오만ᄃᆡ로로ᄒᆡᆼ치을차리더(54면)라ᄒᆡ션니ᄒᆞ직ᄒᆞ고니날장안을ᄯᅥ나여려날만의육노ᄉᆞ만ᄉᆞ쳘니을지ᄂᆡ여슈로을당ᄒᆞ야난지라즉시ᄉᆞ공을불너비을ᄐᆞ고갈ᄉᆡ영ᄌᆞ난쇠을가리고션두의동셔남북을가ᄅᆞ치

원문 띄어쓰기

ᄒᆞ고 그을 지여 일쳔의 밧치니 황졔 글을 보시고 층찬 왈 니 글 뜻젼 쳔지죠화을 다 품어시니 쳔ᄒᆞ 영웅준결니라 ᄒᆞ시고 즉시 탁방ᄒᆞ여 비봉을 ᄯᅥ여본니 ᄒᆡ평의셔 ᄉᆞ난 장ᄒᆡ션니라 ᄒᆞ여겨날 즉시 실ᄂᆡ을 불으시니 ᄒᆡ션니 궐ᄂᆡ예 들어가 국궁ᄉᆞ비 후의 복지ᄒᆞᆫᄃᆡ 황제 신ᄅᆡ를 보시고 층ᄎᆞᆫ 왈 네 거동과 형용이 전 ᄒᆞᆯ님 주봉과 갓토되 셩명이 장ᄒᆡ션이라 ᄒᆞ니 경의 죠상의셔 무신 베살을 ᄒᆞ여던다 ᄒᆡ션 복지 쥬 왈 쇼신의 아비난 ᄒᆞ방 쳔인으로 ᄌᆞ슈 농업ᄒᆞ니 엇지 베살니 잇ᄉᆞ오리잇가 쳔ᄌᆞ 측(53면)연니 여겨 벼술을 도〻시니 ᄒᆡ션니 다시 복지 쥬 왈 쇼신이 아모 베살도 바ᄅᆞ암의 업삽고 ᄒᆡ평골의 닌심이 무겨ᄒᆞ야 도젹이 난을 지여 ᄌᆞ층 왕져라 ᄒᆞ고 ᄒᆡ평도ᄉᆞ을 보ᄂᆡ오면 슈젹니 달나드러 노략ᄒᆞ고 닐ᄒᆡᆼ을 다 죽인다 ᄒᆞ온니 쇼신니 한변 나러가 열두 도ᄉᆞ의 원슈을 갑고 만민을 진무ᄒᆞ고 즉시 도라와 쳔은을 만분지닐이나 갑ᄉᆞ오리다 ᄒᆞ니 쳔ᄌᆞ ᄒᆡ션의 ᄉᆞᆫ을 잡고 왈 네 어니 그 말을 ᄒᆞ난다 ᄒᆡ션니 복지 쥬 왈 ᄒᆡ평도ᄉᆞ난 평싱쇼원니로쇼니다 한ᄃᆡ 쳔ᄌᆞ 마지못ᄒᆞ야 ᄒᆡ평도ᄉᆞ을 졔슈ᄒᆞ시며 당부 왈 부ᄃᆡ 슈히 단여오라 ᄒᆞ시고 각도각읍의 젼교ᄒᆞ되 골이〻 지경ᄂᆡ고 결러〻〻 지영ᄒᆞ라 ᄒᆞ교ᄒᆞ시고 오만ᄃᆡ로로 ᄒᆡᆼ치을 차리더(54면)라 ᄒᆡ션니 ᄒᆞ직ᄒᆞ고 니날 장안을 ᄯᅥ나 여려 날만의 육노 ᄉᆞ만 ᄉᆞ쳘니을 지ᄂᆡ여 슈로을 당ᄒᆞ야난지라 즉시 ᄉᆞ공을 불너 비을 ᄐᆞ고 갈ᄉᆡ 영ᄌᆞ난 쇠을 가리고 션두의 동셔남북을 가ᄅᆞ치

하고 글을 지어 일천에 바치니 황제 글을 보시고 칭찬하여 이르기를

"이 글 뜻은 천지조화를 다 품었으니 천하의 영웅준걸이라."

하시고, 즉시 탁방하여 비봉을 떼어보니 해평에서 사는 장해선이라 하였거늘 즉시 실내를 부르시니 해선이 궐내에 들어가 국궁사배 후에 복지한대 황제 신래를 보시고 칭찬하여

"네 거동과 형용이 전 한림 주봉과 같으되 성명이 장해선이라 하니 경의 조상 가운데 무슨 벼슬을 하였느냐?"

라 하니, 해선 엎드려 대답하였다.

"소신의 아비는 하방천인으로 자수농업을 하니 어찌 벼슬이 있사오리이까?"

천자 측(53면)은히 여겨 벼슬을 돋우시니 해선이 다시 복지 주 왈

"소신이 아무 벼슬도 바라는 것이 없사옵고, 다만 해평골에 인신이 무거하여 도적이 난을 지여 자칭 왕사라 하고 해평 도사를 보내오면 수적이 달여 들어 노략하고 일행을 다 죽인다 하오니, 소신이 한번 내려가 열두 도사의 원수를 갚고 만민을 진무하고 즉시 돌아와 천은을 만분지일이나 갚을까 하나이다."

하니, 천자 해선의 손을 잡고 왈

"네 어찌 그 말을 하는가?"

해선이 복지 주 왈

"해평 도사가 평생소원이로소이다."

한대 천자 마지못하여 해평 도사를 제수하시며 당부 왈

"부디 수이 다녀오라."

하시고 각도 각읍에 전교하되,

"고을고을 지경 내고 잘 지키도록 하라."

하교하시고, 오마대로로 행차를 차리더(54면)라. 해선이 하직하고 이날 장안을 떠나 여러 날만에 육로 사만사천 리를 지나고, 수로를 당하였는지라. 즉시 사공을 불러 배를 타고 갈 새, 사공은 쇠를 가지고 선두에 동서남북을 가리키

원문

고쳔ᄒ지도셔난비셥안의셔쳔문슌풍을갈히며만경창파을쥬야로가던니잇써예난추칠월망간니라츄월은명낭ᄒ고강풍은쇼슬ᄒ듸슌풍을쬬츠가던니쳔만의외예듸풍니ᄉ러나며수젹쟝취경니비션쳔여축을모라도스을예워싸고쇼리을벽역갓치워여왈도스야비을며물고수히늬손의쥭으라ᄒ며달여들거날희션니칠쳑장겸을들고션두의두러시나셔며호령을추상갓치ᄒ니수젹의ᄒ닌들니살펴본(55면)니져의집셔방님희션니라즉시장취경계엿ᄌ온듸추경이이말을듯고닐변놀납고닐변반가온마암을층양치못ᄒ더라니날희션니골의도님ᄒ고쉬이더니잇써예영봉산칠보암의닛던니부인과쥬할님이희평도스도님한후의졍스가귀신과닐월갓다ᄒ옵시니우리도원졍니나ᄒᄌᄒ고만단연유을지여가지고희평골의나려와원졍을올인히도스그원졍을바다본니부닌과할림의원졍을다무릅밋터넉코주할림과니부인을별당의모셔숨기고안으로드러가열두부닌을보고엿ᄌ오되쇼ᄌ분함물참을길니업스온니부인의분ᄉ을지다리나이다열두부닌이왈니놈살을싹가우리열두리(56면)먹고간을너여쥬할님부쳐와도스먹고쎄난갈아군수을먹니라한듸도스니날잔치을비셜ᄒ고취경을쳥ᄒ니취경의거동볼작시면제쥭을줄모로고져을위ᄒ야잔치ᄒ난줄만알고의긔양ᄉᄒ겨날좌셕의안치고쥬찬을너여듸졉한후의희션니호통을츄

원문 띄어쓰기

고 쳔ᄒ지도셔난 비셥 안의셔 쳔문 슌풍을 갈히며 만경창파을 쥬야로 가던니 잇써예난 추 칠월 망간니라 츄월은 명낭ᄒ고 강풍은 쇼슬ᄒ듸 슌풍을 쬬츠 가던니 쳔만의외예 듸 풍니ᄉ러나며 수젹 쟝취경니 비션 쳔여 축을 모라 도스을 예워싸고 쇼리을 벽역갓치 워여 왈 도스야 비을 며물고 수히 늬 손의 쥭으라 ᄒ며 달여들거날 희션니 칠쳑 장겸을 들고 션두의 두러시 나셔며 호령을 추상갓치 ᄒ니 수젹의 ᄒ닌들니 살펴본(55면)니 져 의 집 셔방님 희션니라 즉시 장취경계 엿ᄌ온듸 추경이 이 말을 듯고 닐변 놀납고 닐변 반가온 마암을 층양치 못ᄒ더라 니날 희션니 골의 도님ᄒ고 쉬이더니 잇써예 영봉산 칠 보암의 닛던 니부인과 쥬할님이 희평도스 도님한 후의 졍스가 귀신과 닐월갓다 ᄒ옵시 니 우리도 원졍니나 ᄒᄌᄒ고 만단연유을 지여 가지고 희평골의 나려와 원졍을 올인히 도스 그 원졍을 바다 본니 부닌과 할림의 원졍을 다 무릅 밋터 넉코 주할림과 니부인을 별당의 모셔 숨기고 안으로 드러가 열두 부닌을 보고 엿ᄌ오되 쇼ᄌ 분함물 참을 길니 업스온니 부인의 분ᄉ을 지다리나이다 열두 부닌이 왈 니 놈 살을 싹가 우리 열두리(56 면) 먹고 간을 너여 쥬할님 부쳐와 도스 먹고 쎄난 갈아 군수을 먹니라 한듸 도스 니날 잔치을 비셜ᄒ고 취경을 쳥ᄒ니 취경의 거동 볼작시면 제 쥭을 줄 모로고 져을 위ᄒ야 잔치ᄒ난 줄만 알고 의긔양ᄉᄒ겨날 좌셕의 안치고 쥬찬을 너여 듸졉한 후의 희션니 호 통을 츄

고 천하지도에서는 배 섬 안에서 천문순풍을 가리며, 만경창파를 주야로 가더니 이때는 추칠월 망간이라. 추월은 명랑하고 강풍은 소슬한데, 순풍으로 쫓아 가더니 천만의외에 대풍이 이러나며 수적 장취경이 비선 천여 척을 몰아 도사를 에워싸고 소리를 벽력 같이 질러 왈

"도사야! 배를 머물고 빨리 내 손에 죽으라."

하며 달려들거늘, 해선이 칠척장검을 들고 선두에 뚜렷이 나서며 호령을 추상 같이 하니 수적의 하인들이 살펴보(55면)니 저의 집 서방님 해선이라. 즉시 장취경에게 여쭈니 취경이 이 말을 듣고 일변 놀랍고 일변 반가운 마음을 측량치 못하더라.

이날 해선이 해평골에 도임하고 쉬더니, 이때에 영봉산 칠보암에 있던 이 부인과 주 한림이

"해평 도사 도임한 후에 정사가 귀신과 일월 같다 하오니 우리도 원정이나 해봅시다."

하고, 만단연유를 지어 가지고 해평골에 내려와 원정을 올린데, 도사 그 원정을 받아보니 부인과 한림의 원정을 다 무릎 밑에 넣고 주 한림과 이 부인을 보고 여쭙기를

"소자 분함을 참을 길이 없사오니 부인의 분부를 기다리나이다."

열두 부인이 왈

"이놈 살을 깎아 우리 열둘이(56면) 먹고 간을 내어 주 한림 부처와 도사 먹고 뼈는 갈아 군사를 먹이라."

한대, 도사 이날 잔치를 배설하고 취경을 청하니 취경의 거동 볼작시면 제 죽을 줄 모르고 저를 위하여 잔치하는 줄만 알고 의기양양하거늘 좌석에 앉히고 주찬을 내어 대접한 후에 해선이 호통을 추

샹갓치ᄒ야굴노ᄉ렁을명ᄒ야져쟝취경을밧비결박ᄒ라ᄒ난쇼리관ᄉ가썬난듯한지라취경니ᄯᆺ밧띄강상지변을만나노라ᄒ고젼상을치다본니도ᄉ쥬봉과한가지로안ᄌ겨날그졔야니젼니을싱각ᄒ니이졔죽을시부명ᄒ다흉악한볌의식기을질너ᄯᅩ다뉘을원망ᄒ리요니리할지음의열두부닌ᄾ달여드러동닌치셰워두고살졈을졈ᄾ니ᄯᅡᆨ가먹고간을닌여할림부쳐와도ᄉ먹고쎼는갈아군ᄉ을다먹닌이라그쳘쳔지(57면)원ᄉ수은갑파시나츙비옥염니만경창파의죽어시니엇지다시보리요그연유을쳔ᄌ게쥬달ᄒ고주야로통곡ᄒ더라각셜닛쪄예쳔ᄌ희평골의난니낫단말을드르시고쥬야근심ᄒ던니쥬봉의장셔을보시고왈놀납고괴히흔말도셰상의닛도다ᄒ시며희션의셩을곳쳐쥬희션니라ᄒ시고쳔면슈륙져을지닌여츙비옥염을ᄎᄌ보라ᄒ시고ᄒ교ᄒ야겨날닛쪄예쥬할림니쳔ᄌ의ᄒ교을본니ᄒ여시되쥬봉으로견ᄒ던볘술을봉ᄒ라ᄒ시고희션은츙졀효ᄌ로쳔ᄒ방어ᄉ을봉ᄒ시고쥬봉의모친왕부닌으로졍열부닌을봉ᄒ시고니부인으로슉열부닌을봉ᄒ시고그남은부닌을다각ᄾ직쳡을도ᄾ와봉ᄒ신니열두부닌덜니쳔은을츅슈ᄒ더라(58면)잇쪄할님과방의가북향ᄉ비하고그쳔은을츅ᄉ하며못닉치ᄒ하시고부닌을쥬야로ᄉ모ᄒ시며왕부닌은쳔힝으로ᄉ라나셔벼살노가견니와옥염은희즁의죽고혼빅도못다러간이니련



샹갓치 ᄒ야 굴노ᄉ렁을 명ᄒ야 져 쟝취경을 밧비 결박ᄒ라 ᄒ난 쇼리 관ᄉ가 썬난 듯 한지라 취경니 ᄯᆺ밧띄 강상지변을 만나 노라ᄒ고 젼상을 치다본니 도ᄉ 쥬봉과 한가지로 안ᄌ겨날 그졔야 니젼 니을 싱각ᄒ니 이졔 죽을시 부명ᄒ다 흉악한 볌의 식기을 질너ᄯᅩ다 뉘을 원망ᄒ리요 니리 할 지음의 열두 부닌ᄾ 달여드러 동닌치 셰워두고 살졈을 졈ᄾ니 ᄯᅡᆨ가 먹고 간을 닌여 할림 부쳐와 도ᄉ 먹고 쎼는 갈아 군ᄉ을 다 먹닌이라 그 쳘쳔지(57면)원ᄉ수은 갑파시나 츙비 옥염니 만경창파의 죽어시니 엇지 다시 보리요 그 연유을 쳔ᄌ게 쥬달ᄒ고 주야로 통곡ᄒ더라 각셜 닛쪄예 쳔ᄌ 희평골의 난니 낫단 말을 드르시고 쥬야 근심ᄒ던니 쥬봉의 장셔을 보시고 왈 놀납고 괴히흔 말도 셰상의 닛도다 ᄒ시며 희션의 셩을 곳쳐 쥬희션니라 ᄒ시고 쳔면슈륙져을 지닌여 츙비 옥염을 ᄎᄌ보라 ᄒ시고 ᄒ교ᄒ야겨날 닛쪄예 쥬할림니 쳔ᄌ의 ᄒ교을 본니 ᄒ여시되 쥬봉으로 젼 ᄒ던 볘술을 봉ᄒ라 ᄒ시고 희션은 츙졀효ᄌ로 쳔ᄒ방어ᄉ을 봉ᄒ시고 쥬봉의 모친 왕부닌으로 졍열부닌을 봉ᄒ시고 니부인으로 슉열부닌을 봉ᄒ시고 그 남은 부닌을 다 각ᄾ 직쳡을 도ᄾ와 봉ᄒ신니 열두 부닌덜니 쳔은을 츅슈ᄒ더라(58면) 잇쪄 할님과 방의가 북향 ᄉ비하고 그 쳔은을 츅ᄉ하며 못닉 치ᄒ하시고 부닌을 쥬야로 ᄉ모ᄒ시며 왕부닌은 쳔힝으로 ᄉ라나셔 벼살노 가견니와 옥염은 희즁의 죽고 혼빅도 못 다러간이 니련

상같이 하여 군로사령을 명하여

"저 장취경을 빨리 결박하라."

하는 소리 관사가 떠나갈 듯 한지라. 취경이

"뜻밖에 강상지변을 만났노라."

하고 전상을 쳐다보니 도사 주봉과 한가지로 앉아 있거늘 그제야 이전 일을 생각하고

"이제 죽을 시 분명하다. 흉악한 범의 새끼를 길렀도다. 누구를 원망하리요."

이리할 즈음에 열두 부인이 달려들어 동인 채 세워두고 살점을 점점이 깎아 먹고 간을 내어 한림 부처와 도사가 먹고 뼈는 갈아 군사를 다 먹이니라. 그 철천지(57면)원수는 갚았으나 충비 옥염이 만경창파에 죽었으니 어찌 다시 보리요. 그 연유를 천자께 주달하고 주야로 통곡하더라.

각설, 이때에 천자 해평골에 난리가 났다는 말을 들으시고 주야 근심하더니 주봉의 장서를 보시고 이르기를

"놀랍고 괴이한 말도 세상에 다 있도다."

하시며, 해선의 성을 고쳐 주해선이라 하시고

"천변수륙재를 지내여 충비 옥염을 찾아보라."

하시고 하교하였거늘 이때에 주 한림이 천자의 하교를 보니 하여시되 '주봉으로 전하던 벼슬을 봉하라' 하시고 해선은 충절효자로 천하방어사를 봉하시고 주봉의 모친 왕 부인으로 정렬부인을 봉하시고 이 부인으로 숙열부인을 봉하시고 그 남은 부인을 다 각각 직첩을 올려 봉하시니 열두 부인들이 천은을 축수하더라.(58면)

이때 한림과 방의가 북향사배하고 그 천은을 축사하며 못내 치하하시고 부인을 주야로 사모하시며 왕 부인은 천행으로 살아나서 벼슬로 가거니와 옥염은 해중에 죽고 혼백도 못 데려가니 이런

각갑ᄒ고셔륜니리어ᄃ닛스리요셔로붓들고통곡ᄒ기을여려날ᄒ며ᄒ날님을부르지ᄒ며이통ᄒ니옥황상졔용왕계분ᄒ시되주봉의부자와니부닌의졍상니간졀ᄒ고ᄯᅩ옥염은만고의츙비라옥염곳안니면주봉부쳐엿지술며ᄯᅩ히션니복즁의셔사라나셔셰상을엇지귀경ᄒ리요그려무로옥염도환쌍ᄒ게ᄒ라분ᄒ여겨시다잇ᄯᅥ예쳔변슈륙죤츠을옥염ᄣᅵ진강가의비셜ᄒ시쳔ᄒᄃᄉ와문목지와만죠빅관이며츙열잇(59면)는ᄉ람으로ᄒᄂᆞᆯ님계츅슈ᄒ고일만군스로빙니밧그여긔군졸을삼고부인과쥬봉의부ᄌ는젼됴단발하고신영빅모ᄒ고삼층단을뭇고졍셩으로비려왈옥염아ᄒᄒ우리즁의잇던이도사라왓다너도살겨라보고지고보고지고혼빅니나보고지고ᄒᄒ듯고지고ᄒᄒ션두의셔비던쇼리듯고지고ᄒᄒ남북으로월침ᄒ야샴경의도망ᄒ던겨동보고지고강가의셔홀노안ᄌ도젹장취경다러질욕하던쇼리듯고지고ᄒᄒᄒ며비난쇼리용궁의스못차난지라닛ᄯᅥ용왕니옥염다러분ᄒ왈네가그얼골만잠간뵈니라ᄒ신ᄃ옥염니희즁의셔계요ᄯᅥ셔목만니여부닌을바라보며왈부닌은날살여쥬쇼셔ᄒ니억만군ᄉᄉ면의굿보난ᄉ람더리뉘안니울니요옥(60면)염니도로물쇽의로드러가고뵈니지안니ᄒ겨날할림부쳐발을동ᄒ굴르며통곡왈옥염아ᄒᄒ어ᄃ로가난다ᄒ고울겨날빅관니쳔츠계쥬달ᄒ되옥염니얼골만뵈니고도로



각갑ᄒ고 셔륜 니리 어ᄃ 닛스리요 셔로 붓들고 통곡ᄒ기을 여려 날 ᄒ며 ᄒ날님을 부르지ᄒ며 이통ᄒ니 옥황상졔 용왕계 분ᄒ시되 주봉의 부자와 니부닌의 졍상니 간졀ᄒ고 ᄯᅩ 옥염은 만고의 츙비라 옥염 곳 안니면 주봉 부쳐 엿지 술며 ᄯᅩ 히션니 복즁의셔 사라나셔 셰상을 엇지 귀경ᄒ리요 그려무로 옥염도 환쌍ᄒ게 ᄒ라 분ᄒ여 겨시다 잇ᄯᅥ예 쳔변슈륙죤츠을 옥염 ᄣᅵ진 강가의 비셜ᄒ시 쳔ᄒᄃᄉ와 문목지와 만죠빅관이며 츙열잇(59면)는 ᄉ람으로 ᄒᄂᆞᆯ님계 츅슈ᄒ고 일만군스로 빙니 밧그 여긔군졸을 삼고 부인과 쥬봉의 부ᄌ는 젼됴단발하고 신영빅모ᄒ고 삼층단을 뭇고 졍셩으로 비려 왈 옥염아 ᄒᄒ 우리 즁의 잇던 이도 사라왓다 너도 살겨라 보고지고 보고지고 혼빅니나 보고지고 ᄒᄒ 듯고지고 ᄒᄒ 션두의셔 비던 쇼리 듯고지고 ᄒᄒ 남북으로 월침ᄒ 야샴경의 도망ᄒ던 겨동 보고지고 강가의셔 홀노 안ᄌ 도젹 장취경다러 질욕하던 쇼리 듯고지고 ᄒᄒ ᄒ며 비난 쇼리 용궁의 스못차난지라 닛ᄯᅥ 용왕니 옥염다러 분ᄒ 왈 네가 그 얼골만 잠간 뵈니라 ᄒ신ᄃ 옥염니 희즁의셔 계요 ᄯᅥ셔 목만 니여 부닌을 바라보며 왈 부닌은 날 살여쥬쇼셔 ᄒ니 억만군ᄉ ᄉ면의 굿보난 ᄉ람더리 뉘 안니 울니요 옥(60면)염니 도로 물쇽의로 드러가고 뵈니지 안니ᄒ겨날 할림 부쳐 발을 동ᄒ 굴르며 통곡 왈 옥염아 ᄒᄒ 어ᄃ로 가난다 ᄒ고 울겨날 빅관니 쳔츠계 쥬달ᄒ되 옥염니 얼골만 뵈니고 도로

갑갑하고 서러운 일이 어디 있으리오. 서로 붙들고 통곡하기를 여러 날 하며 하나님을 부르짖으며 애통하니 옥황상제 용왕에게 분부하시되

"주봉의 부자와 이 부인의 정성이 간절하고 또 옥염은 만고의 충비라. 옥염 곧 아니면 주봉 부처 어찌 살며 또 해선이 복중에서 살아나서 세상을 어찌 구경하였으리요. 그러므로 옥염도 환강하게 하라."

분부하여 계시다.

이때에 천변수륙 잔치를 옥염이 빠진 강가에 배설할 새, 천하대사와 문목재와 만조백관이며 충열 있(59면)는 사람으로 하나님께 축수하고 일만 군사로 백 리 밖에 여기 군졸을 삼고 부인과 주봉의 부자는 전도단발하고 신영백모하고 삼층단을 쌓고 정성으로 빌어 왈

"옥염아, 옥염아! 우리 중에 있던 애도 살아왔다. 너도 살아나거라. 보고지고, 보고지고. 혼백이나 보고지고, 보고지고. 듣고지고, 듣고지고. 선두에서 빌던 소리 듣고지고, 듣고지고 남북으로 월침침 야삼경에 도망하던 거동 보고지고. 강가에 홀로 앉아 도적 장취경에게 질욕하던 소리 듣고지고, 듣고지고."
하며 비는 소리, 용궁에 사무치는지라.

이때 용왕이 옥염에게 분부 왈

"네가 그 얼굴만 잠깐 뵈어주어라."
하신대 옥염이 해중에서 겨우 떠서 목만 내어 부인을 바라보며 왈

"부인은 날 살려주소서."
하니, 억만 군사 사면에 굿 보는 사람들이 뉘 아니 울리요 옥(60면)염이 도로 물속으로 들어가고 뵈지 아니 하거늘 한림 부처 발을 동동 구르며 통곡 왈

"옥염아, 옥염아! 어디로 갔느냐?"
하고 울거늘, 백관이 천자께 주달하되

"옥염이 얼굴만 뵈고 도로

원문

물으드러가온니이을엇지ᄒᆞ오릿가쳔자ᄒᆞ교왈졍셩으로삼닐지계ᄒᆞ라하시겨날더사등니며무여더리각별니비러왈등장가셔옥황상져계등장가셔비난니다하날임계비난니다살여쥬쇼ᄒᆞᄒᆞ츔비옥염을살여쥬옵쇼셔삼일졍셩으로비러던니희즁의셔달돗듯ᄒᆞ며옥염니혀리반도막이너여뵈니며두쇼의로물결을허위ᄒᆞ치고할림과부닌을부르며날살니요ᄒᆞ난쇼리참아듯지못할너라할림과부닌ᄒᆞ달여드러안고져한디방어사붓들고위로왈아모리졍상은잔닝한들엇지만경창(61면)파의달여드오릿가너러할ᄲᅥ예옥염니물쇽으로드러가겨날ᄯᅩ다시쳔자계쥬달ᄒᆞ신디황졔더옥ᄌᆞ탄ᄒᆞ시고친히젼죠단발에지계을극진니ᄒᆞ시고ᄒᆞ날님겨비러왈만고츔비옥염의죽엄은옥황상졔계옵셔도의심니겨시견니와져의츙졀을위ᄒᆞ야슈륙지을지닌온니이졔다시닌도환싱ᄒᆞ여져의슈회을풀고졔상젼양위을다시보계ᄒᆞ옵시면져의츙졀문을지여쳔만연니나유젼코져ᄒᆞ오니비난이다상계계옵셔다시살여쥬쇼셔빌기을다ᄒᆞ시고ᄯᅩ다시젼교ᄒᆞ시되슈륙지을사흘을지닌라하시더라닛ᄲᅥ옥황상져겨옵셔옥염을셰상의너여보닌되몬져나흔셰지말고ᄯᅩ다시팔십셰을주라분ᄒᆞ신니라이젹의용왕니상계분ᄒᆞ을듯고잇던니(62면)삼닐지을극지히지닌니희즁의셔달돗난듯ᄒᆞ며옥염니두려시희상의셔니부인을부르며팔을혜치며날살여쥬쇼셔ᄒᆞ

원문 띄어쓰기

물으 드러가온니 이을 엇지ᄒᆞ오릿가 쳔자 ᄒᆞ교 왈 졍셩으로 삼닐 지계ᄒᆞ라 하시겨날 더사 등니며 무여더리 각별니 비러 왈 등장가셔 옥황상져계 등장가셔 비난니다 하날임계 비난니다 살여쥬쇼 ᄒᆞᄒᆞ 츔비 옥염을 살여쥬옵쇼셔 삼일 졍셩으로 비러던니 희즁의셔 달 돗듯ᄒᆞ며 옥염니 혀리 반도막이 너여 뵈니며 두 쇼의로 물결을 허위ᄒᆞ 치고 할림과 부닌을 부르며 날 살니요 ᄒᆞ난 쇼리 참아 듯지 못할너라 할림과 부닌ᄒᆞ 달여드러 안고져 한디 방어사 붓들고 위로 왈 아모리 졍상은 잔닝한들 엇지 만경창(61면)파의 달여드오릿가 너러할 ᄲᅥ예 옥염니 물쇽으로 드러가겨날 ᄯᅩ 다시 쳔자계 쥬달ᄒᆞ신디 황졔 더옥 ᄌᆞ탄ᄒᆞ시고 친히 젼죠단발에 지계을 극진니 ᄒᆞ시고 ᄒᆞ날님겨 비러 왈 만고 츔비 옥염의 죽엄은 옥황상졔계옵셔도 의심니 겨시견니와 져의 츙졀을 위ᄒᆞ야 슈륙지을 지닌온니 이졔 다시 닌도환싱ᄒᆞ여 져의 슈회을 풀고 졔 상젼 양위을 다시 보계 ᄒᆞ옵시면 져의 츙졀문을 지여 쳔만연니나 유젼코져 ᄒᆞ오니 비난이다 상계계옵셔 다시 살여쥬쇼셔 빌기을 다 ᄒᆞ시고 ᄯᅩ 다시 젼교ᄒᆞ시되 슈륙지을 사흘을 지닌라 하시더라 닛ᄲᅥ 옥황상져겨옵셔 옥염을 셰상의 너여 보닌되 몬져 나흔 셰지 말고 ᄯᅩ 다시 팔십 셰을 주라 분ᄒᆞ신니라 이젹의 용왕니 상계 분ᄒᆞ을 듯고 잇던니(62면) 삼닐지을 극지히 지닌니 희즁의셔 달 돗난 듯ᄒᆞ며 옥염니 두려시 희상의셔 니부인을 부르며 팔을 혜치며 날 살여쥬쇼셔 ᄒᆞ

물속으로 들어갔으니 이를 어찌 하오리이까?”

하자, 천자 하교 왈

“정성으로 삼일재계하라.”

하시거늘 대사 등이며 무녀들이 각별히 빌어 왈

“등장 가세. 옥황상제께 등장 가세. 비나이다. 하느님께 비나이다. 살려주소. 살려주소. 충비 옥염을 살려주옵소서.”

하니라. 삼일을 정성으로 빌었더니 해중에서 달이 떠오르는 듯 하며 옥염이 허리 반도막을 내여 뵈며 두 손으로 물결을 허위허위 치고 한림과 부인을 부르며

“날 살려 주세요.”

하는 소리 차마 듣지 못할러라. 한림과 부인이 달려들어 안으려고 한대 방어사 붙들고 위로 왈

“아무리 정상이 안타까운들 어찌 만경창(61면)파에 달려드오리이까.”

이러할 때에 옥염이 물속으로 들어가거늘 또다시 천자께 주달하신대 황제 더욱 자탄하시고 친히 전조단발에 재계를 극진히 하시고 하나님께 빌어 왈

“만고 충비 옥염의 죽음은 옥황상제께옵서도 의심이 계시거니와 저의 충절을 위하야 수륙재를 지내오니 이제 다시 인도 환생하여 저의 수회를 풀고 제 상전 양위를 다시 보게 하옵시면 제이 충절문을 지어 천만 년이나 유전하고자 하오니 비나이다, 상제께옵서 다시 살려주소서.”

빌기를 다 하시고 또다시 전교하시되

“수륙재를 사흘을 지내라.”

하시더라.

이때 옥황상제께옵서

“옥염을 세상에 내여 보내되 먼저 나이는 세지 말고 또다시 팔십 세를 주라.”

분부하시니라. 이적에 용왕이 상제 분부를 듣고 있더니(62면) 삼일재를 극진히 지내니 해중에서 달 돋는 듯 하며 옥염이 뚜렷이 해상에 서서 부인을 부르며 팔을 헤치며

“나를 살려주세요.” 하

니즈셰니본즉나오든못ᄒ겨날모든부닌과할림부쳐셔로붓들고통곡ᄒ며왈답：한닐도닛쏘다
할쩌예옥황상져겨옵셔닐광디ᄉ을분：ᄒ시되급피나려가옥염을살여쥬라ᄒ시니일광디ᄉ육
환장을잡고무지겨로다리을노와옥염을뉵한장으로붓들니고무지계다리로견너오겨날할님부
쳐셔로붓들고슬피우이산쳔쵸목니다슬혀ᄒ난듯ᄒ더라옥염니눈물을긋치고희션을도라보며
왈져션비님은뉘시관디져리슬혀ᄒ시난잇가부닌왈너복즁으드렷든인기로다ᄒ시니옥염니그
말듯고못너반(63면)계왈옛닐을싱각ᄒ니꿈도갓고져승도갓도다ᄒ니희션니옥염을붓들고울
며왈모친님의말삼을듯즈온니부인은너의모친과다르지안니한지라부닌안니면부친도엇지살
며모친닌들엇지살라시며너몸니엇지나셔부모의원슈을갑퓨리요니런고로부인은곳너모친니
라ᄒ노라니연유을쳔즈긔쥬달ᄒ니쳔즈그연유을보시고ᄒ교ᄒ시되승상쥬봉으로셥졍왕을봉
ᄒ시고방어사희션으로좌우상셔을봉ᄒ야졔의부친셥졍왕의뒤을도옵겨ᄒ시고왕부닌으로왕
디비을봉ᄒ시고옥염으로졍열부닌을봉ᄒ시고열두도ᄉ의부닌도각：작첩을봉ᄒ시다희션부
즈쳔은을츅ᄉᄒ고황셩으로갈시위의겨동은쳔즈의비기러라닛쩌예오마디로힝츠ᄒ실시각도
각읍(64면)방빅슈령은십니오리에영휴ᄒ고만민은계양가을불의며티평셩디즈량ᄒ더라황졔



니 즈셰니 본즉 나오든 못ᄒ겨날 모든 부닌과 할림 부쳐 셔로 붓들고 통곡ᄒ며 왈 답：
한 닐도 닛쏘다 할 쩌예 옥황상져겨옵셔 닐광디ᄉ을 분：ᄒ시되 급피 나려가 옥염을 살
여쥬라 ᄒ시니 일광디ᄉ 육환장을 잡고 무지겨로 다리을 노와 옥염을 뉵한장으로 붓들
니고 무지계 다리로 견너오겨날 할님 부쳐 셔로 붓들고 슬피 우이 산쳔쵸목니 다 슬혀
ᄒ난 듯ᄒ더라 옥염니 눈물을 긋치고 희션을 도라보며 왈 져 션비님은 뉘시관디 져리
슬혀ᄒ시난잇가 부닌 왈 너 복즁으 드렷든 인기로다 ᄒ시니 옥염니 그 말 듯고 못너 반
(63면)계 왈 옛닐을 싱각ᄒ니 꿈도 갓고 져승도 갓도다 ᄒ니 희션니 옥염을 붓들고 울
며 왈 모친님의 말삼을 듯즈온니 부인은 너의 모친과 다르지 안니한지라 부닌 안니면
부친도 엇지 살며 모친닌들 엇지 살라시며 너 몸니 엇지 나셔 부모의 원슈을 갑퓨리요
니런고로 부닌은 곳 너 모친나라 ᄒ노라 니 연유을 쳔즈긔 쥬달ᄒ니 쳔즈 그 연유을 보
시고 ᄒ교ᄒ시되 승상 쥬봉으로 셥졍왕을 봉ᄒ시고 방어사 희션으로 좌우상셔을 봉ᄒ
야 졔의 부친 셥졍왕의 뒤을 도옵겨 ᄒ시고 왕부닌으로 왕디비을 봉ᄒ시고 옥염으로 졍
열부닌을 봉ᄒ시고 열두 도ᄉ의 부닌도 각： 작첩을 봉ᄒ시다 희션 부즈 쳔은을 츅ᄉᄒ
고 황셩으로 갈시 위의겨동은 쳔즈의 비기러라 닛쩌예 오마디로 힝츠ᄒ실시 각도각읍
(64면) 방빅슈령은 십니 오리에 영휴ᄒ고 만민은 계양가을 불의며 티평셩디 즈량ᄒ더라
황졔

니 자세히 본즉 나오든 못하거늘 모든 부인과 한림 부처 서로 붙들고 통곡하며 왈

"답답한 일도 있도다."

할 때에 옥황상제께옵서 일광대사를 분부하시되

"급히 내려가 옥염을 살려주라."

하시니, 일광대사 육환장을 잡고 무지개로 다리를 놓아 옥염을 육환장으로 붓들리고 무지개 다리로 건너오거늘 한림 부처 서로 붙들고 슬피 우니 산천초목이 다 슬퍼하는 듯 하더라.

옥염이 눈물을 그치고 해선을 돌아보며 왈

"저 선비님은 누구시기에 저리 슬퍼하시나이까?"

부인 왈

"복중에 들었던 애기로다."

하시니 옥염이 그 말 듣고 못내 반(63면)겨 왈

"옛날을 생각하니 꿈도 같고 저승도 같도다."

하니 해선이 옥염을 붙들고 울며 말하기를

"모친님의 말씀을 듣자오니 부인은 나의 모친과 다르지 아니한지라. 부인 아니면 부친도 어찌 살며, 모친인들 어찌 살며, 내 몸이 어찌 태어나서 부모의 원수를 갚으리오. 이런고로 부인은 곧 내 모친이라 하노라."

이 연유를 천자께 주달하니, 천자 그 연유를 보시고 하교하시되 승상 주봉으로 섭정왕을 봉하시고 방어사 해선으로 좌우상서를 봉하야 저의 부친 섭정왕의 뒤를 돕게 하시고 왕 부인으로 왕대비를 봉하시고 옥염으로 정열부인을 봉하시고, 열두 도사의 부인도 각각 작첩을 봉하시니 다 해선 부자 천은을 축수하고 황성으로 갈새 위의거동은 천자에 비기더라.

이때에 오마대로 행차하실 때, 각도 각읍(64면) 방백 수령은 십리, 오리에 영휴하고 만민은 격양가를 부르며 태평성대 자랑하더라. 황제

원문

남쳔문밧그나와마질시그그리던졍을엇지다층양ᄒ리요니젹의승상의부ᄌ며니부인과옥염니급피본ᄃᆡ으로드러가왕부닌을붓들고업쩌져통곡ᄒ며알외되불회ᄌ쥬봉니왓나이다ᄒ며긔졀ᄒ고ᄯᅩ니부닌이알외되불효ᄌ왓나이다ᄒ며ᄯᅩ이ᄯᅵ의업쩌져통곡ᄒ니왕부닌ᄂ말듯고여광여취ᄒ여긔졀ᄒ니희션과옥염니급피달여드러붓들고위로ᄒ며구완ᄒ신ᄃᆡ스닌ᄂ졔오닌ᄉ을진졍ᄒ여안지며각각숀을잡고쥬봉은십칠연비러멱의며모친그리던졍을알외고니부인은졀의가삭발위승ᄒ여이기을나아겨리의바리고십칠연고상ᄒ던말과쳔만의외여가장과ᄌ식만난ᄉ연을낫ᄎ치알외(65면)고옥염은용궁의드러가요왕의신여되엿던ᄉ연을알외고옥황계옵셔용궁의분ᄂᄒ여나온연유을알외고ᄯᅩ희션니엿ᄌ오ᄃᆡ죠모님ᄃᆡ의셔옥져탄금가지고희평골의가옥져탄금으로ᄒ여곰부친을만난ᄉ연과급졔ᄒ여희평도ᄉ을ᄌ쳥ᄒ야슈젹장취경을쥭기고도라오난질의옥염을ᄎᄌ온말삼을낫ᄎ치알외고셔로그리던졍회을못니치ᄒᄂ더라이날쥬봉의부ᄌ궐니예드러가국궁ᄉ비한ᄃᆡ황졔두숀으로할림과방어ᄉ을붓들고젼후ᄉ연을무르신ᄃᆡ쥬봉니엿ᄌ오ᄃᆡ폐ᄒ옥쳬안영ᄒ신닛가쳔ᄌ용누을긋치시고니로ᄃᆡ졍으로쳔ᄒ을맛기고짐은뒤을보고편니잇고져ᄒ난이엇쩌한가ᄒ시고옥시을젼ᄒ신니쥬승상의부ᄌ복지ᄉ죄왈니(66면)

---

원문 띄어쓰기

남쳔문 밧그 나와 마질시 그 그리던 졍을 엇지 다 층양ᄒ리요 니 젹의 승상의 부ᄌ며 니부인과 옥염니 급피 본ᄃᆡ으로 드러가 왕부닌을 붓들고 업쩌져 통곡ᄒ며 알외되 불회ᄌ 쥬봉니 왓나이다 ᄒ며 긔졀ᄒ고 ᄯᅩ 니부닌이 알외되 불효ᄌ 왓나이다 ᄒ며 ᄯᅩ 이 ᄯᅵ의 업쩌져 통곡ᄒ니 왕부닌ᄂ 말 듯고 여광여취ᄒ여 긔졀ᄒ니 희션과 옥염니 급피 달여 드러 붓들고 위로ᄒ며 구완ᄒ신ᄃᆡ 스닌ᄂ 졔오 닌ᄉ을 진졍ᄒ여 안지며 각각 숀을 잡고 쥬봉은 십칠 연 비러멱의며 모친 그리던 졍을 알외고 니부인은 졀의 가 삭발위승ᄒ여 이기을 나아 겨리의 바리고 십칠 연 고상ᄒ던 말과 쳔만의외여 가장과 ᄌ식 만난 ᄉ연을 낫ᄎ치 알외(65면)고 옥염은 용궁의 드러가 요왕의 신여 되엿던 ᄉ연을 알외고 옥황 계옵셔 용궁의 분ᄂᄒ여 나온 연유을 알외고 ᄯᅩ 희션니 엿ᄌ오ᄃᆡ 죠모님 ᄃᆡ의셔 옥져 탄금 가지고 희평골의 가 옥져 탄금으로 ᄒ여곰 부친을 만난 ᄉ연과 급졔ᄒ여 희평도ᄉ을 ᄌ쳥ᄒ야 슈젹 장취경을 쥭기고 도라오난 질의 옥염을 ᄎᄌ온 말삼을 낫ᄎ치 알외고 셔로 그리던 졍회을 못니 치ᄒᄂ더라 이 날 쥬봉의 부ᄌ 궐니예 드러가 국궁 ᄉ비한ᄃᆡ 황졔 두 숀으로 할림과 방어ᄉ을 붓들고 젼후ᄉ연을 무르신ᄃᆡ 쥬봉니 엿ᄌ오ᄃᆡ 폐ᄒ 옥쳬 안영ᄒ신닛가 쳔ᄌ 용누을 긋치시고 니로ᄃᆡ 졍으로 쳔ᄒ을 맛기고 짐은 뒤을 보고 편니 잇고져 ᄒ난이 엇쩌한가 ᄒ시고 옥시을 젼ᄒ신니 쥬승상의 부ᄌ 복지 ᄉ죄 왈 니 (66면)

남천문 밖에 나와 맞이할 새 그 기리던 정을 어찌 다 측량하리요.

　이때에 승상 부자며 이 부인과 옥염이 급히 본댁으로 들어가 왕 부인을 붙들고 엎드려 통곡하며 아뢰되

　"불효자 주봉이 왔나이다."

하며 기절하고 또 이 부인이 아뢰되

　"불효자 왔나이다."

하며 또 땅에 엎드려 통곡하니 왕 부인이 이 말 듣고 여광여취하여 기절하니 해선과 옥염이 급히 달려들어 붙들고 위로하며 구완하신대 네 사람이 겨우 인사를 진정하여 앉으며 각각 손을 잡고 주봉은 십칠 년 빌어먹으며 모친 기리던 정을 아뢰고 십칠 년 고생하던 말과 천만의외에 가장과 자식 만난 사연을 낱낱이 아뢰(65면)고 옥염은 용궁에 들어가 용왕의 시녀가 되었던 사연을 아뢰고 옥황께옵서 용궁에 분부하여 나온 연유를 아뢰고 또 해선이 여쭙기를 조모님 댁에서 옥저 탄금 가지고 해평골에 가 옥저 탄금으로 하여금 부친을 만난 사연과 급제하여 해평 도사를 자청하여 수적 장취경을 죽이고 돌아오는 길에 옥염을 찾아온 말씀을 하나하나 아뢰고 서로 그리던 정회를 못내 치하하더라.

　이날 주봉의 부자 궐내에 들어가 국궁사배한대 황제 두 손으로 한림과 방어사를 붙들고 전후사연을 물으시니 주봉이 여쭙기를

　"폐하 옥체 안녕하시니이까?"

천자 용루를 그치시고 이르기를

　"경으로 천하를 맡기고 짐은 뒤를 보고 편히 지내고자 하니 어떠한가?"

하시고 옥새를 전하시니 주 승상의 부자 복지사죄 왈

　"이(66면)

<table>
<tr><td>원문</td><td>

졔소신니옥시을가지오면후셰예역명을면치못할겨시이복원황샹은집피상각ᄒ옵쇼셔쳔ᄌ가라스ᄃ경니그렷치안니ᄒ면쏘죠졍빅관의계집필겨신니잠말ᄒ고죠졍을츳지ᄒ고ᄃ쇼ᄉ을경니님으로쳐치ᄒ라ᄒ시고옥시을젼슈ᄒ시니쥬승샹니마지못ᄒ야후궁의셔국ᄉ을보살피며젼의시기ᄒ던빅셩을불너이로ᄃ젼닐을죠곰도혐위을두지말고죠켜닛시라ᄒ니빅관니그말삼을듯고ᄃ닌군ᄌ라일캇더라쥬승샹이남쳔문안의숑닌ᄒ도원벼살을쳔겨ᄒ야ᄃᄒ로셰의을두고지날시쳔ᄌ젼교ᄒ시되옥염의츙졀을위ᄒ야츙열문을지여션판의시기되쳔츄만셰라도츈츄졔양하ᄒ계ᄒ고젼후ᄉ연을시겨후셰예젼ᄒ리라닛쪄예니(67면)승상벼살을도ᄒ와각도방어ᄉ을졔슈ᄒ시고니도원벼살을쥬시다희션은십ᄃ독신으로구남팔여의영화부귀ᄃᄒ로뉘리더라각셜니라쥬할님과희션은쳔하영웅쥰결니라뉘안니츙찬ᄒ리요ᄉ젹의긔졀ᄒ기로만고의유젼코져ᄒ여니칙을지여니여만셰유젼ᄒ난니사롬마도본바다ᄒ기어렵견니와ᄃ강부모의효셩ᄒ고벼살을ᄒ겨든임군의계츙셩을다ᄒ야어진리흠을만셰예유젼ᄒ면쳔츄의빗난리흠을뉘안니츙찬ᄒ리요 그만굿치노라

님신원월넘칠다셔노라장슈는셔흔다섯쟝쟐못셔시니보난니무흠ᄒ고보라(68면)

</td></tr>
<tr><td>원문 띄어쓰기</td><td>

제 소신니 옥시을 가지오면 후셰예 역명을 면치 못할 겨시이 복원 황샹은 집피 상각ᄒ옵쇼셔 쳔ᄌ 가라스ᄃ 경니 그렷치 안니ᄒ면 쏘 죠졍빅관의계 집필 겨신니 잠말ᄒ고 죠졍을 츳지ᄒ고 ᄃ쇼ᄉ을 경니 님으로 쳐치ᄒ라 ᄒ시고 옥시을 젼슈ᄒ시니 쥬승상니 마지 못ᄒ야 후궁의셔 국ᄉ을 보살피며 젼의 시기ᄒ던 빅셩을 불너 이로ᄃ 젼닐을 죠곰도 혐위을 두지 말고 죠켜 닛시라 ᄒ니 빅관니 그 말삼을 듯고 ᄃ닌군ᄌ라 일캇더라 쥬승샹이 남쳔문 안의 숑닌ᄒ도원 벼살을 쳔겨ᄒ야 ᄃᄒ로 셰의을 두고 지날시 쳔ᄌ 젼교ᄒ시되 옥염의 츙졀을 위ᄒ야 츙열문을 지여 션판의 시기되 쳔츄만셰라도 츈츄졔양하ᄒ계 ᄒ고 젼후ᄉ연을 시겨 후셰예 젼ᄒ리라 닛쪄예 니(67면)승상 벼살을 도ᄒ와 각도 방어ᄉ을 졔슈ᄒ시고 니도원 벼살을 쥬시다 희션은 십ᄃ독신으로 구남팔여의 영화부귀 ᄃᄒ로 뉘리더라 각셜니라 쥬할님과 희션은 쳔하 영웅쥰결니라 뉘 안니 츙찬ᄒ리요 ᄉ젹의 긔졀ᄒ기로 만고의 유젼코져 ᄒ여 니 칙을 지여니여 만셰유젼ᄒ난니 사롬마도 본바다 ᄒ기 어렵견니와 ᄃ강 부모의 효셩ᄒ고 벼살을 ᄒ겨든 임군의계 츙셩을 다ᄒ야 어진 리흠을 만셰예 유젼ᄒ면 쳔츄의 빗난 리흠을 뉘 안니 츙찬ᄒ리요 그만 굿치노라

님신 원월 넘칠 다 셔노라 장슈는 셔흔다섯 쟝 쟐못 셔시니 보난 니 무흠ᄒ고 보라
(68면)

</td></tr>
</table>

제 소신이 옥새를 가지면 후세에 역명을 면치 못할 것이니 복원 황상은 깊이 생각하옵소서."

천자 가라사대

"경이 그렇지 아니하면 또 조정백관에게 잡힐 것이니 잔말 말고 조정을 차지하고 대소사를 경이 임의로 처치하라."

하시고 옥새를 전수하시니 주 승상이 마지못하여 후궁에서 국사를 보살피며 전에 시기하던 백관을 불러 이르되 전 일을 조금도 혐의를 두지 말고 빨리 다 잊으라 하니 백관이 그 말씀을 듣고 대인군자라 일컫더라.

주 승상이 남천문 안에 송인 이도원 벼슬을 천거하여 대대로 세의를 두고 지낼 새 천자 전교하시되

"옥염의 충절을 위하여 충렬문을 지어 현판에 새기되 천추만세라도 춘추제향하게 하고 전후사연을 새겨 후세에 전하라."

하니라. 이때에 이(67면) 승상 벼슬을 돋우어 각도방어사를 제수하시고 이도원에게 벼슬을 주시다. 해선은 십대독신으로 구남팔녀에 영화부귀 대대로 이르렀더라.

각설이라 주한림과 해선은 천하 영웅호걸이라 뉘 아니 칭찬하리요. 사적이 기절하기로 만고에 유전하고자 하여 이 책을 지어 내여 만세 유전하나니 사람마다 본받아 하기 어렵거니와 대강 부모께 효성을 다하고 벼슬을 하거든 임금에게 충성을 다 하여 어진 이름을 만세에 유전하면 천추에 빛난 이름을 뉘 아니 칭찬하리요. 그만 그치노라.


임신 원월염칠 다 썼노라.

장수는 서른다섯 장 잘못 썼으니 보는 이 무흠하고 보라.(68면)

## 저자 민영대(閔泳大)

大田 出生(1948)
韓南大學校 大學院 修了(文學碩士)
國立臺灣師範大學 國文研究所(博士課程) 受學
慶南大學校 大學院 修了(文學博士)

韓南大學校 文科大學長
韓南大學校 大學院長
韓國言語文學會 會長
美國 University of Oregon 交換教授
中國 北京對外經濟貿易大學 招聘教授
中國 合肥聯合大學 招聘教授 等 歷任
韓南大學校 國語國文學科 名譽教授(2013. 3~)

著書 『癸丑日記 研究』, 韓南大學校出版部, 1990
　　 『朝鮮朝 寫實係小說 研究』, 韓南大學校出版部, 1990
　　 『趙緯漢과 崔陟傳』, 亞細亞文化社, 1993
　　 『朴泰輔傳 研究』, 韓南大學校出版部, 1997
　　 『趙緯漢의 삶과 그의 文學』, 國學資料院, 2000
　　 『朝鮮時代 宮中小說 研究』, 亦樂, 2004 外

論文 「17世紀 小說文壇과 趙緯漢의 崔陟傳」, 2012 外 다수

## 韓中小說의 관계망과 國文小說의 창작

초판 인쇄 2013년 2월 26일
초판 발행 2013년 3월 6일

저　자 민영대
펴낸이 이대현
편　집 권분옥·이소희·박선주

펴낸곳 도서출판 역락
주　소 서울 서초구 반포4동 577-25 문창빌딩 2층
전　화 02-3409-2058, 2060
팩　스 02-3409-2059
등　록 1999년 4월 19일 제303-2002-000014호
이메일 youkrack@hanmail.net

값 18,000원
ISBN 978-89-5556-033-6 93810

* 파본은 교환해 드립니다.